고려가요 새로 읽기

고려가요 새로 읽기

초 판 1쇄 2022년 10월 27일

지은이 문영현
펴낸이 류종렬

펴낸곳 미다스북스
총괄실장 명상완
책임편집 이다경
책임진행 김가영, 신은서, 임종익, 박유진

등록 2001년 3월 21일 제2001-000040호
주소 서울시 마포구 양화로 133 서교타워 711호
전화 02) 322-7802~3
팩스 02) 6007-1845
블로그 http://blog.naver.com/midasbooks
전자주소 midasbooks@hanmail.net
페이스북 https://www.facebook.com/midasbooks425
인스타그램 https://www.instagram.com/midasbooks

© 문영현, 미다스북스 2022, *Printed in Korea*.

ISBN 979-11-6910-088-5 03810

값 15,000원

미다스북스는 다음세대에게 필요한 지혜와 교양을 생각합니다.

우리 옛노래의 향기

고려가요 새로 읽기

문영현 지음

미다스북스

책을 내며

공학자로서 고려가요에 대한 평론과 해석에 관한 책을 내게 된 것은 저에게 주어진 운명 같은 느낌을 받곤 했기 때문입니다. 적지 않은 시간을 할애해야 했기에, 또한 달리 조금만 더 바빴더라도 올 수 없는 이 길이기에, 저를 이 길로 몰아넣은 '운명의 손길'이라도 있는 것인지 모르겠습니다. 이 길에 접어든 지 5년 남짓, 비록 짧은 기간이지만 가까이 있는 아내조차도 의아한 생각을 비칠 만큼 외로운 길이었습니다. 다행히 저의 글을 알아보아 주시는 몇몇 분이 있었고 그에 용기를 얻어 글을 쓴 것이 오늘의 출판을 보게 된 것을 생각하면 감회가 깊습니다.

본서의 제목이 『고려가요 새로 읽기』입니다만 제가 공학자라고 해서 남달리 객관적 시각에서 보았다고는 생각지 않습니다. 시는 감성적 표현이 많아 상상력이 그 바탕입니다. 제가 시인으로 활동하고 있는 것도 고전시가 평론에 도움을 주었다고 생각합니다. 상상력을 동원하여 시적 표현에 숨겨져 있는 작자의 표현 의도를 파고듦으로써 '내가 이 시를 썼다'는 가정 하에 만족할 만한 표현이 될 때까지 골똘한 생각을 멈추지 않았습니다. 간혹은 예전에 미처 몰랐던 놀라운 내용이 숨겨진 표현을 발견했을 때에는 혼자서 짜릿한 전율을 느끼기도 했습니다. 〈청산별곡〉에서 '해금 켜는 소리'의 비밀을 깨닫고, 이어 '배부른 독'이 몽고인이 들여온 '소주증류장치'임을, 그리고 '조롱곳 누로기'가 '조롱꽃(기생)'과 '누르붙은 이(주모)'를 의미한다는 것을 발견했을 때 전율을 느꼈고, 또한 〈서경별곡〉이 '이별가'가 아닌 '정절가'임을, 동동이 '무격신앙에 바탕을 둔 사랑 노래'가 아닌 고려시대 여인의 일생을 열두 달로 나누어 노래한 월령체 가사임을 깨달았을 때 새로운 세계가 열리는 느낌을 받았습니다. 제가 공학자이기에 가능했던 부분도 있습니다. 역시 〈청산별곡〉의 '짐대'가 있으며 배의 부력 중심에 짐대를 설치하여 무겁게 눌러주면 배가 안정을 찾을 수 있다는 것은 일반인은 잘 알기 어려운 부분이며 이로써 같은 자리에 설치되는 돛대와 짐대가 동의어처럼 사용되는 이유를 밝힌 것도 있습니다.

 고려가요를 많은 부분에 있어서 과거와는 다른 시각으로 해석을 시도했으며 몇몇 작품에서는 나름의 성과를 거두었다고 감히 자평을 하며, 이를 통해 여요의 문학성과 예술성은 보면 볼수록 깊이를 더하여 찬탄을 자아내게 하며, 또한 당시로 보면 세계 최고 수준이었음을 알 수 있었습니다. 세계 최초 금속활자 발명이라는 역사적 사실이 그 증거가 될 것입니다. 당시 고려 사회의 출간 문화가 금속활자의 필요성을 느낄 만큼 높은 수준이었음을 말해 주고 있으며 여요의 문학적 수준 역시 세계 최고였음을 간접적으로 보여 주고 있기 때문입니다. 고려가요는 무한한 민족적 자긍심을 느낄 수 있는 작품이며, 이를 밝혀내려 했던 지난 노력은 외로운 작업 중에도 마음 흐뭇한 기쁨이었습니다.

 고시가 해석은 기존의 학문적 접근과는 달리할 필요도 있다고 생각합니다. 시는 언어로 미를 추구하는 것으로 감성적 표현이나 상상력이 중요한 부분을 차지합니다. 문증에 매달리고 연구사에 얽매이는 등 학문적으로 접근한다면 감성적이고 섬세한 독창적 표현은 세월이 갈수록 점점 더 그 내용이 밝혀지기 어려워진다는 안타까운 생각을 금할 수 없습니다.

 부족한 점이 많고 특히 문증이나 증빙 자료가 부실한 점이 더러 보일 줄 압니다. 어떤 부분은 능력 밖의 일도 있음을 양해 바라오며, 혹시나 얕은 식견, 편향된 시각으로 큰 오류를 범한 것은 없는지 염려되는 마음 또한 감출 수 없음도 솔직히 고백합니다. 독자 여러분의 비판을 달게 받고자 하오니 기탄없이 고견을 보내 주시면(저자 연락처 참조) 앞으로의 연구에 좋은 지침으로 삼을 것을 약속드립니다.

2022년 10월 7일
문영현 삼가 씀

축하의 글

문영현 평론가는 나와 동향(同鄕)의 후학으로 문학평론(비평) 중에도 주로 해석학(解析學) 쪽의 비평가이고 그 쪽의 인정을 받는 권위자다. 문학작품은 작가(저작자)가 썼지만 그 평가는 독자나 평자의 몫이다. 이에 평론을 제2의 창작이라고도 한다. 文 평론가는 주로 우리 고전작품을 좋아하고 아껴서 연구에 몰두한다. 명석한 두뇌를 가졌기에 놀라운 성과를 거둘 것이라 믿는다. 아마도 교수(연세대) 출신으로 학자적 소양이 깊어 그러한가 보다 싶다.

여기에 고려가요 9편, 백제가요 1편의 평설은 모두 문학지에 발표했던 것으로 이를 모아 한 권의 책으로 펴낸 저술로서 유심자(有心者)들의 눈길을 끈다. 필자도 퍽 감동 깊이 읽었다. 에세이 형식을 갖춘 평글로서 고려가요의 진수를 맛볼 수 있어서 좋았다고 하리라.

고려가요는 솔직한 감정 표현, 문학적 상상과 더불어 우리말의 아름다움이 부각되고 있으며, 특히 시적 표현의 함축성, 음악성(리듬)이 뛰어나 '민족의 노래'로 자리 잡고 있음에 따라 우리의 '민족의식'을 정립하고 나아가 이를 고양시키는 데 다대한 기여를 하고 있다.

필자는 한 자 한 자 정성스레 쓴 그의 평문들을 읽으면서 필자의 스승인 양주동 교수의 『여요전주』를 머리에 떠올리며 문 교수의 논리정연하고 소신 있는 주장에 대하여 몇 자 적어 보고자 한다.

7, 8백 년 전 고어로 읊은 노래가사에 대하여 그 말뜻을 상고하고 유추한다는 것은 지난한 일이다. 그럼에도 그는 고려가요 에세이 〈청산별곡〉에서 숨은 아이러니를 찾아내고, 제3연, 7연의 가사내용을 지모신 신앙 관련의 '다산과 풍요'를 기원하는 제의용 노랫말로, 그리고 〈서경별곡〉을 이별가가 아닌 정절가로, 〈만전춘〉은 나이 먹은 '궁녀출신 후궁'의 체념어린 사랑노래인 동시에 '궁중 사랑의 쌍곡선'을 노래로 읊은 것으로 풀어내고 있다. 기존 관념으로는 선뜻 이해가 가지 않는 내용이지만 그

의 글을 읽으면 독자의 공감을 끌어내는 힘을 느낄 수 있다. 〈쌍화점〉이 단순한 '점포의 노래'가 아니라 보석으로 여자를 유혹하는 타락한 사회에 대한 풍자시임을 밝혀내었고, 〈이상곡〉, 〈동동〉, 〈정과정곡〉, 〈도이장가〉에서도 그만의 해석이 다채롭다. 그렇다. '평론의 글'이란 옳고 그름을 논하기 전에 독자들로부터의 '공감'이 요체라 할 것이다. 文 교수는 탁월한 언어 감각으로, 이전에 못 본 여요에 숨겨진 행간의 의미를 밝혀내었으며, 이를 바탕으로 여요의 문학수준이 '세계 최고'였다고 주장한다. 세계 최초의 금속활자 발명을 간접적 증거로 들며 나름 근거 있는 주장을 펼치고 있다. 본 저술은 분명 문제작이며 여요를 다시금 돌아보게 한다. 여요가 베일을 벗고 길이 빛나길 빈다. 출간을 축하드린다.

전 동국대 교수 无源 도 창회 씀
시인, 수필가, 문학박사, 한국문협 수필분과 회장역임

서 문

이근배

시인, 시조시인
(현)한국예술원 회장(연임)
한국시조시인협회 회장 역임, 한국문협 부이사장 역임.

5대 일간지 신춘문예 시부문 당선
〈서울신문, 경향신문, 조선일보 이상(1961), 동아일보(1962), 한국일보(1964)〉

고산문학대상. 한국시조대상, 정지용문학상, 이설주문학상 수상

이근배 시인님께서 서문을 써 주시기로 하셨는데 갑자기 연락이 끊어졌습니다. 아마 건강상 이유일지 모르겠다는 생각이 듭니다. 지난 2~3년간 저의 저술에 많은 관심을 보여 주시었고 서문을 써 주십사는 부탁을 흔쾌히 받아 주셨습니다. 원고 마감일이 가까워 옴에 바쁘신 중에도 '열심히 쓰고 있어요.' 라는 회신을 주셨었는데 일주일이 넘도록 연락이 끊어진 이유가 건강 이외에는 없을 것 같기 때문입니다. 혹시 제가 부담을 드려서 그런 것 아닌지 죄송한 마음도 듭니다만 제발 저의 기우에 그치고 건강하시길 비는 마음입니다.

그간 보내 주신 관심과 후덕하신 베푸심에 감사드리는 뜻에서 여기 백지 서문을 실었습니다. 선생님의 건강을 손모아 빌며 삼가 짧은 글을 올립니다.

저자 문영현 배상

목 차

Ⅲ. 고려가요 어석/해석 요약

부록

에세이

고려가요 새로 읽기

머리말

에세이 편은 〈청산별곡〉을 시작으로 해서 9편의 고려가요에 대한 에세이를 싣고 있다. 이 글들은 모두 정기간행 문예지에 실렸던 여요 평론 에세이를 모아 수록한 것이다. 고려가요들은 하나하나가 주옥같은 작품이다. 순수한 우리말로 된 시어 선택이나 솔직한 표현 기법이 정말 뛰어난 문학성을 갖고 있다. 여요들 중 대부분은 당시의 사람들이 찬탄해 마지않았으나 후에 그 진가가 밝혀지지 못한 작품이다. 그러한 작품들이 '구극의 미'를 드러낼 때까지 '咀저嚼작味미愈유粹수'에 따라 시어를 되씹으며 그에 감추어진 함의를 밝혀내고, 또한 작품이 의도하는 바의 진수를 느껴 보고자 노력했으며 그 결과 〈청산별곡〉, 〈서경별곡〉, 〈동동〉, 〈쌍화점〉 등 주요 여요가 감추고 있는 지금까지 보지 못한 새로운 면모를 발견하게 되었음에 이에 이르게 된 것이다.

에세이 편은 이미 발표된 글을 모은 것이므로 가능하면 원문 그대로 싣고자 했다. 그러나 발표한 후에 약간의 오류가 발견되어 정정할 부분이 생겨났고 그러한 경우는 최소한의 정정을 가하였다. 또한 여요의 빠른 이해를 돕기 위해 "III 고려가요 어석/해석 요약"을 뒤에 실었으며, 여기서는 여요 중 일부를 선정하여 에세이 편에서 충분히 다루지 못한 부분을 보완하고자 했다. 간략한 어석을 바탕으로 해석 및 해설을 실었으며 주제를 논하는 구성을 취했다. 에세이편과 해석편이 약간의 차이를 보일 수도 있는데 그럴 경우는 해석편의 내용이 더욱 최근의 연구를 반영시킨 것임을 참고하시기 바란다.

1. 〈청산별곡〉에 숨겨진 아이러니

靑山別曲

① 살어리 살어리랏다 靑山애 살어리랏다
멀위랑 ᄃᆞ래랑 먹고 靑山애 살어리랏다
얄리 얄리 얄랑셩 얄라리 얄라

② 우러라 우러라 새여 자고니러 우러라 새여
널라와 시름한 나도 자고니러 우니로라
얄리 얄리 얄라셩 얄라리 얄라

③ 가던 새 가던 새 본다 믈아래 가던 새 본다
잉무든 장글란 가지고 믈아래 가던 새 본다
얄리 얄리 얄라셩 얄라리 얄라

④ 이링공 뎌링공 ᄒᆞ야 나즈란 디내와손뎌
오리도 가리도 업슨 바므란 ᄯᅩ 엇디 호리라
얄리 얄리 얄라셩 얄라리 얄라

⑤ 어듸라 더디던 돌코 누리라 마치던 돌코
믜리도 괴리도 업시 마자셔 우니노라
얄리 얄리 얄라셩 얄라리 얄라

⑥ 살어리 살어리랏다 바ᄅᆞ래 살어리랏다
ᄂᆞ무자기 구조개랑 먹고 바ᄅᆞ래 살어리랏다
얄리 얄리 얄라셩 얄라리 얄라

⑦ 가다가 가다가 드로라 에졍지 가다가 드로라
사ᄉᆞ미 짒대예 올아셔 ᄒᆡ금을 혀거를 드로라
얄리 얄리 얄라셩 얄라리 얄라

⑧ 가다니 ᄇᆡ브른 도긔 설진 강수를 비조라
조롱곳 누로기 ᄆᆡ와 잡ᄉᆞ와니 내 엇디 ᄒᆞ리잇고
얄리 얄리 얄라셩 얄라리 얄라

1. 서언

고려가요의 문학성은 우리나라 고전 중에서 가장 높이 평가되고 있다. 그 중에서도 가장 뛰어난 작품을 고르라고 한다면 필자는 주저 없이 〈청산별곡〉을 뽑을 것이다. 여요 중에는 뛰어난 작품이 많다. 별사別辭의 압권이라는 〈가시리〉가 있고, 〈쌍화점〉은 악극대본으로 궁중연희에서 충렬왕이 가장 애호했던 작품이며, 그 외에도 〈동동〉, 〈만전춘〉 등 빼어난 작품이 많지만 〈청산별곡〉을 첫 손가락에 꼽는 것은 풍겨 나오는 시적 느낌이 여느 작품과는 다른 신비로움을 간직하고 있기 때문일 것이다.

> 살어리 살어리랏다 청산애 살어리랏다
> 멀위랑 ᄃ래랑 먹고 청산애 살어리랏다
> 얄리 얄리 얄라셩 얄라리 얄라

이 한 구절 속에 인간사 희로애락이 다 녹아 있고[1], 속세와 인연을 끊고 청산에 은거하는 신선의 경지까지 비치고 있으니, 그로부터 풍겨 나오는 청아하고 신비로운 느낌은 읽는 사람으로 하여금 숙연한 감상으로 빠져 들게 한다.

여요麗謠가 높이 평가되고 있다지만 아직 그 가치를 제대로 파악하지 못하고 있다는 생각이 드는 것은 무슨 까닭일까? 〈청산별곡〉의 해석이 시원스럽지 못하고[2] 〈쌍화점〉의 악극대본으로서의 본질을 파악하지 못했기 때문일까.

---

1) 화자를 여인으로 보면 그 여인에 얽힌 희로애락이 모두 녹아 있는 시구가 된다. 즉 여자 혼자 산 속에 가 살 수 없으므로 '사랑하는 남자와 도피하고 싶은 심정'을 읊은 것이 된다. 여요는 남녀상열의 노래가 많으며 본가 역시 마찬가지다.

2) 김종오는 〈청산별곡〉의 해석은 답답하기 그지없으며 "마치 구두신고 발바닥 긁는 느낌"이라고 일갈한 바 있다. 지금도 상황은 크게 변하지 않았다. [참고] "紙上 특강─청산별곡 해석에 문제 있다.",광장 1988.5월호(238쪽)

현재 우리는 최근 이룬 경제성과를 대단히 자랑스럽게 생각하고 있다. 유사 이래 최고의 번영을 누리고 있는 것처럼…. 그러나 선조들의 빛나는 업적을 모르고 현세의 우리가 잘나서 이룬 공으로 알고 어깨를 으쓱대고 있다면 곤란한 일이다. 우리 선조들 역시 대단한 업적을 이루어 내었으며 그 중의 하나가 여요이다. 문학으로 세계 최고에 도전했고 분명 성공을 이루었다. 더불어 이루어낸 세계 최초의 금속활자 발명이 이를 뒷받침하는 간접적 증거이다. 인쇄술의 필요성이 그만큼 컸기 때문에 가능한 일이었으며 우리는 문화민족으로서의 자부심을 가져도 좋을 것이다. 또한 충렬왕은 자신을 당(唐) 명황(현종)에 견주곤 했다.[3] 이는 고려의 가요나 악극이 당시 세계 최고였던 원나라를 넘어섰다는 자신감을 간접적으로 표현한 것이다. 또한, 여요에 있어서 남녀 간의 애틋한 사랑을 솔직하고도 꾸밈없이 표현하고 있는 것은 인본주의에 뿌리를 둔 것으로 서양의 르네상스를 2세기나 앞서간 것이기도 하다. 여요는 당시 세계 최고 수준이었으며 그 중 대표작으로 내세울 수 있는 것이 〈청산별곡〉이다. 그렇다면 〈청산별곡〉에 과연 세계 최고라고 할 만한 내용이 숨겨져 있는 것일까?

우리는 그에 대한 답변을 찾아내야만 한다. 이는 쉬운 일이 아니다. 하지만 누군가 해야만 한다. 본고는 그 시도라고 할 수 있다. 〈청산별곡〉은 대몽항쟁으로 빚어진 민생고를 읊은 노래로 당시 상황에 대한 예리한 풍자시임을 보일 것이다. 하지만 이는 그 반쪽을 본 것에 불과하며 이면에 숨겨진 아이러니를 파고 들어야만 비로소 그 진면목을 보게 된다. 전쟁 와중에도 사랑이 싹터서 님과 함께 청산으로라도 도피하고 싶은 한 여인의 말 못할 에로티시즘이 숨겨져 있음을 알아본다면 역시 세계 제일이라는 감탄이 저절로 나오게 될 것이다. 부족한 점 많겠지만 독자 여

---

3) 고려사절요 21권 충렬왕 22년-"基於遊宴 安可不及明皇"- [번역](小國의 왕 이지만) 유연에 있어서야 어찌 명황에 미치지 못 하겠는가?

러분의 많은 관심과 따가운 질책을 부탁드리는 바이다. (본고는 문예지 『시와 함께』 10호(2022봄)에 실린 글임.)

2. 제3연의 새로운 해석

〈청산별곡〉 중에서 제3연과 제7연은 가장 핵심적 내용을 담고 있는 연이다. 두 연은 난해어를 포함하고 있는 것과 상징적 표현이 사용되고 있는 등 공통점이 많다. 따라서 많은 비유와 암시를 포함하고 있어 해석이 어렵기도 하지만 여러 갈래의 해석이 나올 수 있다. 우선 제3연부터 살펴보자.

> 가던새 가던새 본다 믈아래 가던새 본다
> 잉무든 장글란 가지고 믈아래 가던새 본다
> (어석[4]은 각주 참조)

우선 여기서 '가던 새 가던 새 본다'를 두 가지로 해석할 수 있다. 첫 번째는 '가던 새를'을 강조하기 위한 단순반복으로 해석하는 경우이며 두 번째 해석은 '가던 새가 가던 새를 본다던가?'이다. 여기서는 두 번째 해

---

4) 〈제3연의 어석〉
  - 가던 새: (늘 다니던 길을) 가던 새(鳥) '가던'은 현재시제로 지속의 뜻이 있음.
      예 : 가던 길 멈추고
  - 잉무든 : 이끼 묻은, 녹슨
  - 장글란 → 잚+을란 ; 잚: 도구, 연장 : -을란: 목적격 조사 '을'을 강조한 것.
  - 잉무든 장글란 가지고 : 이끼 묻은/녹슨 '연장이라는 것'을 가지고

  ※ 중의적인 표현 : '잉무든 잚'은 1. '녹슨 연장'으로 보면 푸른 녹이 스는 동경(銅鏡)을 의미하며 사람이 가지고 보는 거울을 상징하며. 2. '이끼 묻은 연장'으로 보면 수초가 자라는 '동그란 호수'를 상징하는 말이며 이는 새가 가지고 보는 거울이 된다.

석을 따랐다. 다음에 오는 "물 아래 가던 새 본다"도 "날아가던 새가 물아래 비친 '가던 새'를 보는가?"로 해석될 수 있기 때문이다. '가던 새'가 어찌 '가던 새' 자신을 보겠는가. 설령 본다고 해도 별 의미 없는 말이 된다. 그러나 '가던 새'가 '가던 새'를 보는데 물 아래 비친 '가던 새'를 본다면 이는 상당한 의미가 있다. 내 자신을 평소에는 잘 보기 어려웠지만 '물 아래 비친 자신'을 봄으로써 여태까지 몰랐던 내 모습을 바로 볼 수 있으며, 내 모습을 확인하는 순간 충격을 받을 수 있기 때문이다.

또한 '가던 새 본다'에서 '본다'는 '과거회상'의 의미를 갖는 현재의문형으로 보고 '본다던가?' 즉 "본다고 하던가?"를 줄여서 나타낸 시적표현으로 볼 수 있다. 그러면 '가던 새'의 '가던'과 조화를 이루는 해석이 된다.

이상의 검토에 따라 제3연 전체를 풀어 써 보자.

가던 새가 가던 새를 본다던가? 물 아래 가던 새를 본다던가?
이끼 묻은/녹슨 '잠글란' 가지고 물 아래 가던 새를 본디던기?

여기서 '잠글란'이라는 말은 전후 문맥상 다음 조건을 만족시켜야 한다.

ⅰ) 새나 사람이 가질 수 있어야 하고,
ⅱ) 이끼나 녹이 스는 것으로 '잠(도구, 연장)'이라고 할 수 있는 것
ⅲ) 보는 도구가 되어야 함.

둘째 행은 '잠글란' 가지고 가던 새를 보는가?'가 되며 '잠글란'은 보는 도구가 되어야 하기에 조건 ⅲ)이 요구된 것이다. 그렇다면 이러한 조건을 모두 만족하는 물건이 과연 있을까? 그것은 바로 거울이다.

당시에는 청동거울이 쓰였는데 동(구리)의 합금으로 되어 있어 파란 녹이 슬었다. 이것은 사람들이 즐겨 사용하는 '도구'이다. 즉 가지고 보는 '잠'이다. 또한 새들도 자신을 비춰 보는 거울이 있다. 새들의 거울은 호

수이다. 동그란 호수에 세상이 다 비치니 새들이 가지고 보는 거울이다. 뿐만 아니라 호수 가장자리에 수초가 자라는 것이 꼭 이끼가 긴 것처럼 보이니 위 조건을 완벽하게 만족시키는 것이 아닌가?

둘째 행은 이 '잠'이라는 것을 가지고 즉 '장글란' 가지고 가던 새를 비춰 보는가 하고 화자는 '가던 새'에게 묻고 있다. "(늘 다니던 길을) 가던 새야, 너도 너 자신을 비춰 보느냐, 동그란 호수에 비치는 '물 아래 가던 새' 즉 너 자신을 비춰 보느냐"가 그 표면적 내용이다. 그렇다면 화자는 이 시구를 통해서 전하고자 하는 의미가 무엇일까? 그 숨은 내용은 '너와 내가 같다'는 것이다. 즉 "나도 너와 같이 '잉무든 거울'로 나를 비춰 보곤 하는데 그 형상이 바로 너의 '물 아래 가던 새'와 똑같은 모습이로구나"가 된다. '물 아래 가던 새'를 보면 그 모습이 거꾸로 난다. 이는 내 모습 역시 '거꾸로 나는 형상'이라는 이야기다. 또한 거울에 비치는 내 모습뿐만 아니라 그기에 비치는 세상 모습이 다 '거꾸로 된 세상'이라는 말도 숨겨져 있다. 또한 어쩌다 한번 보는 세상 모습이 아니라 늘 다니며 보는 세상 모습이라는 의미가 '가던 새'라는 한 마디에 함축되어 있는 것이다. '물 아래 가던 새 본다'는 거울 속에 비친 자신의 모습을 보고서는 '내가 바로 저런 모습이라니!'라는 한탄과 함께 자신의 비감한 심정을 비유적으로 표현한 것으로 볼 수 있다.

이 시가의 시대적 배경은 대몽항전을 거친 후의 '민초들의 고단한 생활상'을 노래한[5] 것이다. 당시는 전쟁 직후라 사회질서가 파괴된 상황에서 몽고인들에 의해 식자층이 핍박을 받았고 몽고앞잡이 부랑배들이 위세를 부렸다.[6] 세상이 거꾸로 된 것이다.[7] 그 중 가장 극적인 사건으로 홍

---

5) 창작시기는 '해금'이 전래된 시기와 해금의 명인 종지의 활동시기 그리고 고려 속요가 가창된 시기 등을 감안하여 제작연대를 어느 한 시기로 특정하기보다는 고종-충렬왕대 연간에 지어진 것으로 보는 것이 통설이다.

다구와 그의 측근들이 벌인 〈김방경의 무고 사건[8]〉을 들 수 있다. 일본원정에서 크게 능력을 발휘한 고려의 영웅 김방경 장군을 부원배들이 무고하고 이어 모진 국문을 가했다. 조정 신료나 백성들이 하나 같이 그 부당함에 울분을 삼키고 있었으나 몽고의 위세 앞에 그 누구도 말을 할 수 없었다. 제3연은 이러한 '민족의 울분'을 노래로 읊은 것이라고 볼 수 있다. 그러면 매우 깊은 뜻이 함축되어 있는 시구가 된다. 여기서 '새'는 전쟁 통에 떠돌아다니는 백성들이며 살다가 보니 '거꾸로 된 세상'을 만났음을 탄식조로 읊고 있는 풍자시가 된다. 이것만으로도 대단히 훌륭한 詩歌이다. 하지만 그 이면에 기막힌 아이러니가 숨겨져 있다.

제3연의 아이러니는 화자를 '임과 더불어 청산으로 도피하고자 하는

6) 몽고에 대한 일반 백성들의 저항이 초기에는 대단히 커서 다루가치조차 암살 위협을 받을 정도였으나, 시간이 지나면서 몽고에 부역하는 자, 친몽고 성향을 띠는 사람들이 생겨났으며 몽고를 등에 업고 각종 이권을 챙기며 갖은 행패를 부렸다. 본 시가 종연의 술집과 〈쌍화점〉 종연 '술파는 집'이 몽고가 들여온 술 '소주'와 연관이 있으며 당시 고급주였던 소주를 팔아 상당한 부를 누렸음이 암시되어 있다.

7) 그 이유로는 무신정권 붕괴와 왕정복고로 삼별초 등 항몽세력이 하루아침에 적으로 몰려 피아가 달라진 점이고, 또한 다루가치 등 몽고에서 파견된 관리들이 조정 관료들을 무력화시킴으로서 백성뿐만 아니라 관료들까지 갈피를 잡을 수 없게 만들었다.

8) 『고려사 열전』 「김방경전」: — 몽골 민정관 다루가치에게 "김방경 등 43명이 반역을 모의하여 다시 강화도로 들어가려고 한다"는 익명의 투서가 날아들었으나 재상 유경이 강력하게 변호하여 김방경은 위기에서 벗어났다. 그러나 위득유, 노진의 등이 몽고 장수 흔도에게 다시 고발장을 넣었다. "김방경이 아들, 사위 등과 함께 반역을 꾀하여 다시 강화도로 들어가려고 하고 있다. 일본정벌 후 군 장비를 국가에 반납하지 않고 자기 집에 감추어 두었으며…"라는 내용으로 근거 없는 무고였다. 이에 흔도는 마무리 지으려 했으나 홍다구가 끼어 들어 몽골의 중서성에 특청하여 내락을 받아 국문을 하게 되었는데 처참하기 이루 말할 수 없었다. 두 차례에 걸친 홍다구의 혹독한 고문을 견뎌낸 김방경 부자는 각각 대청도와 백령도로 귀양을 갔다. 후에 쿠빌라이에게서 무죄를 인정받아 사면 복권되었고 오히려 大都로 불려가 위로와 선물을 받았다. [참고] 정순태, 『여몽연합군의 일본 정벌』 김영사 2007, 151–154쪽

여인'으로 보면 확연히 드러난다. 제2연에서 자고 일어나 우는 화자는 아무리 봐도 여인이다. 그 여인이 거울로 자신의 모습을 비춰보며 새에게 묻고 있다. '물 아래 가는 새'를 보는가 하고…. 물에 비친 새는 '거꾸로 된 모습'을 하고 있다. 아! 내 모습이 저런 모습이라니…. 전쟁 통에 거꾸로 된 자신의 모습을 발견하고 탄성을 지르는 것이다. 여인의 '거꾸로 된 모습'은 불륜에 처해 있음을 뜻하며 그 상대를 밝힐 필요는 없지만 굳이 밝힌다면 하인일 가능성을 비치고 있다. 이에 한술 더 뜬다면 '체위'에 대한 표현으로 상상해 볼 수 있다. 외설적 표현이 현대의 에로티시즘을 무색하게 할 정도이다. 그러나 이러한 상상이 본 연 하나로 그친다면 아무런 의미가 없을 것이다. 타 연과 끈끈한 상관관계를 유지할 때 비로소 의미를 갖게 되는 것인 즉 가장 밀접한 관계를 갖는 연이 바로 제7연이다.

다른 한편으로는 '가던 새'를 '갈던(耕) 사래'로 해석하는 논문이 많이 발표되었고 근래에 그 세가 상당히 불어나고 있다. 여기서는 몽고침입에 맞서 조정에서 벌이는 청야전술로 산으로 바다로 내몰리는 민초들의 애환을 읊은 노래로 보고 있으며 '물 아래 가던 새'를 '강 하류 들판을 갈던(耕) 새(이랑)'으로 해석하고 있음을 언급해 둔다.

3. 제7연의 새로운 해석

제7연은 결연 앞의 연으로 한시의 전(轉)구에 해당하며 앞의 연과는 사뭇 다른 새로운 느낌을 준다. 따라서 반전을 시도하는 연으로 내용 파악이 어렵다. 그러나 본 시가의 핵심적인 내용이 될 것이다.

> 가다가 가다가 드로라 에졍지 가다가 드로라
> 사스미 짒대예 올아셔 히금을 혀거를 드로라
> (어석9)은 각주 참조)

첫 행에서의 '가다가 가다가 드로라'는 여기저기 다니다가 들었다는 말이다. '가다가 오다가'와 같은 뜻이지만 굳이 '가다가 가다가'로 쓴 이유는 늘상 다니던 길이 아니라는 의미가 담겨 있다. 또한 '가다가'는 '어쩌다 한 번씩'이라는 의미로도 쓰이는 중의적 표현이 된다. 이어 나오는 '에졍지 가다가 드로라'에서는 '가다가 들었다'가 반복되고 있다. 이것은 '가다가 들은 바'가 대단히 특별하다는 의미가 될 것이기에 여기서는 특별한 소리를 '에졍지 가다가' 들었다로 해석할 수 있으며 "'에졍지'에서 흘러나오는 소리를 들었는데 그 소리가 의미심장하더라."라는 감탄을 나타내는 시구로 볼 수 있다.

다음 행은 그 들은 바 의미심장한 소리의 내용과 관련된 시구이다. '에졍지' 가다가 들은 것이 바로 "사슴이 '짒대'에 올라가서 해금을 켜거늘" 그 소리를 들었다는 것이다. 또 한 번 '드로라'라는 표현을 썼으니 그 들은 바 내용은 '정말 기가 막히는 소리더라'를 기대해 볼 수 있다. 두 줄밖

---

9) 제7연의 어석
 에졍지 : 에+졍지(정지/부엌) → 에졍지, 부엌에 딸린 보조공간
 사스미 : 사슴(사슴)+ㅣ(주격조사)   올아셔 : 올라서, 올라가서
 혀거를 : 켜거늘, '혀거를/혀거를'이 혼용되었음.

에 안 되는 짧은 시에서 이렇게 세 번씩이나 '드로라'를 읊었기 때문이다. 즉 제7연은 한마디로 '드로라' 연이 된다는 것이다. 이러한 관점에서 제7연의 난해어구의 해석을 시도해 보자.

'에졍지'의 어석

'에졍지'의 어석은 그 내용이 매우 다양하다. 단어 하나에 딸린 해석이 너무나 다채롭다. 그 이유는 다음 행에 나오는 '사스미 짒대예 올아셔 히금을 혀거를'이 난해하기 때문이다. 실로 다양한 견해가 제시되었지만[10] '드로라'의 정체를 밝힌다는 면에서는 별로 도움이 되지 못했다.

'에졍지'의 뜻은 말 자체로부터 찾아야 한다. '에졍지'는 '에+졍지'로 볼 수 있으며, '졍지'는 '정지'의 고어로서 부엌을 뜻한다. '에졍지'는 부엌에 딸린 공간으로 '상하기 쉬운 음식물' 특히 '술'을 저장하기 위해 만든 보조공간으로 볼 수 있다.[11] 이 말은 '졍지에'의 도치로 만들어졌을 것이라는 추측이 가능하다. '에졍지'는 시원해야 하므로 불을 지피지 않는, 즉 솥이 없는 공간이다. 부엌이 없으므로 '애졍지[12]'라고 부르기 곤란했을

---

10) '에졍지'에 관한 종래의 어석을 간략히 소개한다.
    i) 에+졍지, '졍지'는 부엌을 의미: 양주동(1954)−'에'는 미상, 아마 딴부엌의 뜻. 김형규: '에'를 감탄사 또는 접두어로 추측; 안병국: 외졍지, 바깥쪽의 작은 부엌
    ii) 갈림길—성호경(1995), 허남춘(2005), 박재민(2012)
    iii) 기타 : 에둘러 가는 길(장지영), 정자터(김제현), 제3의 지향처(이종덕), 해금의 명수(서수생), 에지졍지(서재극), 호응식 이앙가(송재주)

11) 에졍지는 광의 이전 형태이며, 건축술이 발달하지 못한 고려시대에 상하기 쉬운 음식물(특히 술)을 저장하기 위해 만든 보조부엌으로서, 때에 따라서는 은밀한 공간으로 이용될 수 있음을 보임으로써 나름 해금소리의 비밀을 풀어낸 바 있다. 졸고, "〈청산별곡〉, 궁중예악으로 노랫말이 금지된 이유는?", 월간 《신문예》 제88호, 2017 3/4월, 160−175쪽

것이다. '외정지, 바깥정지'도 마찬가지다. '에졍지'라면 솥이 없는 보조부엌을 연상시키기에 딱 좋은 이름이며, 그리하여 생겨난 말로 풀이하고자 한다. 그런데 술과 상하기 쉬운 음식을 저장했던 '에졍지'는 별서(別墅)와 깊은 연관이 있었던 것으로 보인다.

고려시대 사대부들은 무신의 난과 몽고침입을 겪으면서 도읍에서 멀리 떨어진 산간벽지에 別墅를 많이 두고 있었다.[13][14] 그들은 別墅에 하인을 두고 농장을 개간하여 경영했는데, 일꾼들에게 일을 시키기 위해서는 술이 필요했으며 '에졍지'의 필요성이 가장 컸던 것으로 볼 수 있다. 또한 별서의 '에졍지'는 '깊은 산속으로의 도피'라는 이미지를 떠올리게 하는 것으로 〈청산별곡〉에 가장 잘 어울리는 시어라고 볼 수 있다. 그러나 '에졍지'는 이 외에도 많은 함의를 갖는 시어로서 획일적인 해석으로 몰아가서는 안 된다는 점도 언급해 둔다.

마지막으로 '에졍지'의 어석을 정리하면, '에졍지'인가 했더니 딱히 그것도 아니며, '어이 宗智(해금의 명수)'인가 했더니 그 또한 아니고, 또한 '갈림길'을 뜻하는가 했더니 그도 아니며, 이도 저도 아닌 듯하면서도 이것도 저것도 어느 것도 될 수 있는 이상야릇한 말이로구나.[15]

---

12) '애졍지'는 현대까지 쓰이고 있는 말로서 작은 부엌을 의미하며, 솥을 거는 '부엌'이 있어야 한다. 술을 저장하는 '에졍지'는 부엌이 없어 '애졍지'로 불릴 수 없는 공간이다.

13) 이정호, "고려시대 관료층의 別墅 생활", ≪역사와 담론≫ 72, 2014, 3-34쪽.

14) 신은제, "고려시대 田莊의 규모와 공간구조", 『역사와 경제』 65 경남사학회, 2007.12, 219-253쪽 - 아래는 226쪽에서 발췌한 것임.
고려시대 관료들이 개성 주변에 두루 田莊을 두고 있었다는 사실이 주목된다. 이규보는 西郊와 東郊에 각각 별업을 두고 있었고, 林椿은 長湍湖 주변에 신의 별서를 가지고 있었을 뿐 아니라 개성 郊外에 있던 뭇선생의 별서도 방문한 적이 있다. 李混의 福山莊도 개성 남쪽에 있었으며, 李仁任도 왕궁에서 하루 떨어진 곳에 별서를 두고 있었다. 이외에도 李穡의 장단 別墅 등 고려시대 많은 관료들의 田莊은 개성 주변에 산재해 있었다.

"얄리 얄리 얄라셩 얄라리 얄라!" 후렴이 절로 따라 나온다. 어려운 후렴이지만 '얄'이 '얄_궂다, 얄을 부리다'의 '얄'임을 알고 보면 그 뜻 또한 쉽게 이해된다. 즉 "얄하리 얄하리 얄하셩? 얄한 것, 얄하도다!" 정도가 된다.

(우리 선조들의 언어 감각이 이 정도일 줄이야! 감탄이 절로 나올만하지 않은가!)

'짒대'에 관하여

다음은 '짒대'라는 말의 뜻을 생각해 보자. '짒대'는 고어일 수도 있지만 현대어로 이해할 수 있는 말 '짐대(짐을 얹어 두는 탁자)'와 같은 말일 수도 있다. '짐대'는 다음 2가지 뜻을 가지고 있다.

(1) '짐(荷)+대(막대)'. 돛대를 달리 부르는 말.[16]

 * '-대(막대)'의 예 : 솟대, 돛대, 장대, 걸대, 횟대

(2) '짐(荷)+대(臺)'. 짐을 올리는/쌓아두는 대(臺), 크기에 따라 탁자를 의미하기도 하며 큰 터를 의미하기도 한다.

〈청산별곡〉의 공간을 내륙으로 본다면[17] '짒대'는 배의 '짐대'가 아닐

---

15) '예졍지'의 함의는 많이 붙이면 붙일수록 더 좋다. 즉 '예정지(豫定地)'인가 했더니, '정자터'인가 했더니, '이앙가'인가 했더니, 등등으로.

16) 배가 뒤집히는 것을 막기 위해 부력 중심에 무거운 짐(돌)으로 눌러 두기도 했는데 그 자리에 대를 세우고 짐대라고 불렀음. 돛대도 같은 자리에 세워야 했기 때문에 같은 말로 혼용되었음. 짐대·돛대·檣장대·잠대는 동의어로 볼 수 있으며, 배의 안전을 기원하는 의미에서 짐대를 선호하기도 했다. 행주형 지세(行舟形 地勢)에 대한 풍수비보물로 세울 경우에는 반드시 짐대로 불렀으며, 절의 당간도 '짐대 자리'에 세우면 짐대로 불렀다.(간혹 행주형지세가 아닌 절의 당간을 짐대로 잘못 부르는 경우도 있음.)

17) 바닷가보다는 내륙에 사는 사람이 많으므로 그냥 그렇게 가정해 본 것이다. 물론 아닐 수도 있다.

것임에 달리 무엇이라고 볼 수 있을까? 특히 '에정지'와 관련된 것으로 무엇이 있을까? 백수희·산대잡희의 '솟대·장대'는 풍수비보물이 아니므로 '짐대'라고 부르지 않았을 것으로 보인다. 하지만 행주형 지세가 아닌 절의 당간을 짐대로 부르기도 한 것처럼 '짐대'로 불렀을 수도 있다. '에정지'와 관련된 '짐대'라면 '짐을 올려 놓는 탁자(荷臺)'를 의미하는 것은 아닐까? 현대어로 이해할 수 있는 '짐대' 즉 '짐을 얹어 놓는 대(탁자)'라면 '에정지'에 두고 쓰는 일용품이기도 하다. 따라서 아래에 그 공간적 특성을 살핌으로써 감동을 자아낼만한 시적 표현이 될 수 있는지 그 타당성을 검토해 보았다.

'에정지'는 '해금켜는 소리'가 흘러나온 곳이기 때문에 공간의 특성을 면밀히 살펴볼 필요가 있다. 이는 '짐대'의 어석에 직접적인 영향을 미치기 때문이다. '에정지'는 비교적 서늘한 위치를 골라 만든 공간으로서 상하기 쉬운 음식, 특히 술을 저장하는 보조부엌이다. 당시 '에정지'를 둘 정도의 주택이면 하인 몇 명쯤 거느리는, 식솔이 많아 특별히 음식을 저장할 공간이 필요할 정도의 꽤나 잘 사는 집안으로 생각된다.[18][19] 저장해야 할 음식으로 첫 번째 꼽을 수 있는 것이 술이다. 당시에 술로서는 탁

---

18) 『고려도경』-민거 民居- 고려 예종 때 송나라 사신 徐兢(서긍)의 기록. "王城雖大. 磽确山壟. 地不平曠. 故其民居. 形勢高下. 如蜂房蟻穴誅茅爲蓋. 僅庇風雨. 其大不過兩椽. 比富家稍置瓦屋. 然十纔一二耳."(밑줄 친 부분)-왕성이 비록 크나… 백성들이 거주하는 형세가 고르지 못하여 벌집과 개미구멍 같다. 풀을 베어다 겨우 풍우를 막는데 집의 크기는 서까래를 양쪽으로 잇대어 놓은 것에 불과하다. 부유한 집은 다소 기와를 덮었으나 겨우 열에 한두 집뿐이다.
19) 고려시대 주거상황을 조사해 보면 평민은 대부분 토담집에서 살았으며 움막집 주거도 남아 있었던 것으로 보인다. 당시에 정지라는 반듯한 공간 한 칸을 부엌으로 쓰고 에정지까지 딸린 집이라면 분명 상류층 사대부 또는 지방호족의 집이었을 것으로 짐작됨.
   [참조] 김정기, 「문헌으로 본 한국주택사 - 선사시대부터 고려시대까지-」 단국대학교, 동양학연구원, 《동양학》 7권 1977, 102-103쪽.

주와 이를 가라 앉혀 만든 청주가 있었으나 모두 알코올 농도가 낮아 날씨가 따뜻해지면 술이 금방 시어져서 맛이 변했다. 때문에 술은 시원한 곳에 보관해야 했는데 부엌은 불을 지피므로 적당치 못했다. 그래서 조금 여유 있는 상류층이면 술 저장소가 제일 먼저 필요했다. 또한 명절이나 관혼상제의 큰일을 치르고 나면 남은 음식을 저장할 필요도 있었다. 에정지는 넓은 공간이 되지 못했을 것이며 공간을 효율적으로 사용하기 위해서 탁자와 같은 짐 올리는 '짚대'를 들여놓고, 짐대 아래에는 술항아리[20], 젓갈단지, 감주 또는 수정과 항아리 등 무거운 물건을 놓고, 그 위에는 무겁지 않은 물건들을 올려놓았을 것이다. 또한 벽에는 층층이 선반을 만들어 가벼운 물건을 얹었을 것이다. 이것이 '에정지'의 기본배치이다. 그리고 공간적인 특성은 부엌에 붙어 있는 음식물 저장소로서 항상 자물쇠가 채워져 있는 후미진 공간이며, 이를 관리하는 사람은 노마님이 아닌 젊은 마님일 것이다. 부엌일을 직접 챙기는 사람은 젊은 마님이기 때문이다. 부엌에 딸린 공간이지만 외진 곳에 위치하여 하녀들조차도 잘 다니지 않는 한적한 공간이니, 때에 따라서는 은밀한 장소로 이용할 수 있지 않겠는가. 더군다나 술과 안주가 갖추어져 있고 짐을 올려놓는 '튼튼한 탁자' 즉 '짚대'까지 있다면….

　이상의 주변 상황을 고려함으로써 '짚대'의 어석을 새롭게 살펴보고자 한다. 짐을 올려놓는 짐대는 '짐(荷)+대(臺)'로 이루어진 말로서 옛날에는 '짚대'로 표기했다. 대(臺)는 터라는 의미도 있지만 '판판한 공간'의 의미로 탁자를 의미하기도 했다. 여기서는 '에정지'와 연관지어 '터' 보다는 '탁자'로 보고자 한다. '에정지'가 비밀스러운 공간으로 이용될 수 있다면 '짚대'가 가지는 상징성은 무엇이라고 할 수 있을까. 무거운 짐을

---

20) 여기서 술항아리는 '술 빚는 단지'가 아니고 다 빚은 술을 걸러서 먹기 전에 보관하는 술항아리이다. 따라서 가능하면 차게 보관해야 함.

올려놓는 '짊대'는 '튼튼한 탁자'라는 이미지를 전달할 수 있다. 본 구절을 음사 관련으로 본다면, 두 사람이 올라가도 끄떡없는, 사랑놀이가 가능한 '튼튼한 탁자'라는 상상을 가능케 한다. 이는 지독한 외설에 속하는데 과연 그런 의도를 가지고 쓴 표현이라고 할 수 있을까? 본 시가가 풍기는 느낌과는 거리가 너무 멀어 잠시 유보해 둔다.

그렇다면 '짊대'는 무엇을 뜻하는 말일까? 이 역시 돛대, 솟대, 당간을 달리 부르는 '짐대'인 듯도 하고 아닌 듯도 하고, 또한 짐 올리는 '짐대(荷臺)'인 듯도 하고 아닌 듯도 한 그런 표현일까? 그 답은 둘째 행의 해석으로부터 얻을 수 있을 것이다.

이제 제7연의 해석을 시도해 보자. 언어적 해석은 어렵지 않다.

가다가 가다가 드로라 에졍지 가다가 드로라
　　가다가 가다가(이따금 한번씩) 들었노라, '에졍지' 가다가 들었노라
사스미 짊대예 올아셔 히금을 혀거를 드로라
　　사슴이 짊대에 올라가서 해금을 켜거늘 들었노라

위의 해석에서 중요한 것은 "가다가 가다가 즉 이따금 한 번씩 들었노라"의 내용이 될 것이다. 무엇을 두고 이런 노래를 읊었을까? 이 연의 주제어는 '드로라'이다. '듣는다'는 행위 그 자체가 '감동적인 의미'를 갖는 그 무엇을 찾아야만 비로소 의미있는 해석이 될 수 있을 것이다. 이는 '에졍지'나 사슴, 짐대, 해금과 관련된 것이어야 한다. 그에 해당하는 것으로 무엇이 있을까? 옛날부터 악기 연주와 관련하여 '지음(知音)'이라는 말과 伯牙絶絃(백아절현)라는 고사성어가 있다.[21] 그런데 '에졍지'는 伯牙의 '牙'와 鍾子期(종자기)의 '鍾子'가 합쳐진 '牙鍾子(아종지)[22]'의 음사로

---

21) 知音 :－백아와 종자기의 고사　[출전]『열자(列子)』〈탕문편(湯問篇)〉
　춘추전국시대에 거문고로 이름난 백아와 종자기는 가까운 벗이었다. 종자기는

볼 수 있으며 '知音'이라는 말을 연상시킨다. '知音'이라는 말은 후에 '자신의 마음을 가장 잘 알아주는 친구'을 뜻하는 말로도 쓰였다. 知音을 위해서는 아무런 대가를 바라지 않고 자신을 희생할 수 있다는 '최고의 우정'을 뜻하는 말이 되었다. 그러나 여기서 '드로라'는 知音을 들었다가 아니다. 知音인 듯하면서도 아닌 '가짜 지음'을 들었다는 것이다. 여기서 주목할 것은 '…인 듯하면서도 아닌'이 계속 반복되고 있다는 점이다. 즉 이를 연장시키면 '사슴'에도, '해금을 켜거늘'에도 적용할 수 있을 것이다. 모두 진짜가 아니고 비슷한 가짜라는 말이 된다. 사슴은 상징성이 많은 동물이다. 지존인 왕이나 황제를 상징하기도 하고 신의 뜻을 인간에게 전달하는 매개자로 여겨지기도 한다. 또한 높은 관직의 선량한 벼슬아치를 상징하기도 하며 암사슴은 고상한 여인을 상징하기도 한다. 그러나 여기서의 사슴은 그런 사슴이 아닌 그를 흉내 내는 가짜 사슴이 된다. '히금을 혀거를'도 '해금을 켠다'는 말이 아니고 '해금을 켜는 듯하거늘'이라는 의미이다. '가다가 가다가' 들었는데 그런 비슷한 소리만 들었을 뿐이라는 말이 된다. 여기에는 예리한 정치적 풍자가 숨겨져 있다.

당시 전쟁에서 이긴 몽고는 왕을 부마로 삼고 다루가치와 많은 관료들을 파견하여 정치를 심하게 간섭했다. 충렬왕이나 충선왕은 모두 집권 초기에는 강력한 개혁정책을 펴고자 했다. 그러나 파견된 몽고 관리들이 사사건건 간섭하여 뜻을 이루지 못하게 방해했다. 제7연은 이러한 정

늘 백아의 연주를 듣고 그의 마음속을 알아채곤 했다. 산을 오르는 생각으로 연주하면 태산과 같은 연주라 말하고, 흐르는 강물을 생각하며 연주하면 흐르는 강의 물소리가 들리는 것 같다고 하였다. 이에 백아는 진정으로 '자신의 소리를 알아주는(知音)' 사람은 종자기밖에 없다고 하였고, 이로부터 지음이라는 말은 자신을 잘 이해해 주는 둘도 없는 친구를 말하는 것이 되었다. 이렇게 자신을 알아주던 종자기가 병으로 먼저 죽으니, 백아는 거문고의 현을 끊고 다시는 연주하지 않았다. 이에 伯牙絶絃(백아절현)이라는 고사성어가 생겨났다.

22) 集韻에 '子'의 발음은 '지'라는 설명(張吏切)이 있으며 예로서 '가지(茄子), 종지(種子), 단지(團子)' 등이 있다.

치상황을 풍자한 것이다. '사슴머리에 쥐눈을 한 자(鹿頭鼠目녹두서목)'[23] 즉 몽고 관리들이 백성을 위한답시고 정사를 쥐락펴락 하고 있는데 모두 '가짜 지음'을 연주하고 있을 뿐이라는 말이다. 마지막 '드로라'는 그런 소리를 "듣기만 하고 가만있어야 하는 내 처지가 한심하도다!"라는 한탄이며, 또한 그러고 있는 몽고를 은근히 비웃고 있는 속마음을 읊었다고도 볼 수 있다. 삼별초 토벌이나 일본정벌에서 여(麗)·몽(蒙)은 서로 知音의 사이나 된 것처럼 뜻을 모았지만, 그리고 나라를 위한답시고 그들(蒙)이 벌이고 있는 정치가 모두 '가짜 지음'일 뿐이라는 냉소적인 풍자가 깔려 있는 것이다. 이러한 관점에서 제7연은 다음과 같이 풀이할 수 있다.

> 가다가 가다가(이따금 한 번씩) 들었는데, 에정지도 , 갈림길도, '인 듯도 하고 아닌 듯도 한', 그 곳을 가다가 들었는데, '어이 宗智'도 아니고 知音도 아닌, 그 비슷한 소리를 들었노라.
>
> 鹿頭鼠目(선한 듯 음흉한 者)이 '솟대를 타고 높이 올라가 해금을 켠다'고 하듯 말도 안 되는 어설픈 재주로서 '知音을 연주한답시고 소리를 내거늘', 그런 따위를 들었노라.

이 노래가사 속에는 우리나라에 온 몽고의 관리들이 어설픈 재주로 국내 정치를 지나치게 간섭하며 마치 知音이라도 되는 양 행세하는 것을 비웃는 정치풍자가 숨겨져 있다. 당시에 오랜 전란을 겪은 민생들의 애환을 읊은 '올이도 갈이도 없는 적막한 밤'과 '돌(재앙)'을 맞아 울고 있는 여인, 그리고 바다 끝으로라도 도피하고 싶은 심정을 읊은 앞의 연과 멋진 호응을 이루고 있어 과연 명시다운 면모를 보여 주고 있다 할 것이다. 그러나 본연 역시 마찬가지다. 그 이면에 숨겨진 아이러니를 간과하

---

23) 李奎報의 『東國李相國集』 권제11 古律詩 〈全履之전이지見訪견방與飮여음大醉대취贈之증지〉라는 詩 중에서 따온 말이며 그의 영향을 받은 시구로 볼 수 있다.

고 지나친다면 어찌 '진수'를 맛보았다 할 수 있으리오.

앞의 해석은 그 자체로 훌륭한데 어찌 아이러니를 들고 나오는가. 이유는 앞의 해석에서 미진한 부분이 있기 때문이다. 즉 '에정지', '사슴', '짒대' 등의 시어가 지나치게 상징적인 의미로 해석되어, 즉 '知音'이나 '鹿頭鼠目'이라는 시대풍자에 휩쓸림으로써, 시어가 가지는 '고유한 뜻'이 반영되지 못했기 때문이며, 다른 한편으로는 제3연에 호응하는 멋진 아이러니가 기대되기 때문이기도 하다.

본연의 아이러니는 '에정지'로부터 시작된다. 부엌은 여자의 공간이니 사슴 역시 암사슴이며 젊은 마님을 상징한다. 그 여인은 사슴처럼 고상한 여인이지만 또한 알고 보면 아닐 수도 있다. 그 여인이 '짒대'에 올라가 '해금을 켜거늘' 들었다는 것이다. 그런데 '해금을 켜는 것' 역시 진짜 연주가 아니며 '해금을 켜는 듯하거늘' 들었다는 말이다. 이것이 무엇을 뜻하는 말일까? '에정지'가 비밀스런 공간이 될 수 있으니 제3연의 아이러니와 직결된다. '불륜'의 현장이 되는 것이다. 그러고 보면 '짒대'라는 말이 눈에 들어온다. 둘이 올라가도 끄떡없을 만큼 '튼튼한 탁자'라는 암시가 된다. 이에 본연에 음사가 포함되어 있다는 확신이 들면 그제야 '해금을 켜거늘'의 의미가 어렴풋이 잡힌다. 해금 켜는 소리는 진짜 해금소리가 아니라, 여인이 내는 '교성'을 상징적으로 표현한 것이다. 아! 어찌 이럴 수가… 한없이 맑고 신비로운 〈청산별곡〉에 어찌 이렇게 지독한 외설이 숨겨져 있을 수 있단 말인가. 아니 절대 그럴 리 없다는 거부감이 끓어오르겠지만, 아이러니 측면에서 보면 제3연과의 호응이 너무나 정교하게 맞아 떨어지는 것을 어떡하겠는가?

따지고 보면 본 연에 쓰인 시어 '에정지, 사슴, 짒대'와 '해금을 켜거늘' 사이에도 정교한 상관관계가 장치되어 있음을 알 수 있다. 해금은 '깽깽이'라는 별명을 가지고 있다. 그 음색이 '깽깽대는 소리'를 낸다는 말이다. 그런데 경상도 민간에는 "밤새 여시 패는 소리를 냈다"라는 표현이 있다. 여우를 때리면 '깽깽'대며 우는데, 그 소리가 진한 섹스를 벌일 때 여인이 내는 소리와 비슷하여 그러한 표현이 생겨난 것이다. 여기서의 '해금 소리'는 '깽깽이 소리'를 달리 표현한 것으로 감창(甘唱; 섹스 교성)을 의미한다. 그리고 '에졍지'와 '짒대'는 사건이 벌어진 현장이 되는 것이다. 또한 '사슴' 역시 묘한 느낌을 주는 시어이다. 꽤나 잘 사는 사대부 집의 '젊은 마님'을 상징하고 있으니 사슴처럼 고상한 여인이어야 한다. 그런데 알고 보니 그렇지 않다는 말이다. 그 마님은 사슴-'인 듯하면서도 아닌' 여인이라는 말이다. 그 여인을 연모했던 화자는 한탄에 경탄을 더하여 읊조리고 있다. "한없이 고상한 줄 알았던 그 여인이 '깽깽이 소리'를 낼 줄이야, 그래서 넋을 놓고 들었노라." 얄리 얄리 얄라셩 얄라리 얄라. 세상에 이런! 웬 '얄'이 그리도 많아서, 여기에도 얄이 끼었고 저기에도 얄이 끼어 있는, 정말 얄-궂은 세상이로다.

4. 〈청산별곡〉에 숨겨진 아이러니

여요는 남녀상열지사를 읊은 것이 많으며 본 詩歌 역시 예외라고 할 수 없다. 앞에서 논한 아이러니는 종연으로 이어진다.(어석은 각주 참조[24])

가다니 빈브른 도긔 설진 강수를 비조라
　　(어딘가를)갔더니 배부른 독에 '설진 강수'(소주)를 빚어내도다.

[24) 빈브른 도긔: 배부른 독에 (몽고가 들여온 소주증류장치 '는지 고리'를 의미).
　　설진 : 낯설게 선보인(서먹하게 다가온), 충분치 못한(양이 적은)
　　　　(파생접두사 '설-'은 '충분치 못한'의 뜻을 가지며 양이 적음을 암시.)
　　＊설진 강수 : 낯설게 다가온, 양이 적게 나오는 독한 술. ('소주'를 의미함.)
　　조롱곳 누로기(중의적 표현) : 1) 조롱박꽃 모양으로 잘 핀 누룩이.
　　　2) 조롱꽃(기생)과 눌어붙은 이(늙은 주모).]

조롱곳 누로기 미와 잡사와니 – 중의적 표현
  1. 조롱박꽃 누룩의 매운 냄새가 나를 잡아당기니
  2. 기생(조롱꽃)과 주모(누로기)가 맵게도 나를(받들어 모시듯) 붙잡으니
내 엇디 하리잇고 / 내 어찌 할 것인가

위의 해석에서 '소주'에 대한 언급이 있으므로 필자는 〈청산별곡〉의 제
작연대가 충렬왕대일 가능성이 많다고 본다. 당시의 시대적 배경으로
이를 적극 고려하여 해석하였다.[25]

첫 행의 내용은 "어딘가 갔더니 배부른 독에 '설진' 독한 술을 빚어 놓
고 있노라!"이지만 숨은 뜻은 "몽고가 들여온 둥그런 독으로 된 증류장
치에 '처음 보는, 양이 적게 나오는 독한 술' 즉 '소주'를 빚어놓고 있도
다!"이다. 술이 좋은 술이어서 '비조라!'라는 감탄의 표현을 사용했다. 당
시의 백성들은 몽고라면 진저리를 쳤을 것임에도 불구하고 은연중에 몽
고가 들여온 증류장치와 소주를 찬탄하고 있는 것이다. 충렬왕의 바람
을 은연 중 슬쩍 감추어 놓은 은유적 표현이 아니겠는가.[26]

둘째 행은 상징적 의미 파악이 어렵다. '조롱꽃 누룩이'가 중의적인 표
현이기 때문이다. 첫 번째는 기존의 해석을 따라가는 것이다. 즉 조롱박

미와 잡스와니 : 맵게도(매우-) 잡사오니, 받들 듯 모셔 매우 잡아당기니.
  * 잡스와니: 잡+ㅅㅂ(주체겸양)+아니/어니 → 잡스와니.

25) 충렬왕은 세자시절 몽고에서 일시 귀국했을 때 몽고복식을 하고 들어와 조정
  신료 뿐만 아니라 백성들을 경악케 했다. 왕이 된 후에도 대세를 따라 친원정책
  을 지속적으로 추진했다. 왕은 몽고의 것이라고 해서 무조건 배척할 것이 아니
  라, '소주'처럼 좋은 것이 있으면 받아들여야 한다는 바람이 있었고, 또한 누구
  를 탓할 수도 없는 쓰라린 전쟁 상처는 이제 잊어버리고, 어떻든 주어진 여건에
  서 새 삶을 개척해야 하지 않겠는가.'라는 계몽적인 역할도 기대했을 것이다.

26) 충렬왕대에 소주와 기생집이 번성했다는 기록은 찾아볼 수 없다. 이로 미루어
  짐작컨대, 화폐통용(원의 '보초')을 촉진시키려는 왕의 바람이 미리 노래로 불
  려진 것으로 볼 수 있다. 본가의 '설진 강수'(소주)와 기생이 있는 술집, 그리고
  〈쌍화점〉의 '술폴집(소주 파는 술집)'은 모두 상상의 산물일 가능성이 큼. (술집
  은 화폐통용수단으로 활용된 바 있음.)

모양의 잘 핀 누룩 냄새가 매와 그 냄새에 끌려 술을 한잔 했다는 것이
다. 이 해석은 술을 좋아하는 화자의 세상 근심풀이로 볼 수 있다. 쾨쾨
한 누룩 냄새지만 그래도 술 생각을 불러일으키기에 족한 것이니 '그 냄
새에 끌려(억지 핑계로) 한잔 했노라'이다. 이는 '술 생각이 나서 한잔 했
노라'를 에둘러 해학적으로 표현한 것이며, 한편으로는 엄청난 과장이
포함된 표현이기도 하다. 말인 즉, 두보의 시구[27]를 원용한 것으로 "길에
서 누룩 실은 수레만 만나도 입에 침을 흘리는" 주당의 낙천적인 성격
이 그대로 드러나 있다. 여기서 '누룩냄새'는 술 냄새를 은유한다고도 볼
수 있다. 다른 한편으로는 이 행의 숨은 뜻을 찾아 해석하는 것이다. 즉
'조롱꽃 누로기[28]'를 '조롱꽃(기생)과 <u>눌어붙은 이</u>(주모)'으로 보는 것이
다. 즉 술 생각이 나서 한잔 하러 갔는데…. 이런 참! 박꽃같이 앳된 기생
과 늙은 주모가 나를 받들 듯이 몹시도(꽤나 심하게, 간절히도) 붙잡으
니 내 어찌 하겠는가. 여기서 '내 어찌 하겠는가'라는 표현은 술 한잔 먹
었다고 쉽게 쓸 수 있는 말이 아니다. 결국에는 유혹에 넘어갔다는 말이
다. 화자는 술만 마시고 온 것이 아니라 기루를 찾은 것이다. 유혹에 넘
어 갔음은 현실과의 타협을 의미한다. 이는 전란 후의 사회상을 읊은 것
으로 어려운 시기를 지내왔지만 그래도 이런 낙이 있으니 살아볼 만한
세상이 아니겠는가라는 말로 결사를 맺고 있는 것이다. 이 또한 3연, 7연
의 아이러니와 멋진 호응을 이루고 있지 않은가.

그렇다면 불륜의 여인은 어떤 여인일까? 나머지 4-6연의 아이러니가
이를 명확히 설명해 주고 있다.

제4연은 '올이도 갈이도 없는 밤의 적막'을 읊고 있다. 그러나 여기에
도 숨겨진 아이러니가 있다. '이린공 저린공 하야 낮으란 지내왔손져'의

---

27) 두보의 시 〈飮中八儒歌(음중팔선가)〉 중 '道逢麴車口流涎' 〈두초15:40b〉
28) 누로기: '눌(눋다)+오+이/기', '눌어붙은 이'. (눋다: 밥이 눋다, 누룽지.)

'이린공 저린공'은 '이러쿵 저러쿵'으로 보기에는 뭔가 좀 이상하다. 이는 공당문답으로 '이리인공? 저리인공?'을 줄여서 표현한 것이다. 즉 '이리 인가? 저리인가?' 하며 낮을 갈등하며 지내왔다는 것이다. 이유는 불륜 일 것이다. '밤을 어찌 호리라(할 것인가)!'는 결국 밤의 유혹에 넘어갔다 는 말이다. 이는 현실과의 타협이며 종연의 아이러니와 일치한다.

제5연은 투석전의 연으로 화자는 '돌(재앙)을 맞아 울고 있는' 여인이 다. 전쟁 통에 아들이 죽고 남편은 강화도로 들어가 소식이 끊겼는데 다 큰 딸마저 공녀로 빼앗긴 처참한 신세의 여인이다.[29] 이 연의 아이러니 는 무엇일까? 투석전의 교훈이다. "수원수구(誰怨誰咎)하리오, 이제 다 잊고 새로운 삶을 찾아야 하지 않겠는가?"

그리하여 제6연에서는 '바다에 살어리랏다'를 읊고 있다. 바닷가로 도 피하고 싶은 심정을 읊었지만 제1연과는 완전히 다르다. 이제는 절망적 인 도피가 아니라 희망적인 도피가 되어 있는 것이다. 비록 불륜이지만 '해금을 켜는' 지경이 되어 있는 것이다. 바닷가라 할지라도 먹고 살 수만 있다면 아무도 모르는 곳으로 도피하여 살고 싶은 심정을 읊은 것이다. 이 또한 현실과의 타협을 의미한다.

결국 〈청산별곡〉은 기구한 운명의 한 여인의 '불륜의 사랑'을 읊은 노 래이다. 그럼에도 표면적으로는 전혀 그런 느낌을 주지 않는 한없이 맑 고 신비한 노래로 만들어 낸 것이다. 하나의 노래를 두고 두 개의 상반된 내용의 해석을 내놓는 것이 과연 온당한 일인가? 궁중예악으로 사용되 었던 노래에 이렇게 심한 외설적 음사가 숨겨져 있을 수 있는가?

이에 답하기 위해서는 먼 옛날로 거슬러 올라가 상림(桑林,뽕밭)에서 올리던 고대 축제를 살펴봐야 한다. 가뭄이 길어지면 지모신(地母神)에

---

29) 이 여인은 가상의 여인이다. 전란 중에 가장 참혹한 지경에 처한 여인이다.

게 제사를 올렸는데 桑林에 제단을 짓고 제를 올렸다.[30] 정사를 잘못 펼쳐 음양의 조화가 맞지 않으면 가뭄과 갖가지 재앙이 닥친다고 믿었다. 지모신은 음의 신으로 만물의 생육을 다스리는 신이다. 제를 올린 후에 지모신의 원기를 돋우기 위해 桑林에 남녀를 풀어 교합하게 했다. 이러한 풍습으로 인하여 상중(桑中)은 남녀교합의 장소를 은유하는 말이 되었고 '桑中之約'이라는 말이 생겨났다. 신라 진흥왕도 미실과의 합환을 앞두고 남조(南桃)에 나아가서 낭도와 유녀들이 짝을 맞추어 야합하도록 했다.[화랑세기 6세 세종편] 이는 나라의 흥운을 비는 神聖結合으로 제의적인 성격을 갖는다. 또한 궁중제례악에 사용되는 시가에도 음사가 포함되었으며 이는 풍요와 다산을 기원하는 의미를 가지고 있다. 〈동동〉은 신라왕실에서부터 사용되던 제례악인데 조선대(朝鮮代) 유학자들이 음사논란을 벌인 바 있다. 뿐만 아니라 유학자들이 신성시하는 시경(詩經)에도 음사가 포함된 노래가 많다.[31] 대표격으로 '關雎(관저)'와 '桑中'을 들 수 있으며 그 중 '桑中'은 대단히 외설적인 노래이다. 그럼에도 불구하고 시경의 노래들은 제례악에 두루 쓰였다. 특히 지모신에게 제를 올릴 때는 '桑中'을 노래 부르게 하여 야합을 유도했을 것이라는 추측이 가능하다.[32] "강(姜)씨네, 익(弋)씨네, 명문가 처녀도 그 자리에 함께 하니 조금도 거리낄 것이 없다"는 그리하여 '마음껏 즐길 수 있는 분위기'

---

30) 장지훈, "한국 고대의 지모신 신앙",『사학연구』(58.59), 1999.12, 75–104

31) 『중국의 고대 축제와 가요』신하령 김태완 역 삼림출판사 2005, 19–41쪽.

32) 직접적인 기록은 찾기 어려우나 상중야합의 그림 등이 전해 오고 있다.[成都 신룡향 출토 한나라 화상전(畵像博)] 하나라 우임금은 도산씨와의 야합으로 아들을 얻었고, 상나라 탕임금는 桑林에서 기우제를 올린 후 행사(필자 주: 아마 야합)를 했다고 한다.[장재서 역음『동아시아 여성의 기원』271쪽] 사마천은 사기에 공자가 야합으로 태어났다고 기록했다. 모든 정황으로 미루어 보아 70세가 넘은 장군 숙량흘이 나라에서 주관하는 제의에 참석하여 묘령의 顔씨녀와 야합을 이루었던 것으로 자랑스러울 것도 없고 부끄러울 것도 없는 일이다.

를 만들었을 것이다. 시경에 대한 공자의 평 '思無邪(사무사)'는 이러한 관점에서 이해될 수 있을 것이다.

여요의 최전성기를 충렬왕대로 필자는 보고 있다. 문사들이 최고의 예우를 받았고 그 때에 많은 여요가 채집되어 궁중예악으로 수용되었다. 그와 더불어 새로운 여요도 많이 창작되었을 것으로 보이기 때문이다. 또한 무신의 난과 오랜 전쟁을 겪었던 시기로 문학적 위안이 그만큼 더 절실했던 시기이기도 하다. 충렬왕이 예악에 의한 통치를 시도한 흔적은 여러 곳에서 찾아볼 수 있다.[고려사절요] 공자가 시경을 중시한 것도 예악의 정치적 효용을 알고 있었기 때문이다. 이러한 관점에서 본다면 〈청산별곡〉의 아이러니에 음사가 들어간 것을 이해할 수 있다. 다산과 풍요를 지원하는 마음에서 일부러 음사를 숨겨놓았을 것임을 어렵잖게 짐작할 수 있다. 당시 왕의 측근 문사들은 예악으로서 음양의 조화를 이루어 냄으로써 태평성대를 이룰 수 있다고 믿었을 것이며 지모신의 음기를 북돋우기 위해서는 음사가 많으면 많을수록 더 좋은 노래가 된다고 생각했던 것 같다.[33]

〈청산별곡〉은 지독한 음사를 감추고 있음에도 그 이면을 깊숙이 파고들지 않으면 알 수 없고 표면상으로는 한없이 맑고 순수한 노래로 비쳐지고 있다. '다산과 풍요'를 기원하는 노래로서는 최고 수준이라 할 것이다.

---

33) 이를 입증할 자료를 찾기 어려워 단정적으로 말할 순 없다. 하지만 제례악에 사용된 〈동동〉이나 〈정읍사〉에 꽤나 깊은 음사가 내재되어 있음을 예로 들 수 있다. 특히 〈정읍사〉는 '져재 녀러신고요' 앞에 '全'자를 추가함으로써 음란한 노래로 해석될 수 있도록 했는데 이 역시 같은 맥락에서 이해될 수 있다.

5. 결언

〈청산별곡〉은 오랜 전쟁 동안 쓰라린 고통을 겪은 민초들의 애환을 읊은 노래로 범접할 수 없는 신비로움이 숨겨져 있다. 그 신비로움이 어디서 나오는 것일까? 전란 후의 사회상에 대한 예리한 풍자가 있지만 그로부터 나온 것은 아닐 것이다. 오히려 숨겨진 아이러니로부터 나오는 것 아닐까.

〈청산별곡〉은 깊은 음사를 감추고 있음에도 그 이면을 깊숙이 파고들지 않으면 알 수 없고 표면상으로는 한없이 맑고 순수한 느낌을 주고 있다. '다산과 풍요'를 기원하는 노래로써는 단연 최고라 할 것이다. 지모신의 음(陰)의 에너지를 충전시키기 위한 노래로서 이보다 더 좋은 노래가 있을까? 음사가 여러 번 언급되면 저속으로 흐르기 십상이다. 〈청산별곡〉은 8개연이 하나 같이 깊은 음사를 숨기고 있음에도 조금도 외설스러운 느낌을 주지 않으며, 오히려 한없이 맑고 신비로운 노래로 다가오고 있으니, 그야말로 '지극(至極)'을 이루어낸 작품이라고 할 것이다. 동서고금에 이런 노래는 없었다. 하여 충렬왕은 자신을 당 명황에 견주었던 것이 아닐까. 어떻든 〈청산별곡〉이 당시 세계 최고의 작품이었음을 누구도 부인하지 못할 것이다. 이는 단순한 자화자찬이 아니다. 〈청산별곡〉의 '여인'은 서구문학에서의 '돈 후앙[34]'에 비견된다. 바람둥이 '돈 후앙'를 '양(陽)의 극(極)'으로 본다면 〈청산별곡〉의 '해금 켜는 여인'은 '음(陰)의 극'이라할 수 있다. 〈청산별곡〉은 문학성에서 극본 '세비야의 난

---

34) 멋쟁이 한량으로 목숨을 걸고 여자에게 접근하지만 뒷 책임은 '내 몰라'라 하는 원초적 본능의 가상 인물이다. 러시아의 시인 푸쉬킨이 '돈 후앙'적 삶을 살았다고 한다. 수많은 귀족 부인을 섭렵하고 툭하면 결투 신청을 보냈으며 결투로서 생을 마감했다. 현역 대위가 신청해 온 마지막 결투는 피할 수도 있었지만, 당당히 응한 것으로 보인다.

봉곤과 석상의 초대'를 능가한다 할 것이다. 시기적으로도 4C나 앞섰다. 19C 초 푸시킨이 '돈 후앙'적 삶을 추구했다고 한다. '석상 손님'라는 극본을 남겼다. '陽'은 佛·英·러로 이어져 커진 반면 '陰'은 침잠했다. 그렇다고 문학적 가치까지 줄어드는 것은 아니다. 이를 밝혀내는 것은 우리 후세의 몫이 아니겠는가. 세계 최초의 금속활자는 세계 최고봉에 오른 당시 문인들의 활약상을 말없이 증언해 주고 있다.

2. 서경여인들의 정절가 〈서경별곡〉

① 西京別曲

西京이 아즐가 西京이 셔울히 마르는
위 두어렁셩 두어렁셩 다링디리
닷곤 아즐가 닷곤 쇼셩경 고외마른
위 두어렁셩 두어렁셩 다링디리
여희므론 아즐가 여희므론 질삼뵈 브리시고
위 두어렁셩 두어렁셩 다링디리
괴시란 아즐가 괴시란 우러곰 좃니노이다
위 두어렁셩 두어렁셩 다링디리

② 구스리 아즐가 구스리 바회예 디신 들
위 두어렁셩 두어렁셩 다링디리
긴힛 아즐가 긴힛 그츠리잇가
위 두어렁셩 두어렁셩 다링디리
즈믄 를 아즐가 즈믄 를 외오곰 녀신 들
위 두어렁셩 두어렁셩 다링디리
信잇 아즐가 信잇 그츠리잇가
위 두어렁셩 두어렁셩 다링디리

③ 大同江 아즐가 大同江 너븐디 몰라셔
위 두어렁셩 두어렁셩 다링디리
비내여 아즐가 비내여 노 다 샤공아
위 두어렁셩 두어렁셩 다링디리
네가시 아즐가 네가시 럼난디 몰라셔
위 두어렁셩 두어렁셩 다링디리
녈비예 아즐가 녈비예 연즌다 샤공아
위 두어렁셩 두어렁셩 다링디리
大同江 아즐가 大同江 건넌편 고즐여
위 두어렁셩 두어렁셩 다링디리
비타들면 아즐가 비타들면 것고리이다
위 두어렁셩 두어렁셩 다링디리

1. 서언

평양은 대동강 부벽루와 능라도를 휘감아 흐르는 강물이 절경을 이루고 있고, 웅혼한 기상을 떨치던 고구려의 옛 도읍으로 우리 민족사의 아픔이 서린 곳이기도 하다. 고려 태조 왕건은 고구려를 잇는다는 뜻으로 국호를 고려로 정했으며 폐허가 되어 있던 서경(평양)을 새롭게 일으켜 세웠다. 고려 건국정책은 이후로도 계속되어 서경을 중시하여 소경으로 삼고 왕이 순시했으며, 또한 서경천도의 꿈을 이루지 못한 한을 담고 있는 곳이기도 하다. 〈서경별곡〉은 이러한 역사적 배경이 가사에 녹아 있는 작품이며 서경사람들의 각별한 애향심을 유감없이 보여 주고 있다.

본 시가는 '길쌈베 다 버리고 울면서 좇아가겠다', '천년을 외롭게 산다고 해도 끈이야 끊어지겠는가'라고 읊었으니 이별을 떠올릴 수밖에 없다. 그리하여 본 시가를 '이별의 노래'로 해석한 것이 주류를 이루었고 달리 해석한 경우는 찾아보기 어렵다. 그러나 시가의 내용을 살펴보면 이별의 노래로 보기에는 정황상 맞지 않은 점이 꽤나 많이 발견된다. 특히 제3연의 사공의 노래를 "저 사공아 내 님 태워가지 마라. 배 타들면 네 각시를 꺾을 것이다"로 해석하고 있지만, 이는 이별이 서러워 사공을 윽박지르는 것으로 보기에 석연찮은 부분이 많다. '배 타들면 꺾으리다'에서 '배 타들면'으로 보면 배는 서경으로 들어오는 배이다. 나가는 배라면 몰라도 들어오는 배라면 굳이 태우지 마라 할 이유가 없지 않은가. 이를 보면 '배타드는 손님'은 '내 님'과는 아무런 상관이 없는 제3자이다. 그렇다면 왜 제3연이 추가로 덧붙여졌을까? 앞의 1, 2연만해도 충분히 좋은 이별가가 될 수 있다. 그런데 왜 전혀 상관없는 가사가 제3연으로 추가된 것인지를 밝혀줄 논리가 보이지 않는다. 이는 본 시가가 이별가가 아니라는 암시가 아닐까?

〈평양 모란대(牡丹臺) 일대의 전경〉

모란봉(왼쪽 봉우리), 부벽루(浮碧樓), 영명사(永明寺), 전금문(轉錦門)을 포함하여 대동강 아래 능라도(綾羅島) 모습까지 두루 포착되어 있다. – 출처『寫眞帖 朝鮮』(朝鮮總督府, 1921)

   본고에서는 과거와는 달리 새로운 관점에서 이 노래를 다시 살펴보고자 한다. 즉 〈서경별곡〉은 이별의 노래가 결코 아니며 서경여인들의 높은 정절을 기리는 정절가임을 밝히려는 것이며, 나아가 새로운 어석으로 '럼난디'에 얽혀 있는 숨은 뜻을 밝히고자 한다. 이 말은 당시 사람들의 언어적 표현습관이나 사고방식을 엿볼 수 있는 창의 역할을 하며, 당시에도 방언의 차이를 시적 표현에 이용했음을 알 수 있다. 한편 제3연은 '대동강 넓듯이' 서경도 크고 넓어서 별의별 여자가 다 있으니, 아무에게나 정절을 기대해서는 안 되고 오히려 조심해야 한다는 해학적 충고가 들어 있는 노래로서, 사공의 각시를 끌어들여 1, 2연의 여인들과 대조시킴으로써 서경여인들의 정절을 한껏 추켜올림과 동시에 청중의 웃음을 자아내게 하는 해학성이 돋보이는 작품임을 논하고자 한다.

2. 기존 해석에서의 문제점

먼저 원문과 함께 양주동의 해석을 싣는다. 기존해석에서는 '럼난디'를 제외하면 크게 이견이 없는 것으로 보인다.

원 문 – (중복 생략)	해 석 (양주동)
西京이 셔울히 마르는	서경이 서울이지만
닷곤딕 쇼셩경 고외마른	닦은 곳 소성경 사랑하지만
여히므론 질삼뵈 브리시고	이별한다면 길삼베 다 버리고
괴시란딕 우러곰 좃니노이다	사랑한다면 울면서도 좇아간답니다
구스리 바회예 디신돌	구슬이 바위에 떨어진들
긴힛쏜 그츠리잇가	끈이야 끊어지리까
즈믄히를 외오곰 녀신돌	천년을 외로이 지낼망정
信잇돈 그츠리잇가	믿음이야 끝나겠습니까
大同江 너븐디 몰라셔	대동강 넓은 줄 몰라서
빈내여 노혼다 샤공아	배 내어 놓았는가 사공아
네가시 럼난디 몰라셔	네 각시 바람난 줄 몰라서
널빈예 연즌다 샤공아	떠나갈 배에 (손님을)실었느냐 사공아
大同江 건너편 고즐여	대동강 건너편 꽃을야
빈타들면 것고리이다	배타들면 꺾을 것이리라

〈어구 해석〉(간단히 소개함)

고외마른 : 괴오+ㅣ 마른 ⇒ 사랑하지만　　여히므론 : 이별하면은, 이별한다면

긴히쏜 : 긴(끈)+히쏜, 끈이야　　　　　　즈믄히를 : 천년을(즈믄: 천)

외오곰 녀신돌 : 외롭게 지낸들　　　　　럼난디 : 바람난지, 음란한지

제1연은 서경에 대한 애향심이 묻어나 있는 노래이다. '닦은 곳 소경성'을 사랑하지만 님이 떠난다면 '길삼베' 버리고 따라가겠다는 것이다. 평양은 고구려 멸망 후 폐허로 버려져 있던 곳을 고려 태조가 새롭게 일으켜 닦은 곳이다.[35] '닦은 곳'은 조상들의 피와 땀으로 이루어 낸 곳이라는 말이며 서경 사람들의 애향심은 불러일으키는 말이다. 비록 무산되긴 했지만 서울을 옮겨오려고 했으니 '작은 서울'이라는 자부심을 가지고 살아간다는 뜻도 있다. 그렇게 사랑하는 서경이지만 님이 떠난다면 '길삼베'도 버리고 따라나선다는 말이다. '길삼베'는 여인에게는 가장 기본적인 일이다. 그것을 버린다는 것은 '모든 것'을 내팽개치고 따라나선다는 말이다.

제2연은 '구슬 노래'로 알려져 있으며 여기 말고도 〈정석가〉에도 꼭 같은 가사가 실려 있다. 이 여인은 제1연의 여인과는 사뭇 대조적이다. 가는 님을 잡지도 못하고 그렇다고 따라나서지도 못하는 소극적 여인이다. 그러나 가는 님을 보내 놓고는 끝끝내 못 잊어 하는 순정파 여인이다.

제3연은 사공의 노래로서 앞의 두 연과는 분위기가 전혀 다르다. 사공이 손님을 태워 가며 신나게 노를 젓고 있는데 그 사공에게 몹쓸 저주를 퍼붓고 있는 사람이 있으니 '태워 가는 손님이 네 각시를 꺾어갈 것'이라는 것이다.

대부분의 기왕의 해석은 양주동의 『여요전주』(1947)의 해석을 크게 벗어나지 못하고 있다.[36] 또한, 많은 사람이 제3연의 의미를 양주동과 비

---

35) 태조 원년(918)에 평양이 황폐하였기 때문에 염주, 백주, 해주, 봉주 등 여러 고을의 백성을 옮겨서 인구를 채워 대도호부를 삼았고, 종제 왕식렴을 보내 지켰다.[출처]고려사 절요 태조 원년

36) 최근에 발표된 양태순(2005), 이정선(2009), 조하연(2011), 임재욱(2019) 등의 논문에서도 이별가라는 해석에는 전혀 변함이 없다. 그러나 임재욱(2008, 2019)의 두 논문에서는 과거처럼 '저 사공아 내님 태워가지 마라'라는 시각이 완화되고 있는 등의 변화가 일고 있다.

슷하게 해석했지만 그만큼 감칠맛 나게 해설을 붙인 경우를 찾아볼 수 없다. 여기에 양주동의 〈서경별곡 평설〉 한 부분을 소개한다.(『여요전주』 1954. 434쪽) 그의 화려한 필치를 일부 느껴 보시기 바란다.

제3단은 배가 뜨나려 하는 마지막 고별의 辭사이니 본가의 결사이다.

이 한 많은 별리의 마지막 사를 무엇으로 끝막을까. 심상한 부속은 이미 전연의 맹약이 있으매 재제가 미상불 贅辭췌사일지요, 지극한 애원이 워낙 본연의 주지이나 正叙(정서:바로 말함)는 또한 금물이니, 여기엔 아무래도 심각한 情痴정치의 표현이 필요하고, 거기엔 그러매로 전연 의표인 착상의 수법을 요한다. 다시 말하면, 결사가 다만 결사로서 밋밋하게 그대로 평범하게 끝날 것이 아니라, 한번 크게 반발적 탄력을 발휘하고 문득 감쪽 놀랠만한 작열적 섬광을 번쩍여야 할 것이니, 그래야만 결구의 강세가 千鈞천균보다도 무겁고 그 여음이 3일이나 끊이지 않으리라.

"대동강 건너편 고즐여/ 빈 타들면 것고리이다." 歌者가자는 돌연히 착상을 일전하여 '대동강 건너편 꽃'을 想起상기하였다. (중략) 임께서 꺾는 꽃을 말랄 줄이야 있으랴만, 고운 내님을 강 건너 핀 꽃에 맡길 수밖에 없는 보내는 자의 애는 얼마나 촌촌이 끊어지느뇨. 그지없는 치정이요 가엾은 심사인 줄은 스스로 모르는 배 아니언만, 이제 마지막으로 임을 보내는 순간 흉중에 굳게 맺힌 정한은 드디어 막을 길이 없고 心頭심두에 불현 듯 떠오르는 애상은 어저버 감출 길이 없다. 그러나 이 말인들 어찌 임께 향하여 직접적으로 마다커나 원망할 수 있으랴. (중략) 결사가 원사일 줄을 대개 예기했으나, 이렇듯 전연 이상의 수법으로 驚人경인적 神句신구가 뒤에 기다릴 줄은 몰랐다.

위 글만 읽어도 양주동선생의 필치가 얼마나 화려한지 짐작이 갈 것이다. 제3연 사공의 노래가 '이별의 노래'의 결사로서 神句신구라 할 만큼의 경인적인 표현이라고 극찬을 했다. 그리고 글을 읽어 가면 그의 논리에 빠져들어 좀 이상하다는 느낌이 들어도 반론을 제기하기가 거의 불가능하다. 반론이 제기될만한 부분은 즈레 먼저 짚어 반론의 여지를 없애버렸다. 즉 '치정'이요 '돌을 차고 개를 나무라는 심정'이라고, 그리고 이별의 한을 읊기보다는 '건너편 꽃을 꺾으리다.'라는 남의 이야기를 함으로써 자신의 심정을 간접 표현한 것은, 님을 떠나보내며 직접 말할 수 없는 처지를 생각한다면, "마디마디 끊어지는 애간장을 몇십배 증폭시켜 전달하는 효과가 있으니 가히 神句라 할 만하다."라고 한 것이 그것이다. 그의 논리에 빈틈이 없으니. 감히 대석학의 해석에 토를 달지 못하고 그를 추종하는 연구가 줄을 이어 왔다. 그러나 그의 권위에서 벗어나 〈서경별곡〉의 가사를 새롭게 음미해 보면 그의 해석에 많은 무리가 내포되어 있음을 알 수 있다. 요약하면 다음과 같다.

  i) '배타들면 대동강 건너편 꽃을 꺾으리다.'에서 손님이 가는 방향이 서경을 떠나는 것이 아니라 서경으로 들어오고 있다. 배에 탄 손님이 '님'이라면 화자는 굳이 '태우지 마라'할 이유가 없다.

  ii) 제1, 2연에서 가사 내용 중 어디에도 이별이 다가왔음을 암시하는 내용이 없다. 단지 '이별한다면'이라는 가정만 있을 뿐이다. 또한 '좇아가면' 그만이지 그에 이어 '잊지 못 한다'가 나오는 것은 이별의 노래로서는 매우 어색하다.

  iii) 제3연의 내용을 "님이 건너편 꽃을 꺾는 것"에 대한 시샘으로 본다면, 그 배치가 제2연의 '천년을 두고 변치 않을 믿음'을 노래한 직후 배치한 것 역시 이별의 노래로서는 대단히 어색하다.

  이상 크게 3가지를 들 수 있다. i)에서는 손님이 가는 방향이 서경을 떠나는 것이 아니라 서경으로 들어오고 있다. 배에 탄 손님이 '님'이라면 화자는 굳이 '태우지 마라'할 이유가 없지 않은가. 그리고 이는 이별이라는 대전제와 모순이 된다. '배 타들면'에서 들어온다는 말은 '서경으로 들어온다'는 말이 확실하다. 그래야만 뱃사공이 사는 마을을 지나치다 '네 각시'라는 꽃을 꺾을 수 있지 않겠는가. 결국 '배 탄 손님'은 화자와는 아무 상관없는 제3자일뿐이다. ⅱ)에서는 가사 내용 중 어디에도 이별이 다가왔음을 암시하는 문구조차 없다. 이별의 몸부림은 '이별의 현장'이 아니면 나올 수 없는 것이기도 하다. 여기서는 '이별한다면'이라는 가정 하에 '길삼베 다 버리고 좇아간다', '천년을 외로이 지낸들 믿음을 버릴소냐'가 있을 뿐 이별이 다가왔다는 암시조차 찾아볼 수 없다. 또한 '좇아가면' 그만이지 또 '잊지 못한다'가 나올 수 없는 것 아닌가. 그로 보면 이 노래는 이별의 노래가 아니라 '정절가'라는 의미이다. ⅲ)에서는 3연의 내용을 님에 대한 '치정'으로 보더라도 그 배치가 제2연의 '천년을 두고 변치 않을 믿음'을 노래한 직후 배치한 것 역시 이별의 노래로서는 대단히 어색하며, 이는 이별 이상의 의미가 숨겨져 있다고 보아야 할 것이다.

3. 이별의 노래가 아닌 정절가

〈서경별곡〉은 구성부터 특이하다. 첫 두 연은 화자의 성격이 너무 다르다. 첫 연의 화자는 정열적이고도 적극적인 반면, 둘째 연의 화자는 적극적으로 잡지는 못 하면서도 헤어진 후에 끝끝내 못 잊어하는 소극적 성격의 여인이다. 또한, 제3연은 내용이 이별이라기보다는 배타고 들어간 손님이 꽃을 꺾는 것에 초점이 맞춰져 있어 이별가로 보기에는 석연찮은 점이 많다. 이별가로 보기에는 곤란한 점이 전술한 바와 같이 크게 3가지나 있다. 모두가 시가의 본문에 드러난 확연한 내용이다. '배 타드는 손님'은 확실히 서경으로 들어오고 있다. 이에 보는 시각을 달리하여 다시 살펴보면 본 시가는 이별의 노래라기보다는 서경여인들의 정절을 기리는 정절가로 볼 수 있음을 깨닫게 된다. 첫 연에서는 정열적인 유형, 제2연에서는 순정파 유형의 여인을 읊음으로써 서경여인들의 정절을 한껏 추켜세우고는, 제3연에서는 하지만 서경여인들이 다 그렇다고 생각해서는 안 되고 조심할 필요도 있다는 해학적 충고를 노래한 것이다.

이별의 노래라면 특정 상황이 설정되어 이별의 아픔을 공유할만한 정서가 있어야 한다. 그러나 〈서경별곡〉은 이와는 거리가 멀다. 전술한 바와 같이 1, 2연의 화자는 성격이 너무 다르다. 이별의 슬픔을 노래한다고 보기에는 상황이 너무 산만하다. '못 잊어'나 '가시리' 등의 가슴이 찢어지는 이별의 슬픔을 담아내기엔 적합하지 않은 구성이다. 더군다나 뒤따라오는 종연은 보는 시각을 달리하면 이별의 정서와는 거리가 있음을 깨닫게 된다.

여기서 종연에 대한 기왕의 해석을 다시 한 번 살펴보자. 종래에는 이를 '이별의 노래'를 마감하는 결사로 보고 떠나는 님을 잡고 싶은 욕망이 사공을 통하여 간접적으로 표출된 것으로 해석했다. 즉, 여자라면 당연히 사랑하는 님을 잡고 싶은 심정일 테니 1, 2연의 내용을 연장시켜서, 이별의 한을 님에게 직접 표현할 수 없음에 대신 사공을 윽박질러 님을 태우지 못하게 하는 '치정'의 표현으로 보고 있다. 그러나 이것은 '건넌 편 꽃을 꺾으리다.'를 사공에게 저주를 퍼붓는 '치정'으로 보는 지나친 해석임과 동시에 고려가요의 해학성을 알아보지 못한데서 나오는 잘못된 해석이다. 님이 못 가게 하려면 '발병이라도 났으면', '비라도 왔으면' 하는 것이 자연스럽지 어떻게 '저 사공아, 내 님 태우지 마라'하겠는가. 그것도 이유가 '내 님이 네 각시를 노리고 있으니 태우지 마라'이라고 한다면 대단히 궁색한 이유가 된다. 그 사공이 날 언제 봤다고 내 말 믿고 안 태우겠는가. 사공은 손님 하나 받으려고 배 띄워 놓고 마냥 기다리기 일쑤다. 그런 사공이 내 말 믿고 손님을 태우지 않겠는가? 님을 잡고자 하는 마음이 간절하다면 결코 그런 생각은 하지 않을 것이다. 별 효과도 없고 오히려 믿지 못하는 마음만 커지기 때문이다. 물론 '개를 나무라고 돌을 차는 치정'이니 논리로서 따질 일이 아니라 할 수도 있다. 그러나 천년을 두고 잊지 못할 님을 보내는 마당에 님에 대한 믿음을 허물어뜨리는 언행은 있을 수 없다고 본다.

따라서 제3연의 화자가 노래하는 대상은 단연코 1, 2연의 여인과는 다른 부류의 여인이라고 할 수 있다. 또한 기왕의 해석에서는 1, 2연의 화자를 동일인으로 보고 있다. 그러나 가사의 내용을 음미해 보면 1연과 2연의 여인은 성격 차이가 너무나 커서 도저히 동일인으로 보기 어렵다. 그렇다면 〈서경별곡〉의 각 연의 작중 화자는 각각 다른 사람으로 봐야 한다는 것이다. 각 연의 화자가 다르다면 전체적인 해석 또한 달라져야 한다. 결국 제3연은 사공의 아내와 같은 천박한 사람들의 쉽게 무너지는 정조를 1, 2연의 여인과 대조시킴으로써 서경여인의 정절을 돋보이게 하고 동시에 손님에게는 '조심해야 한다'는 해학적 충고를 던지는 것임을 알 수 있다.

"서경여인들이 정절이 높다고 하지만 그렇다고 해서 모두 다 그
렇다고 생각하지는 마시오. 대동강 넓듯이 평양도 넓고 여자
또한 온갖 여자가 다 있는 법이라오"

본 시가는 '서경사람들의 서경사랑'을 노래한 것이다. 그들은 서경여
인들의 좋은 점을 노래할 것이지, 얼토당토않은 이별의 한풀이를 즐겨
부르지는 않았을 것이다. 또한 그들은 서민으로서 '神句신구'를 이해할
만큼 높은 문학적 소양을 가진 자들이 아니다. 평양기생의 정절이 유명
하므로, 〈서경별곡〉을 정절가로 보면 이를 즐겨 부른 이유가 쉽게 이해
된다. '대동강 넓은 줄 몰라서'와 관련, 양주동은 님이 한번 가면 못 오니
까 넓다고 했다. 이 역시 달리 해석할 수 있다. '님'의 이야기가 아니라 사
공의 이야기라는 것이다. 즉 대동강 넓듯이 이 세상도 넓어서 별의별 사
람이 다 있는데 사공은 그것도 모르고 '제 각시' 역시 정절이 굳을 줄 알
고 있다는 말이다. 이는 겉보기에는 사공에 대한 조롱이지만 속뜻은 손
님에 대한 충고가 담겨 있는 것이다. 아마 시중엔 속물기생에게 탈탈 털
린 한량들의 이야기가 수없이 떠돌았을 것이다. 하지만 '배타드는' 손님
에게 충고를 하려고 해도 직접 할 수는 없지 않은가, 하여 에둘러 사공을
희롱하면서 간접적으로 전달하는 것이다. 그러나 충고는 그 자체가 목
적이 아니라 그를 통해서 상류층의 서경 여인들, 특히 고급기생들의 정
절을 더욱 돋보이게 하려는 의도가 숨겨져 있다. 물론 사공도 자신이 놀
림감이 되어 있다는 것을 안다. 하지만 놀림의 목적이 다른 곳에 있다는
것도 알고 있다. 하여 노래를 듣고도 빙긋이 웃음만 지을 뿐이다.
본 시가의 제2연 〈구슬가〉는 〈鄭石歌〉에도 실려 있다.[37]

---

37) 구슬가가 두 노래에 같이 실리게 된 연유는 딱히 밝힐 만한 자료가 없다. 구슬
가는 원래 독립된 노래였을 가능성이 크다. 그러나 단독으로 불릴 때는 너무 단
조로운 느낌이 있다. 그에 따라 〈서경별곡〉과 〈정석가〉에 실리게 되었고 그 후

〈정석가〉는 임금에게 '결코 변함없는 충성'을 바치겠다는 의지를 표현한 노래이다. 구슬가가 양쪽에 실려 있는 것은 두 노래가 추구하는 바가 같다는 의미가 있을 것이다. 즉 〈서경별곡〉 역시 충성 대신 정절을 바치겠다는 노래로 당시 사람들은 이해했다는 말이 된다. 충성을 바치는 것은 일방적으로 바치는 것으로 반대급부를 요구하지 않는다. 여인이 정절을 바치는 것도 마찬가지다. 〈서경별곡〉의 사랑노래가 왜 그토록 일방적인 것인지를 기왕의 해석에서는 당시 시대적 배경이 그렇다고 설명하고 있으나 고려시대 여인은 조선시대와는 달랐다. 그러나 정절을 바치겠다는 노래라면 일방적 '심중 고백'이 될 수밖에 없지 않은가. 이는 〈서경별곡〉이 이별가가 아니고 정절가라는 또 다른 증거가 된다.

4. '럼난디'에 관하여

기왕의 해석에서는 '바람난지' 또는 '음란한지'로 해석했고 그 외의 뜻으로 해석한 사례는 찾아보기 어렵다.[38] 그러나 그 해석이 정확한지 의문이다. 사공이 태우고 간 손님을 바람난(음란한) 사공의 부인이 유혹한다는 말이 되는데 이것은 말이 안 된다. 여자가 먼저 남자를 유혹한다는 것은 동서고금을 막론하고 있을 수 없는 일이다. 내용 중에 '손님이 꽃을 꺾는다.'는 것은 '손님이 사공의 아내에게 접근하여 취한다.'는 말이 된다. 그러기 위해서는 아내가 먼저 손님의 눈에 띄어야만 된다. 아내가 손님의 눈에 뜨일만한 상황이 아니라면 괜한 헛걱정이 된다. 따라서 네 아

로는 단독으로 불리는 일이 없어진 것으로 짐작됨.

38) 럼난디:- 넘나(猥淫)-양주동; 주제넘는-서재극; 넘어나다-권재선,최철·박재민; '넘누러, 넘놀다'와 연관지어 '음탕하게 즐기다'로 해석-임재욱(2008).

내가 '바람난 줄 몰라서'나 '음란한 줄 몰라서'로 해석하는 것은 논리에 맞지 않다. 물론 정숙한 여자는 집에 박혀 있지 나돌아 다니질 않으니 바람난 여자라야 손님의 눈에 띄게 된다는 반론을 펼 수 있다. 그러나 사공의 여자라면 그리 예쁘다고 볼 수 없다. 그런 사공의 아내가 바람이 나밖에 나다니며 눈에 띈들 손님이 꺾으려고 하지 않을 것이다. 따라서 '렴난디'는 평소보다 훨씬 예쁘게 보이도록 한다고 볼 수 있다. 여기서 歌者가자[39]가 걱정스러워하는 것은 '너의 아내가 손님의 눈에 띄어 접근만 하면 십중팔구는 넘어가기 마련인데 사공 네 놈은 뭣도 모르고 노만 젓고 있구나'이다. 그런데 네 각시가 '렴나' 있다면 손님의 눈에 띄기 쉬울 것이고, 눈에 띄기만 하면 꺾을까 봐 내가 심히 걱정인데… "네 놈은 아무 것도 모르고 노만 젓고 있다니, 이 바보 같은 놈아!" 이런 맥락에서 '렴난지'의 뜻을 유추해 보아야 할 것이다.

'–난지'라는 말이 있으니 뭔가 났다는 말이다. 즉 눈에 쉽게 띄도록 얼굴에 뭐가 났다는 말일 것이다. 또한 '렴'은 남자들이 봐서 싫어할 것은 결코 아니다. 손님이 탐이 나서 꺾으려 할 매력 있는 무엇이라고 볼 수 있다, 그러한 정황으로 미루어 '렴나다'는 젊은 여자가 춘흥에 겨워 '얼굴 양 볼에 볼그스름 홍조가 돌아나다' 정도로 추정하여 해석한 바 있다.[40] '렴나다'에 그러한 뜻이 있을 것이라는 생각에는 변함이 없다. 하지만 그러한 해석에는 언어적 연관성이 있어야 한다는 생각에 여러가지 관련어를 줄곧 탐색해 왔다. 과거에 거론되었던 '넘어나다(넘어놀다), 넘치다(過)'가 아닌 관련어를 찾기는 정말 어려웠다. 하나 우연찮게 '여드름이 나다'가 방언에서 '렴나다'라는 표현으로 쓰이고 있음을 발견하게 되었

---

39) 歌者(가자)는 작중 화자가 아니다. 이 노래를 부르는 사람을 일컫는 말이며 따라서 사공도 아니고 손님도 아니며 님을 보내는 여인은 더더욱 아니다.

40) 졸고, "〈서경별곡〉의 새로운 해석", 월간신문예 제93호, 2018년 5/6월

다. 또한 '바람나다'에서 '바람'의 방언이 여러가지가 쓰이고 있으며 그중 하나가 '바럼'이 있음을 발견했다. 사공들의 이야기 중에는 '(누구가) 바람났다'라는 말이 많이 쓰였을 것이며 이를 직접 말하지 않고 '바럼났다' 또는 '럼났다'로 애둘러 표현했을 것으로 보이며 이를 재미있는 표현으로 여겨 노랫말로 따온 것이 아닌가 추측해 볼 수 있다. 다음은 이를 바탕으로 '럼나다'의 뜻을 유추해 본 것이다.

과거기록이나 이북 사투리에서 '넘다'를 '럼다'로 말하는 것은 매우 이상해 보이며 과거 역사를 거슬러 올라가더라도 '럼다 →넘다'라는 변천이 있었다고 볼만한 근거가 없기 때문이다. '럼난디'라는 말이 당시에도 크게 많이 쓰인 말은 아닌 것 같으며 어려운 말 중의 하나였을 것으로 보인다. 그렇다면 본 시가의 가사 중에 '럼난디'의 뜻을 암시하는 말이 있어 이 말을 모르는 사람도 쉽게 공감할 수 있도록 하는 표현이 있지 않을까. 그러한 의문을 가지고 제3연을 다시 한 번 살펴보면 다음 사실을 파악할 수 있다.

1. 네 각시가 럼났다.
2. 건넌편 꽃을 꺾을 것이다.
3. '럼난 네 각시'가 바로 '꽃'이라는 것이다.

이로부터 알 수 있는 것은 '럼난 네 각시'가 '꽃'이 된다는 것이다. '럼난디'는 '럼이 났다면'의 가정법 표현이다. 즉 네 각시가 럼이 났다면 손님이 꺾어갈 위험이 크다는 말이며, 반대로 럼이 안 났다면 별걱정 안 해도 된다는 말이다. 사공의 젊은 아내는 럼이 났을 가능성이 큰데 사공이란 놈은 그것도 모르고 노만 신나게 젓고 있다고 한탄을 내뱉는 것으로 볼 수 있다. 그러나 옛날 사람들은 말을 조심했다. 조금이라도 허점이 있다면 괜한 헛소리라고 핀잔이 돌아왔다. 특히 시가에서는 더욱 그렇다. 노래를 부르는 많은 사람을 헛소리하는 사람으로 만들 수는 없기 때문이다. 네 각시를 꽃으로 만드는 '럼난디'의 해석으로는 부족한 것이 너무 많다. 사공의 아내가 아무리 꽃인들 집안에 꼭꼭 틀어박혀 있다면 손님이 어떻게 꺾을 수 있으랴. 또한, 절개가 굳은 여자라면 손님이 꺾을 수가 없지 않겠는가? 서경여자가 모두들 일편단심이라면 어찌 꺾을 것인가. 하여 '럼난디'에는 다음 조건이 더 붙는다.

- 럼이 나면 손님이 쉽게 접근할 수 있다. 바꾸어 말하면 럼이 나면 나돌아 다닌다는 말이 된다.
- 럼이 나면 손님의 유혹에 쉽게 넘어간다.

이상의 조건을 모두 만족시키는 말이 '럼난디'가 아닐까. 歌者가자가 사공을 조롱하고 있는 양으로 봐서는 확신에 차 있는 모양새다. "네 각시가 나이로 봐서는 십중팔구는 럼이 나 있을 법한데 그것도 모르고 노만 열심히 젓고 있다니… 쯧쯧." 하고 혀를 차고 있다. "네 각시가 '럼나' 있기만 하다면 틀림없이…. 그런데 나이로 보아서 걱정이 되는구면." 정도이니 상당한 확신이다. 그로 보아 '럼난디'는 위의 조건을 모두 만족시키는 말이라고 볼 수 있다. 그렇다면 거기에 꼭 맞는 말이 있었을까? 없다고 봐야 한다. '럼난디'가 문증이 전혀 안 되는 것도 이를 뒷받침한다. 바꾸어 말하면 '럼난디'는 위의 조건을 모두 만족시킬 수 있도록 만들어 낸 시적 조어라는 것이다.[41] 그러나 시적 조어 역시 마구 만들 수는 없는 것이며 언어적 연관성이 어렴풋이 보일 때 멋진 '시적 조어'로 찬탄을 받는다. 이에 언어적 연관성을 추적한 바 다음 3가지를 발견하였다.

---

41) 시적 신조어는 고려시대에도 만들어 썼고 더 거슬러 올라가면 신라향가에서도 즐겨 사용하였다. 특히 중의적 표현을 위해서는 두 표현 사이의 중간을 취하는 신조어를 만들어 쓰는 경향이 있다. 예로서 〈서동요〉의 '밤에 卯乙 안고 간다'에서 '卯乙'자는 원래 없는 한자이며 '卯(묘)'와 '夗(딩굴 원)'의 반씩을 따서 합쳐 만든 신자이다. '卯乙'을 '몰/몰래'로도, '딩굴'로도 읽을 수 있게 한 것이다. 고려시대 이규보 역시 '말이 메말라 표현이 궁하면 신조어를 만들어 썼다'고 한다.

1. 여드‘름’ 난디

'름난디'는 얼굴에 뭐가 낫는데 더 예쁘게 보이는 것이 된다. 그리고 '름'과 관련이 있어야 한다. 그러한 말로는 '여드름'이 있는데 '름'이 아니다. 하지만 많은 방언이 있다. 여드룸(경기), 어드룸(경남, 전남), 이디름(경남), 여두룸(경북), 이드러미(경북), 이더럼(경상, 중국 흑룡강성), 어드름(전남), 에두룸(전남), 이두름(전남, 충북), 이드럼(전남), 여드럼(전라), 야더럼(황해) 등등. 이로 보아 '름'이라 할 만하다. 특히 서도(황해도)방언이 '야더럼'이다. 개경 손님이 쓰는 말이며 '름'이라고 할 수 있는 말이다. 따라서 '름난디'는 시어로서 미화한다면 빨갛게 군데군데 수줍게 돋아난 여드‘름’을 묘사한 말이 된다.

2. '바람난디, 버럼난디'의 은어

부룸(15~18세기) > 부람(16~19세기) > 바람 [우리말샘]

'름난디'는 바깥으로 나돌아 다니게 하는 무엇인데 그게 또 '름'과 관련이 있어야 한다. 그것은 '바람'이다. 바람도 역시 방언이 많다. 바럼(경남), 버럼(경북), 찜(경북), 바램(경상, 함남), 바래미(함경), 보람(함경), 보롬(함경) 등등이 있다. 이를 보면 바람을 '름'이라 하기는 좀 어색하다. 그러나 '름난디'가 '바람난디'의 은어로 보면 대단히 자연스러운 표현이 된다. 즉 누가 바람났다고 이야기하는 것은 남의 비밀을 누설하는 일이기 때문에 은어를 쓰는 경향이 있다. '바람났다' 대신 '버럼났다', '람 났다', '름 났다' 등으

이 경우가 바로 그에 해당하며 '름난디'라는 신조어를 탄생시킨 것으로 필자는 보고 있다. 〈청산별곡〉의 '에졍지'도 마찬가지다.

로 와전시켜 말하는 경향이 있으며 이때 '럼났다'는 꽤나 기발한 은어가 되어 많은 사람이 썼을 수 있다. 더구나 색향(色鄕)이라는 서경이고 보면 남자들 중에는 '럼난' 사람이 많았을 것이고 그러한 은어가 많이 쓰였을 것이다. 이것이 재미있는 표현이 되어 시어로 선택된 것이라고 볼 수 있다.

3. 넘난디 : '럼난디'를 개경 또는 타지에 온 사람들은 '넘난디'로 발음하는 것을 시적 표현에 활용한 것

'럼난디'로 표현된 '네 각시'는 남자가 꼬득이면 잘 넘어가는 여자라야 한다. 그런데 '럼난디'와 언어적 연관성이 없어 보인다. 하지만 개경 양반들은 '럼난디'를 제대로 발음하지 못하고 '넘난디'로 밖에 못한다. '배 타드는' 개경 손님도 그것은 알고 있다. '네 각시 럼난디'는 손님의 말로는 '넘난디'이다. '네 각시가 넘난지(過) 몰라서'라는 말이 되며, 이 말은 네 각시가 '넘나들며 놀고 있는데'라는 말이며 따라서 '누가 꼬드기기만 하면 바로 넘어갈 텐데' 라는 말이 된다. 손님은 사공에게 평양말 '럼난디'라는 말을 하려고 해도 안 된다. 방언의 차이 때문이다. 개경 손님은 '럼난디'라는 발음이 안 되고 기껏 따라 한다는 게 '넘난디'라는 것이다. 그리하여 개경 사람들에게는 '럼난디'와 '넘난디'는 같은 말이라는 우스갯소리가 서경 사람들 사이에, 특히 사공들 사이에 퍼져 있었던 것으로 보인다. 개경에서 오는 손님과 대화할 때는 방언 상 조심해야 할 것을 단적으로 보여주는 말이었던 것이다. 이 말을 시가의 중의적 표현에 이용한 것이다. '네 각시 럼난디'라는 말은 바로 '네 각시 넘난디'라는 말이니라. 그런데 저 사공은 알기나 할까? 신이 나서 노를 열심히 젓고 있는데 조심해야 한다 이놈아! 네 각시가

'넘난지' 누가 알겠는가. 이 말은 歌者의 말인 동시에 개경 손님의
말도 될 수 있다.

대동강 사공들과 주변의 사람들 사이에는 이런 저런 소문이 떠돌아다
녔을 것이다. 누구 아내가 도망갔다더라. 누구 아내가 바람났다더라, 등
등 말들이 떠돌고 있었는데 호사가가 만들어 낸 말 중에는 "앗다, 그 사
공은 자기가 태워간 손님이 마누라를 꺾어 갔다네."라는 말도 있었을 것
이고 사공들 사이에도 농담으로 "야 이놈아, 태워가는 손님을 조심해라"
는 말이 돌았을 것이다. 그 말이 재미있는 표현이어서 노래 소재가 된 것
으로 보인다. 그 말 뒤에는 "서경여자라고 다 '정절의 여인'이라고 생각
하지 말라. 대동강 넓듯이 별별 여자가 다 있느니라."라는 해학적인 충고
또한 담겨 있으니 멋진 표현이지 않은가.
'럼난디'라는 말이 이 정도의 뜻을 함축한 말이라면 〈서경별곡〉 歌者가
자에게 혹시라도 돌아올 물음, 즉 사공의 각시가 '럼났다'고 한다면 '배 타
드는 손님'이 꺾을 것이라는 걱정을 할 필요가 있을까, 라는 질문에 어느
누구도 헛걱정이라 할 사람은 없을 것이다. 즉 언어적으로는 조금도 흠
잡을 데 없는 노래가사가 되어 있는 것이다.

'한국지성의 우상'이셨던 양주동 선생 전에 묻고 싶다. 이 정도면 '럼난
디' 일어의 翫味완미[42]가 이루어졌다고 할 수 있을는지? 무슨 답변이 돌
아올까? 어쩌면 호통을 치실는지 모른다. 그 정도로서 무슨 … 교만에 빠
지지 말라고. 문학적 표현은 그 깊이가 끝이 없다. 여기가 바닥인가 하면
더 깊은 곳이 나온다. 고려시대 이규보선생의 시론에 '咀저嚼작味미愈유粹

---

42) 翫味(완미): '가지고 놀 듯 맛을 음미한다'는 뜻으로 양주동 선생이 〈서경별곡
    평설〉에서 "'시럼난디' 一語를 翫味할 때에…"로 사용한 말이다.

수'가 있다.[43] 함의가 깊은 시어는 "씹으면 씹을수록 더 깊은 맛(진수)이 우러나온다."라는 말이다. 이제 반쯤 씹은 것인지 모를 일이다. 우리는 현대시론에 빠져 고려시대의 문학수준을 얕잡아 보는 경향이 있다. 그러나 여요(麗謠)는 사용하는 시어에서부터 그 품격이 다르다고 할 수 있다. 다시 생각해 보면 우리는 지금 선인들의 문학작품을 얼마나 이해하고 있는지 모를 일이다. 겸허한 자세로 되돌아봐야 할 것이다.

5. 맺음말

본고에서는 〈서경별곡〉을 새로운 관점에서의 해석과 감상을 시도하였으며 그 주제가 이별의 노래가 아닌 서경여인의 정절을 읊은 정절가임을 밝혔다. 서경여인들의 정절을 유형별로 읊은 후에 사공의 아내라는 하층민을 이에 대조시킴으로써 서경여인들의 정절을 한껏 추켜올렸다.

〈서경별곡〉은 그 주제가 이별의 노래가 아님을 보이고 난해어 '럼난디'를 그 뜻을 유추하여 중의적인 표현임을 밝혔으며, 이로써 서경여인의 정절을 높이 찬양하면서도 '다 그런 것은 아니니 조심하라'는 충고까지 곁들인 노래로서 그 해학성이 돋보이는 작품임을 논하였다. 첫 연에서는 정열적이고 적극적인 여인, 둘째 연에서는 소극적이지만 이별 후 끝끝내 못 잊어하는 순정파 여인을 노래했다. 종연에서는 사공의 아내처럼 천한 하층민의 연애관을 그에 대조시킴으로써 서경여인의 정절을

---

43) 이규보의 賦 〈論詩〉의 한 구절이다. 심오한 시론을 읊고 있는바 첫 4행을 아래에 소개한다. [출처] 東國李相國集 후집 권1 〈4·b〉
作시詩작无무所소難난 시짓기만큼 어려운 바가 없으니
語어與의得득雙쌍美미 語意가 雙美를 얻어야만
含함蓄축意의苟구深심 함축의 뜻이 참으로 깊어
咀저嚼작味미愈유粹수 씹으면 씹을수록 더욱 순수한 맛이 난다네.

한껏 추켜올렸으며, 반면에 '배 타드는' 손님에게는 서경여자가 모두 정절을 지킨다고 생각지 말고 조심해야 한다는 충고를 사공을 매개로 하여 우회적으로 던짐으로써 자연스러운 웃음을 끌어낸 해학성은 높이 평가할만하다. 이는 고려시대 선인들의 높은 문학적 수준을 가늠해 볼 수 있게 한다. 또한 '럼난디'라는 말에 숨겨진 중의적인 뜻을 살핌으로써 당시 사람들의 사고방식이나 방언, 그리고 사공들이 주고받았을 농담과 은어까지 상상의 힘을 빌려 유추해 본 것은 그 나름 의미 있는 일이라 할 수 있다.

〈서경별곡〉은 서경여인의 정절을 읊은 것만으로도 훌륭한 작품이 될 수 있는데 그에 해학성을 가미하여 대중적 인기까지 끌 수 있게 한 것이니 정말 빼어난 작품이라 아니 할 수 없다. 〈서경별곡〉이 고려시대에 민간에서 최고의 인기를 끌었고 나중에는 궁중에서까지 큰 인기를 누렸던 이유가 될 것이다.

3. 궁녀출신 후궁의 애절한 사랑노래 〈만전춘(滿殿春)〉

滿殿春 (만전춘)

어름 우희 댓닙 자리 보아 님과 나와 어러주글망뎡
어름 우희 댓닙 자리 보아 님과 나와 어러주글망뎡
정(情)둔 오ᄂᆞᆳ밤 더듸 새오시라 더듸새오시라

경경(耿耿) 고침상(孤枕上)애 어느 ᄌᆞ미 오리오
서창(西窓)을 여러하니 도화(桃花)ㅣ 발(發)ᄒᆞ두다
도화ᄂᆞᆫ 시름업서 소츈풍(笑春風) ᄒᆞᄂᆞ다 소츈풍 ᄒᆞᄂᆞ다

넉시라도 님을 ᄒᆞᆫᄃᆡ 녀닛 경(景) 너기다니
넉시라도 님을 ᄒᆞᆫᄃᆡ 녀닛 경(景) 너기다니
벼기더시니 뉘러시니잇가 뉘러시니잇가

올하 올하 아련 비올하
여흘란 어디 두고 소해 자라온다
소콧 얼면 여흘도 됴ᄒᆞ니 여흘도 됴ᄒᆞ니

남산(南山)애 자리 보와 옥산(玉山)을 버여 누어
금수산(錦繡山) 니블 안해 사향(麝香)각시를 아나 누어
남산(南山)애 자리 보와 옥산(玉山)을 버여 누어
금수산(錦繡山) 니블 안해 사향(麝香)각시를 아나 누어
약(藥)든 가ᄉᆞᆷ을 맛초ᄋᆞᆸᄉᆞ이다 맛초ᄋᆞᆸᄉᆞ이다

아소 님하 원대평생(遠代平生)애 여힐 ᄉᆞᆯ 모ᄅᆞᄋᆞᆸ새

1. 서언

〈만전춘〉은 악장가사에 '滿殿春別詞(만전춘별사)'라는 제목으로, 조선 후기에 편집한 『악학편고』에는 '만전춘오장'이라는 제목으로 가사전문이 전해 온다. 별사가 붙은 것은 조선조 세종실록에 윤회가 개찬한 봉황음 가사의 만전춘[44]이 실려 있어 그와 구별하기 위한 것이다. 그러나 여요를 논할 때는 '만전춘'으로 부르는 것이 옳다고 본다.

〈만전춘〉은 남녀 간의 정사를 읊은 것도 파격적이지만 구성 자체도 특이한 시가이다. 순수우리말 가사에 한문체 가사를 번갈아 쓰는가 하면 시의 형식도 고려가요 체를 모두 아우르고 있다고 할 만큼 다채롭고 각 연이 풍기는 이미지 역시 유례를 찾아볼 수 없을 만큼 다채롭다. 이에 민요에 떠도는 낱개의 노래를 조합한 설이라는 주장도 있지만 첫 연의 사랑 노래가 너무나 절절하여 보는 이의 마음을 아연토록 만들고 있다. 누가 이런 노래를 읊었을까 궁금한 마음을 가지고 한 번 더 자세히 음미해 보면 별 대수롭잖게 보이던 연도 하나 같이 깊은 뜻을 가진 애절한 사랑 노래임을 알 수 있다. 시가의 해석은 난해어구가 별로 없어 크게 어렵지 않다. 언어적 해석은 대부분 거의 같다고 할 수 있으나 상징적 의미 해석에서는 여러 갈래로 나뉘어져 있다. 떠도는 낱개의 민요를 합쳐 놓은 통속적 사랑 노래라는 것에서부터 유녀의 저속한 사랑노래라는 주장이 있는가 하면, 궁녀 또는 후궁의 애틋한 사랑의 한을 읊은 수준 높은 작품, 악극에서 불린 노래 등 여러 갈래의 설이 있다. 이렇게 여러 가지 설이 나온 배경은 주로 제4연을 어떻게 해석하느냐에 따라 전체 시가의 주제

---

44) 윤회의 '봉황음 만전춘'은 '여요 만전춘'의 곡과 제목은 그대로 두고 가사만 봉황음의 가사로 바꾸어 쓴 것으로 작품의 수준도 떨어질 뿐만 아니라 후에 별로 쓰이지도 않았음.

가 크게 바뀌기 때문이다. 그런데 제4연에는 아직 해결되지 못한 어석이 남아 있다. 그것은 바로 '아련 비올하'의 '아련'이다. 이 '아련'이라는 어휘 속에 혹시 작자의 숨은 뜻이 내포된 것은 아닐까? 본고는 작자가 미상이지만 분명 있었다는 전제하에서 그 숨은 뜻을 찾아 본 시가 6개 연 전체를 하나로 꿸 수 있는 해석을 찾아보고자 한다.

본고의 대전제는 작자가 있었으며 그에 의하여 본 시가가 창작되었다는 것이다.[45] 작자가 있었다면 과연 누구였을까. 기존의 학설에도 궁녀, 유녀, 후궁 등의 설이 제기되어 있다. 하지만 여기서는 작자가 궁녀 출신의 후궁이라고 보았다. 이유는 제목부터 궁궐에 관한 시가이며 사랑의 상대가 바로 왕이라는 유추가 가능하기 때문이다. 또한 제5연의 내용을 보면 옥베개(옥산), 금수산 이불, 사향각시 등은 보통의 궁녀들로선 향유할 수 없는 것일 뿐만 아니라 제3연에서는 한 때 왕의 사랑을 독차지한 적이 있음을 은연 중 비치고 있어 후궁이 아니면 이런 표현이 나올 수 없기 때문이다. 궁녀 출신임은 어떻게 알 수 있는가. 제1연의 노래가 궁녀로서 임금을 맞을 당시의 어려움을 상징적으로 표현하고 있다고 보면 정황상 꼭 맞아 떨어지기 때문이다.

이에 본고에서는 〈만전춘〉의 각 연이 궁녀 출신 후궁이 어려웠던 과거와 한때의 영화를 뒤돌아보며 하릴없이 님을 기다려야만 하는 안타깝고 회한이 서린 궁중의 사랑노래임을 밝히고자 한다.

---

45) 이 전제의 옳고 그름은 현재로서는 단정할 수 없다. 그러나 〈만전춘〉 6개연 전체를 하나로 꿸 수 있는 해석이 나온다면 그 개연성을 높여 줄 것임.

2. 원문 및 기존 해석 소개

〈만전춘〉은 악장가사에 '滿殿春別詞(만전춘별사)'라는 제목으로, 편집한 『악학편고』에는 '만전춘오장'이라는 제목으로 가사 전문이 그리고 대악후보에는 가사 없이 곡만 실려서 전해 온다. 여기서는 원문을 소개하고 기존의 해석을 간단히 소개한다. 기존 해석의 소개는 언어적 직해 수준으로 하였으며 내용의 이해가 쉽도록 간단한 도움말을 첨가하였다. 본 시가의 해석이 매우 다양하게 전개되었지만 언어적 직해 수준에서는 별로 다른 점을 찾아볼 수 없을 정도로 같다는 것이 그 이유 중 하나이다.

滿 殿 春

어름 우희 댓닙 자리 보아 님과 나와 어러주글망뎡
어름 우희 댓닙 자리 보아 님과 나와 어러주글망뎡
정(情)둔 오늜범 더듸 새오시라 더듸새오시라
(*악장가사 원전에는 '오늜밤'이 아님)

경경(耿耿) 고침상(孤枕上)애 어느 즈미 오리오
서창(西窓)을 여러하니 도화(桃花)ㅣ 발(發)ㅎ두다
도화는 시름업서 소춘풍(笑春風) ㅎᄂ다 소춘풍 ㅎᄂ다

넉시라도 님을 ᄒᆞᆫ듸 녀닛 경(景) 너기다니
넉시라도 님을 ᄒᆞᆫ듸 녀닛 경(景) 너기다니
벼기더시니 뉘러시니잇가 뉘러시니잇가

올하 올하 아련 비올하
여흘란 어디 두고 소해 자라온다
소콧 얼면 여흘도 됴ᄒᆞ니 여흘도 됴ᄒᆞ니

남산(南山)애 자리 보와 옥산(玉山)을 버여 누어

금수산(錦繡山) 니블 안해 사항(麝香)각시를 아나 누어

남산(南山)애 자리 보와 옥산(玉山)을 버여 누어

금수산(錦繡山) 니블 안해 사항(麝香)각시를 아나 누어

약(藥)든 가슴을 맛초옵시이다 맛초옵시이다

아소 님하 원대평생(遠代平生)애 여힐 술 모르옵새

(기존 해석)

기존해석에서 언어적 해석은 거의 같다. 다만 상징성을 어떻게 보느냐에 따라 작품의 성격이 크게 달라짐은 전술한 바 있다. 아래에는 언어적 해석만 싣고 상징적 해석은 유보해 둔다.

어름위에 댓닙자리 보아, 님과 나와 얼어 죽을망정

어름위에 댓닙자리 보아, 님과 나와 얼어 죽을망정

정을 둔 오늘밤 더디 새오시라, 더디 새오시라

불 밝힌 외로운 베개머리에 어느 잠이 오리오

서창을 열어 보니 도화가 피려하도다.

도화는 시름없어 춘풍에 웃는구나 춘풍에 웃는구나

넋이라도 님을 (좇아) 한 곳에(라고 소원을 비는 것을)

남의 처지로 여겼더니,

넋이라도 님을 한 곳에, 남의 처지로 여겼더니 (내 처지가 되었구나)

벼기더신[46] 이가 누구십니까, 누구십니까.

---

46) 벼기다 : 시샘으로 –를 거스르게 하다, (거슬러)어기게 하다, 거슬러 우기다.

오리야 오리야 어린(불쌍한) 비오리야

여울은 어디 두고 소에 자러 오느냐

소가 곧(쉽게) 얼면, 여울도 좋은걸 여울도 좋은걸

아랫목에 자리 보아 옥베개를 베고 누어

금수비단 이불 안에 사향각시(인형)를 안아 누워

아랫목에 자리 보아 옥베개를 베고 누어

금수비단 이불 안에 사향각시를 안아 누워

약든 가슴을 맞추옵길 빕니다, 맞추옵길 빕니다.

아! 님이시여, 길고 긴 한 평생에 잊을 줄 모르옵니다

3. 새로운 해석 및 해설

여기서는 각 연별로 상징적인 의미를 포함하여 새로운 해석과 해설을
제시하였다. 상징적인 의미 탐구를 위해서는 전술한 바의 '작자가 궁녀
출신 후궁'이라는 전제 하에서 작자가 처한 배경이나 과거의 겪었을 법
한 이력이나 경험을 심도 있게 고려하였다.

제 1 연

어름 우희 댓닙 자리 보아 님과 나와 어러주글망뎡
   어름 위에 댓닙 자리 보아, 님과 나와 얼어 죽을망정
어름 우희 댓닙 자리 보아 님과 나와 어러주글망뎡
   어름 위에 댓닙 자리 보아, 님과 나와 얼어 죽을망정

정(情)둔 오늜범 더듸 새오시라 더듸새오시라
　　정을 둔 오늘 밤 더듸 새오시라, 더듸 새오시라

(어석)

　　오늜범 : 님과 정을 맺은 오늘 '밤'은 밤이 아니고 '범'이라는 뜻
　　우희 : 우(上)ㅎ+의(처격조사),　위에

(해설)

제목이 '滿殿春'이므로 사랑의 배경은 궁이 될 것이며, 여기서 님을 모
신 여인은 궁녀일 것이다. 이유는 그 궁녀가 왕을 모시게 되는 어려운
상황을 '얼음 위의 댓닙 자리'로 비유하여 표현하였기 때문이다. 수많
은 궁녀가 왕을 모시고자 기회를 노리는데 잘못하면 경을 치기 일쑤
다. 처음 임금을 모신 자리가 얼마나 어려웠을지 상상불허이지만 이
시구 하나로 어렴풋이 짐작이 가게 한다. 또한 정을 맺은 날 밤이 너무
나 아쉽게 지나갔음에 그때 느낀 심정을 '더듸 새오시라'로 표현한 이
시구는 어렵게 님을 모시는 애틋한 마음을 너무나 잘 나타내고 있다.
이 한 연으로만 본다면 다소 외설적인 내용임에도 불구하고 지극히 순
수하고 솔직한 감정표현으로 '사랑의 노래'로서는 최고라는 극찬을 받
고 있다.

　제2연

경경(耿耿) 고침상(孤枕上)애 어느 주미 오리오
　　시름으로 불밝힌 외로운 베개머리에 어느 잠이 오리오
서창(西窓)을 여러하니 도화(桃花)ㅣ 발(發)ᄒ두다
　　서창을 여러보니 도화가 피려 하도다
도화는 시름업서 소춘풍(笑春風) ᄒᄂ다 소춘풍 ᄒᄂ다
　　도화는 시름없어 봄바람에 웃는구나 봄바람에 웃는구나

(어석)

경경(耿耿) : 빛이 약하게 환함, 잊혀지지 않고 걱정스러움

도화(桃花) : 복숭아꽃, 도화살의 여자 즉 바람끼있는 여자를 비유함

소춘풍(笑春風) : (중의) 1. 봄바람에 웃음 2. '춘풍'을 비웃음,

　 ‒ '춘풍'은 바람둥이 남자를 비유함.

서창(西窓)을 여러하니 : 서창을 열었다는 것은 달이 서쪽으로

　 기울어, 즉 밤이 깊어 새벽으로 가고 있음을 암시함.

(해설) 왕의 총애가 항상 머물 수 없음에 걱정스레 불 밝히고 누운 외로운 잠자리에 어찌 잠이 오겠는가. 이 생각 저 생각에 잠은 오지 않고 (새벽녘에) 서창을 열어 보니 밖에는 도화가 앞 다투어 피어나고 있는데, 저 도화는 나와 달리 시름이 없어 봄바람을 비웃는구나. 여기서 창은 은유적으로 벽으로 막힌 나와 외부와의 소통창구가 되고 창밖의 도화는 궁 밖의 화류계 여인들을, 그리고 봄바람은 바람둥이 남자를 비유한다. 이는 바깥소식을 들으니 화류계 여인들은 바람둥이 남자들을 비웃을 정도로 별 걱정 없이 지낸다고 하더니만… '아 궁 안에 갇힌 나의 외로운 신세여'라는 뜻이 숨어 있다. 이 연 또한 궁궐에 갇혀 있는 자신의 외롭고 갑갑한 처지를 은유적으로 표현한 것으로 수준 높은 표현이라 할 수 있다. 본 연은 한시풍의 시구가 많아 작자는 한시, 한문에도 능한 지식층의 여인이었을 것으로 보인다.

제3연

넉시라도 님을 혼ᄃᆡ 녀닛 경(景) 너기다니

　 넋이라도 님을 (좇아) 한곳에, 남의 일로 여겼더니

넉시라도 님을 혼ᄃᆡ 녀닛 경(景) 너기다니

　 넋이라도 님을 (좇아) 한곳에, 남의 일로 여겼더니

벼기더시니 뉘러시니잇가 뉘러시니잇가
　벼기더신 이 누구시었습니까 누구시었습니까

(어석)

녀닛 경 : 여느 사람의 경황, 남의 경황, 남의 처지, 남의 일,

　*녀닛 : 여느(여느 이, 여느 사람) +의 +ㅅ(촉격)

　*경(景) : 경치, 경황, 처지

벼기더시니[47] : 벼기+더(과거시제)+신(존칭)+이(사람) → 벼기시었
　　　던 분

*벼기다 : 1. 어기게 하다(사동사), 시샘으로 가까이하지 못하게 하다.
　　　('시샘으로 헐뜯다'보다는 약한 표현.)
　　　2. 거슬러 우기다

(해설)

제3연은 '궁녀출신 후궁'인 삭자가 세월이 지나 임금의 사랑이 멀어진 다음에 임금의 총애를 받던 시기를 회상해 보며 읊은 '임금을 향한 사랑노래'이다. 당시에 유행하던 '넉시라도 님을 흔듸'와 '벼기더시니'를 썼고 또한 경기체가의 '경(景)'을 사용하였다는 점에서 남의 시어를 조합하여 쓴 시로 격이 낮다고 보기도 한다. 그러나 작자가 궁녀출신 후궁이란 전제 하에서 본다면 이 역시 결코 수준이 낮다고 볼 수 없는 표현으로, 작자 자신이 처한 전후 사정을 매우 간결하게 나타내고 있음을 알 수 있다. '녀닛 경(景) 너기다니'가 바로 그것이다. 임금의 총애를 얻고 있을 때는 '넉시라도 님을 흔듸'라고 소원을 비는 것은 남의 일로 알았었는데 세월이 지나 상황이 바뀐 것이다.

---

47) '벼기더시니'에 대한 자세한 어석은 아래 문헌 참조
　졸고, "〈정과정곡〉 해석 재고", 강북문학 제2호, 2021, 294-310쪽

'경경 고침상'에 기다려도 기다려도 님은 오지 않고 옛날 생각만 자꾸 떠오르는데 그렇게 다정했던 님이 왜 오시지 않는 것일까? 그 심중을 작자는 '벼기더시니 뉘러시니이까'라는 말로 표현한 것이다. '뉘러시니이까'를 반복한 것은 그러한 생각이 떠나지 않음을 나타낸 것이며, 이로써 임금을 애타게 기다리는 마음을 전하고자 한 것으로 볼 수 있다. 이 또한 절묘한 표현이 아닌가. '시샘을 한 사람이 누구냐'가 중요한 것이 아니라 이렇게 기다고 있음을 알아달라는 것이다. 한 남자를 여러 여자가 사랑할 때에는 시샘이 따르는 것은 자연스러운 이치이므로 이를 '시샘으로 흘뜬다' 보다는 약한 표현인 '벼기더신 이'라는 표현이 당시에 많이 쓰였던 것으로 보인다.

〈시어 사용에 대하여〉

본 연에서는 다른 여요에서 발견되는 시어를 다수 사용하고 있다. 이를 두고 〈정과정곡〉에서 차용했다는 주장이 있다. 그러나 이 시어들은 〈정과정곡〉 외에도 여러 곳에서 발견되어 차용이라는 판단이 옳은지 의문의 여지가 있다.

• 넋시라도 님을 흔딕 : 고려시대에 유행했던 표현임.
  〈동동〉, 〈이상곡〉, 〈정과정곡〉, 〈만전춘별사〉 등에 쓰이고 있음. 아마 가장 오래된 표현은 〈동동〉의 7월령 가사였을 것으로 추측됨. 이유는 〈동동〉은 신라시대 때부터 전해 내려온 민간가사가 민중들에 의한 변개를 거쳐 오다가 고려시대에 와서 완성된 것으로 보이기 때문임. 이는 일부다처제 하에서의 표현으로 넋이라도 '님과 함께'가 아닌 '님을 함께'이며 이는 넋이라도 님을 좋아 한곳에 따라가겠다는 주종의 개념이 들어 있다. 〈동동〉의 가사로 보면 여인들이 소원을 빌 때 관용구로 쓰였으며 또한 충신연주지사로도 쓰였다.

- 벼기더시니 뉘러시니잇가 : 본 시구는 '넉시라도 님을 흔뒤'
와 같이 쓰이는 관용적인 표현으로 보인다. 지금은 본 시가와
〈정과정곡〉, 『월인석보』에 쓰인 것이 전해오지만, 그 당시에
는 아마 많은 시가에서 이 표현이 사용되었을 것으로 보인다.
다처제 하에서 시샘으로 인한 가슴 아픈 사연이 많았을 뿐만
아니라 충신연주지사에 꼭 알맞은 표현이기 때문이다. 어쩌
면 〈정과정곡〉의 표현도 차용일지 모르므로 그에서 차용했다
는 판단은 재고의 여지가 있다. 이 시구는 차용 여부를 떠나서
화자의 외로운 처지와 님을 기다리는 심경을 너무나 잘 나타
내고 있는 적절한 표현이라 할 수 있다.

- 녀닛 경(景) 너기다니 : 여기서는 '경(景)'만 경기체가에서 따
온 것으로 단어 하나만 차용일 뿐 전체적인 시구 표현은 매우
독창적이라 할 수 있다. 당시 여요에는 체를 혼용한 시는 별로
찾아보기 어렵고 또한 '경(景)'의 의미만 따 와서 시어로 활용
한 기지가 돋보이기 때문이다.

제4연

올하 올하 아련 비올하
　오리야 오리야 (기억 속에) 아련한 비오리야

여흘란 어디 두고 소해 자라온다
　여울은 엇다 두고 소에 자러 오느냐 (머물려고 오느냐)

소콧 얼면 여흘도 됴흐니 여흘도 됴흐니
　소는 쉽게 얼면(빠져 나갈 수 없는 곳이니), 여울도 좋으니라 여울도 좋으
　니라(좋은 여울을 두고 어찌 한번 오면 나가지 못할 소에 왔느냐, 불쌍한 것)

(어석)

올하 : 올(오리)+하(호격조사), 오리야

　　오리는 유랑하는 여인들을 비유한 표현.

비올하 : 비올(비오리) + 하

　* 비오리 : 1. 색깔이 고운 숫오리. '곱게 꾸민 궁녀'를 비유함.

　　'자라온다'와 연관지어 바람둥이 남자로 보는 견해도 있음.

　　2. '비 맞은 오리'로 '처량한 신세의 유랑녀'를 상징한다고 볼 수도

　　있으며 중의적인 해석이 가능하다.

아련 : 1. 어리고 불쌍한, 가련한　2. 아스라이 기억이 아물거리는

　* 이 말은 해석이 어렵다. 현대어에 '아련하다'는 말이 있으므로 이와

　　연관지어 생각해 보면 '아스라이 기억이 가물거리는'이라는 의미인

　　데 비오리를 새로 들어온 궁녀로 보면 뜻이 어울리지 않는다. 따라서

　　'불쌍한(애련한. 가련한)', '어리고 불쌍한' 등으로의 해석이 주류를

　　이루어 왔다. 그러나 비오리를 작자 자신을 비유한 것으로 보면 또

　　다른 해석이 가능하다. 여기서 비오리는 작자 자신이 처음 궁녀로 들

　　어왔을 때를 떠올리는 것이며 그 때 곱게 차려 입은 자신의 모습이 먼

　　기억 속에 아물거리고 있음을 나타낸 것으로 볼 수 있다.

　아련 비올하 : 기억 속에 아련한 비오리야, (궁녀로 입궁할 당시 곱게

　　차려입은 작자 자신을 애처롭고 어린 비오리에 비유한 것. 또한 자

　　신의 뜻과 상관없이 궁에 새로 들어온 어린 궁녀들의 가련한 처지를

　　'비 맞아 처량한 오리'로 비유한 것으로 볼 수도 있음.)

　소콧 : 소(沼)ㅎ + 곧 (소(沼): 땅이 둘러빠져서 물이 깊게 된 곳)

　　소(沼): 물 깊은 곳이란 의미로 '궁궐'을 비유한 표현.

　　'곧'은 '곧 바로', '빨리', '쉽게' 등의 의미.

　여흘 : 여울, 궁 밖의 세속에 유랑하는 여인이 머무는 곳

　됴ᄒ니 : 좋으니

(해설) 이 연은 작자의 회한을 넌지시 새로온 궁녀들에 비유하여 읊은 것으로 비오리는 곱게 차려 입은 새로 들어온 궁녀를 비유한 것이다. 곱게 차려입은 새로 들어온 궁녀들에게 다가올 궁 생활이 가련한 처지가 될 것임을 '소(궁궐)가 쉽게 어는 곳이거늘 좋은 여울(궁밖의 세속 거처)을 두고 소에 오느냐'라는 표현으로 안타까운 마음을 나타내었다. 여기서 '아련 비올하'에서 '아련'을 종래에는 '어린 불쌍한' 으로 해석해 왔으나 그 근거가 미약하다. '비오리'는 '비 맞은 오리'로 해석될 수 있고 '비오리' 자체가 조그만하여 '어리고 불쌍한 여자'를 상징할 수 있다. 따라서 '아련'은 종래의 어석과는 거리가 먼 전혀 다른 뜻으로 쓰였을 가능성도 배제할 수 없다.

본고에서는 작자가 '궁녀출신 후궁'이라는 전제하에서는 '아련'의 의미를 다시금 생각해 보았으며 그 뜻은 원문 표현 그대로 '아련하다'의 의미의 '아련'의 뜻으로 쓰였음을 밝혀내었다. '아련 비올하'는 '기억 속에 아련한 색깔이 고운, 비 맞아 불쌍한(조그만) 오리'라는 의미를 가지며, 이는 작자 자신이 입궁하던 때의 아련한 기억을 떠올리며 '기억 속에 아련한 곱게 차려 입은 불쌍한 어린 궁녀'를 상징한다고 볼 수 있다.

셋째 행은 '불쌍한 오리들아, 어찌 좋은 여울(세속의 거처)을 두고 얼기 쉬운 소(궁)으로 왔단 말인가'라는 표현으로 해석할 수 있다. 이는 앞의 연에서의 '고침상'에 대비되는 '도화의 소춘풍'을 한층 더 심화시킨 표현으로 구중궁궐의 적막함을 나타내며 새로 들어온 궁녀들에 대한 가련한 마음을 나타내었고 한편으로는 입궁 당시의 작자 자신의 모습을 뒤돌아보며 원치 않았음에도 입궁하게 된 회한을 은연중에 암시한 표현으로 볼 수 있다.

제5연

남산(南山)애 자리 보와 옥산(玉山)을 버여 누어
  아랫목에 자리 보아 옥 베개를 베고 누어

금수산(錦繡山) 니블 안해 사향(麝香)각시를 아나 누어
  금수비단 이불 안에 사향각시(인형)를 안아 누워

남산(南山)애 자리 보와 옥산(玉山)을 버여 누어
  아랫목에 자리 보아 옥 베개를 베고 누어

금수산(錦繡山) 니블 안해 사향(麝香)각시를 아나 누어
  금수비단 이불 안에 사향각시(인형)를 안아 누워

약(藥)든 가슴을 맛초옵스이다 맛초옵스이다
  약든 가슴을 맞추옵길 빕니다, 맞추옵길 빕니다.

  * 약든 가슴: 병(상사병, 피로, 우울증)을 치료해 줄 가슴

제6연

아소 님하 원대평생(遠代平生)애 여힐 술 모르옵새
  아(맙소서)! 님이시여, 길고 긴 한 평생에 잊을 줄 모르옵세

(어석)

남산 : 따뜻한 아랫목의 비유

옥산 : 옥으로 만든 베개

금수산(錦繡山) 니블 : 금수산이 수놓인 비단 이불

사향(麝香)각시 : 사향을 넣어두는 인형, (사랑의 운, 다산, 행복 등의
  행운을 가져다 준다는 민간 속설이 있었던 것으로 보임. 최음제라고
  하는 설도 있으나 근거가 미약하다.)

약든 가슴 : 병(상사병, 피로, 우울)을 치료해 줄 가슴

맛초옵스이다: 맞추옵+스+이다, '맞추옵는 것'이다. 즉 맞추었으면(하
  는 바람)이다

  * -스 : 불완전명사 '-하기'의 뜻, ('여힐 술'에서 '술'와 같은 역할)

* 기존 해석에서는 '맞추옵시다'로 해석하고 있는데 '-ㅂㅅ이다'가 '-
  ㅂ시다'로 사용된 예를 달리 찾아보기 어렵고, 왕을 상대로 한 것으
  로 보면 '-ㅂ시다'라는 표현 자체가 이상하다.
* 현대어에도 그 흔적을 찾아 볼 수 있는데, '-하여 주십사 빌었다'에
  서 '주십사'의 '-ㅂ사'는 바람·희망을 나타내는 어미로 명사형 어미
  에 가깝다.
아소 : 사동사 '앗다'의 변용인 '아서소서'의 준말, '맙소서'의 뜻
  - 앗다 : (타동사)앗다(탈취), (사동사)못하게 하다
  - 숨은 뜻은 '못할 일이로세'에 해당하는 감정 표현임.
원대평생 : 길고 긴 한 평생
여힐솔 모ᄅᆞ옵ㅂ새 : '잊을 줄 모르옵(니다)' 이로세
  * 여힐솔 : 여힐ᄉᆞ+ㄹ(를), '잊게 해 주십사'를 → 잊을 줄을
  * '-새'는 '-이로세'의 뜻을 가진 한탄조 종결어미

(해설) 제5연은 님을 기다리다 지친 후궁의 소원 넋두리라고 할 수 있
다. 기다리는 님은 오지 않고 옛날 생각만 자꾸 떠오르는데 달리 방법
이 없다. 그래도 님을 기다릴 수밖에. 그나마 후궁의 자리를 얻어 따뜻
한 아랫목에 자리를 보아 옥베개를 베고 산수가 수놓인 비단이불을 덮
고서 행여나 님이 오실까 사시장철 기다리는데, 그래도 한가닥 희망을
버리지 못해 사향각시라도 안고 있으면 행운을 가져다줄까. (1, 2행을
반복한 것은 그러한 생활이 반복됨을 의미한다.) 오늘도 또 그렇게 지
나가겠지만, (님의 가슴이 약이니) 이 쓰라린 가슴을 언제 한번 약든
가슴과 맞추었으면…(간절히 바라옵니다.) 약든 가슴을 한번 맞추면
금방 나을 텐데. 이는 님을 기다리는 마음을 넋두리로 표현한 것이며
그 속에는 포기에 가까운 이루어지기 어려운 희망이라는 암시가 있다.
  제6연은 님에 대한 탄원으로 "아! 님이시여, 길고 긴 평생에(이 소원
을) '잊을 줄 모르옵니다'로세." 아! 님이시여, 님이 오시든 안 오시든

이 몸은 언제나 임이 오시길 끝도 없이 이렇게 학수고대하고 있나이다. 아(맙소서)! 님이시여. 곱게 차린 비오리가 궁으로 자꾸만 들어오고 있는데, 님이 다시 찾을 리 없을 줄도 알지만 긴 긴 한 평생에 이 소원을 잊을 줄 모르옵니다. 표면적으로는 님을 기다리는 표현이나 속뜻은 기다림을 넘어선 탈속의 상태가 되어 있다. '이제는 잊어야 하건만 그래도 잊지 못하고 있음'을 읊은 것으로 이는 나이 먹은 후궁이 임금을 잊지 못하는 심정, 소용없는 줄 알면서도 기대를 버리지 못하는 안타까운 심정을 넋두리 삼아 읊은 노래로 그 애절하고 처연한 느낌을 이보다 더 잘 전해 줄 수 있을까. 그야말로 궁중문학의 백미요 만인의 심금을 울리는 절창이라 아니할 수 없을 것이다.

4. 기존 해석과의 차이점 요약 및 비교 검토

본고에서는 〈만전춘〉의 작자가 궁녀 출신 후궁이라는 전제하에서 새로운 해석을 제시하였으며 기존해석과의 중요한 차이점을 요약하면 아래 표와 같다.

	기존 해석	새로운 해석
제1연	단순히 목숨을 바칠 만큼의 열열한 하룻밤의 사랑.	궁녀로서 왕을 맞이하는 어려움과 짧은 사랑의 아쉬움을 상징적으로 표현.
제2연	봄을 맞아 외로운 잠자리에서 밤늦게 잠 못 이룸.	창밖의 도화는 궁 밖의 유녀를 상징하며, 궁궐 생활의 쓸쓸함을 비유적으로 읊음.
제3연	님과 함께 하고 싶은 욕망과 헤어진 님에 대한 원망.	왕의 총애를 받았던 과거 한 때를 회상해 보며, 지금도 님 생각에 젖어 기다리고 있음을 읊었음.

제4연	바람둥이 남자(오리)와 이를 받아 주는 여자(소, 여울)와의 음란한 대화, 또는 유녀(오리)들의 '동가숙 서가식'으로 해석한 바 있음.	궁녀출신 후궁이 입궁하던 때의 자신의 모습을 '(기억 속에) 아련한 비오리'에 비유함으로써 과거 원치 않은 입궁에 대한 회한을 은연중 암시한 노래
제5연	〈만전춘〉의 제목처럼 궁에 가득 찬 궁녀들을 '따뜻한 자리에 옥베게, 비단 이불로 사랑하여 주십사, 라는 소원을 빔.	나이 먹어 님을 기다리다 지친 후궁의 소원 넋두리. 사향주머니를 품고 누워 꿈에라도 님이 찾아 주길 비는 노래.
제6연	'아소'의 뜻을 '알아 주옵소서', 또는 '맙소서' 등 두 가지로 풀이했는데 어느 것을 택하느냐에 따라 뒷 여운의 느낌이 크게 달라짐.	'아소'를 '맙소사'로 해석했음. 궁인의 숙명적인 사랑을 애상조로 읊은 것으로 표면적으로는 님을 기다리는 표현이나 속뜻은 기다림을 넘어선 탈속의 상태를 노래한 것으로 해석.

　본 시가는 궁녀 출신 후궁이 자신의 궁중생활을 읊은 노래로 궁녀로서 왕을 맞이하는 어려움과 하룻밤 사랑의 아쉬움을 상징적으로 읊은 것에 서부터 종국에는 적막한 궁에서 하릴없이 님을 그려야 하는 궁인의 숙명을 너무나 솔직하고 애절하게 읊은 노래이다. 이는 단순한 남녀의 상열지사가 아니라, 궁인의 노래로서는 단연 최고의 절창이라 하겠다.

　제목 '만전춘' 역시 의미심장하다. '궁에 가득 찬 봄'이니 '봄'은 궁녀들을 일컫는 말이다. '비오리'가 좋은 여울을 두고 자꾸만 '소'로 몰려 들어 오고 있으니 이들이 바로 궁을 가득 채운 '만전춘'이 아닌가. 화려한 만전춘이지만 반대로 그 이면에는 '궁인들의 고독'이 또한 넘치게 숨겨져 있음을 누가 알아줄 것인가. '만전춘'의 '대평성대'를 노래 부르고 있지만 그럴수록 음지의 골은 더욱 깊어 가는 법이니 정말 요지경 같은 세상이로다.

5. 결언

  〈만전춘〉은 남녀간의 정사를 적나라하게 읊은 것도 파격적이지만 구성 자체도 특이한 시가이다. 순수우리말 가사에 한문체 가사를 번갈아 쓰는 등 시 형식뿐만 아니라 각 연이 풍기는 이미지 역시 유례를 찾아 볼 수 없을 만큼 다채롭다. 하지만 첫 연의 사랑 노래가 너무나 절절하여 보는 이의 마음을 아연토록 만들고 있다. 본고에서는 화자가 '궁녀출신 후궁'이라는 전제하에서 새로운 해석을 제시하였다.

  제1연은 궁녀로서 왕을 맞이하는 어려움과 짧은 사랑의 아쉬움을 상징적으로 표현한 것이며, 제3연은 왕의 총애를 받았던 과거 한 때를 회상해 보며 님을 기다리는 마음을 읊은 것이며, 제4연은 과거 궁녀로 입궁하던 자신의 모습을 '비오리'에 비유함으로써 '아련'한 추억을 읊음과 동시에 원치 않은 입궁에 대한 회한을 은연 중 나타낸 노래, 제5연은 님을 기다리다 지친 후궁의 소원 넋두리로서 사향주머니를 품고 누워 꿈에라도 님이 찾아 주길 비는 노래임을 밝혔다. 제4연의 '아련'은 이제까지 '어린, 불쌍한'의 의미로 해석되어 왔으나, 이는 작자가 궁녀로 입궁할 당시의 자신의 모습을 그려 보며 '(기억 속에) 아련한'의 의미임을 밝힌 것은 상당한 의미를 부여할 만하다.

  시가의 전체 내용은 궁녀로서 왕을 맞이하는 하룻밤의 애틋한 사랑에서부터 종국에는 적막한 궁에서 하릴없이 님을 그려야 하는 궁인의 숙명을 너무나 솔직하고 애절하게 읊은 노래이며, 표면적으로는 님을 기다리는 표현이나 속뜻은 기다림을 넘어선 탈속의 상태를 노래한 것으로서 이는 단순한 남녀의 상열지사가 아니라 궁인의 노래로서는 단연 최고이며 만인의 심금을 울리는 절창이라 하겠다.

  여인들이 궁에 차고 넘치니 과연 '만전춘'이지만 그 이면에는 '궁인들의 고독'이 또한 넘치게 숨겨져 있음을 누가 알아줄 것인가. '만전춘'의

태평성세를 노래 부르지만 그럴수록 음지의 골은 더욱 깊어 가는 법이
니 정말 요지경 같은 세상이로다.

4. 악극대본으로서의 〈쌍화점(雙花店)〉

雙花店

쌍화뎜雙花店에 쌍화雙花 사라 가고신ᄃᆡ
휘휘回回아비 내 손모글 주여이다
이 말ᄉᆞ미 이 뎜店밧긔 나명들명
다로러거디러 죠고맛간
삿기광대 네 마리라 호리라
더러둥셩 다리러디러 다리러디러
다로러 거디러 다로러
긔 자리예 나도 자라 가리라
위위 다로러거디러 다로러
긔 잔듸 ᄀ티 덦거츠니업다

삼장ᄉ애 블혀라 가고신ᄃᆡ
그 절사주社主 내 손모글 주여이다
이 말ᄉᆞ미 이 뎔밧긔 나명들명
다로러거디러 죠고맛간
삿기샹좌ㅣ 네 마리라 호리라
긔 자리예 나도 자라 가리라
긔 잔듸 ᄀ티 덦거츠니업다

드레우므레 므를 길라 가고신ᄃᆡ
우믓룡이 내 손모글 주여이다
이 말ᄉᆞ미 이 우믌밧긔 나명들명
다로러 거디러 죠고맛간
드레바가 네 마리라 호리라
긔 자리예 나도 자라 가리라
긔 잔듸 ᄀ티 덦거츠니업다

술ᄑᆞᆯ 지븨 수를 사라 가고신ᄃᆡ
그 짓아비 내 손모글 주여이다
이 말ᄉᆞ미 이 집밧긔 나명들명
다로러거디러 죠고맛간
싀구비가 네 마리라 호리라
긔 자리예 나도 자라 가리라
긔 잔듸 ᄀ티 덦거츠니업다

1. 서 언

〈쌍화점〉은 악극으로서 고려궁중에서 단연 최고의 인기를 누렸다. 충렬왕이 특별한 애착을 가진 작품으로써 향각에서 자주 연희되었고 물을 끌어와 조화를 부렸다는 기록도 남아 있어 이를 뒷받침한다.[48] 그러나 조선조에서는 음란성을 문제 삼아 금지곡이 되었고 악극의 내용이 후세에 제대로 전해지지 못했다. 근래에 와서 수십편을 훌쩍 넘는 논문과 저서가 출간되는 등 많은 연구가 이루어졌으나 아직도 고려 궁중에서 최고의 명성을 얻은 이유를 속 시원히 밝혀내지 못 하고 있다. 〈쌍화점〉은 어찌 그 짧은 노랫말이 연극대본이 될 수 있는지 또한 궁금증을 자아내고 있다.

〈쌍화점〉은 만두가게로 해석되어 왔는데 만두가게에 광대와 새끼광대가 있다는 것은 이해가 되지 않는다. 또한 네 개의 장의 내용이 모두 하나 같이 "어디에 갔더니 내 손목을 잡았는데 소문이 난다면 네 말이라 하리라. 그 자리에 나도 자러 가리라, 그 잔 곳처럼 더러운 곳이 없다."이다. 표면적으로 드러난 내용만으로는 도저히 고려 궁중에서 최고의 인기를 끌만한 내용이 아니다. 무언가 숨겨진 뜻이 있지 않을까. 많은 궁중악극 중에서도 최고로 여겼던 것이 바로 〈쌍화점〉이니 무대장치나 악극의 스토리가 분명 보는 사람들의 찬탄을 받을 만했을 것이다. 당대 최고 걸작에 걸맞는 숨겨진 내용이 분명 있었을 것이다.

본고에서는 '쌍화'가 만두가 아닌 여성장식품으로 아마 '쌍으로 된 꽃 모양의 머리꽂이'로 짐작되며 〈쌍화점〉은 보석가게를 일컫는 말임을, 그리고 〈쌍화점〉 각각의 장이 '보석과 여자'에 관한 이야기라는 공통점을 가지고 있음을 밝히고자 한다. 그 이유는 여자의 손목을 잡을 때 그냥 잡

---

48) 정갑준, 「〈쌍화점〉의 공연 및 공연공간에 대하여」, 한국극예술학회, 한국극예술연구 제26권, 2007.10, 18-28쪽.

을 수 없기 때문이다. 또한 각종 보석이란 회회아비와 관련된 유리구슬, 절에 쓰이는 보물로 옥, 마노, 용궁과 관련된 보석으로 진주, 산호 등이 있으며 이들은 모두 雙花를 치장하는 보석이다. 마지막 장에서 여자에게 준 선물은 보석이 아니고 금붙이일 것이다. 술집으로 돈을 번 천한 사람이 귀하게 여기는 것은 금이라는 의미가 내포되어 있다. 무대장치 역시 각종 보석상의 특징에 따라 화려하게 꾸몄으며, 보석을 좋아하는 심리를 이용하여 여자들을 유혹하는 스토리가 대단히 재미있게 짜여 있어 청중들의 인기를 끌었던 것으로 보인다.[49] 보석가게의 무대장치가 마련되면 구경하러 오는 여자 중 미녀를 골라 유혹을 시도하는데, 극을 할 때마다 그 내용을 달리 함으로써 여러 번 보아도 싫증나지 않도록 했을 것이다.

〈쌍화점〉의 진면목은 상류층의 사회 인사들의 도덕적 타락상에 대한 해학적 비판, 그리고 보석에 대한 탐욕과 도덕규범 사이에서 갈등하는 여자들의 이중적 심리에 대한 해학적 풍자에 있다. 전반부는 상류층 인사들의 성적 타락상을 조롱하는 내용으로 불륜을 저지른 여자가 소문이 난 것을 부끄러워하기보다 오히려 얼토당토않은 핑계거리를 만들어 놓고 남 탓으로 돌리는 사회 풍조에 대한 비판적 풍자이다. 또한 소문을 들은 여자들은 모두들 혼자말로는 '긔 자리에 나도 자러 가리라'라고 하다가는 사람들이 많이 모인 곳에 와서는, 속마음 감추고, '그 잔 데 같이 난잡한 데가 없다'고 한다는 것이다. 여자들의 이중적 심리와 위선을 풍자함으로써 폭소를 자아내게 한 것이다. 보석으로 미인을 유혹하는 과정도 재미있지만 폭소를 터뜨리게 하는 해학성에 더하여, 당시의 상류층 인사들의 도덕적 타락을 풍자적으로 비판하는 기지는 정말 감탄할 만하다 할 것이다.

---

49) 졸고, "〈쌍화점〉새로운 해석", 신문예, Vol.94, 2018년, 7/8월,.218−234쪽.

2. 새로운 해석

〈쌍화점〉이 4개의 악장으로 되어 있지만 같은 구조가 반복되고 있어서 첫 번째 장만 철저히 분석하면 다른 악장들은 저절로 해석된다. 첫 장을 살펴보자. 『악장가사』에 실린 것을 소개한다.(행 번호와 여음, 후렴의 명칭은 편의상 필자가 붙인 것임.)

제1행　쌍화덤雙花店에 쌍화雙花 사라 가고신딘

제2행　휘휘回回 아비 내 손모글 주여이다

제3행　이 말숨미 이 뎜店밧긔 나명들명

제4행　(여음)다로러거디러 죠고맛감 삿기광대 네 마리라 호리라

(후렴1)　더러둥셩 다리러디러 다리러디러 다로러거디러 다로러

제5행　긔 자리예 나도 자라 가리라

(후렴2)　위 위 다로러 거디러 다로러

제6행　긔 잔 딕 フ티 덦거츠니 업다

어석 상 문제가 되는 것은 '쌍화점'과 '덦거츠니'이며 다른 말들은 의미 파악에서 크게 문제가 되는 것은 없다. '덦거츨다'는 고증을 통하여 '난잡하다, 지저분하다'라는 뜻의 고어임이 일찍이 밝혀졌다.[50][51] 그러나 섬세한 의미파악을 위해서는 행간의 숨은 뜻을 살펴야 할 것이다.

'쌍화점'은 양주동이 '雙花'를 '쌍화'로 읽은 것과 만두를 '상화(霜花)'라 하는 것을 연관지어 '만두가게'로 해석했다. 현재 통설로 수용되고 있지만 오래 전부터 새끼광대와 전혀 어울리지 않는다는 지적을 피할 수 없

---

50) 양주동, 『여요전주』, 을유문화사. 1947, 266-267쪽

51) 최정윤, 「쌍화점의 골계성 연구」, 문창어문학회, 《문창어문논집》 38권, 2001.12, 84쪽

었다. 어찌 만두가게에 광대가 있고 또 새끼광대가 있겠는가. 최근에 쌍
화점이 아랍상인이 경영하는 보석가게라는 제안[52]이 발표된 바 있다. 그
러나 '쌍화(雙花) 사러 갔다'는데 쌍화가 무엇을 지칭하는지 밝혀내지
못했다.[53] 본고에서는 쌍화점이 극단을 거느리는 이동식 보석상이라는
것과 쌍화는 '쌍으로 된 꽃모양의 머리꽂이'를 지칭함을 밝히고자 한다.

〈'쌍화'라고 부를만한 머리장식물〉

---

52) 박덕유, 「〈쌍화점(雙花店)〉의 운률(韻律) 및 통사구조(統辭構造) 연구」, 한국
   어문교육연구회, 2001, 『어문연구』 29권 2호, 21−42쪽
53) 성호경은 그의 논문(한국시가연구학회, 2016년)을 통하여 朴德裕의 제안과
   함께 李玠奭(2010년)의 "'쌍화덤'은 수입한 부녀자용 裝身具나 사치품들을 팔
   았던 가게 또는 수입품 가게를 가리키는 것일 수도 있다"는 제안를 소개하였고
   근거 자료가 부족함을 지적하였음.

아랍인들은 일찍이 유리를 발명하였고 유리구슬을 만들어 세계 도처에 팔았다. 유리구슬은 신라 때부터 들어왔으며 왕릉이나 큰 절의 탑에서 나오는 것을 보면 당시 매우 귀중한 보물이었다. 고려 때에 와서는 아랍상인들이 극단을 끌고 큰 도시를 다니며 유리구슬 등의 보석을 팔았던 것으로 생각된다.

쌍화는 꽃모양의 여자 머리장신구의 일종이었으며 좌우대칭을 이루게끔 꽂아야 했기에 쌍으로 팔았다.[54] 회회아비가 연관된 것은 쌍화 장식에 유리구슬이 사용되었고 아랍상인들이 품질이 좋은 구슬을 팔았기 때문이다. 유리제조기술이 꾸준히 발전하여 전 세계로 전파되었고 13C경에는 유리생산량이 크게 늘었다. 몽고와 더불어 온 아랍상인들이 고려에 유리구슬을 보급하여 대중화시켰으며, 좀 여유 있는 사대부집 아낙들은 유리장식 쌍화를 어렵게 마련할 수 있었던 것으로 보인다. 고려 말-조선초의 시기에 많은 유리유물이 다량 출토되고 있으나 유리구슬은 찾아보기 어렵다.[55] 그러나 최근 신라 불국사 석가탑 유물로 다량 발견된 바 있어[56] 오랜 세월이 지난 충렬왕대에는 유리구슬 장식 '쌍화'가

---

54) 최정, "고려 말기 복식유물문양과 회화자료를 응용한 여성형 인형장신구 문화상품 디자인 연구 : 고증디자인 및 복식 코디네이션을 중심으로", Journal of The Korean Society of Clothing and Textiles, Vol. 37 No. 5, 2013, 694-701쪽.

55) 고려시대 유리구슬 출토 유적지: 충주 문성리 토광묘 유적, 경남 사천 늑도 유적, 상주 출토유물, 개성공단 터 유물, 부산시 덕천동 유적, 부산 원광사 관음상 피장물, 서울 은평 뉴타운 유적 토광묘 유물 등에서 다량의 유리제품(팔찌, 목걸이 등)이 발견되고 있음. 유리구슬이 발견되지 않는 것은 부장품으로 쓰기엔 너무나 고가품이었기 때문으로 짐작됨. 왕릉이나 사탑의 부장품으로 발견될 가능성은 충분히 있음.

56) [포토뉴스]-석가탑 유리구슬 - 부산일보
불국사 석가탑에서 발견된 유물을 보존처리하다 추가로 유리구슬(사진)과 비단이 확인됐다. 국립중앙박물관은 석가탑 내 사리를 안치하는 공간에서 수습한 흙덩어리를 조사하

〈출토 유리구슬〉

존재했을 가능성을 더욱 높여 주고 있으며, 충렬왕 당시 사치를 즐기는 귀족부인들 사이에 화제가 되었을 수 있다. 어쩌면 '쌍화점'은 삼장사와 마찬가지로 '가상의 보석상'[57]으로서 화폐유통촉진 수단으로 활용하고 싶은 충렬왕의 바람이 은연 중 반영되어 있는 것으로 볼 수 도 있다.

  '雙花'를 '솽화'로 읽은 것은 '휘휘아비'에 대응되는 어구로서 청중의 관심을 끌기 위해 일부러 흘려 읽은 것이다. 한자를 병기한 것은 흘려 읽은 어구에 대한 뜻을 분명히 하기 위한 것이다. 또한 '솽화'는 '만두'를 의미하는 말이니 '상화점'은 만두가게로서 화자의 여인이 '雙花店' 드나들기를 '만두가게'처럼 자주 했다는 비유가 내포된 것으로 보인다.[58]
  '나명들명'의 해석에는 섬세한 부분이 있는데 과거에는 '나며들면'으로 해석했다. '소문이 난다면 네 말이라 하리라', 즉 입단속 하는 내용으로 해석했다. 그러나 다음 행이 '나도 자러 가리라'이니 이미 소문이 다 난 것이다. 물론 입단속을 시켰음에도 소문이 날 수 있지만 이건 작자의 의도와 다르다. 형태상으로도 '나명들명'은 '나면서 들면서'로 해석해야 한다. 같은 어미가 반복된 것이니 '나며 들며' 또는 '나면서 들면서'가 되어야 하며 이는 '나고 들면'이라는 해석보다는 훨씬 더 자연스럽다. 세 번째 행의 해석은 '그 말이 점 밖으로 나면서 들면서'가 되고 이럭저럭 소문이 다 났다는 말이 된다. 또한 여기서 주의해 볼 것은 '나명들명'과 '네 말이라 하리라' 사이에 '다로러거디러 죠고맛감'이라는 여음구가 들어가 있

_____

다가 5㎜ 안팎의 유리구슬 370점을 확인했고(이하생략)(연합뉴스):- 2009.12. 7일자

57) 이러한 가상은 모델이 없으면 나오기 어렵다. 쌍화점의 모델은 충렬왕이 볼모 살이를 했던 '대도(현 베이징)'에서 찾을 수 있을 것으로 생각됨.

58) 악관들이 후학들에게 이를 설명할 때 반쯤만 설명하여 '만두가게'라 한 것이 민간에도 그대로 흘러나와 퇴계집에도 '만두가게'로 기록되어 전해온 이유가 아닌가 생각된다. (나머지는 악극을 보면 바로 알 수 있었을 것임.)

다는 것이다. 후렴구가 들어가 있다는 것은 그 사이에 시간 간격이 있음을 의미하는 것이다. 즉 '들면서 나면서' 시간이 지나 소문이 다 퍼졌다는 이야기가 된다.

'그 말이 나면서 들면서' 다음에 여음을 연주하며 한참 지난 후에 '네 말이라 호리라'가 나왔다. 이건 무슨 의미를 전달하기 위한 것일까? 소문이 다 났는데 정작 당사자는 시치미 뚝 떼고 '그건 새끼광대가 지어낸 말이라 할 것이리라!' 즉 '새끼 광대가 지어낸 말이라 할 것인가!'라는 의미이다. '호리라'는 분명 '하리라'와는 다르다. '하리라'의 고어표현은 'ᄒᆞ리라'이다. 'ᄒᆞ리라' 대신 '호리라'라고 표현한 것은 어쩌면 달리 이유가 있을 것으로 볼 수 있다는 것이다. 행간의 숨은 뜻은 이미 소문이 다 났는데도 얼토당토않은 핑계를 대고 있다는 것이며 '새끼광대가 지어낸 말이라 할 것인가!'로 해석해야만 전후 문맥이 자연스럽게 통한다. '호리라'는 'ᄒᆞ+오(부정사형 어미59) +리라'로 이루어진 말이며, '−리라'라는 어미를 쓴 것은 '(분명) … 말이라 할 것이리라.'라는 어감을 나타내기 위한 것이다.

이상을 종합하여 해석을 하면 아래와 같다.(여음, 후렴은 생략하였음.)

제1행   쌍화점(보석상)에 쌍화(보석)을 사러 갔었는데
제2행   회회아비가 내 손목을 쥐었습니다.
제3행   이 말이 이 점 밖으로 나면서 들면서….
제4행   조그마한 새끼광대, 네가 지어낸 말이라 할 것이리라!
제5행   그 자리에 나도 자러 가리라
제6행   그 잔 데 같이 난잡한 것이 없다.

---

59) 용언의 어미 '−오'는 '−할 것'이라는 뜻의 명사형, '−하려는'의 관형어형. '−하려고'의 부사형으로 쓰이며 신기할 정도로 영어의 'to−부정사형'과 같은 역할을 한다. 신라향가에서 '−乎'로 쓰이고 있으며 현대어에도 '−하오이다', '−하오리다'형으로 남아 있다.

위의 해석은 문구상 해석이며 약간 외설적인 면이 있지만 평이한 내용이다. 이 정도로서 어찌 당대 최고라는 평판을 얻을 수 있겠는가. 쌍화점은 여느 명작과 마찬가지로 행간의 숨은 뜻을 파악했을 때 비로소 그 진면목을 드러낸다. 쌍화점이 보석상이며 연극과 더불어 불려진 노래라는 점을 염두에 두고 숨은 뜻을 찾아보자.

행간의 숨은 뜻을 찾기 위해서는 주변 상황을 면밀히 살펴야 한다. 화자A는 쌍화 즉 머리장식을 사고 싶어 쌍화점(보석상)을 갔다. 그런데 생면부지의 회회아비가 손목을 잡았다. 이게 그냥 이루어질 수 있는 일인가? 그런데 새끼광대는 왜 등장시켰을까? 분명 주인 심부름을 했을 것이다. 예쁜 여자고객을 골라 주인에게로 안내한다. 몇 차례 찾아온 여자를 결국 깊숙이 자리한 주인방으로 인도하여 눈이 휘둥그레질 유리구슬 장식의 쌍화를 보여 준다. 그리고 넌지시 손목을 잡으며 쌍화 하나를 쥐여 준다. '이 말이 나명들명'의 제3행을 노래 부르면, 소문이 쫙 퍼졌다는 암시로 제4행의 여음 '다로러 거디러 죠고맛감'이 합창과 함께 연주되며, '네 말이라 호리라'를 노래할 때 합창수들은 모두 화자A를 손가락질한다. 말도 안 되는 평계를 대고 있다는 것이다. 즉 화자A가 소문에 대한 평계를 댄다는 것이 '새끼 광대가 지어낸 말인데 뭘, 나랑은 상관없는 일이라오'가 된다. 이 또한 얼마나 재미있는 표현인가. 청중들은 이 구절은 듣고는 폭소를 터뜨렸을 것이다. 새끼광대에게 온갖 심부름 다 시켜 놓고서는 이렇게 뻔뻔스런 평계를 대다니. 나, 참! 이러한 반응을 유도한 것이다. 그러나 어쩌겠는가, 믿건 말건 우선 발뺌을 하는 수밖에. 이러한 여자의 심리를 솔직하게 그리고 재미있게 표현한 것이다. 이 정도만 해도 쌍화점의 내용이 감칠맛 나지 않는가. 인기를 끌만한 소지가 충분하지 않은가.

그런데 연극은 무대장치도 한몫을 한다. 당시 최고의 보석상이 무대에 선 보인다면 더욱 청중을 매료시킬 것이다. 왕의 직접적인 지원을 받고 있으니 최고급 시설을 갖추었을 것이다. 여러 명의 광대가 출연하고 새끼 광대가 익살맞은 표정으로 관객을 안내하고 있다. 시설로는 외줄타기와 그네타기가 일반적이었을 것이다. 백수희, 솟대놀이도 있었을 것이다. 그네타기는 2층의 장치를 여럿 두고 서로 연결하여 이어타기 등 아슬아슬한 장면을 연출하는 현란한 연기를 보였을 것이다. 또한 무대 양옆에는 보석이 박힌 장신구를 진열해 놓았는데 손님들이 구경을 하면서 값을 흥정하기도 한다. 이런 분위기에서 예쁜 여자가 눈에 띄면 주인이 눈독을 들이다가 새끼 광대를 보내어 작업을 건다. 또한 흥을 돋우기 위하여 뒤편에는 악단을 두고 쌍화점 곡을 노래 없이 계속하여 반복 연주한다. 연주할 때마다 조를 바꾸고 빠르기를 달리하여 변화를 준다. 무대 위에는 무희들이 나와 춤을 추고 들어간다. 주인은 여러 여자에게 유혹을 시도하고 마음에 드는 여자에게는 몇 번씩 새끼광대를 보낸다. 연극 분위기가 한창 무르익을 때 최종적으로 한 여자를 깊숙한 곳에 위치한 방으로 유인하여 최고급 보석을 쥐어 주며 유혹한다. 주인방의 커튼이 스르르 닫힌 후에 창자가 등장하고 또한 합창단원이 뒤에 쭉 둘러선다. 화자(창자A)가 1행, 2행을 노래하면 이를 이어 받아 합창수가 3행 4행을 노래하며, 마지막엔 창자A를 손가락질하면서 극적 효과를 노렸을 것이다. 손가락질이 계속되는 가운데 (후렴1)이 합창과 함께 연주되어 분위기를 한층 고조시킨다. 여기서 잠깐 무대장치 규모를 생각해 보자. 2층 그네를 설치할 정도라면 남장별대 연극은 옥내가 아닌 야외에서 펼쳐졌을 것으로 보인다. 가설극장식으로 큰 기둥을 세워 차일을 높이 치고 그 아래에 무대를 설치했을 것이다. 당시에 이 정도 장치를 갖추었다면 최고의 인기를 끌만하지 않은가. 곡예 서커스만으로도 관중을 사로잡을만했을 것이다. 그러나 이것만으로는 쌍화점의 진수를 맛보았다고 할 수 없다. 더 심오한 해학적 풍자가 남아 있기 때문이다.

제5행은 소문을 들은 여자들의 첫 반응이다. 호기심을 보이며 '뭐 그런데가 다 있네. 나도 자러 가고 싶어'라고 부러워해 놓고는 다른 사람을 만나 이야기할 때는 전혀 아니다. 시치미 뚝 떼고 '그렇게 지저분한 짓을 하고 다녀'라는 반응을 보인다는 해학적 풍자가 제6행이다. 보석에 유혹되기 쉬운 여자들의 심리와, 상황에 따라 쉽게 변하는 이중적 행동방식을 이 짧은 두 행으로 간결하게 표현했다. 또한 여자의 이중심리를 해학적으로 풍자함으로써 관중들로 하여금 폭소를 자아내게 했다. 뿐만 아니라 제5, 6행의 합창수들은 화자A를 손가락질한 사람들이다. 그런데 당신들은 과연 손가락질할 자격이 있는지 되묻고 있다. 이 또한 극적인 반전이다. 이 얼마나 멋진 표현인가.

그런데 쌍화점은 악극이니 이 장면이 극중에서는 어떻게 처리되었을까? 창자가 하나가 아니니 번갈아 노래하는 순서도 관심의 대상이다. 이에는 여러 가지 안이 나올 수 있을 것이다. 쌍화점은 특별한 연극대본이 없다. 매번 공연 때마다 세부적인 대본을 달리하여 여러 번 보아도 전혀 지루한 감이 없도록 할 수 있다.

여기서 〈쌍화점〉 전체의 예술성을 한 번 짚어보자.

주제는 '쌍화'라는 보석 박힌 머리꽂이와 여자이다. 예나 지금이나 여자들은 보석을 좋아한다. 그래서 여자와 보석이 얽힌 이야기가 수없이 많다. 여자 유혹에는 보석이 당연 최고다. 거상을 거느린 회회아비가 먼 먼 타국에 와서 예쁜 여자를 탐하고 있다. 새끼광대를 시켜 다리를 놓고 보석으로 유혹한다. 이 소문이 퍼져서 주변 사람들이 다 알게 되었는데 당사자와 주변 사람들의 반응을 재미있게 해학적으로 그려냈다. 다소 퇴폐적인 감이 있긴 하지만 가사 내용은 크게 외설적이지 않다. 단지 내 손목을 잡았다는 정도이니 상당히 절제된 표현을 사용했다. 환락음을 상징하는 〈청산별곡〉의 '해금 켜는 소리'보다는 훨씬 정도가 약하다.[60] 그러나 〈청산별곡〉에서는 외설적인 내용이 모두 상징적 표현으로 깊숙이 감추어져 있는 반면 쌍화점에서는 살짝 드러나 있다. 왜 그랬을까. 물론 작자의 개인 취향이랄 수도 있겠지만, 같은 시대적 배경을 갖고 있으니 한번 따져 봄직하다. 속요는 민요처럼 여러 사람을 거치며 고쳐 쓰였을 것이기 때문이다. 이 가극의 주제는 '보석과 여자'이다. 주제를 살리기 위해서는 이 정도는 꼭 필요한 것으로 생각했을 것이다.

> 이동식 보석상에 쌍화(머리장식) 사러 갔었는데
> 회회아비가 내 손목을 쥐었습니다.
> 이 말이 점 밖으로 나며들며 소문이 퍼졌는데…
> 조그만 새끼 광대가 지어낸 말이라 평계를 댈 것인가.
> (혼자서는) 그 자리에 나도 자러 가리라
> (다른 사람이 있으면) 그 잔 데 같이 더러운 게 없다.

어느 한 구절도 바꿀 수 없지 않은가. 그런데 '그 자리에 나도 자러 가리라'는 너무 직설적이라는 느낌이 있다. '보석을 보는 여자마다 부러운 눈치더라' 정도로 표현을 바꿀 수 있다. 그러면 몸을 팔았다는 느낌이 강하여 작자는 애써 보석을 감추었다. 이것이 연극을 보지 않고는 내용을 짐작하기 어려운 이유다. 결코 의도적으로 몸을 판 것이 아니라는 것이다. 마지막 두 행의 표현은 꽤나 외설적이다. 그러나 보석을 보고 느끼는 여자들의 심리를 이보다 더 잘 표현할 수 있을까? 또한 여자의 이중적 심리를 솔직하게 극적으로 표현함으로써 폭소를 자아내게 했다. 어떻게

---

60) 졸고, "〈청산별곡〉, 궁중예악으로서 노랫말이 금지된 이유는?", 월간 「신문예」 Vol. 88 2017 3/4월호, 163-172쪽 (참조: 본서 I-1장)

그 짧은 두 행으로 이러한 효과를 얻을 수 있단 말인가. 달리 은유적으로 표현한다면 폭소가 나올 수 있겠는가. 어림없는 소리, 기껏해야 빙그레 웃음 정도밖에 안 될 것이다. 대본은 여러 가지로 바뀔 수 있다. 웃음을 위해서는 한 여자가, 혼자 갈 때는 '나도 자러 가리라' 했다가 우물가에서 잡담할 때는 '그런 더러운 짓'이라고 욕해 놓고는, 돌아올 때 혼자가 되면 또 다시 '자러 가리라' 하는 식으로 대본을 짤 수도 있다. 이중적 여성심리를 극적으로 표현하는 방식은 여러 가지가 있겠지만 이 짧은 두 행의 표현은 그야말로 필수적이다. 곰곰이 생각해 보면 정말 기가 막히는 표현이다. 쉬운 말에 간결하면서도 이보다 더 좋은 표현이 없을 정도이다. 이것만으로도 당시 고려 악극의 예술적 수준을 짐작할 수 있지 않은가.

3. 나머지 3개 악장에 대한 해석 및 해설

나머지 3개의 악장에서는 보석이 바뀌고 주는 사람과 장소만 달라질 뿐 내용은 거의 같다. 삼장사 사주, 우물용, 술집 주인 각각이 주는 보석만 다르다. 이에 대해선 후렴과 여음을 뺀 가사와 해석만 싣는다. 또한 똑같이 반복되는 5행, 6행도 생략했다.

(원 문)	(해 석)
(제2장)	
삼장ᄉ[61]애 블 혀라 가고신딘	삼장사에 블을 켜러 갔었는데
그 뎔 샤쥬(社主) ㅣ 내 손모글 주여이다.	절 사주가 내 손목을 쥐었습니다.
이 말ᄉ미 이 뎔밧긔 나명들명	이 말씀이 이 절밖에 나면서 들면서…
죠고맛간 삿기상좌 ㅣ	조그만 새끼상좌가
네 마리라 호리라	네가 지어낸 말이라는 할 것인가 !
	(분명 지어낸 말이라 할 것이리라.)

(제3장)

드레우므레 므를 길라 가고신딘   두레우물에 물을 길으려 갔었는데
우믓룡이 내 손모글 주여이다   우물룡이 내 손목을 쥐었습니다.
이 말스미 이 우믈밧씌 나명들명   이 말씀이 이 우물밖에 나면서들면서
죠고맛간 드레바가   조그만 두레박아
      네 마리라 호리라   '네 말'이라고 할 것[62]인가 !

    (*두레우물: 두레박이 달린 깊은 우물)

(제4장)

술폴 지븨 수를 사라 가고신딘   술파는 집에 술을 사라 갔었는데
그 짓 아비 내 손모글 주여이다   그 집 아비 내 손목을 쥐었습니다.
이 말스미 이 집밧씌 나명들명   이 말씀이 이 집 밖에 나면서들면서
죠고맛간 싀구비가[63]   조그만 쇠굽'빅아'(박 비슷한 것아)
      네 마리라 호리라   '네 말'이라고 할 것인가 !

    제2장에서는 사주(社主)[64]라는 말로 미루어 삼장사 절은 다 지은 절

---

61) 삼장사 : 실제 존재했던 절이 아니며 가상의 절임. 절의 부패를 풍자하는 데 실
    명을 쓰면 충돌이 일어날 수 있는데 이를 피하기 위한 것임.

62) '드레박아'는 호격으로 '두레박을 불러놓고는'의 뜻이며 '네가 지어낸 말이라
    할 것인가'가 표현의도이며 '말도 안 되는 평계를 대겠지'를 에둘러 표현한 것이
    다. '두레박'은 '우물 심부름꾼'에 대한 은유적 호칭.

63) 싀구비가 : 두 가지로 해석할 수 있다. 1. 싀구비+가(주격조사), 쇠굽이가. 싀구
    비: 쇠굽이, 쇠로 된 국자 모양의 술 퍼는 도구. 주격조사 '-가'는 문어체로는
    쓰이지 않았지만, '내가'라는 말과 함경도 사투리 '-이가' 등으로 보아 구어체로
    는 아주 옛날부터 쓰였던 것으로 보임.

    2. 싀구비+아(호격조사) → 싀구비가. '아'가 '가'로 바뀐 것은 모음충돌회피현
    상으로 같은 목구멍소리로 대체된 것임. '쇠굽이'를 불러 놓고 의 의미로 '술집
    심부름꾼'에 대한 은칭임. 두 가지 해석이 모두 옳음.

64) 社主 : 절이 지어지기 전에 뜻을 모아 모금을 하는데 이때 결사(結社)단체가 만
    들어지고 그 단체의 대표를 社主라고 했다. 절이 완공되고 나면 직책을 내놓아

이 아니고 건축 중에 있다. 절을 건축할 때는 탑에 불경과 같이 봉안할 보석을 준비하는데 사주가 타락해서 사사로운 비리를 저지른다는 사회 풍자가 있다. 제3장에서 우물용을 왕이라고 해석하는 것은 잘못이다. 왕이 보석을 주고 여자를 유혹할 필요가 있겠는가. 바다용이 아니고 우물용이다. 작은 용이니 왕족이나 지방 호족을 비유한 것이다. 그들 역시 타락하여 온갖 수단을 동원하여 예쁜 여자를 탐하고 있다는 풍자가 있다. 전술한 바, 향각에 물을 끌어와 조화를 부렸다는 기록이 있으니 무대장치는 여자에게 용궁을 가는 것처럼 속여서 우물용에게 데려가는 방법을 썼을 것이다. 제4장에서는 돈 많은 술집 주인인데 그 역시 예쁜 여자만 보면 뚜쟁이로 다리를 놓아 온갖 수작을 다 벌인다. 당시 증류주(소주) 만드는 비법이 몽고를 통하여 전해졌으며 일본원정을 위하여 대규모 증류장치를 안동 마산 제주에 설치하고 운영했는데 몽고 앞잡이들이 비법을 전수받아 소주사업을 벌여 막대한 부를 누렸다.[65] 그들은 무뢰한이 많았는데 역시 여자를 탐하여 말을 잘 안 들으면 강제로 납치해서 데리고 가지만 보석(아마 금꽃이 쌍화)을 보고는 여자의 표정이 달라지는 장면이 들어 있었을 것으로 생각된다. 이 역시 타락한 사회상을 풍자한 것이다. 장기간 대몽항전을 겪으며 사회 곳곳이 타락했지만 "이제 와서 누구를 탓하겠는가, 주어진 여건에 맞추어 열심히 살도록 하라"라는 의미도 내포되어 있다. 어쩌면 이것이 충렬왕이 의도했던 목적이 아닐까.

야 한다. 절의 주인 寺主는 특별히 개인이 세운 절이 아니면 없다. 급이 낮은 절의 사주라는 주장이 있는데 이는 잘못이다. 社主라는 말이 쓰인 것은 그 절이 완공되지 않고 공사가 진행 중이란 뜻임.

65) 이 부분은 사실 입증이 되지 않은 부분이다. 소주가 몽고를 통해 들어온 것은 사실이나 당시 시중에 널리 유통된 기록은 없다. 아마 몽고화폐 '보초' 등 화폐 유통을 촉진하려는 충렬왕의 뜻을 펴기 위해 노래로서 '미래의 술(소주)집풍경'을 읊은 것으로 볼 수 있음.

이 연극은 충렬왕을 위해서 만들어졌다고 한다. 연극의 주제는 '절의 사주, 우물용, 술집 주인 등 돈 있고 권세 있는 자는 모두 보석을 좋아하는 여자의 심리를 이용하여 이렇게 즐기고 있다'이다. 가무를 즐기는 충렬왕에게 조금도 패념치 마시고 즐기면 된다는 것이다. 충렬왕의 측근 행신들의 속마음이 그대로 드러난 것 아닌가. 하지만 충렬왕의 속마음은 어떠했을까? 별로 할 일이 없다. 몽고 공주가 왕비로 들어왔고 따라 들어온 몽고 관리들이 나랏일을 좌지우지하는 판이니 정사를 돌볼 마음이 나지 않아 울적한 기분을 행신들과 더불어 풀고 싶었을 것이다. 그는 결코 나약하거나 무능한 왕은 아니었다. 오히려 능력을 발휘할 수 없음에 무력증을 느끼고 주악에 빠져들었던 것은 아닐까. 어쩌면 그의 능력을 달리 분출시킨 것이 예술분야이고 악극이었으며, 남장별대를 세계 최고의 극단으로 육성시켜서 원나라 극단을 눌러보고 싶은 욕망도 작용했을 것이다. 당시 궁중악으로 예술성이 높은 것이 많다. 〈청산별곡〉, 〈만전춘〉, 〈서경별곡〉, 〈동동〉, 〈가시리〉, 〈이상곡〉 등은 그 내용을 파고 들수록 더욱 심오한 경지를 느낄 수 있다. 그 중에서도 쌍화점은 악극으로서 단연 최고의 인기를 끌었다. 현란한 무대장치에 보석으로 여자를 유혹하는 흥미로운 스토리를 바탕으로 하여 타락한 사회상과 여자의 '이중적 심리'를 예리하게 풍자함으로써 관객을 매료시킨 작품이니 그 수준은 분명 세계 최고였을 것이다. 매번 연극 때마다 스토리를 바꿀 수 있는, 큰 폭의 포용성을 갖는, 그래서 보고 또 보아도 지루하지 않는 연극이 되도록 하였다. 세상에 이보다 더 훌륭한 연극대본이 있을 수 있겠는가.

4. 결 언

〈쌍화점〉은 시가 전체가 무리 없이 해석되고 있지만 기왕의 해석으로서는 해학적 풍자 내용의 파악이 어렵다. 음란한 내용이 나열되어 있는데 소문에 대한 억지 평계가 '그냥 재미있다'정도이다. 이 정도의 이해로서는 고려궁중 악극으로 최고의 인기를 차지했던 작품의 진수에 접근했다고 보기 곤란하다. '쌍화점'을 만두가게로 해석한 것부터 잘못된 길로 접어들었으며 행간의 숨은 뜻을 정교하게 풀어내지 못하여 각 장과의 상호연관성을 전혀 밝히지 못했기 때문이다.

본고에서는 '쌍화'가 꽃모양의 머리장식으로 쌍으로 팔았기 때문에 붙여진 이름이며 쌍화점은 이동식 보석가게임을, 또한 고급 쌍화는 보석을 박아 영롱하게 치장을 했는데 고려후기에는 유리구슬이 상당히 대중화되어 '유리장식 쌍화'가 귀족 부인들 사이에 이야깃거리가 될 정도였음을 보였다. 당시에는 아랍인들이 유리구슬을 가져와 팔았는데 거상으로 극단을 끌고 다니며 장사를 했다. 이러한 당시 상황만 파악하면 〈쌍화점〉 1연의 내용은 저절로 이해가 된다. '쌍화점' 관련 악장을 제1장으로 배치시킨 이유도 저절로 드러난다. 제2장의 절 공사장에 있는 보석으로 불상과 탑에 봉안할 옥, 마노, 제3장의 우물용과 관계되는 보석으로는 물에서 나오는 진주, 산호가 있으며 모두 쌍화 장식에 사용되는 보석이다. 제4장의 술집 주인 준 선물은 금꽃이 쌍화로 추정된다. 따라서 쌍화점 4개의 장이 모두 쌍화와 관련이 있다. 때문에 전체 시가의 이름을 쌍화점이라고 붙인 것이다. 전혀 상관이 없는 4개의 시가를 모아 놓은 것처럼 보이던 쌍화점은 머리장식 '쌍화' 하나로 묶여져 있는 보석에 관한 노래이며 쌍화점은 쌍화를 파는 보석가게임을 여러 가지 근거자료를 통하여 밝혔다.

〈쌍화점〉이 고려 궁중악극으로 최고의 인기를 누린 이유가 '여자와 보석'에 얽힌 이야기로 타락한 사회와 여자의 이중적 심리를 풍자함으로써 폭소를 자아내게 하는 해학성에 있음을 밝혔다. 이는 당시 세계 최고수준의 악극이었으며 7, 8백 년 전의 악극을 현대에 되살려도 많은 인기를 누릴 수 있을 만큼 문학적 예술성이 높은 작품으로 그 가치가 새롭게 평가되어야 할 것이다.

부록 – 쌍화점 감상

여기서는 제1장에 대해서만 감상해 본다.

솽화뎜雙花店에 솽화雙花 사라 가고신딘
휘휘回回 아비 내 손모글 주여이다

> 쌍화점에 쌍화 사러 갔었는데 회회아비가 내 손목을 잡더이다.
> 여자란 갈대와 같아서 바람 부는 대로 쏠리는 것을 나무랄 수야
> 없겠지만
> 생면부지의 회회아비에게 어찌 그리 했단 말이더냐.
> 되놈보다 더 징그러운 휘휘아비거늘
> 무엇이 그리 탐이 나서 손목을 내어 주었더란 말이냐.
> 새끼광대의 꾐에 빠져 손목만 잡혔을 뿐, 괜한 오해 마시기를.

이 말솜미 이 뎜店밧긔 나명들명
(여음) 다로러거디러 죠고맛감 삿기 광대 네 마리라 호리라

> 그 말이 그 점 밖으로 나면서 들면서,
> 동네방네 소문이 쫙 다 퍼졌건만
> 오호라! 아예 그냥 내 모르는 일이라고 발뺌을 할 것인가?
> 한번 만나, 두번 만나, 한두번 만나 그리될까
> 아예 만두가게(상화점) 드나들 듯 했다는구먼
> 다로러 거디러(다로라 그(러)지러) 다들 그러고 있지러, 다들 그
> 러고 있고 말구
> 그런데도 아니라고?
> 죠고맛감(조그마한) 새끼광대가 지어낸 말이라 할 것인가, 그
> 러구 말구. 분명 그럴 것이리라. 허참!

온갖 심부름 다 시켜 놓고는

어찌 그리 뻔뻔스럽게도 새끼광대 핑계나 댈까.

그래도 분명, 물어보나 마나 분명, 분명 둘러댈 것이리라.

아무렴 그렇지

곧이곧대로 말할 사람 한사람도 없지

(후렴1) 더러둥셩 다리러디러 다리러디러 다로러거디러 다로러

　(더러둥셩 '다리라'지라 '다리라'지라 '다로라'그러지라 다로라)

긔 자리예 나도 자라 가리라

　(여기저기서 더러 떠드는 소리)

　'다'이고말고 '다'이고말고 다들 그러지라 다들

　이 여자도 저 여자도 다들 그러지라, 혼자 생각에는 다들 그러

　지라 다들

　"그 자리에 나도 자러 가고 싶어라"

(후렴2) 위 위 다로러 거디러 다로러

　긔 잔 듸 7티 덦거츠니 업다

　위 위 다로러 거디러 다로러 (워 워 다들 그러지라 다들)

　워! 워! 그런데 이게 어쩐 일인가

　남들이 보는 곳에서는 다들, 다들 그러지라 다들

　속마음 감추고 다들 그러지라.

　"그 잔 곳처럼 지저분한 것이 없다네"

　거 참! 여자들이란,

　어찌 그리 겉 다르고 속 다르단 말인가!

부러워할 땐 언제고, 저렇게 표리부동이라.

폭소라도 안겨 줄까.

그러나 어쩔 것인가, 본시 여자의 속성이 그런 것을!

동서고금의 여자들을 통틀어 '아니'라고 할 사람 있던가?

이 얼마나 꾸밈없이 솔직한 말이던가!

공연히 속마음 감추고 위선 떠는 여자 보다야 낫지만,

그래도… 그래도…

여자들의 이중적 반응행태에

터져 나오는 웃음을 감출 길 없구려!

   그러나 이 노래는 노래가 끝난 후의 여운이 더 길다. 이 여자 보고 손가락질한 당신네 여인들도 과연 그럴 자격이 있는가? 깊은 속내를 따지고 보면 다 똑같은 여자들일 뿐이라며 손가락질을 되돌려 주고 있다. 다 끝난 줄 알았는데 한번더 꼬리를 감아치고 있는 것이다.

   노래의 주제는 보석에 약한 여자심리와 타락한 군상들이지만 또한 그 근저에는 '그렇게 사는 것을 욕하지 말라'라는 역설적인 비판도 포함되어 있다. 대몽항전 이후 혼란스러운 사회상과 부유층의 타락은 분명 비난거리가 될 일이지만 그러나 세태가 그러니만큼 누가 누구를 욕하겠는가. 두리뭉실하게 한 세상 사는 것도 한 가지 방법이니라. 시시비비 너무 가리지 말고 즐길 일이 있으면 즐기고 몽고 것이라도 받아들일 만하면 받아들이는 것도 좋지 않겠는가. 이러한 생각이 마지막 장의 '술파는 집'에서 멋진 풍자를 이루고 있다. 즉 몽고 앞잡이 천한 사람들이지만 '소주 빚는 기술'을 전수받아 부자가 되어 저렇게 즐기고 있는 것도 그렇게 손가락질할 일이 아니잖은가? 당신이 저 사람을 손가락질한다면 그 손가락질은 여자들의 손가락질과 꼭 같이 당신에게 되돌아갈 것이 아닌가.

여자들의 이중적 행태를 보고 웃은 당신도 꼭 마찬가지 아닌가. 여기에 이르면 누구나 가슴이 예리한 흉기에 찔린 듯 뜨끔함을 느낄 것이다. 나도 웃을 자격이 없는 것을… 너무 많이 웃었구나!

〈쌍화점〉은 궁중에서 최고의 인기를 끌었다고 한다. 그만큼 연희 횟수도 많았다. 수녕전(왕비 즉 몽고공주의 처소)에 딸린 전각에서 연희했다는 기록으로 보아 충렬왕은 이를 몽고공주와 함께 보며 즐겼던 것으로 보인다. 려몽친선의 의미를 띤 공연이었을 것이다. 여러 번 보면 볼수록 이해의 정도도 높아져서 사람들은 배꼽을 잡고 웃었을 것이며 절묘한 풍자를 찬탄해 마지않았을 것이다. 충렬왕은 우리의 연극 수준이 오히려 몽고보다 높음을 은근히 과시했을 것으로 보인다.[66]

---

66) 중국의 경극이 북경 부근에서 발달된 점으로 미루어 보아 몽고의 연극 '하노'에 밑뿌리를 둔 것 아닌가 생각됨. 몽고인들은 연극을 매우 좋아했으며 당시 대도의 연극이 세계 최고였음. 충렬왕은 연극으로 세계 최고에 도전한 것이며 쌍화점으로 목적을 달성했다고 자평한 듯함.

5. 백제의 노래 〈정읍사〉

井邑詞

前腔 둘하 노피곰 도ᄃ샤
　　　어긔야 머리곰 비취오시라
　　　아으 다롱디리

後腔全 져재 녀러신고요
　　　어긔야 즌ᄃᆡᄅᆞᆯ 드ᄃᆡ욜셰라
　　　어긔야 어강됴리

過篇 어느이다 노코시라
　　　어긔야 내 가논ᄃᆡ 졈그ᄅᆞᆯ셰라

金善調 어긔야 어강됴리
　　　어긔야 어강됴리

小葉 아으 다롱디리

1. 서 언

〈정읍사〉는 舞鼓무고로서 궁중연희에 중요한 위치를 점하고 있어 『악학궤범』 첫머리에 〈동동〉에 이어 두 번째로 수록되어 있는 작품이다. 일설에는 시조 형식의 원형을 가진 노래라 하는 등 음악사, 문학사 양면에서 대단히 소중한 자료이다. 『고려사』 '악지'에는 백제의 가요로 분류되어 그 배경설화가 기록되어 있으나 가사는 수록되어 있지 않다. 가사가 전하는 백제(아마 후백제) 유일의 노래로 알려져 있다. 작자는 어느 행상인의 아내이며 돌아오지 않는 남편을 걱정하며 읊은 노래로, 높은 재를 넘어오는 행상 길의 안전을 달님에게 비는 애절한 가사로 되어 있다. 그러나 오랜 기간 구전으로 전해 오면서 일부 개사된 흔적이 있다. '져재 녀러신고요' 앞에 붙인 '全'자가 그것이다. 全자를 붙여 놓고서는 노래 내용을 전혀 달리 해석했다. 이는 배경설화 중 '泥水之汚(이수지오; 흙탕물의 더러움)'라는 말이 나오는데 이를 빌미 삼아 행상하는 남편이 '진 데(음란한 곳)'에 빠져서 돌아오지 못하는 것으로 보고 그를 염려하여 부른 노래라고 폄하하여 해석했다.

행상의 아낙이 남편을 기다리며 노래를 부르던 바위가 남아 망부석으로 불리고 있다고 한다. 어찌 바람피우는 남편을 걱정한 것이 망부석 전설로 남겠는가. 남자니까 바람을 피웠을지도 모른다. 그러나 옛날에는 이를 문제 삼는 아낙은 없었던 것으로 보이며 두 사람 사이에 바람을 피우고 여부에 상관없이 흔들리지 않는 사랑이 있었을 것이며, 이에 여러 날 돌아오지 않는 남편을 걱정하여 부르는 노래에 바람피울까 걱정하는 내용은 있을 수 없다. '全'자는 원래 가사에는 없던 것이나 후대에 첨가된 것으로 보인다. '全'자의 위치 또한 애매한 자리에 있다. 어찌 보면 이런 사소한 것들이 모두 망국의 노래이었기에 폄훼 당한 흔적이 아닌가라는 생각도 든다. 나라가 망했다고 노래마저 폄하를 당했다면 정말 안타까운 일이다.

그러나 〈정읍사〉라는 노래는 다른 모든 노래를 뛰어넘어 음악 무용 등 예술적 수준이 월등히 높았으니 궁중이나 민간에서 풍류를 좋아하는 사람들에게 그 가치를 인정받아 왔던 것으로 보인다. 〈정읍사〉의 곡은 '수제천'으로 전승되어 궁중예악에서 중요한 위치를 점하고 있다.[67]

2. 배경설화와 원문 소개

〈배경설화[68]〉

정읍은 전주의 속현으로 그 곳 사람이 행상을 하다가 오래 돌아오지 않음에 그의 처가 산의 바위에 올라가서 오는 곳을 바라보았다. 그의 남편이 밤길에 犯害(범해; 도적의 해)를 입을까 염려하여 泥水之汚(이수지오: 흙탕물에 더럽힘)에 비유하여 이를 노래하였다. 세간에 전하길 오른 자리(바위)가 있는데 망부석이라 부른다.

〈백제의 노래인가?〉

〈정읍사〉가 백제의 노래라는 데는 약간의 논란이 있다. 백제의 노래라는 견해와 후백제의 노래라는 견해가 있으나 배경설화에 '정읍의 어느 행상인의 아내'라는 내용으로 미루어 보아 후백제설이 옳다고 본다. 이유는 후백제의 도읍이 전주였으며 그전 명칭은 완산이었으나 통일신라 경덕왕 때 전주로 개명했다는 기록이 있고, 또한 전주는 정읍에서 멀

---

67) 서철원, "지역문화권의 유산으로서 〈정읍사〉와 정읍의 문화사적 위상", ≪국문학연구≫ 제40호, 2019, 25−26쪽

68) 『고려사』권71 악지 2 삼국속악조: 井邑全州屬縣 縣人爲行商久不至 基妻登山石以望之 恐基夫夜行犯害 托泥水之汚 以歌之 世傳有登岾 望夫石云.

지 않아 행상을 다닐만한 거리가 되기 때문이다. 백제시대에는 정읍에서 행상이 먼 길을 나설 만한 도시가 없었고 이러한 노래가 발생할 조건을 갖추지 못했다고 볼 수 있다. (아래 사진은 『악학궤범』 원문 부분만 발췌 편집한 것임.)

〈정읍사(井邑詞)〉(원문)

前腔　　 둘하 노피곰 도두샤
　　　　 어긔야 머리곰 비취오시라
　　　　　 어긔야 어강됴리
　　　　　 아으 다롱디리
後腔　 全져재 녀러신고요
　　　　　 어긔야 즌듸롤 드듸욜셰라
　　　　　　 어긔야 어강됴리
過篇　　 어느이다 노코시라
金善調　 어긔야 내 가논듸 졈그롤셰라
　　　　 어긔야 어강됴리
小葉　　 아으 다롱디리

(어구 해석)
높이곰 : '-곰'은 강세조사, 높이끔, 높이까지-- 〉 높이높이
全져재 : 1. 온(큰) 저 재(丘 hill), 높은 저 재(hill)
　　　　　 2. 온 시장
즌듸 : 1. 진 데, 술집 등을 비유　2. 무서운 곳, 오싹한 곳[69]
어느이다[70] : 어느에다 (어느 쯤에다) '이'는 된발음 '히'였을 것으로 생

각됨.　(기존어석) 어느 곳에다(×)

점그롤세라 : 저물세라, 어두어질세라

기존해석(1)

　　달님이여! 높이까지 돋으시어

　　어긔야 멀리까지 비춰오시라

　　　　어긔야 어강됴리　아으 다롱디리

　　높은 저 재를 넘고 계신가요

　　어긔야 무서운 곳을 (발걸음이)드딜세라

　　　　어긔야 어강됴리

　　어느 곳에다 (짐을)놓고 계시는가 (쉬고 계시는가요)

　　어긔야 내 (님) 가는 곳이 저물세라(어두워질세라)

　　(달님이여! 빨리 올 수 있도록 높이 떠서 잘 비춰 주세요.)

　　　　어긔야 어강됴리　아으 다롱디리

기존해석(2)

　　달아 높이 높이 돋으시어

　　어기야 멀리멀리 비치게 하시라

　　　　어기야 어강됴리　아으 – 다롱디리

　　(전주)시장에 가 계신가요

---

69) 창작설화에 '犯害(범해)'를 '泥水之汚(니수지오)'로 표현했으므로 그에 따라
　　범해 즉 '도적의 해'로 보아야 하며 그로부터 나온 상징적 비유가 '무서운 곳'일
　　뿐 언어적으로 '무서운/위험한'과는 상관이 없음.

70) [에]의 중세발음은 복모음 [어이]로 [이]에 가깝게 들렸음. 후삼국시대에는
　　[에] [이]는 구분이 되지 않고 혼돈되어 쓰인 것으로 생각되며 비슷한 표기가
　　신라향가에서 많이 발견됨.

어기야 진 데를 디딜세라,　　　　(진데 : 젖은 곳, 음란한 곳)

　　　어기야 어강됴리

어느 곳에다 놓고 계시는가 (짐을 풀고 계신가)

어기야 나의 (님) 가는 곳에 저물세라

　　　어기야 어강됴리 아으- 다롱디리

　위의 기존해석을 살펴보면 '山 져재'와 '즌ᄃᆡ'를 어떻게 보느냐에 따라 해석이 크게 달라졌다. '높은 저 재'와 '무서운 곳'으로 해석하면 행상인 부인이 남편을 기다리는 애절한 노래가 되어 '해석(1)'로 귀결되고, 한편 '전주시장'와 '질척한 곳'으로 해석하면 남편이 혹시나 '음란한 곳'에 빠질까 봐 걱정하는 음란한 노래가 된다. 같은 가사를 두고 이렇게 해석이 달라질 수 있다는 것도 〈정읍사〉의 특징이라고 하겠다. 이에 따라 〈정읍사〉의 해석이 잘못하면 이상한 논리로 흐를 수 있는 대단히 까다로운 작품이 되어 있다. 실제로 많은 논자들(거의 절반)이 〈정읍사〉를 남편이 바람날까봐 걱정하는 음란한 노래로 해석하고 있다. 텍스트 위주로 해석하면 빠져드는 함정이다. 본고를 작성함에 있어서도 몇 번의 반전을 거쳐서야 비로소 결론에 이를 수 있었을 정도이다.

3. 새로운 어석 및 후렴구의 해석 시도

　여기서는 새로운 어석을 제시하고자 하며 그 내용은 후렴구의 해석이 중심이 된다. 통상 후렴구는 별 의미가 없는 의성어 정도로 치부하고 말지만, 모든 후렴구가 그런 것은 아니고 때에 따라서는 상당한 의미를 느낌으로 전달하는 후렴구도 상당히 많다. 〈정읍사〉의 후렴구 역시 상당한 의미가 풍겨 나오는 느낌이 있어 감히 그 해석을 시도해 보고자 한다.

어긔야 : 감탄사, '어기야, 어이구야, 아이구나' 정도의 뜻을 가짐.

　　조흥구 '어기여차'로 해석하기도 하지만 흥을 돋우는 것은 아님.

어강됴리 : 후렴(뜻이 숨겨진)

　　(추측) 어디감치 돌아오리==> 어감도리 ――> 어강됴리

　　'어디감치 돌아오리'를 줄여서 후렴구 형태로 변형시킨 것으로 보임.

다롱디리 : 1. 현악기 음의 의성어, '다로롱디리리'의 변형

　　2. '다롱'은 '아롱다롱'에서 따온 말로 '아름답다'는 뜻이 있으며,

　　'다롱디리/다롱지리'는 '아름다우리', '멋지게 보이리라'의 의미.

드디욜세라 : 1. 디딜세라 (발을 들여 놓을세라) 이 뜻.

　　2. (발걸음이) 드딜세라 (걸음이 늦어질까 염려가 된다.)

　　* '디디실세라' 또는 '드디실세라'로 표기하는 것이 정확한 표현이나
　　중의적 해석이 가능하도록 일부러 '드디욜세라'라는 표현을 썼다고
　　생각됨.

　　* 드디다 – 1. '더디다'의 의도적 오기, 속도가 느리다

　　　　2. '디디다(밟다)'의 고어. '드듸다', '드딋다'의 의도적 오기[71]

노코시라 : '놓고' 있겠지요, 쉬고 있겠지요.

어느이다 : 어느에다, 어느 쯤에다

　　* 먼 길을 다니는 남편이 '중간쯤, 아니면 다와 가는지'가 궁금하였을
　　것으로 보아 '어느 쯤에다'로 보는 것이 적절하다고 생각되며 어감
　　상으로도 충분히 느낄 수 있는 표현이다.

　　* 종래에는 '어느 곳에다'로 해석해 왔지만 어감상 '어느 곳에다'의
　　'곳'이라는 말과는 전혀 상관없는 말이다.

어느이다 노코시라 : 어느 쯤에다 놓고서 (쉬고) 있겠지요

---

71) 양주동(1954, 55쪽)을 인용했음. 그러나 이는 확실한 근거가 없는 것으로 보인
다. '디딜방아' 등의 쓰임으로 보아 예나 지금이나 '디디다'이며 여기서는 '디디
다'를 일부러 '드디다'로 씀으로써 중의적 어감을 갖게 한 것으로 보임.

4. 새로운 해석 – 중의적 해석

위에 제시된 어석을 바탕으로 새로운 해석을 시도하였으며 중의적 해석에 중점을 두고자 한다. 우선 언어적의 의미를 최대한 살려서 직해를 시도하였다.

달님이여! 높이까지 돋으시어
어긔야(어이구야) 멀리까지 비춰오시라
　　어긔야 어강됴리 (어이구야 어디감치 돌아오리)
　　아으 다롱디리　(아아 멋진 모습이리…)
소저재 넘고 계신가요
어긔야 진 데를 디디올세라
　　어긔야 어디감치 돌아오리
어느 쯤에다 (짐을)놓고 있겠지요 (쉬고 있겠지요)
이긔야 내 (님) 가는 곳이 저불어질세라(어두워질세라)
　　어긔야 어디감치 돌아오리
　　아아 멋진 모습이리리… (다로롱 디리리)

[해설] 첫 연은 "달님이여 높이높이 돋으시어 멀리멀리 비춰주세요"라는 기원이 담겨 있다. 행상인 아내의 간절한 소망을 표현한 것이다. 두 번째 연은 행상 다니던 높은 재를 바라보며 하는 독백으로 "저 재를 넘어 오고 계신가요, 진 데(젖은 곳)를 밟을까 봐 걱정이 됩니다"라는 말이다. 여기서 '진 데'의 의미를 잘못 해석하면 전혀 다른 방향으로 흘러가 버린다. 그 뜻을 올바로 파악하기 위해서는 당시 사람들의 사고방식을 이해해야 한다. 옛날 사람들은 말 자체가 주술적 힘을 가졌다고 믿었다.[72] 그리하여 말을 대단히 조심하였다. 여기 〈정읍사〉의 창작설화에도 보면 犯

害 즉 '도적의 해'를 '흙탕물의 더러움(덮어 씀)'에 비유하여 읊은 노래라고 기록되어 있듯이 행상인의 부인은 '도적의 해'를 걱정하지만 입에 올리는 것을 삼가려 했고 대신 '흙탕물 더러운 곳'에 빠질까 봐 두렵다고 에둘러 읊은 것이다. '흙탕물에 빠질까 봐' 걱정한 것은 '도적의 해'를 걱정한 것이다. 〈정읍사〉의 가사에 이러한 비유가 있기 때문에 고려시대 사람들은 이를 대단히 수준 높은 작품으로 평가했다. 밤길을 오는 남편의 위험을 진정으로 염려하여 읊은 애절한 노래인 것이다. 마지막 두 행은 결구에 해당하며 "어느 쯤에서 쉬고 계시겠지요, 어이야 내님 가는 곳이 어두워질까 걱정이구나"의 뜻으로 '여태까지 못 오시는 게 중간에 쉬고 있기 때문'일 것이라는 조금이라도 좋은 쪽으로 생각해 보고 심정을 드러내었고, 또한 달이 기울어 님 오시는 길이 어두워질까 염려하는 노래이다. 창작설화에 비추어 보면 행상하는 남편의 밤길의 안전을 손 모아 비는, 그리고 혹시나 하는 조바심에 말 한마디까지도 조심하는 오로지 남편을 향한 애절한 사랑을 읊은 노래이다.

〈'술져재'와 '즌딕롤'의 상응관계에 의한 중의적 해석〉

져재 앞에 붙은 '술'의 역할이 절묘하다. '노픈 져재 녀러신고요'로 했다면 '져재'는 다른 뜻은 갖지 못하고 '저 재(hill)'로 해석될 수밖에 없다. '술 져재'로 표시하는 바람에 '전주시장'이라는 또 다른 뜻을 갖게 했다. 그런데 다음 행에 나오는 '즌딕를 드딕욜셰라'와 연결 또한 절묘하다. '즌딕'라는 말 역시 '진 데' 즉 '젖은 곳' '궂은 곳'으로 은유적으로 '음란한 곳'으로 해석될 수 있으며, 또한 배경설화를 따르면 '무서운 곳' '위험한 곳'

72) 신라향가 〈도솔가〉나 〈원가〉 등을 보면 '말이 씨가 되어 그대로 이루어진다.'는 토속적 신앙을 믿었던 것 같음. 그래서 말을 대단히 조심하였고 천지신명에 대한 맹서를 지키지 않을 경우는 약조한 벌이 돌아온다고 믿었음.

을 직접 말하지 않고 에둘러 표현한 것으로 해석할 수 있다. '드듸욜세라'는 이 두 가지 뜻을 다 수용할 수 있도록 의도적으로 선정된 말로 보인다. '디디올세라' 또는 '드듸 올세라'가 되어야 하는데 이 두 가지의 뜻을 다 가질 수 있는 말 '드듸욜세라'를 선택했다는 것이다. 이러한 전제하에 '드듸욜세라'는 '(발걸음이) 더디게 될세라' 그리고 '드딜세라(발을 들여 놓게 될세라)' 등 두 가지로 해석될 수 있다. 후세의 어느 한 편자가 이러한 장치를 해 두고는 '져재' 앞에 '全'자를 살며시 갖다 놓은 것으로 보았다.[73] 즉 '全'자는 중의적 표현이 되도록 후세에 첨가되었다는 가정하에서 새로운 해석과 감상을 시도해 보고자 한다.[74]

〈중의적 해석〉

〈정읍사〉는 두 가지 방향으로 해석이 가능하다. (후렴구 생략)

[해석1] : 애절한 사랑 노래

달님이여! 높이높이 돋으시어
어긔야! 멀리까지 비춰오시라
저 재를 넘고 계신가요
어긔야! (혹시라도) '진 데(위험한 곳)'을 더디올까 걱정입니다
(하지만) 어느 쯤에다 (짐을) 놓고 쉬고 있겠지요.
어긔야! 내 (님) 가는 곳이 어두워질세라.
　　　(멀리 멀리 비춰주소서!)

---

73) 이에 관한 근거를 기록에서 찾는다는 것은 거의 기대할 수 없다. 편자는 가능하면 그 사실이 알려지는 것을 원치 않았을 것이기 때문이다. 편집되기 전의 노랫말 기록이 발견되어야 하는데 이는 난망이라고 할 수 있음.
74) 작자는 정읍에 사는 상인의 처지지만 오랜 기간에 걸쳐 개작되었다고 봐야 함. 이 '全'자는 원작자가 쓴 것이 아니고 후대에 추가된 것으로 생각됨.

＊위 해석은 배경설화를 중심으로 한 해석으로 달이 높이 떠서 오시는 님을 비춰 주어서 안전하게 돌아오길 기원하는 노래이다. 혹시 님이 도적이 노리는 위험한 곳을 빨리 지나와야 할 텐데 걸음이 더디어질까 걱정하는 마음, 그래서 달이 높이 솟아 길을 훤히 비추어주길 바라는 마음, 또한 늦어지는 이유를 좋은 방향으로 전환하여 '어디쯤 쉬고 있는 것이겠지요'라는 말로 불안을 떨치고자 하는 마음 등 속마음을 표현한 것으로, 남편의 귀가를 기다리는 아내의 애틋한 사랑을 잘 표현하고 있다. 이 해석은 망부석이 남아 있다는 전설과 창작설화와 부합하는 해석으로 이는 결코 부정할 수 없는 해석이다.

[해석2] : 음란한 내용으로의 해석

달님이여! 높이높이 돋으시어
어긔야! (빨리 돌아오시도록) 멀리멀리 비춰오시라
전주 저자(시장)에[75] 다니시는가요
어이구야! 혹시 '질척한 데'를 밟아 빠져나오지 못할까 걱정일세라.
어느 이(사람) 다 (정신을)놓고 있는지 모르겠네요.
어이구야! '내가 가는 데'가 즉 '나의 앞날'이 어두워질세라.

　＊위 해석은 가사의 표현을 있는 그대로 해석함으로써 창작배경설화와는 달리 음란한 내용으로 해석하는 것이다. 원작자의 의도는 이러한 내용이 아니었을 것으로 생각되지만 가사의 언어적 표현내용이 원체 분명하니까 본 해석을 무시할 수가 없는 것이다. 그 예로서 종행의 '내 가논 딕'가 [해석1]에서처럼 억지 해석을 할 필요가 없다는 것이다. 애매한 자리에 놓여 있는 '숯'자만 본문으로 받아들인다면 전체적인 해석이 너무나

---

75) '저재'를 '저자익' 즉 '시장에'로 풀이함.

자연스럽고 통일된 면모를 갖추고 있다. 달님에게 멀리 비추어 달라는 것도 내 앞길이요, 님이 다니고 있는 곳도 全州 시장 바닥이요 음란한 곳(진 데)을 밟아 빠져나오지 못할까 봐 걱정인 것이다. 또한 '어느 사람(여자)에게 빠져서 정신을 놓고 있는지 모르겠다'고 한탄을 한 것도, 마지막으로 '내 갈 길이 어두워질까 걱정하는 것도 다 이 때문이다. 또한 마지막 행은 달님에게 소원을 비는 것으로 볼 수 있는데 그 내용은 "내 앞길이 어두워질까 염려되니 님이 빨리 돌아오게 해 달라"고 비는 것이다.

이 두 가지 해석을 두고 과거에는 어느 한쪽을 택하여 다른 해석을 배제하는 경향을 보여 왔다. [해석1]을 지지하는 경우는 [해석2]를 망국의 노래라고 해서 폄하된 결과로 보고 있고, 반대의 경우는 가사의 표현 내용이 분명한 만큼 왜곡된 해석은 곤란하지 않으냐고 맞선다. 필자 역시 처음에는 이 둘 중 한쪽의 견해를 택해야 한다고 생각하고 [해석1]을 지지했었다. 그러나 여러 참고문헌을 조사한 바 [해석2]을 지지한 논문이나 저서가 더 많은 것을 보고 놀랐다.[76] 이에 다시 한번 가사 전체를 음미해 보았는데 과연 표현대로라면 [해석2]가 꼭 맞아 떨어진다. '애절한 사랑노래'로 보는 것은 오히려 '창작설화'에 너무 많은 비중을 둔 것이 아닌가 생각될 정도였다. 결국 양쪽의 해석이 다 옳다는 것이다. 그렇다면 이게 무슨 말인가. 어찌 한 가사를 두고 정반대의 해석이 나올 수 있단 말인가.

〈정읍사〉의 주제가 '남편의 안전한 귀가'를 기원하는 애절한 사랑노래임은 누구도 부인할 수 없다. 그렇다면 [해석1]로 끝을 내야지 어떻게 음란한 [해석2]에 연관지을 수 있겠는가. 이것이야 말로 망국의 노래라고 폄하를 받았다는 증거가 아니냐는 논리를 펼 수 있다. 그러나 시가의 해

---

76) 박병채(1971, 59~60쪽), 최철·박재민(2003, 308~313쪽)

석은 언어적으로 해야 한다. 주변 정황에 영향을 받아 언어 자체의 뜻을 굴절시키거나 왜곡시켜서는 안 된다. 있는 그대로의 언어적 해석이 그 기본이 되어야 한다는 것이다. 그런 면에서 본다면 [해석2]는 대단히 훌륭한 해석이며 결코 무시할 수 없는 해석이 된다. 그렇다면 여기서 고개에 올라가 노래를 불렀다는 아내의 주변 정황과 심리 상태를 보다 면밀하게 살펴보도록 하자.

아내는 분명 처음에는 '범해'를 염려하여 남편이 안전하게 돌아오길 기원했을 것이다. 그러나 여러 날이 지나면서 상황이 조금씩 바뀌어 갔을 수 있다. 애타게 기다리는 날이 여러 날이 지나면서 어쩌면 남편이 죽지 않았다는 느낌을 어렴풋이 느끼다가 나중에는 이에 대한 심증이 굳어졌을 가능성도 있다.[77] 물론 남편을 기다리던 망부석 전설로 보면 [해석1]이 옳다. 그러나 만약에 남편이 죽지 않았다면… 그러한 경우를 가정해 볼 수 있는 것 아니겠는가. 사람 사는 세상에 허다하게 있을 수 있는 일이기에 이를 배제시킬 이유 또한 없지 않은가? 그러한 경우에 대한 아내의 기원 내용은 [해석2]와 같이 바뀔 수밖에 없고 이러한 해석을 부정해야 할 이유 또한 없지 않겠는가. 곰곰이 살펴봐도 언어적으로는 [해석1] 보다 훨씬 더 자연스러운 해석이 된다.

여기서 우리는 〈정읍사〉의 시가의 구성이 절묘하다는 것을 알 수 있다. 어쩌면 하나의 가사가 정반대의 뜻을 갖는 두 가지 해석이 가능할까? 두 가지 해석이 모두 대단히 자연스럽고 정황에 꼭 들어맞지 않은가. 세상에 이런 가사가 〈정읍사〉 말고 또 있겠는가. 그야말로 감탄을 금할 수 없는, 그야말로 구절 하나하나가 神句신구가 아니겠는가. 이러한 노랫가사

---

77) 부부간에는 어떤 육감적 느낌이 올 수 있다. 범해를 당했다면 뒷소문이라도 있어야 하는데 별다른 소문도 없고, 마지막으로 겪은 남편의 언행에서 이상한 낌새를 느꼈을 수도 있다. 그래서 남편이 살아 있다는 믿음을 가질 수도 있음.

는 사람의 능력으로는 도저히 만들어 낼 수 없는 것이다. 의도적으로 만들어 내려고 한다면 결코 이루어낼 수 없는 시가임에 어느 누구도 이의를 달지 못할 것이다. 더군다나 [해석2]는 [해석1]에 대한 답변으로 보아도 된다. 행상 나간 남편이 돌아오지 않아 걱정을 했으나, 시간이 오래 지나면서 의문이 생겼는데 그 답이 바로 [해석2]라는 것이다. 즉 '全' 하나를 추가함으로써 시가 하나로 묻고 답하는 형식이 완벽하게 갖추어진다는 것이다. 옛 선인들은 여기에 큰 매력을 느꼈었던 것 같다. 그리하여 정황상 [해석1]이 분명하여 '全'자를 첨가하는 등의 행위는 어찌 보면 망국의 노래라고 폄하하려는 것으로 오해를 살 소지가 있음에도 불구하고 공식적으로 가필의 흔적을 남겨 후세에 전한 것으로 생각해 볼 수 있다.

이러한 관점에서 본다면 본 시가는 구절 하나하나가 神句로 이루어졌다고 할 것이며 옛 선인들이 이러한 神句를 놓치지 않고 찬탄하며 즐겼다는 것은 그들의 문학적 자질이 대단히 높았음을 보여 주는 것이다.

5. 결 언

〈정읍사〉는 현전하는 유일의 백제 가요이며, 舞鼓무고로서 궁중연회에서 중요한 위치를 점하고 있어 『악학궤범』첫머리에 〈동동〉에 이어 두 번째로 수록된 작품이다. 작자는 어느 행상인의 아내로, 돌아오지 않는 남편을 걱정하며 읊은 노래로서 행상 길의 안전을 달님에게 비는 애절한 가사로 되어 있다. 그러나 오랜 기간 구전으로 전해 오면서 '져재 녀러신고요' 앞에 '全'자를 붙인 것 등 일부 개사된 흔적이 있다. 이는 남편이 '진데(음란한 곳)'에 빠져서 돌아오지 못할까 염려하여 부른 노래라고 폄하하여 해석하는 단초를 제공했다.

행상의 아낙이 남편을 기다리며 노래를 부른 바위 '망부석'이 남아 있다는 전설로 보아, 그리고 위치가 애매한 것으로 보아, '全'자는 원래 가사에는 없던 것이나 후대에 첨가된 것으로 보인다. 그러나 〈정읍사〉는 이 '全' 하나로 해서 시가의 구성이 절묘하게 바뀐다. 하나의 노래가사가 정반대의 뜻을 갖는 두 가지의 해석을 갖는 것이다. 뿐만 아니라 두 해석 사이에는 묻고 답하는 형식이 되어 있다. 행상 나간 남편이 오지 않아 걱정을 했는데 시간이 오래 지나면서 의문이 생겼다. 그런데 그 노래를 달리 해석하니 그 속에 답이 있더라는 것이다. 즉 '全'자 하나를 추가함으로써 하나의 시가로 묻고 답하는 형식이 완벽하게 갖추어진다는 것이다. 세상에 이런 가사가 〈정읍사〉 말고 또 있겠는가. 구절 하나하나가 神句신구가 아니고는 사람의 능력으로는 결코 만들어 낼 수 없는 것이다. 옛 선인들은 여기에 큰 매력을 느꼈었고, 그리하여 '개사의 흔적'까지 의도적으로 남겨 후세에 전한 것이라는 견해를 제시했다.

본 시가는 구절 하나하나가 神句로 이루어져 있으며 옛 선인들이 이를 놓치지 않고 찬탄하며 즐겼다는 것은 그들의 문학적 자질이 대단히 높았음을 보여 주는 것이다.

6. 麗여謠요 〈動동動동〉 – 고려시대 여자의 일생
– 전반부 해석 및 해설 –

動 動 – 전반부

德으란 곰비예 받즙고 福으란 림비예 받즙고
德이여 福이라 호늘 나으라 오소이다.
　　아으 動動 다리 (이하 후렴 생략)

正月ㅅ 나릿므른 아으 어져 녹져 ᄒᆞ논디,
누릿 가온디 나곤 몸하 ᄒᆞ올로 녈셔.

二月ㅅ 보로매 아으 노피 현 燈ㅅ블 다호라.
萬人 비취실 즈싀샷다.

三月 나며 開ᄒᆞᆫ 아으 滿春 들욋고지여.
ᄂᆞ미 브롤 즈을 디녀 나샷다

四月 아니 니저 아으 오실셔 곳고리새여.
므슴다 錄事니믄 녯 나를 닛고신뎌.

五月 五日애, 아으 수릿날 아춤 藥은
즈믄 힐 長存ᄒᆞ샬 藥이라 받즙노이다

六月ㅅ 보로매 아으 별해 ᄇᆞ룐 빗 다호라
도라보실 니믈 적곰 좃니노이다.

1. 서 언

〈動動〉은 고구려 가요로서 집단가무를 할 때 부르는 노래가사로 추정되며 여자의 일생을 1년 열두 달에 비유하여 월령체로 읊은 노래가사이다. 그 내용이 여인들의 전성기는 매우 짧아 금방 지나가고 뒤따라오는 인고의 세월이 길고 고달픔을 노래가사로 깨우쳐 주는 것으로 민간에서 널리 불렸으며 후에는 궁중예악으로 크게 쓰였다.[78] 가사는 쉬우면서도 숨은 뜻을 가진 상징적 표현으로 여자로서의 인생애환과 이를 헤쳐가기 위한 삶의 지혜를 노래한 고려판 '여자의 일생'이라고 할 수 있다.

〈동동〉은 『악학궤범』, 『대악후보』 등에 실려 전하며 원문이 잘 보존되어 전하고 있고 특별히 어려운 어구가 없어 가사해석이 비교적 쉬운 편이라고 할 수 있다. 가사해석은 양주동선생의 『여요전주』가 전범이 되어 있어 이후에 여러 가지 새로운 해석이 시도된 바 있지만 그 범주를 크게 벗어나지 못하였다. 그러나 그의 해석에서 서연에 이해가 되지 않은 부분이 있다. '곰ᄇᆡ', '림ᄇᆡ'의 해석과 "덕이며 복이라는 것을 바치러" 온다는 것이 당시의 사람들의 정서나 집단가무의 분위기에 잘 맞지 않으며, 또한 기존해석에서는 월령가사의 숨은 뜻을 밝히지 못하여 여인의 애환만 강조되고 교훈적인 의미를 제대로 파악하지 못하였다. 이에 필자는 서연의 해석을 새롭게 시도하였고, 또한 매달의 월령가사가 여자의 일생

---

78) 〈동동무〉는 집단가무 형태로 출발했음은 후렴 '動動다리'와 '곰배님배'가 사용된 것으로 보아 분명하다. 그러나 고구려에서는 집단가무로 발전해 왔지만 통일신라시대에는 궁중악으로 바뀌었으며 민간에서 어떻게 불렸는지는 기록이 없는 것 같다. 그러나 고구려시대에는 정월 보름에 〈동동〉을 부르며 답교놀이를 했을 가능성이 크며, 고려시대에 와서 평양을 중심으로 투석전과 함께 부활했을 가능성이 크다. 현재 남아 전하는 정월보름 '답교놀이'는 조선조 중반이후에 성행하여 과거와 단절된 양상을 보인다. 조선조에서는 〈동동〉을 음사로 배척했기 때문으로 보인다. 조선조에 많이 불린 〈농가월령가〉는 문학성이 〈동동〉에 비해 많이 떨어진다.

을 열두 달로 나누어 그 달에 해당하는 여자의 나이에서 겪는 인생특징을 읊은 것임을 밝힌 바 있고 '여인의 삶'의 관점에서 새로운 의미를 부여한 해석을 시도한 바 있다.[79] 서연에서의 '곰배'와 '림배'는 '시도 때도 없이 자꾸만'이라는 뜻의 평안도 방언 '곰배님배'를 나누어 쓴 것으로 해학적 표현임을 보였다. 서연의 뒷부분을 '덕이니 복이니 하는 것을 받으러 (낚으러) 오소이다.'로 해석하여 당시 '동동' 가무에 사람들을 불러 모으는 가사임을 밝혔다. 또한 〈동동〉이 월령체로 된 긴 노래이기에 전반부 월령(정월~유월)을 대상으로 새로운 해석을 제시하였다.[80] 매달의 명절의 특징과 여자의 일생에서 그 시기의 특징의 공통점을 파악함으로써 〈동동〉 가사의 행간의 의미를 읽어내고자 노력하였다. 이를 통하여 〈동동〉 가사에 녹아 있는 고려시대의 여자의 일생을 새롭게 조망할 수 있도록 하였으며, 춘3월이 여자의 전성기요 4월만 해도 약간 시든 꽃이 되어 전성기가 지나갔음을, 6월령에서 '벼랑에 버려진 빗'으로 비유된 것은 극찬을 받을만한 절묘한 표현임을 논하였으며, 고려시대에 〈동동〉이 궁중악으로 크게 쓰인 이유가 바로 높은 문학적 수준에 있음을 밝혔다.

---

79) 졸고, "고려시대 여자의일생 '동동'의 새로운 해석", ≪아태문학≫ 제2호 2017년 여름, 350-362쪽. : 9월령에서는 '새셔 가만하예라' 가 여자의 나이 9월(50~55세)이 되면 그 신세가 술병에 담겨진 황국과 같아서 '새삼 조용하다' 즉 '적막하기 그지없다'는 뜻임을, 11월령에서는 60~65세가 되면 '한삼 두퍼 누워'가 '수의를 덮고 누워' 즉 무덤에 묻혀 있음을 상징하는 말임을, 그리고 12월령은 죽어서 심판받는 시기로서 여자의 일생이란 운에 좌우는 것이니 이생의 한도 내생에 대한 기대도 다 버려야 한다는 교훈적 가사임을 밝혔음.

80) 본고는 아래의 글을 모태로 한 것으로 약간의 수정을 가하였음.
졸고, "〈동동〉의 새로운 해석-고려시대개의 여자의 일생 – 전반부 해석 및 해설", ≪신문예≫ 98호 2019 5/6호, 274-286쪽

2. 월령의 새로운 해석

〈동동〉의 전체적 가사 흐름을 이해할 수 있도록 서연의 해석은 전술한 바와 같이 문예지 발표된 바 있으며 여기서는 새로운 내용을 덧붙여 소개한다.

서연

德(덕)으란 곰비예 받줍고 福(복)으란 림비예 받줍고

德이여 福이라 호늘 나ᅀᆞ라 [81] 오소이다.

　　아으　　動動 다리

종래의 해석(양주동의 이후 현재 대세를 이루고 있는 해석을 소개한다.)

　　덕으란 곰배(뒷잔, 부처(신령)님께 드리는 잔)에 받들어 올리고

　　복으란 님배(앞잔, 임금님께 드리는 잔)에 받들어 올리고(하는 것이니)

　　덕이니 복이니 하는 것을 바치러 오소이다

　서연의 새로운 해석

서연은 중의적인 표현으로 두 가지 해석이 가능하다. 첫 번째는 '곰배 님배'가 '시도 때도 없이 자꾸만'이라는 평안도 사투리에서 왔으며 이를 '곰배', '님배'로 나누어 해학적으로 표현한 것과, 두 번째는 '곰배', '님배' 각각에 의미를 부여하고 해석하는 것이다.

---

81) 최근 '나ᅀᆞ라'를 '나ᅀᆞ라'로 표기하는 경향이 있는데 원전의 표기를 존중하는 것이 옳다고 본다. 〈동동〉 가사는 오직 『악학궤범』에만 전하며 성종조와 광해조에 출간된 두 판본 사이에는 'ㅿ의 표기'에 상당한 차이가 있다. 그러나 '나ᅀᆞ라'의 표기는 양본에서 모두 같다. 즉 성종조에는 ㅿ이 널리 쓰였음에도 '나ᅀᆞ라'라고 표기한 것은 '나ᅀᆞ다(進)'와는 다른 말임을 뜻함.

(해석 1)

　덕으란 곰배에 받잡고 복으란 님배에 받잡고(공손히 받고)

　　(덕이니 복이니 하는 것을 곰배님배 받잡고(受) 하는 것이니)

　복이니 덕이니 하는 것을 낫으러(건지러) 오소이다.

(어석)

* 곰배님배 : 시도 때도 없이 자꾸만

* 나△라 : '낟다'의 변용으로 '낫으러'의 의미,

* 나△라 : 낟+으라 → 나△라. ㄷ-변격 용언 (나스라(×))

　– 낟다 : (낟으로) 걸어 올리다. 명사형: '낟', 낫의 고어

　– '낟다'는 그 말의 흔적이 '낫', '낟가리/낫가리' 등으로 남아 있다. '낟
　　가리'에서 '낟/낫'이 혼돈되어 쓰이는 것도, 조선 중종조에는 △이
　　널리 쓰였으나 '나스라'가 아니라 '나△라'로 표기된 것도 다 이 때
　　문이라고 생각된다.

* 낟다 : 사라진 옛말이며 그 흔적이 고어 '낟', 현대어 '낫'으로 남아 있
　다. '낟다'의 명사형 '낟/낫'으로부터 '낟다'의 의미를 유추해 보면 '거
　두어 베다', '걸어 당겨 베다'의 의미로 보이며 '수확하다'의 의미를 내
　포한 것으로 보인다. (예: 낟가리/낫가리: 추수할 곡식 무더기) 또한
　'걸어 올리다'의 의미도 있는데 여기서는 '조심스럽게 걸어 올리다'는
　의미로 쓰인 것 같다. 이유는 낫은 날카롭기 때문에 거칠게 걸어 채면
　잘려 나가서 목적을 이룰 수 없다. 그러나 조심스럽게 걸어 올리면 잘
　리지 않고 걸어 올릴 수 있다. 물에 떠내려가는 물건을 건져 올릴 때
　낫으로 건져 올리는 경우가 있는데 그 때의 조심스러운 행동이 복을
　건져 올리는 조심스런 행동과 상통하는 점이 많아 여기서 '나△라'라
　는 표현을 쓰게 된 것으로 보인다. 비슷한 표기로 '나△라(奉,獻)', '나
　△라(進)'가 있다. 성종조 초간본에서도 '나△라'로 쓰지 않은 것은 이

와 구분 짓기 위한 것이다.

* 첫 행은 '복이니 덕이니 하는 것을 <u>곰배님배</u> 받잡고(하는 것이니)'라는 말을 해학적으로 두 번에 나누어 표현한 것이다. 곰배, 님배는 나누어지면 특별한 의미가 없는 말이다.

(해석 2)
　덕으란 북배에 받잡고(공손히 받고)
　복으란 남배에 받잡고(들 하는 것이니)
　덕이니 복이라 하는 것을 낫으러(줏으러, 낚으러) 오소이다

　　* 북배 : 북쪽으로 올리는 절, 임금님, 조상님께 드리는 절
　　* 남배 : 남쪽으로 올리는 절, 부처님께 드리는 절

　동동무에서 절(拜)을 올렸다는 기록을 아직 찾지 못했으므로 (해석 2)는 일단 보류하고자 한다. 그러나 가능성이 전혀 없는 것은 아니다. 〈동동무〉에서 술잔보다는 절을 올렸을 가능성이 더 높기 때문이다. 어쩌면 (해석 1)과 (해석 2)의 뜻이 동시에 중의적으로 쓰였을 가능성도 있다.

(해설) 〈동동〉가무를 시작함에 있어 참가자들이 임금의 덕을 입고 부처님의 복을 받을 수 있는 행사임을 알림으로써 사람들의 참여를 독려하는 가사임.

종래 해석 대한 비판

과거에는 〈동동〉을 선어체 가사로 보고 서연을 송도·송축의 의미를 가진 노래로 해석했다. 그리하여 궁중제례에서 곰배, 님배를 부처와 왕에게 바치는 헌주로 해석했다. 그런데 궁중제례라면 연주되는 곡이 여러 개 있었을 터인즉 노래마다 헌주가 들어가는 것이 아닐진 데 〈동동〉을 부르기 전에 헌주가 있는 이유가 있어야 하나, 특별히 그럴 만한 이유가 없다. 더군다나 술잔을 올리면 복을 받든 덕을 입든 해야 함에도 그 반대로 '복을 바치러, 덕을 바치러 오소이다'로 해석하는 것은 이해하기 곤란하다. 또한 〈동동〉 가사의 대상은 일반대중이 틀림없다고 본다. 그런데 대중들에게 궁중제례에 헌주하러 오라고 권유하는 것은 매우 부적절하다. 헌주는 고관대작이 아니면 올릴 수 없었음에도 일반인에게 '바치러 오소이다'로 청유형 표현을 쓴다는 것은 대단히 부적절하다. 한편 덕이나 복은 그냥 베풀고 그냥 주어지는 것이지, 사람끼리 의도적으로 주고받는 것이 아니다. 이러한 관점에서 본다면 동동무를 시작하기 전에 잔을 바쳐 올렸다고 보는 것은 설득력이 없다. 물론 각종 제례 후 첫 번째 추는 춤이 '동동무'가 되었을 가능성은 매우 높다. 그러나 제례와 동동무는 별개의 것으로 〈동동〉 서연에 잔을 올리는 일을 언급할 이유는 없다고 본다.

(정월령)

正月ㅅ 나릿므른 아으 어져 녹져 ᄒ논ᄃᆡ,

누릿 가온ᄃᆡ 나곤 몸하 ᄒ올로 녈셔.

(종래 해석)	(새로운 해석)
정월의 냇물은 아아, 얼었다 녹았다 정다운데	정월의 냇물은 아아, 얼려 녹으려 하는데,

누리 가운데 나서는 　이몸은 홀로 지내는구나	누리 가운데 나고서도 　이 몸은 홀로 지내는구나

나릿므른 : 냇물은 나릿 : 나리(내)+ㅅ

(주제) 여자의 정월은 10~15세의 소녀기에 설레는 마음.

(해설) 이 시기에는 이성에 눈을 뜨기 시작하는 때로서 비록 짝이 없
이 지내지만 다가올 미래에 대한 기대와 걱정으로 마음 설레며 보
내는 시기이니라. 설레는 마음을 '어져 녹져 하는데'로 표현하였는
데 소녀기에 느끼는 정감에 딱 맞아 떨어지는 시구이다.

기존해설에서는 여자의 일생 중 소녀기라는 점을 파악하지 못하고
'어져 녹져 하는데'를 음사의 의미로 보고 홀로 살아가는 고독을 읊
은 것으로 해석하였으나 이는 숨은 뜻을 제대로 살피지 못한 것임.

2월령

二月ㅅ 보로매 아으 노피 현 燈ㅅ블 다호라.

萬人 비취실 즈싀샷다.

(종래의 해석) 2월 보름(연등일)에 아, 　(그대는) 높이 켠 등불답구나. 온 백성(만인)을 비추실 　모습이로구나.	(새로운 해석) 2월 보름(연등일)에 아, 　(바라보는 님은) 높이 켠 등불답구나. 만인(온 백성)을 비추실 　모습이로구나.

다호라 : 답도다, 답구나   즈싀샷다 : 모습이시다 (즛:모습, 얼굴)

(주제) 여자의 2월은 15~20세에 해당하며 님을 찾아 그리며 사는 시

기인데, 분수에 맞는 상대를 연모하도록 해야 하느니라.

(해설) 2월 연등일에[82] 등을 높이 다는데 2월의 여자들이 마찬가지니라. 연모하는 상대가 자꾸만 높아지기 쉬워서 자칫 만인을 비칠 상대까지 올라갈 수 있느니라. 너무 높은 상대를 연모하면 연등일에 높이 켠 등불 같아서 바라보는 사람이 많아 내가 갖기 어려운 것이니라. 분수를 알아야 한다는 교훈적 내용임.

(종래의 해석에 대한 비판) 그대(화자)가 연등일에 높이 켠 등불답고 만인을 비추실 모습이라고 해석하였으나, '그대'를 그렇게 볼 이유도 없고, 또한 화자 '그대'를 '2월'이나 '연등행사'와 연관 지을 만한 아무런 근거가 없다. 여자의 일생에서 2월임을 안다면 해석이 완전히 바뀌게 됨을 알 수 있다.

3월령

三月 나며 開흔 아으 滿春 돌욋고지여.

닉미 브롤 즈슬 디녀 나샷다

(종래의 해석)	(새로운 해석)
3월 나면서 (활짝) 핀 아, 늦봄의 진달래꽃이여 남이 부러워할 모습을 지니셨구나.	3월 나면서 핀 아, 滿春(봄의 절정기)의 진달래꽃이여 남이 부러워할 모습을 지니셨구나

---

82) 연등회는 신라시대부터 시작되었고 정월 보름에 해왔었는데 고려 현종 이후에 2월 보름에 하는 것으로 나타남. [두산백과 '연등회' 참조]

닉미 브롤 : 남의(남이) 부러워할 (닉미: 눔+이→닉미)

돌읫고지여 : 돌읫곶 + 이여   돌읫곶 : 진달래꽃

(주제) 여자의 3월은 여자의 전성기이며 남의 부러움을 사는 시기이니라.

(해설) 20~25세의 시기로 전성기이며 만춘(滿春: 봄의 절정기)늦봄
에 핀 진달래처럼 아름다운 모습이 남의 부러움을 사는 시기이니
라. 그러나 滿春, 즉 봄의 절정기에 활짝 핀 꽃이니 화무십일홍이라
쉽게 진다는 것도 명심해야 하느니라.

(종래 해석에 대한 비판) 종래에는 3월이 여자의 전성기를 의미하는
줄 모르고 그냥 '남이 부러워할 모습을 지녔다'로 해석하여 무덤덤
한 시구로 인식되게 했음. 또한 양주동이 滿春을 晚春의 오기라고
해석한 것이 현재도 통설로 되어 있으나 이는 분명 잘못임. 진달래
는 비교적 이른 봄에 피는 꽃이며 늦봄에 피는 꽃이 아님. 봄은 新
春 滿春 晚春으로 나눌 수 있으며 각각 음력 2, 3, 4월에 해당한다.
즉 滿春은 음력 3월로서 봄의 절정기에 해당하며 진달래꽃 피는 시
기와 일치함.

4월령

四月 아니 니저 아으 오실셔 곳고리새여.

므슴다 錄事니믄 녯 나룰 닛고신뎌.

(기존의 해석)	(새로운 해석)
4월 아니 잊고	(원문 해석은 동일).
아아 오셨네, 꾀꼬리새여.	여자의 4월, 벌써 꽃이 약간
무슨 일로 녹사님은	시들어 벌 나비가 찾지 않음을
옛 나를 잊고 계신가	비유적으로 노래함.

므슴다 : 무슨 일로

錄事(녹사): 고려시대 아래에서 3번째 되는 말단 벼슬,

　　(현재 면사무소 주임 정도)

(주제) 여자의 4월은 벌써 전성기가 지나 남자들의 관심에서 살짝 멀

　　어져 가는 시기이니라.

(해설) 25~30세의 시기로 전성기를 살짝 벗어나 남자들의 관심이 멀

　　어져 가느니라. 녹사 벼슬만 해도 젊은 여자 찾아가는 것이니라. 옛

　　님이 찾지 않는 것도 자연스러운 이치이니 서운해하지 말라.

　*녹사 : 하위직 흔한 벼슬로 이 시기의 여자들 남편(30세 전후)이 보

　　통 많이 하는 벼슬임.

(종래의 해석에 대한 비판) 여자의 일생 중 4월에 해당함을 파악치 못

　　하여 '녹사님이 옛 나를 잊고 있는 이유'를 제대로 파악하지 못했고

　　따라서 자연스러운 해설이 나올 수 없었다.

5월령

　五月 五日애, 아으 수릿날 아츰 藥(약)은

　즈믄 힐 長存(장존)ᄒᆞ샬 藥(약)이라 받접노이다

(종래의 해석)	(새로운 해석)
5월 5일에, 아아 　수릿(단옷)날 아침 약은 천년을 길이 사실 약이기에 　바치옵나이다.	5월 5일에 아아 　수리(단오)날 아침 약은 천년을 길이 존재할 약이기에 　받잡나이다.

* 즈믄 힐 : 천해를, 천년을   * 수릿날 : 단오날
* 즈믄 힐 長存ㅎ샬 藥 : 천년을 길이 존재할 약, 즉 천년이
   지나도 계속 쓰일 만큼 '좋은 약'이라는 뜻
 - 長存ㅎ샬 : 長存ㅎ+샤+ㄹ. ('샤'는 원래 주체존칭이나 여기서는
   비존칭범용으로 쓰인 것임.)

(주제) 5월의 여인은 남자의 사랑을 얻는 시기가 지났으니, 5월 단오
날에 약쑥을 챙기듯이, 가족들 건강을 챙기는 것이 본분인 줄 알라.

(해설) 30~35세 시기로 남자들의 관심에서 멀리 떠나 있는 시기인 줄
알라. 5월의 명절이 약쑥[83] 챙기는 단오이듯이 이 시기의 여자들은
가족들의 건강이나 잘 챙겨야 하느니라. 한물 건너갔으니 남자의
애정을 얻으려고 매달리지 말라는 교훈적인 내용임. '약을 받잡는
것'은 자연이 주는 것을 받는 것이며 들에 나가 약쑥이나 갖가지 약
초를 캐어 갈무리하는 것을 말한다. '천년을 길이 존재할'의 의미는
'천년을 길이 약으로 쓰일 것'이라는 의미로 '좋은 약'이라는 뜻이
다. '천년을 장존ㅎ샬'이 '천년을 길이 존재할'이라는 의미로 그 주
체가 '약'임을 밝힌 것은 해석상 중요한 진전이다.

(종래의 해석에 대한 비판) 여태까지는 〈동동〉을 송도(頌禱)체 가요
로 인식해 왔다. 종래의 해석에서는 '받잡다'를 대부분 '받쳐 올리
다'로 해석하고 있는데, 이는 가사해석에 있어서 頌禱의 의미를 지

---

83) 단오날은 양기가 중첩된 날이며, 오시(午時:오전 11시~오후 1시)가 가장 양
   기가 왕성한 시각으로 생각하여 전통사회의 농가에서는 그때에 약쑥, 익모초,
   찔레꽃 등을 따서 말려 둔다. 말려둔 약쑥은 쑥찜이나 쑥뜸 등의 약으로 사용하
   고, 또한 홰를 만들어 집일을 할 때에 불을 붙여 모기를 쫓고 담뱃불로도 사용
   하기도 한다. 또 오시에 뜯은 약쑥을 한 다발 묶어서 대문 옆에 세워두는 일이
   있는데, 이는 재액을 물리친다고 믿었음. [참조]: 한국민속대백과:- 단오

나치게 관련시켰기 때문에 생긴 오류라고 생각된다. 여요는 솔직한 감정표현이 많으며 〈동동〉 역시 마찬가지다. 누구를 찬양하고 복을 비는 내용보다는 감정을 꾸밈없이 표현하는 노래임을 알고 보면 '약을 받잡고'를 '약을 바쳐 올리고'로 해석하는 것은 잘못임을 바로 알 수 있다. 일반 여인들이 5월에 그 흔한 약쑥을 어디다 바쳐 올리겠는가. 그러나 오월 단오에는 창포물에 머리를 감고 약쑥을 캐는 것이 전통적으로 내려오는 풍속이었고, '약을 받잡는다'는 표현은 이를 두고 한 말이며 자연이 주는 것을 '감사히 받아 챙겨두라'는 의미로 해석해야 한다. 비록 쑥이지만 '천년을 길이 쓰일' 좋은 약이니, 이를 5월 수릿날에 챙겨 두듯이 이 시기의 여자가 해야 할 일 역시 가족들의 건강을 챙기는 일이니라. (한물 건너갔으니 남자의 애정을 얻으려고 매달리지 말라는 교훈적인 내용임.)

6월령

六月ㅅ 보로매 아으 별해 부론 빗 다호라
도라보실 니믈 젹곰 좃니노이다.

(종래의 해석)	(새로운 해석)
6월 보름(유두)에 아아 　벼랑에 버려진 빗답구나 돌아보실 임을 　잠시라도 좇아가겠나이다	6월 보름(유두)에 아아 벼랑에 　버려진 빗답구나 돌아보실 임을 　적이나 좇아가곤 합니다

* 별해 : 별(벼랑)+해(처격조사), 벼랑에
* 젹곰 : 적이나, 적이도, 적지만 무시 못할 정도로

(주제) 6월의 여자는 벼랑에 버려진 빗처럼 아무도 가져다 쓰는 이가 없느니라. 어쩌다 한번 돌아볼 님을 '꽤나 열심히'/ '적이나 되는 사람이' 좇아가곤 하지만 다 부질없는 일이 되고 마는 것이니라.

(해설) 35~40세가 되는 시기로 이 시기의 여자는 벼랑에 버려진 빗처럼 아직 쓸만하지만 남이 쓰지 못하도록 벼랑에 버려진 신세가 되느니라. (이 시기의 여자를 '벼랑에 버려진 빗'에 비유한 것은 정말 절묘한 비유이다.) 그런데 왜 '빗'에다 비유를 했겠는가. 유월 유두에는 동류수에 머리를 감는 풍습이 있다. 머리를 감은 후에 빗으로 빗어야 하는데 그때 사용한 빗을 벼랑에 버렸다고 한다. 버려진 그 빗이 '6월의 여자 신세'와 꼭 같다고 생각했기 때문일 것이다. 어쩌다 한번 돌아보실 님을 적이나(꽤나 열심히, 적이나 되는 사람이) 좇아가곤 하지만 다 부질없는 일이니라. 이 시기가 되면 남편이 구실을 못하고 어쩌다 한번 돌아보는 나이니라.

반면에 이 시기의 여자는 버려진 빗처럼 아직 쓸 만하지만 쓰는 사람이 없느니라. 더군다나 남조차 쓰지 못하도록 벼랑에 버려 놨으니 애처로운 지고. 적잖은 여인들이 꽤나 열심히 님을 좇아가 보지만 노력만 헛되는 경우가 많으니라. 남녀관계를 상당히 구체적으로 표현하고 있는 점이 흥미롭다. 후에 조선조 유학자들은 이 부분을 음사라고 비난하며 배척했을 것이다.

(종래 해석의 비판) 월령체 〈동동〉의 각 달이 의미하는 바가 '여자의 달'을 의미한다는 사실을 모르고 자구해석만 의존한 관계로 '벼랑에 버려진 빗답다'는 표현의 의미를 제대로 파악하지 못했음. 마찬가지로 '적곰 좇니노이다'의 이유를 알 수 없었고 적절한 내용 파악이 이루어지지 못했음.

〈動動〉의 전체적 해설

〈동동〉은 여자의 일생을 12개월로 나누어 각 달에 해당하는 연령대 여인들의 세속 일을 그 달의 명절에 비유하여 읊은 노래가사로 작자는 미상이지만 오랜 세월 동안에 걸쳐서 구전되면서 여러 사람의 수정·보완을 거쳐 완성된 가사이다. 〈동동〉은 명절 등 축일에 많은 사람들 특히 여인들이 많이 모여 춤추며 노래하는 집단가무의 하나로 가사내용은 '여인의 삶이 전성기는 빨리 지나가고 뒤따라오는 인고의 세월은 길다. 힘들더라도 누구에게나 계절처럼 다 찾아오는 것이니 운명인 줄 알고 참고 견뎌야 한다'는 교훈적인 내용이 많다. 후반부는 다음 장에 소개된다.

7. 麗여謠요 〈動동動동〉 – 고려시대 여자의 일생
– 후반부 해석 및 해설 –

動 動 – 후반부

七月ㅅ 보로매 아으 百種 排ᄒ야 두고,
니믈 ᄒ 듸 녀가져 願을 비ᅌᆞ노이다.
　　아으 動動다리 (이하 후렴생략)

八月ㅅ 보로몬 아으 嘉俳 나리마ᄅᆞᆫ
니믈 뫼셔 녀곤 오ᄂᆞᆯ낤 嘉俳샷다.

九月九日애 아으 藥이라 먹논 黃花
고지 안해 드니, 새셔 가만ᄒ얘라

十月애 아으 져미연 ᄇ롯다호라.
것거 ᄇ리신 後에 디니실 ᄒᆞᆫ 부니 업스샷다

十一月ㅅ 봉당자리예 아으 汗衫 두퍼 누워
　슬홀스라온뎌 고우닐 스싀옴 녈셔.

十二月ㅅ 분디남ᄀ로 갓곤, 아으 나ᄋᆞᆯ 盤잇 져 다호라.
니믜 알픠 드러 얼이노니 소니 가재다 므ᄅᆞᅀᆞᆸ노이다.

1. 서 언

〈동동〉은 고려가요로서 집단가무를 할 때 부르는 노래가사이며 여자의 일생을 1년 열두 달에 비유하여 월령체로 읊은 노래가사이다. 그 내용이 여인들의 전성기는 짧아 금방 지나가고 뒤따라오는 인고의 세월이 길어 고달픈 인생이지만 여자라면 누구나 다 겪는 운명적인 삶이니 참고 견디며 살아가라는 '삶의 지혜'를 깨우쳐 주는 노래가사로 민간에서 널리 불려졌으며 후에는 궁중예악에서도 크게 쓰였다. 가사는 여인의 '인생애환과 삶의 지혜'를 노래한 것으로 고려판 '여자의 일생'이라고 할 수 있다. 이러한 관점에서 보면 가사가 종래의 해석과는 전혀 다른 방향으로 해석될 수 있으며 〈동동〉의 전반부 즉 서연과 1월령−6월령에 대한 새로운 해석을 앞서 소개한 바 있다.[84] 본고는 그에 대한 후속이다.

〈동동〉의 후반부 해석에 있어서 가장 문제가 되는 연은 7월령과 9월령, 11월령이다. 7월령에서는 '님을 한틱 녀젓 원을 비웁노이다'라는 표현의 숨은 뜻을 알아내는 것이 어렵고, 9월령에서는 '새셔 가만흐얘라', 11월령에서는 '싁싁옴 녈셔'가 나타내는 분위기의 파악이 주된 관건이 된다. 여자의 일생을 읊은 월령체 가사라는 점을 인식하지 못한 상태에서는 뜬금없이 '원을 비는' 이유를 설명하기 어려웠고, '가만하다', '혼자서 간다'라는 표현의 분위기 파악이 대단히 어려웠다. 하지만 각 달의 월령체가사가 그 달의 나이에 해당하는 여인의 신상에 관한 노래임을 알고 보면 그 뜻이 쉽게 파악되며 가사의 내용이 당시 여인들에게 힘든 세상살이를 헤쳐 나갈 수 있는 지혜를 일깨워 주는 교훈적인 내용임을 밝혔다. 전체적으로는 여인으로서의 인생이란 뜻대로 되는 삶이 아니므로

---

84) 본고는 《신문예》 제98호(2019 5/6월호)와 제104호(2020년 11/12월호)에 발표한 졸고를 모태로 함.

운명에 순종할 줄 알아야 한다는 교훈과 삶의 지혜를 일깨워 주는 것이 주된 내용이다.

2. 월령 가사의 새로운 해석

여기서는 전반부에 이어 월령 가사의 후반부의 해석을 소개한다. 7월 령부터 매달의 월령체 가사와 기존 해석의 문제점을 소개하고 분석하였으며 '여자의 일생'이라는 관점에서 새로운 해석을 시도하였다.

7월령

七月ㅅ 보로매 아으 百種 排ㅎ야 두고,
니믈 흔 디 녀가져 願을 비ᅀᆞ노이다.

* 百種 : 백 가지 제물, 즉 온갖 제물을 일컬음.

(기존 해석)
7월 보름(백중)에 아아
　갖가지 제물을 차려놓고
임과 함께 지내고자
　소원을 비옵나이다.

(새로운 해석)
7월 보름(백중일)에 아아
　갖가지 제물을 차려 두고,
님을 (좇아) 함께 살고지고[85]
　소원을 비옵나이다

(종래의 해석) 종래의 해석에서는 7월령의 주제를 님과 함께 하고자 하는 염원을 노래한 것으로 보았다. 그러나 7월 백중에 제물을 차려두

---

85) '님과 한 디'가 아니고 '니믈 흔 디 녀가져'라고 한 것은 '님을 좇아 한 곳에서 살고지고'에서 '좇아'가 생략된 것임. '님과 함께'는 부부 대등한 자격이지만 '님을 좇아'는 남편이 주가 되고 아내는 종이 되는 표현으로서 '니믈 흔 디 녀가져'라는 표현을 즐겨 썼음.

고 '님과 함께 지내고져(살고지고)'라고 비는 이유를 알지 못 했다. 왜 하필이면 7월에 빌어야 하는가? "7월에 백중이 있으니 그냥 빈다"는 정도의 이유로는 숨겨진 깊은 뜻을 파악할 수 없었고 피상적 자구해석 수준에 머물렀다. 그에 따라 이해가 잘 안 되는 부분은 송도체 가사에 나오는 '의미파악이 불가능한 선어(仙語)'로 치부하는 경향이 있었다.

(주제) 7월 백중에는 온갖 제물을 차려 놓고 소원을 비는 것이 세시 풍속이듯 여자의 7월도 이와 같아서 갖가지 제물을 차려놓고 님과 함께 하기를 비는 시기이니라.

(해설) 여자의 7월은 40~45세의 시기로서 이미 나이가 많아 남편이 하나 둘 떠나가는 시기이니라. 병들어 죽는 남편이 많으니 제물을 차려두고 '남편이 함께 지낼 수 있기만' 또는 '죽어서라도 한곳에 가고 싶은' 원을 비는 시기이니라. 이는 마치 7월 백중에 절에 가서 제물을 차려놓고 원을 비는 것과 꼭 같은 것이니라. 1년 열두 달이 돌아가듯이 누구에게나 닥치는 일이니 비통해하지 말고 성심으로 소원을 빌어야 할 것이로다.

여자의 일생에서 여자가 7월에 겪는 일이 세시 풍속의 7월 백중에 하는 일과 똑같으니 이를 보면 어찌 운명이라 하지 않을 수 있겠는가. 먼 옛날 조상들이 백중이라는 절기를 만든 것도 다 이를 일깨워 주기 위한 것이었음을 깨달을 지어다.

[참고] 11월령에, 죽을 때 보면 많이 빌어도 혼자서 저승길 가는 것은 마찬가지니, 없어서 못 차리고 못 빈다고 서러워할 것도 없다는 것이 당시 사람들의 생활철학이었음.

8월령

八月ㅅ 보로몬 아으 嘉俳 나리마룬,

니믈 뫼셔 녀곤 오눌낤 嘉俳샷다.

　＊嘉俳 : 기뻐즐김 (嘉:아름다울,기뻐할 가, 俳: 어정거릴 배)

　＊嘉俳날: 한가위

(기존 해석)	(새로운 해석)
8월 보름(한가위)은 아아	8월 보름(한가위)은 아아
한가윗날이건마는	가배날이건마는
임을 모시고 지내야만	님을 모셔 지낸다면야 (정말)
오늘이 한가위다운 한가위여라.	오늘날의 嘉가俳배(기쁨)이니라.

(종래의 해석) 과거 해석에서는 8월령의 주제가 임 없는 한가위의 쓸
　쓸함이라고 했으나 왜 하필이면 한가위에 임 없는 쓸쓸함을 읊었
　는지 이유를 제시하지 못했다. 막연히 임 없는 한가위를 맞은 여인
　네도 있을 터인즉 그들의 쓸쓸함을 노래한 것으로 보았다. 그러나
　임을 뫼셔 지내는 사람에게는 왜 오늘날의 가배(기쁨)가 되는지
　또한 설명할 수 없었으니, 8월령 전체가사가 별다른 의미를 전달하
　지 못하고 무미건조한 느낌을 주었다. 이 표현 역시 송도체 가사
　에 가끔 나오는 선어로 치부하고 별다른 의미를 부여하려는 시도
　조차 없었다.

(주제) 여자의 8월은 대부분의 여자가 남편을 여의게 되는 시기이니
　남편만 살아 있다면 그것이 큰 기쁨이니라. 8월 한가위를 嘉가俳배
　날이라고 한 것도 이와 같은 연유이니라.

(해설) 여자의 8월은 45~50세가 되는 시기로 이때가 되면 대부분의
　여자들은 남편을 여의게 되는 시기이니라. 이때까지 남편이 살아

있다면 큰 기쁨인 줄 알아야 하느니라. 8월 한가위를 가배날이라고
한 것도 이와 같은 연유이니라. 또한 이 나이의 여인들은 남편이 살
아 있는 것만으로도 큰 기쁨으로 생각해야 한다는 것이다. 또한 가
사 이면에는 '남편 구실을 기대해서는 안 된다'는 숨은 뜻이 있다.

9월령
九月九日애 아으 藥이라 먹논 黃花
고지 안해 드니, 새셔 가만ᄒᆞ얘라

(기존 해석) 9월 9일(중양절)에 아아 약으로 먹는 황국화
꽃이 (집)안에 드니 한해가 저물었구나

9월령의 해석이 어렵다. 표현이 추상적이고 '새셔'라는 말이 여러
가지로 해석될 수 있어 이론(異論)이 많다. 그러나 함축성 있는 시
적 표현을 위해서 의도적으로 추상적 표현을 쓰기도 한다. 따라서
여러 가지 다른 해석일지라도 지나친 논리의 비약이 아니라면 모
두 타당한 해석으로 받아들여야 할 것이다.

　＊ '새셔가만ᄒᆞ얘라'의 기존해석은 다음과 같다.[86]

양주동 : 새셔(歲序)가 만(晩)하예라, 한해가 저물었구나.
　　　(9월에 '해가 저물었다'는 표현은 다소 부적절한 느낌임.)
남광우 : 새셔(茅屋, 초가집)이 조용하구나
서재극 : 새로셔 감감하구나 , 사례 들려서 캄캄하구나

(주제) 여자의 9월(50~55세)은 술항아리 안에 담긴 국화꽃 같아서 적

---

86) 황병익, "〈동동〉 '새셔가만 애라'와 〈한림별곡〉 '뎡쇼년(鄭少年)'의 의미 재론",
　　硏究論文, ≪정신문화연구≫ 제30권 제4호 2007, 117~138쪽.

막한 시기가 되느니라. 9월 국화가 9월의 여자와 같으니, 적막한 신세가 되었음을 서러워 말고 담담히 받아들일 준비를 하라는 뜻이 담겨 있다.

(새로운 해석)

　'여자의 9월'은 매우 황량한 계절이다. 대부분 남편도 떠나고 홀로 외롭게 살아가는 시기인데, 이때의 여자를 '약으로 먹는 황국화'에 비유하였다. 꽃은 꽃이지만, '보는 꽃'(화려한 꽃)이 아니고 약으로 먹는 꽃이다. 아름답다고 쳐다보는 사람 아무도 없고 그 외로운 처지가 국화주(약술) 병 속에 든 국화꽃과 같다. 그래서 '꽃이 안에 드니'로 표현하였고, '새셔 가만ᄒ애라'는 그 뜻이 '새삼 조용하구나(적막하구나)' 즉 '이전에도 적막했지만 9월은 새롭게 적막하구나'가 된다. 문제의 단어 '새셔'는 '새롭게도, 새로이, 새삼'으로 해석했으며 9월의 여인의 '적막함'이 과거와 달리 한층 더 심화되었음을 의미한다. 그래도 노년의 적막함을 비관적으로 표현하지 않고 '가만하애라'로 표현하는 기교가 돋보인다. 아마 많은 여자가 이 나이가 되면 기력이 약해져 바깥출입을 못해 집안에 박혀 있게 되고 오가는 이도 없어 적막한 삶을 살게 되느니라. (그래도 이때까지는 약으로 우려 쓸 만큼의 가치는 남아 있다.)

　한편으로 이 연은 약간 외설적인 표현으로 해석할 수도 있다. 꽃은 통상 '여인'을 상징하지만, 때에 따라서는 여성의 성기를 꽃으로 표현할 수도 있다. 앞의 해석은 보편성이 약간 결여된 느낌이 있는데, 이유는 이 나이의 여인이라고 모두 바깥출입을 못할 만큼 건강이 망가졌다고 할 수 없기 때문이다. 이러한 관점에서 보면 '꽃이 안에 드니 새삼 조용하구나'는 '꽃이 쪼그라 들어 안에 드니 (집적대는 남자가 아무도 없어) 새삼 조용하구나'라고 해석할 수 있다. 그러면

이 나이의 여인에게 보편적으로 적용되는 사실적인 묘사임을 알 수 있다. 이 표현은 참람할 정도로 외설적인 표현이 되지만, 그 내용이 얼른 깨닫지 못할 정도로 깊숙이 숨겨져 있다. 이는 대단히 매력적인 표현으로 그 뜻을 깨닫는 사람은 빙그레 웃음을 띨 수밖에 없는, 꽤나 차원 높은 해학적인 표현이다. 그러나 조선시대 유학자들은 이를 두고 〈동동〉을 음사라고 비난했던 것으로 보인다.

10월령

十月애 아으 져미연 ㅂ롯다호라.
것거 ㅂ리신 後에 디니실 혼 부니 업스샷다

＊져미연 : 져며놓은, 짓밟힌　　ㅂ릇 : 보리수
＊ㅂ롯다호라 : 보리수 같구나

(기존해석) 시월에 아아 짓밟힌 보리수(나뭇가지) 같구나
　　　　 꺾어 버리신 후에 지니실 한 분이 없으시도다

9월령의 주제를 버림받은 사랑에 대한 회한으로 보고 열매 따먹고 버린 보리수 가지와 같은 자신의 신세를 한탄하는 노래로 해석했다. 문구 해석상 흠잡을 데 없는 해석이지만 왜 10월령에서 '버림받은 신세'를 한탄하는지를 설명하지 못하고 있다. 우연한 배치라 할지 모르지만 8월령에서는 남편을 여읜 여자가 많음을, 9월령에서는 적막한 신세가 됨을 읊었고 10월령에서는 그에서 더 나아가 버림받는 신세가 된 회한의 노래를 읊었다면 이는 결코 우연한 배치가 아니라는 것을 알 수 있다.

(새로운 해석) 가사의 언어적 해석은 기존 해석과 다름없다. 다만 10월령을 해석할 때는 '10월의 여자란'이라는 전제조건을 붙여서 해

석해야만 비로소 가사 뒤에 숨은 뜻을 밝혀낼 수 있다.

10월령은 '10월의 여자'에 관한 노래로 55~60세의 늙은 여자들이 그 나이에 겪는 삶의 애환을 읊은 노래로서 여자로서의 가치가 다 하여 결국 '열매 따먹고 버려진 보리수 가지'와 같은 '꺾여 버려진 신세'가 되느니라. 이 또한 운명이니 야속하다 생각지 말라는 의미가 담긴 교훈적인 내용의 가사이다.

'꺾어버린 후에 지니실 한 분이 없으시도다'라는 표현은 상당히 해학적인 표현이다. 버림받은 비참한 신세를 읊으면서도 웃음이 나 도록 하였으니 이는 '여자의 그것은'을 읊은 것이기 때문이다. 이 러한 해학성이 당시 민중의 인기뿐만 아니라 궁중에서도 큰 인기를 끌 수 있었던 요인이 아닌가 생각된다. 9월령에서 여인의 적막 한 신세를 노래했지만 그 이면에는 은연 중 여성의 성기를 묘사한 면이 있으며 즉 누구도 건드리는 일이 없어 매우 조용하다는 꽤나 외설적인 내용으로 해석될 수 있다. 9월에 건드리는 일조차 없던 그것이, 10월령에서는 갖고자(지니고자) 하는 즉 '내 꺼'라고 말할 사람 한 분이 없는 것으로 된다는, 즉 성적으로 완전히 버려진 신세가 된다는 숨은 뜻을 내포하고 있다. 또한 이는 빈부귀천을 막론하고 여자라면 누구나 꼭 같이 버림받는 것이니 하늘은 정말 공평하다고 할 수 있지 않은가라는 의미도 숨겨져 있다. 어쩌면 너무나 당연한 이야기를 외설적으로 읊으면서 웃음을 자아내게 하였고 또한 웃음을 넘어 꽤나 깊은 철학적인 사유를 수반하고 있는 가사이기에 민간에서 불린 노래가 궁중에서도 크게 사랑받게 된 것으로 생각된다.

여기서 특별히 언급할 것은 자칫 잘못 생각하면 고려장 풍속이 반영된 가사로 착각하기 쉽다는 점이다. 우리나라 고대 풍속에 '고려장'이 전혀 없었다고 단정할 수는 없다. 왜냐하면 이는 흉년으로 기근이 심할 때 행해지는 인류보편적인 습속이었기 때문이다. 그러나 이 가사를 곰곰이 생각해 보면 설령 고려장이 행해지고 있었다 하더라도 이를 축제마당의 '춤놀이' 가사에 넣었을 리 만무하며 따라서 이 가사가 고려장 풍속을 암시하는 노랫말은 결코 아니라는 것이다.

'보리가지'가 여성의 성기를 비유한다는 것은 월령체 가사 앞에 'ㄱ 달의 여자는'이라는 말 대신에 '그 달의 여자의 그것은'이라는 말이 생략되었다고 보면 쉽게 이해될 수 있다. '10월달의 여자'는 빈부귀천에 따라 대접받는 정도가 크게 차이가 나겠지만 그러나 '10월의 여자의 그것은' 누구의 것이나 꼭 같이 열매 따먹고 버려진 '겨며 놓은 보리수 가지'와 같아서, 이를 가지고자 하는 한 사람 없다는 말로서, 이는 전혀 쓸모없는 것이 된다는 말이다. 이 나이가 되면 '그것'이 전혀 쓸모없는 것이 되는 법이니, 잘났으나 못났으나 마찬가지이고 남편 또한 살아 있으나 마나 마찬가지이니라. 이 나이의 여자의 그것은 지니고자 하는 '한분'이 없지 않은가, 즉 탐하는 사람이 하나도 없는, 전혀 쓸모없는 것이 되느니라. 이는 약간의 외설적인 내용으로 은연 중 웃음을 자아내게 하는 해학적인 표현이다.

11월령

十一月ㅅ 봉당자리에 아으 汗衫 두퍼 누워
슬흘ᄉ라온뎌 고우닐 스싀옴 녈셔.

* 봉당자리 : 봉당(鳳堂)자리 즉 명당자리, 묘터를 의미함
  기존해석에서는 봉당을 붕당의 오기로 보고 '안방과 건넌방 사이의 토방'으로 해석하였음.
* 한삼 : 여름의 홑적삼, (수의를 의미)

* 슬홀亽라온뎌 : 서럽다고 할 것인져
* 고우닐 스싀옴 녈셔 : '고운님'을 제각기(혼자서) 가노니,
  사랑하는 님을 좇아 한 곳에 가기를 빌고 또 빌었건만 먼먼 저승
  길을 혼자서 가는구나,
* 스싀옴 : 스싀(스스로)+옴(강세조사 '곰'의 ㄱ탈락), 제각각, 따
  로따로, 외롭게도 혼자서 예) 외오곰, 멀리곰, 젹곰

(기존해석) 십일월 봉당자리(흙바닥)에 아! 홑적삼 덮고 누워
    슬프구나 고운(그리던)님을 떨어져 제각각 살아가네.
(문제점) 위의 해석에서는 '여자의 11월'을 노래한 점을 포착하지 못
    하고, 표면적인 자구해석을 통하여 전체적인 의미를 파악하려고
    했다. 주제를 '비련(悲戀)'으로 보고 추운 겨울에 여인의 고생스러
    운 삶과 님을 멀리 두고 만나지 못하는 애환 즉 '독수공방의 외로
    움'을 읊은 노래로 해석했다. 문제는 '봉당자리'에 대한 해석이다.
    집안에서 누울 자리를 찾다 보니 '봉당'을 '붕당'으로 바꾸어 해석하
    는 무리를 범했다. 아무리 못 사는 사람이라 할지라도 동짓달 추위
    에 붕당자리(흙바닥)에 홑적삼 덮고 누워 있다는 것은 말이 안 된
    다. 또한 뒤따라오는 행의 해석 '슬프구나 고운님을 떨어져 제각각
    살아가네'와 연결이 전혀 안 된다. 그러나 11월은 '여자의 11월'을
    의미함을 염두에 두면 해석이 쉽게 된다. 즉 여자의 11월은 만물의
    활동이 정지되는 달로서 '죽음의 달'이다. 봉당(鳳堂)자리는 봉황
    이 앉는 명당자리 즉 무덤을 의미하며 '한삼'은 수의를 뜻함을 쉽게
    알 수 있다.

새로운 해석

(여자의) 11월엔 봉당(묘)자리에 아아 홑적삼(수의)을 덮고 누워,

서럽다고 할 것인져, 사랑하는 님을 (좇아 함께 하길 빌고 또 빌더니만 그 먼 저승길을) 외롭게도 혼자서 가는구나.

(주제) 여자의 계절 11월(60세 이상)은 죽음의 계절 – 인생종착역, 인생무상을 읊음.

(해설) 인생의 종착역 11월, 죽어서 무덤에 누워 있으니, 평소에 님과 함께 하길 빌기도 했지만, 죽을 때 보니 누구나 똑같이 먼 저승길은 혼자서 가는구나. 빈부귀천에 상관없이 죽을 때는 똑같이 혼자서 저승길을 가는 것이니라.

과거에는 동지(冬至)가 새로운 해의 시작이 된다는 생각을 많이 했다. 동지 팥죽을 먹으면 사실상 한 살 더 먹은 것과 마찬가지라는 것이다. 이는 지난해의 마지막은 사실상 동짓달이며 섣달은 새해의 시작을 준비하는 단계로 생각했다. 이러한 민간 습속이 〈동동〉의 월령가사에 반영된 것으로 11월을 '여자의 일생'의 종착역으로 본 것이다. 여인의 일생을 두고 보면 사람마다 파란만장한 삶을 살았겠지만 마지막 종착역에서 보면 빈부귀천에 상관없이 모든 것 다 버리고 혼자서 가는 것이니, 잘났다고 우쭐대지 말고 못났다고 크게 슬퍼할 일도 아닌 것이 여인의 일생임을 일깨워 주는 교훈적 내용이다. 이를 통하여 당시 사람들의 내세관을 엿볼 수 있으며 불교적 내용이라기보다 토속신앙에 더 가깝게 느껴진다. 토속신앙에서는 죽을 땐 누구나 똑같이 '다 버리고 혼자서 저승길을 떠난다'고 생각했던 것 같다. 염라대왕 앞에서 심판을 받고 내세의 생을 점지 받는데 과거의 신분과는 상관없이 얼마나 성실하고 본분에 맞는 생활을 했느냐에 따라 정해진다고 믿었던 것 같다.

12월령

十二月ㅅ 분디남ㄱ로 갓곤, 아으 나ᄉᆞᆯ 盤잇 져 다호라.
니미 알픠 드러 얼이노니 소니 가재다 므ᄅᆞᆸ노이다.

    * 나ᄉᆞᆯ : '나ᅀᆞ다' 변용, '나ᅀᆞ다'는 '나다'의 사동형으로
       '내세우다, 내밀다'의 뜻.

    * 나ᄉᆞᆯ 盤 : 내어올릴 쟁반, 차려 올리는 쟁반

    * 알픠 : 앞에

    * 드러 : (중의) 1. 들어(擡,擧) 2. 들어(入)

    * 얼이노니 : (중의적 표현) 1. 올리노니, 올려놓았더니
       2. 얼이노니(얼우어지노니, 한몸이 되노니)

    * 소니 : 1. 손(客,손님)이 2. 손(手)+이

(기존해석) 12월, 분지나무로 깎은 아− 차려올릴 소반 위의 저 같구나
      임의 앞에 들어 놓았더니, 손님이 가져다가 물었나이다

(주제) 여자의 일생은 운에 좌우되어 뜻대로 되지 않는 인생이니라.

(새로운 해석) 원문의 자구 해석은 기존해석과 다를 바 없다. 그러나
     숨겨진 내용이 여자의 일생을 마감하는 총평이라는 점에서 전혀
     다른 해석을 제시하고자 한다. 여자의 일생은 운에 좌우되어 뜻대
     로 되지 않는 인생이니 그런 줄 알라. 이생에서의 애달픈 생각을 훌
     훌 털어 버리고 떠나갈지니라. 내세도 또한 마찬가지니 큰 기대를
     갖지 말아야 할 것이니라.
     동지가 지나면 새해가 준비되듯이 '여자의 12월'은 여자의 내생이
     준비되는 시기로 본 것 것이다.[87] 그리하여 이생에 대한 총결산이

---

87) 섣달의 뜻: 옛날 사람들은 동지를 지나면 양의 기운이 강해지므로 새해의 시작
    으로 생각하기도 했는데 설날이 따로 있으므로 동짓달과 정월 사이의 섣달을

이루어지고 내생을 점지 받게 되는데, 그 총결산은 '운에 좌우되어 뜻대로 되지 않았던 인생'이 될 것이며 잘했든 못했든 여자로서 겪은 일이니 큰 책임도 없고 큰 보상도 없을 것이니라. 내생에서도 마찬가지일 것이니 큰 기대를 갖지 말라는 당시의 인생철학과 고된 여자의 삶이니 운명에 순종하라는 의미의 교훈적인 가사이다.

한편 '섣달의 여자의 그것은'이라는 의미로 가사를 해석할 수 있으며 새로운 생을 점지 받은 여자 아이들의 그것은 '새로운 여자의 기능'을 준비하는 기간이니 그야말로 '섣달의 여자'가 아니겠는가. 하여 섣달의 여자가 정월의 여자로 자연스럽게 이어지도록 하였다. 이 또한 절묘한 구성이다. 옛날 사람들이 마지막 달을 '섣달'이라 이른 것도 우연의 일치가 아니라 우주만물의 생동하는 이치가 서로 상통하기 때문이니 위에 〈동동〉 가사에서 일러준 바와 같이 여자의 삶을 살아감에 하늘의 섭리에 따라 순종하며 살아가는 지혜를 깨닫도록 해야 할 것이니라.

3. 결 언

〈동동〉은 고려시대 여인의 '여자의 일생'이다. 여자의 일생을 열두 달로 나누어 그 달에 해당하는 여자의 나이에서 겪는 인생 특징을 읊은 가무용 노래이다. 그러나 과거에는 〈동동〉이 남녀 간의 사랑을 주제로 읊은 노래로 보아 '여자의 일생'과 관련된 인생철학이나 교훈적 내용을 파악하지 못했고 결과적으로 월령체 가사 속에 녹아 있는 문학적 표현의

'새해를 준비하는 달'로 생각했으며 이름을 붙이기를 '새해가 잉태되는 달', 즉 '새해가 서는 달'이니 섣달로 불렀던 것으로 보인다.

진수를 이해하는 데는 크게 미치지 못했다.

본고에서는 〈동동〉이 '여자의 일생'의 읊은 노래라는 관점에서 후반부 7월령부터 12월령까지 새로운 해석을 제시하였다. 7월령은 여자의 나이 7월이 되면 남편이 병들어 함께 지낼 수 있길 비는 시기이며 8월이 되면 남편이 살아 있는 것만으로도 큰 기쁨이니라.(남자 구실을 바라지 말라.) 9월령에서는 술로 담근 국화꽃처럼 (아무도 건드리지 않으니) 조용한 시기가 되느니라. (남편이 살아 있으나마나 마찬가지.) 10월령에서는 어느 누구도 가지려고 하는 이 없으니 잘났으나 못났으나 다 마찬가지, 11월령에서는 죽어서 황천길 갈 때는 다 버리고 누구나 혼자서 가게 되니 빈부귀천이 다 무슨 소용인가. 인생무상이로다. 12월령에서는 섣달이 '새해를 잉태하는 달'이듯이 '섣달의 여자'는 염라대왕 앞에서 심판받고 새로운 삶을 점지 받는 시기이니라. 여자의 일생이란 운에 좌우되는 한 많은 인생이니 다음 생도 마찬가지일지니 큰 기대를 갖지 않는 것이 좋을 것이니라. 한편 섣달은 새로운 생을 점지 받은 여자 아이들이 '새로운 여자의 기능'을 준비하는 기간이니 그야말로 '섣달의 여자'라 할지니, 섣달의 여자가 정월의 여자로 자연스럽게 이어지도록 하였다. 이 또한 절묘한 구성이다. 옛날 사람들이 마지막 달을 '섣달'이라 이른 것도 우연의 일치가 아니라 우주만물의 생동하는 이치가 서로 상통하기 때문이니 위에 〈동동〉 가사에서 일러준 바와 같이 여자의 삶을 살아감에 하늘의 섭리에 따라 순종하며 살아가는 지혜를 깨닫도록 해야 할 것이니라.

이상 간추린 바와 같이 〈동동〉의 노랫말은 남녀 애정이나, 버림받은 사랑, 이별의 슬픔을 읊은 것이 아니라 여자의 일생을 읊은 시가로서 많은 인생철학과 교훈적 내용을 포함하고 있음을 보였다.

〈동동〉은 고려시대의 '여자의 일생'을 노래이며. 여자의 일생에서 시기별로 느끼는 정감과 여인들이 처한 상황을 솔직하고 꾸밈없이 간결하게 표현하고 있음에도 불구하고 실로 폭넓은 해석이 가능한 함축적 의미를 내포하고 있음을 볼 때 선인들의 문학적 수준이 어느 정도였는지 짐작할 만하다 하겠다. 특히 여자의 일생에 대한 애환을 그리면서도 은근한 웃음을 자아내게 하는 해학성을 가미한 것은 찬탄을 금치 못할 만한 수준이다.

가사의 함축성으로 폭넓은 해석이 가능하며 보면 볼수록 그 깊이가 더해지는 월령체 가사로서, 솔직하고 꾸밈없이 민생을 노래했다는 점에서는 세계최고라고 할 수 있는 작품으로 평가할 수 있다. 이것이 민간의 노래가 궁중에서도 큰 인기를 누렸으며 특히 충렬왕과 주변 문사들이 크게 애호했던 이유라고 생각된다.

〈동동〉의 모태는 고구려에서 제천의 노래로서 집단가무 형태이었으나 후에 신라왕실로 전해져 왕실의 제례악으로 쓰였던 것으로 보인다. 고려 시대에 와서는 왕실에서 사직단에 올리는 제례의식[88]에서 중요한 위치를 점하고 있었으며 조선조에서는 중종 때 음사로 폐지된 기록이 있으나 후에도 "완전히 없어지지 않고 조선말까지 연주된 기록이 있다."는 연구보고가 있다.[89] 구전가사로 꾸준한 변개를 거쳐 오다가, 고려시대에 비로소 '현재 형태의 가사'로 정착된 것으로 보인다. 고려시대의 대표적 월령체 가사로서 그 문학적 가치가 재평가되어야 할 것이다.

---

88) 왕실에서 모시는 제례에는 조상을 모시는 종묘제와 지모신을 모시는 사직제가 있었다. 사직제의 사(社)는 토지를 의미하고 직(稷)은 곡식을 의미하며, 지모신을 섬기는 제를 올린다. 지모신은 만물의 생육을 관장하는 '음(陰)의 신'으로 그 기운이 쇠하면 변괴가 생기고 흉년이 든다고 생각했다. 사직제에서는 지모신의 '음의 기운'을 북돋우기 위해 음사(淫辭)의 노래를 불렀다. 중국고대(夏·商시대)에 상림(桑林)축제를 행한 것이 그 기원이며 시경(詩經)에 수록된 '음사의 노래'가 그때 쓰인 것으로 보인다. '淫辭'가 '다산과 풍요'를 기원하는 의미를 갖게 된 것도 그때문임.

89) 〈동동〉이 신령(神靈), 조령(祖靈)에게 올리는 선어체 가사로서 '다산과 풍요'를 비는 노래이며 궁중 의례악에 사용되었다는 주장이 있다. [참조] 강명혜 저, 『고려속요·사설시조의 새로운 이해』, ㈜ 북스힐 2002, 220~232쪽.

8. 청상의 한을 읊은 〈이상곡(履霜曲)〉

履霜曲 ― 악장가사 ―

비 오다가 개야 아 눈 하 디신나래
서린 석석사리 조븐 곱도신 길헤
다롱디우셔 마득사리 마두너즈세 너우지
잠 짜간 내 니믈 너겨
깃돈 열명길헤 자라오리잇가
죵죵 霹靂 生 陷墮無間
고대셔 싀여딜 내 모미
죵 霹靂 아 生 陷墮無間
고대셔 싀여딜 내 모미
내 님 두숩고 년 뫼를 거로리
이러쳐 뎌러쳐
이러쳐 뎌러쳐 期約이잇가
아소 님하 흔티 녀졋 期約이이다

1. 서 언

〈이상곡〉은 청상(靑孀)의 꿈 이야기를 노래로 읊은 것이다. "비오다 개야, 아! 눈 많이도 내린 날에"가 이를 단적으로 보여준다. 꿈속이니까 날씨가 제멋대로 변하지만 이는 여인의 운명을 상징적으로 그리고 있다. 궂은 날씨의 어린 시절을 지나 이제 좀 개이는가 했더니 갑자기 눈이 내렸다는 말이다. 그렇게 청상의 여인이 된 것이다.

본 시가는 청상과부의 애절한 사랑을 솔직하게 표현한 노래로서 서정성이 높은 작품이다. 그러나 유학을 숭상한 조선조에서는 남녀상열지사로 배척되었었고, 그 여파가 근세에까지 미쳐 작품의 가치를 제대로 평가받지 못했다. 『악장가사』, 『대악후보』, 『악학편고』에 가사가 실려 전해 오고 있으며 작자와 창작시기는 미상이다. 『병와문집(瓶窩文集)』[90]에 "고려시중 채홍철이 지었다"는 기록이 있으나 조선 후기의 기록이라 신빙성이 떨어져 공식적으로 인정되지 않고 있다.[91] 〈이상곡〉이란 '서리를 밟는 처절한 노래'라는 의미를 가지며 내용은 청상의 '꿈 이야기'이다. 꿈에 님을 만났는데, 너무 설렌 나머지 잠을 깨어 버렸다. 화자는 당시의 불교사상을 바탕으로 꿈에서 깨어 느낀 '단상'을 노래로 읊은 것이다. 옛날의 다정했던 대화를 되새겨 보며 '사후의 기약'을 다지는 노래가 어찌 '남녀상열지사'라고 지탄받아야 한단 말인가? 조선 초 유학자들은 불교적 내용이 많은 것을 못 마땅하게 여겨 배척했던 것으로 보인다. 본 시가를 충신연주지사로 보는 견해도 있다.(박노준, 강명혜 등) 죽은 님을 끝

---

90) 瓶窩 이형상(李衡祥)의 문집으로 1774년(영조대)에 간행되었음. 앞서 그는 『악학편고』를 편찬한 바 있음.

91) 채홍철은 충렬왕 9년에 과거에 급제했고 시문과 각종 기예에 모두 능했으며, 특히 의약과 음악에 조예가 깊었고 불교에 심취했었다[韓民族백과]는 평이 있어 그가 저자일 가능성은 매우 큼.

끝내 섬기겠다는 내용이니 불교적 내용만 없었다면 조선조에서도 크게 쓰였을 내용이다.

2. 원문 소개와 새로운 해석

『악장가사』에 실려 있는 원문을 함께 간단한 어석과 함께 소개한다.

① 비 오다가 개야 아 눈하 디신 나래
② 서린 석석사리 조븐 곱도신 길헤
　　(여음구 1) 다롱디우셔 마득사리 마두너즈세 너우지
③ 잠 싸간 내 니믈 너겨
④ 깃돈 열명길헤 자라오리잇가
　　(여음구 2) 죵죵霹靂벽력 生陷墮無間싱함타무간
⑤ 고대셔 싀여딜 내 모미
　　(여음구 3) 죵霹靂벽력 아 生陷墮無間싱함타무간
⑥ 고대셔 싀여딜 내 모미
⑦ 내 님 두숩고 년믜롤 거로리
⑧ 이러쳐 뎌러쳐
⑨ 이러쳐 뎌러쳐 期約긔약이잇가
⑩ 아소 님하 훈듸녀젓 期約긔약이이다
　　　　(＊앞의 번호는 편의상 임의 부여)

(어구해석)

〈이상곡〉의 어석은 여음구를 제외하고는 특별히 어려운 어구가 없으며 새로운 어석으로 제시할 만한 것이 없다. 다만 '이렇쳐 저렇쳐'와 '기

약이잇가/이이다'의 해석이 기존해석과 다르다. (단어 해석은 아래의 각주 참조[92])

- 눈 하 디신 나래 : 눈이 많이도 진(내린) 날에
- 서린 석석사리 : 중의적인 표현. 1. 서리는 서걱서걱(벼랑길에 돋아난 '서릿발' 밟는 소리) 2. 나뭇가지 빽빽이 서린 나무 숲
- 열명길헤 : 십'분노'명왕(十'忿怒'明王→약칭 열명왕)이 지키고 있는 무시무시한 길에(양주동), 즉 무서운 저승길에
- 고대셔 싀여딜 : 곧 바로 없어질, 곧장 죽어 없어질, (고대셔: 곧+애셔)
- 년뫼를 거로리: 1. 여느 산을/아무 산이나 걸어리(다른 임을 사귀리) 2. 아무 산(남성을 상징)이나 걸도록 하겠느냐 (외설스런 표현)
- 이러쳐 뎌러쳐 : '이렇지여 저렇지여'의 준말. 부부 사이의 다정한 대화를 나타냄. (기존 해석에서는 '이렇게 하져, 저렇게 하져'로 해석하고는 음란한 행위를 묘사한 것으로 보기도 했음.).
- 한데 녀젓 : '한데 녀져라'의 준말, 한곳에 가고 싶어라,
- 기약이잇가[93] : 기약이(다),겠는가, 기약이었던가요

---

92) 〈간단한 어석〉
- 하 : 하다(많다)의 부사형, 많이도
- 너기다 : '(의심하여) 곰곰이 생각하다'의 뜻이나 반어법으로 쓰였음.
- 싀여딜 : 죽어 사리질
- 년뫼 : 녀느+뫼 → 년뫼, '년'은 '녀느'의 준말,
    여느 산, 아무 산→남의 산
- 거로리 : 1. 걸어리(걷다) 2. 걸어리(걸다(縣))

93) '-잇가'의 용례
   * 자라 오리잇가: 오리+잇+가: '오리(올 것)'이겠는가→ 오겠는가
     (梁의 예문)七代之王을 뉘 마ᄀ리잇가/'막으리'겠는가 → 막겠는가
   * '-(하)리잇가'가 대표적 어형이며 '-리(미래)+잇(과거)+가'의 구조를 가지며 '하리,겠는가'의 뜻임. 특기할 것은 미래시제와 과거시제의 조합으로 '가정법'표현을 구사하고 있다는 것임.
   * 가정법표현은 신라향가 〈혜성가〉에도 쓰이고 있음.[졸고, 자유문학 참조]

－ 이는 가정법 표현이다. 어미 '－잇가' 많이 쓰이고 있어 때에 따라서는 현재의문형으로 해석되기도 한다. 이 경우도 종래의 해석에서는 '약속인가요'로 해석되어 왔다. 그러나 단순한 현재의문형이라면 '약속인가'로 표기되어야 한다. 어미 '－인가' 역시 선초에 많이 쓰인 말이기 때문이다.

예) 이 엇던 光明고 諸天ㅅ 光明<u>인가</u> ㅎ돐 光明<u>인가</u> 『월인석보』 10권

・기약이<u>히다</u>[94] : '기약이더이다' 즉 '기약이겠습니다(유추)'의 뜻
   － '－이잇가'에 대응되는 가정법 종결어미로 유추의 뜻이 있음.
   [참조] '기약입니다'의 고어 표현은 '기약이니이다'임.

위의 어석 중에서 특별히 설명을 부언하고자 하는 것은 '석석사리'와 '열명길'이다. 두 말이 서로 상관관계가 있으며 시가의 배경을 이해하는 데 핵심적 역할을 하기 때문이다. '석석사리'는 신라향가의 영향을 받은 중의적 표현 기법이며, 열명길은 저승길을 의미하지만 열명왕은 남녀 사랑을 감시하는 무서운 신이다. 이에는 당시 사람들의 불교적 사후 세계관이 담겨 있다.

〈이상곡〉은 여음구를 제외하면 형태가 신라 향가의 10구체 사뇌가 형식을 띠고 있다. 솔직한 표현이나 서정적인 면에서 '원왕생가'를 연상시킨다. 고려 가요 중에는 신라향가의 영향을 크게 받고 있는 것이 많다. 고려 예종이 지은 '도이장가'는 마지막 향가이고 〈정과정곡〉은 사뇌가 형식을 유지하고 있다. 이 모두 향가의 중의적인 표현기법을 즐겨 사용하고 있다.[95] 본

---

94) '히다'와 관련된 용례를 신라향가 〈怨歌원가〉에서 찾아볼 수 있다.
   汝於多支 行齊敎 因隱 너 어다ㄱ 니제쏘 힌온/너를 어떡 잊을꼬, 하던
   月羅理 影支古 理因 달라리 그림자쏘 <u>이힌</u>/달아래 그림자인고 <u>하던</u>
   (註: '힌온, 이힌'은 모두 원인·이유의 뜻을 갖는 '因'을 포함하고 있음.)
95) 졸고, "〈정과정곡〉, 중의적인 표현의 새로운 해석", ≪신문예≫ Vol.95, 2018, 216-230쪽

〈이상곡〉역시 향가의 영향을 받아 중의적인 표현을 사용하고 있다. '서린 석석사리'가 바로 그것이며 두 가지 뜻으로 해석된다. 첫 번째 의미로 '서리는 석석스럽게'로 볼 수 있으며, 서리를 밟을 때 '서걱 서걱 소리가 날 것 같은'의 뜻을 갖는다. 그러나 서리보다는 '서릿발'을 밟는 소리로 보는 것이 정황상 더 알맞다. 서리는 아무리 많이 와도 눈처럼 쌓이지 않아, 밟을 때 서걱서걱 소리가 나지 않기 때문이다. 벼랑길 황토흙에는 서릿발이 돋아나는데 밟으면, 가느다란 얼음기둥이 허옇게 부숴지면서 서걱서걱 소리가 난다. 또한 벼랑길이 금방 무너질 것 같은 느낌을 주며 을씨년스런 풍경을 자아낸다. 즉 험한 저승길의 묘사이다. 한편 두 번째 의미로는 '(나뭇가지가 빽빽이) 서린 우거진 숲'이라는 뜻이다.

꿈에 님을 만났는데 험한 저승길 '좁은 굽도신 길'을 달려오신 님이다. 그런데 님과 누울 장소가 없다. 다행히 경주 방언에 우거진 숲을 뜻하는 '석석사리'가 있다. '서린' 역시 '(나뭇가지가 빽빽이) 서린'의 의미를 가지고 있다. 한 가지 표현으로 '험한 저승길'과 '먼길 찾아온 님과 누울 장소'를 동시 해결한 것이니, 이 얼마나 멋진 표현인가. 꿈 이야기는 계속된다. 님을 만났을 때 모습과 그 때 느낀 교감이 여음구로 이어진다. 또한 험한 저승길이 또 어떤 길인가도 불교용어를 사용한 여음구로 묘사하고 있다.

3. 여음구의 의미에 대한 고찰

〈이상곡〉에는 여음구가 많다. '여음구 1'의 '다롱디우셔…너우지'와 '여음구 2, 3'의 '종종 벽력 생 함타무간', '종 벽력 아 생함타무간'이다. 일반적으로 여음구는 의성어나 의태어로서 별 뜻이 없는 경우가 많다. 그러나 여음구도 함축적 상징적 의미를 전달하는 경우 또한 적지 않으며 '다롱디우셔…너우지'와 같이 긴 여음구는 일반적으로 상징적인 의미를 내포하고 있다고 보아야 한다. 또한 '종종 벽력 생함티무간'은 불교 용어를 포함하고 있어 당연히 의미를 전달하는 여음구이다. 전술한 '석석사리'도 중의를 갖는 여음구로 볼 수도 있다.

3.1 '다롱디우셔 마득사리 마두너즈세 너우지'가 뜻하는 바는?

본 여음구는 전래본에 따라 조금씩 변형되어 나타난다.

『대악후보』 : 다롱디리우셔 마득사리 마득넌즈세 너우지
『악학편고』 : 다롱미우셔 마득사리 마두너즈세 너우지

종래에는 대부분의 연구자들은 장단을 맞추기 위한 사설로서 어쩌면 '진언 송주'일 것으로 보고 의미해석이 불가능하다고 생각했다. 양주동은 범어진언의 해학적 의어(擬語)라 한 바 있고, '눈 밟는 소리'(이임수) 등의 해석이 제안된 바 있다. 그러나 일부에서는 의미가 있는 여음구라는 지적을 한 학자들도 있다.[96]

〈종래의 해석〉
다롱디우셔 : 다롱지우셔, '다롱'은 '아롱다롱'에서 온 말로 '곱다'의 뜻.
　　　('다롱'은 '다르릉'에서 온 의성어로 보는 견해도 있음.)
마득사리 : 무의미한 진언 또는 마땅히 – 최용수(1988)
너우지 : 너부시(장효현) 어째서(조용호, 2009)
다롱디우셔 마득사리 마두 너즈세 너우지 – 1. 장효현(1981): 어우러
　　　져 모이어 온통 너저분한 모습에 살며시 2. 양주동(1954) : 범어진

---

96) 장효현(1981), 김창룡(1990), 최미정, 신재홍, 강헌구(2005) 등이 있으며 적극적인 해석을 제안하고 있다. 우리말 고유어 또는 범어 진언이라는 등 추측에 의하여 해석한 것이어서 여기에 소개하지 않는다.

언의 해학적 의어, 새벽 첫눈이 많이 내린 수림 중을 지나가는 무서운 기분을 내기 위하여 만든 진언.

〈새로운 어석〉

다롱디우셔 : 1. 다롱지우셔, '다롱지다'의 활용형. '다롱'은 '아롱다롱'[97] 에서 온 말로 곱다는 말이며 '지다'는 '얼룩지다', '암팡지다' 등의 '-지다'의 의미. '다롱니우셔'는 '곱게 차려 입어시어' 라는 뜻이며, 꿈 속에서 '임이 곱게 차려 입고 찾아왔음'을 후렴구 형태로 변형하여 읊은 것임. 대악후보에는 '다롱미우셔'로 되어 있으며 이는 '밉게도 곱게 차려입으시어'의 뜻으로 '반어법 표현'임.

마득사리 : '마뜩사리'의 변형, '마땅히'의 뜻. '마득'은 '마뜩'의 변형으로 '마땅'의 뜻. ('-사리'의 용례: 쉽사리, 어렵사리)

마두너즈세 : 마주 너즈세, 마주 너즈시(마주 보고 느긋이)

*너즈세, 넌즈세 : 긴장을 풀고 몸을 바닥이나 벽에 느긋이/은근히 기대는 모습을 묘사하는 말

마두넌즈세(대악후보) : 마주 넌지시(마주하여 은근히)

너우지 : '누우(룩)지'의 변형, 누우지 > 누웠지, 즉 '누우지'를 흘려서 읽으면 '느우지'가 될 수 있고 이를 다시 '너우지'로 변형시켜 만든 후렴구

이상을 정리하면

다롱디우셔 마득사리 마두 너즈세(넌즈세) 너우지 :
(해석) 다롱지우셔 마뜩사리 마주 느즈시(넌지시) 누웠지
곱게 차리시어 마땅히 마주하여 느긋이(넌즈시) 누웠지

---

97) '아롱다롱'이 麗代에 쓰였는지 의문을 제기할 수 있으나 신라향가 모죽지랑가에 '阿冬/아롱'에 말음 '音'을 첨기한 '阿冬音'이 쓰이고 있으며 이는 '아롱/다롱'이 당시에 잘 알고 있는 말이었음을 뜻한다. 〈정읍사〉에도 후렴 '다롱디리'가 있으며 '아름다우리'의 뜻을 가지고 있다.

본 여음구는 화자가 꿈결에 겪은 일을 더듬은 것이다. 꿈에 "멋지게 차린 남편을 만났고 평소처럼 마주하여 누웠다"는 말이다. 그러나 꿈속의 일이라 분명하지 않다는 느낌을 전달하기 위하여 말을 일부러 변형시켜 얼른 알아보지 못하도록 만든 여음구이다.

3.2 종종 霹靂(벽력) 生陷墮無間(생함타무간)

본 후렴구는 불교 용어에서 왔다. '生陷墮無間'의 '無間'은 무간지옥을 의미하는 말이다. '生陷墮無間'은 '산채로 벗어날 수 없는 무간지옥에 떨어진다'는 말이다. 이는 또한 저승길을 묘사하고 있다. 저승길 구만리라는 말이 있다. 이승과 저승은 너무 멀어서 가고 오지 못한다는 말일 것이다. 저승문은 염라대왕이 지키고 있다. 이생의 업을 평가하여 내생을 점지하는 것이다. 그러나 이생에 집착이 너무 강하여 돌아오려는 영혼이 있으면 어찌

〈저승길 상상도〉

할 것인가. 그리하여 저승길은 멀고도 험난하게 만들었다. 자칫 발을 잘못 딛는 순간 무간지옥으로 떨어진다. "종종霹靂 生陷墮無間"[98]은 이를 두고 읊은 시구이다. 그러고도 모자라 十 '忿怒'明王(십분노명왕; 이칭

---

98) 종종霹靂 生陷墮: 불교 용어로 이루어진 시구. 霹靂벽력은 벼락이 치는 것이며 陷墮無間함타무간은 깊이 빠져 헤어날 수 없는 無間지옥을 일컫는 말이다. 이는 이승의 사랑을 못 잊어 찾아오다간 험한 저승길에서 벼락을 맞고 떨어서 무간지옥에 떨어진다는 말이다. 이 시구가 반복되는 것은 즉은 남편이 꿈에라도 찾아줬으면 하는 부질없는 생각을 접어야겠다는 다짐을 독백처럼 읊은 것임.

열명왕)으로 하여금 지키게 했다. 열명왕은 열(十)명의 명왕들로 '忿怒분노'의 신이다. 즉 무서운 왕들로서 남녀의 사랑을 감시하며, 불륜을 저지르면 무자비하게 처벌한다.[99]

사랑하는 사람만이 먼 저승길을 넘나들 만큼 의욕이 강하다고 생각했기 때문일까. 꿈에 남편이 오는 저승길은 열명왕이 지키고 있다고 생각했고, 제④행에서 '깃단 열명길혜'로 묘사되고 있다. '깃단'은 '그딴'의 뜻으로 '그렇게도 무서운 길'이라는 말이다. 남편은 죽었지만 영혼은 저승길 저 너머에서 기다리고 있는 것이다. 아무리 보고 싶어도 자칫 잘못하면 무간지옥으로 떨어지는 그런 위험한 길을 '자러 오리잇가'로 읊고 있다. 부질없는 생각은 접어야겠다는 독백으로 '그리운 마음'을 나타내고 있는 것이다.

이에는 불교의 교리에 따른 깊은 사색이 담겨 있으며, 제③행의 "잠 뺏어간 님을 <u>너겨</u>"에서 <u>너겨</u>'의 내용이 된다. 남편이 죽으면 마지막 소원으로 꿈에라도 자주 볼 수 있길 빈다. 그러나 화자는 그 조차도 부질없는 생각이며 자칫 잘못하면 죽은 남편의 영혼으로 하여금 열명길을 달려오게 하는 위험에 빠지게 할 수 있다는 걱정을 하고 있는 것이다. 모든 일이 '인연' 따라 움직이는 법인데, '꿈에라도 봤으면'이라는 소망조차도 접어야겠다는 생각을 읊은 것이 여음구 2, 3과 더불어 제⑤, ⑥행의 반복적 표현으로 나타난다. 곧 없어질 몸이니 허무한 '육욕' 때문에 임을 위험에 빠뜨려서는 안 된다는 것이다.

여음구 2, 3이 여기에 삽입된 것은 '죄지은 영혼은 무간지옥에 떨어진다'는 석가의 가르침을 환기시키기 위함이다. 죄를 짓는 근본원인은 육욕이기 때문에 '곧 죽어 없어질 몸'으로 인하여 죄를 짓지 말라는 경고의 의미가 있다. '종종 벽력'은 '가끔씩(종종) 치는 벽력'의 의미를 가지고

---

99) 대자대비하신 부처님마저도 불륜에 대해서는 외면한다는 뜻이 담겨 있음.

있으며 벼락이 칠 때 '죄지은 영혼이 무간지옥에 떨어진다'는 것을 환기시키고 있으며 이는 죽은 남편의 영혼을 유혹해서도 안 되겠다는 말이다. 또한 '죵 霹靂 아 生陷墮無間'은 '마침내 벼락 떨어져 아! (어쩔 것이냐) 산채로 너의 영혼이 헤어나지 못할 무간지옥에 떨어진다.'라는 의미이다. 즉 육욕을 좇는다면 끝내 그렇게 될 것이니 조심하고 경계하라는 말이다. 이는 화자 자신의 육욕을 경계한 것으로 제⑦행의 '내 님 두옵고 '년뫼'를 걸으리'로 연결된다. 화자는 불교 교리를 철저하게 신봉하고 있으며 '육욕'은 모든 악의 근원이니 아예 그와 관련된 생각은 털끝만큼도 가져서는 안 되겠다는 다짐이기도 하다. 화자의 생각을 되짚어 보면, "꿈에 님을 만났는데 그만 놀라 깨었다. 잠은 달아나 오지 않고 생각에 잠겼는데, 아뿔사! 내 마음 속에 '육욕'이 남아 있어 그런 꿈을 꾸었구나." 하고 깨달은 것이다. 이는 남편의 영혼을 위험에 빠뜨릴 수 있고 또한 자신을 무너뜨릴 수 있음을 여음구에 담아 읊어낸 것이다. 이는 육욕을 철저히 경계하겠다는 마음다짐으로 해석하는 것이 옳다고 본다.[100]

4. 시가 감상

먼저 시가 전체에 대한 해석을 간략히 정리하였다.

① 비 오다가 개이여 아! 눈 많이도 내린 날에
② '서린 석석사리' 좁은 굽도는 길에
(여음구 1) 다롱디우셔 마득사리 마두너즈세 너우지

---

100) 종래에는 '生陷墮無間'이 '산채로 무간지옥으로 떨어진다'는 뜻을 가지고 있음을 과대 해석하여 화자가 이미 그만큼의 음란한 죄를 범하고서는 후회하는 것으로 해석하고 있다. 그러나 중년과부라면 몰라도 청상과부는 그러한 죄를 지을 겨를도 없었다고 봐야 할 것임.

③ 잠 뺏어간 내 님을 곰곰이 생각해 보니

④ 그딴 '열명길'에 자러 오겠는가

 (여음구 2) 죵죵 霹靂벽력 生陷墮無間싱함타무간

⑤ 곧 바로 없어질 내 몸이

 (여음구 3) 죵 霹靂벽력 아 生陷墮無間싱함타무간

⑥ 곧 바로 없어질 내 몸이

⑦ 내 님 두옵고 남의 산을 걸으리

⑧ 이렇지요 저렇지요 (다정했던 대화가)

⑨ 이렇지요 저렇지요 기약이었던가요

⑩ 맙소서 님이시여 한 곳에 가고자 했던 기약이더이다

〈이상곡〉은 청상의 꿈 이야기를 노래로 읊은 것이다. "비오다 개야 아! 눈 많이도 내린 날에"가 그를 단적으로 보여준다. 꿈속이니까 날씨가 비오다 개어서 또 갑자기 눈이 내린 것이다. 그러나 꿈속의 날씨는 여인의 운명을 상징적으로 그리고 있다. 어려웠던 어린 시절을 지나 이제 좀 개이는가 했더니 갑자기 눈이 내렸다는 말이다.

그렇게 청상이 된 과부가 꿈에 '죽은 님'을 만났다. "가지 욱어진 좁은 굽도는 길"에서 만났을망정 얼마나 반가웠으랴. 마음이 설렌 나머지 그만 꿈을 깨어 버렸다. 아쉬운 마음에 꿈을 이어 보고자 하지만 잠은 영영 오지를 않고, 지나간 꿈을 자꾸만 되새기고 있다. '잠 따간 내님을' 자꾸만 생각하고 있는데 "아뿔사, 내가 지금 이래서야 되겠는가."라는 생각이 번쩍 스쳐간다. '가신 님'을 꿈에라도 자꾸 불러낸다면 님을 위험에 빠뜨리질지 모른다는 생각이 든 것이다.

만물의 이치는 인연 따라 일어나는 법, 저승 간 님을 내가 아쉬워 놓아 주지 않는다면 님의 영혼은 위험을 무릅쓰고 저승길을 되돌아와 꿈에 나타나는 것이리라, 라고 생각을 한 것이다. 그래서 저승길 이야기가 이어진다. '석석사리 굽도는 길'이나 '그딴 열명길'은 바로 저승길의 묘사로서 '험하고도 무서운 길'임을 뜻하며 '서리발이 부숴져 서걱서걱'하는 을씨년스러운 길이다. '그딴 열명길에 자러 오리잇가'는 결코 올 수 없는 또 와서도 안 되는 길이라는 말이다. 그러나 님도 내 생각이 나서 돌아오려고 할지 모른다. 내가 잊지 못해 꿈에라도 님을 불러서는 안 되겠구나,라는 데까지 생각이 미친 것이다. 이승과 저승을 갈라놓는 저승길 구만리는 멀기도 하지만 무섭고 험한 벼랑길이다. 한 발 잘못 내딛는다면 무간지옥으로 떨어진다.

'열명길을 자라 오리잇가'는 그렇게 해서는 안 된다는 말이다. 그리운 마음 한없이 크지만 고이 가시기를 빌어야 할 것이지, 생각으로라도 님을 잡고 놓아 주지 않는다면, 혹시 누가 알까, 나 때문에 님이 저승길을 되돌아오다 열명왕에게 들키기라도 하면… 아! 생각만해도 끔찍하지, **"죰죰벽력 생함타무간"**이니 때때로 내려치는 벽력에 산채로 무간지옥으로 떨어지는데…. 그런 꿈을 꾼다는 것은 마음속에 '육욕'이 남아 있음을 뜻할지니 '육욕'과 관련된 생각은 털끝만큼도 가져서는 안 되겠다는 다짐이 반복적으로 이어진다. "곧 죽어 없어질 내 몸이" 육욕을 못 잊어 님을 자꾸 불러내어서야… 아! 안 되지. 곧 죽어 없어질 이 몸이 '육욕'을 좇는다면, 결국(죰) 아! 生陷墮無間이 되고 말 것이야.

생각이 여기까지 미치고 보니, 내 님은 비록 죽었지만 없어진 것이 아니다. 육신만 죽어 없어졌을 뿐 영혼은 저 세상에서 나를 기다리고 있는 것이다. "(영혼은 영원한데) 곧 죽어 없어질 이 몸의 욕망을 좇아, 어찌 내 님을 두고 남의 산을 걷겠는가." 불교의 인연법을 따라 생각해 보니 모든 것이 너무나 분명하구나. "이렇지요 저렇지요" 다정했던 대화는 바로 '약속'이었던가요? 맙소사, 임이시여![101] 전에는 몰랐지만… 지금 와서 깨닫고 보니, 그게 바로 살아서나 죽어서나 '한 곳에 가자' 했던 약속이더이다. 아! 정다웠던 그 대화가 정도 깊고 연도 깊어서 그게 바로 '한 곳에 가고자' 했던 약속이더이다.

5. 남녀상열지사로 배척받은 이유는?

〈이상곡〉은 청상의 여인이 꿈에도 있지 못하는 남편을 그리워하며 읊은 노래이다. 서두에서는 사랑하는 감정을 너무나도 솔직하게 표현했으며, 죽어서도 함께 하길 바라는 마음다짐으로 끝을 맺었으니, 도덕적으로도 흠잡을 데 없는 노래이다. 그럼에도 배척받은 이유는 불교적 내용이 많은 것 때문일 것이다. 조선시대에는 억불숭유정책을 폈다. 남녀관계의 이야기가 조금 비치니까 세부내용을 따질 것 없이 그냥 남녀상열지사로 치부해 버린 것이다. 불교에 바탕을 둔 내용은 조선 유학자들의 심기를 불편하게 하였고 따라서 배척당하게 된 것이다.

원 작자의 의도는 분명 '청상(靑孀)의, 님을 향한 굳은 절개'를 읊은 것이다. 그러나 문학작품은 작자의 의도와는 상관없이 전혀 엉뚱한 방향으로 해석되기도 한다.[102] 조용호는 〈이상곡〉이 조선조 유학자들에 의해 음사로 지탄받았음을 주목하고 그들의 시각에서 '음사적 성격'을 규명한

---

101) 아소 님하!: '아소'는 '앗으시오'의 준말로 '맙소사'의 뜻이다. 그러나 '맙소사'로 해석하면 연결이 어색하여 기존 해석에서는 감탄사 '아아' 정도로 해석하는 경우가 많았다. 그러나 '맙소사'의 의미는 과거 자신의 무지를 한탄하는 것으로 "맙소사, 님이시여! 전에는 몰랐지만, 지금 깨닫고 보니"를 함축하고 있는 표현으로 보면 자연스러운 해석이 됨.

102) 그 예로서 〈정읍사〉를 들 수 있다. 행상을 나간 남편이 무사히 돌아오길 비는 노래이지만 '全져긔 녀러신고요'에서 '全'자 하나를 후세인들이 첨가함으로써 음란한 노래로 만들었다. 이로써 〈정읍사〉는 노래 하나로 묻고 답하는 '신의 경지'의 노래가 되었다. "問 : 어감됴리(어디감치 돌아오리)? 答: '全져긔(全州 시장)'에 빠져 있다네." [참조: 졸고, "백제의 노래 〈정읍사〉", ≪월간순수문학≫, 통권 321호, 2020.8, 134~146쪽]

바 있는데, 그에 의하면 '뫼'는 '남성'을 상징하는 것이며 '거로리'를 '걷다'가 아닌 '걸다(縣)'의 활용형으로 보아야 한다면서, 이를 성행위 장면을 묘사한 것으로 해석했다. 이를 억지 해석으로 치부하기 보다는 이 역시 〈이상곡〉이 갖는 하나의 부수적 문학성으로 받아들여야 한다고 본다. 어쩌면 이 구절은 쉽게 떨쳐 버릴 수 없는 정욕에 대한 번민을 읊은 것으로 볼 수도 있으며, 이는 〈이상곡〉의 문학적 외연을 넓혀 주는 역할을 할 것이기 때문이다. 그러나 이러한 부수적인 평으로 인하여 〈이상곡〉이라는 작품의 원래의 뜻이 조금이라도 훼손되어서는 안 될 것이다.

6. 결 언

〈이상곡〉은 청상과부가 꿈에 님을 만났는데 잠이 깨어 님을 그리는 애절한 사랑노래이다. 본고에서는 긴 여음구의 의미를 새롭게 해석함으로써 꿈에도 있지 못하는 남편을 그리워하는 애틋한 마음을 너무나도 솔직하게 표현한 수준 높은 서정시임을 밝혔다.

여음구 '다롱디우셔 마득사리 마두 너즈세(넌즈세) 너우지'는 '아름답게 차리시어 마땅히 마주하여 느긋이 누웠지'라는 뜻을 가지며, 이는 꿈결에 겪은 일이라 모호한 기억을 더듬는 느낌을 전달하기 위하여 만든 여음구이다. '석석사리'는 중의적인 표현으로서 두 가지 뜻을 담고 있음을 밝혔다. 님은 서리발 돋은 굽도는 험한 길을 달려왔지만 이를 달리 보면 경주지방의 방언으로는 '관목의 가지가 얽힌 수림'이라는 뜻이 있어 그 자리가 바로 님과 누운 자리가 된다. 이는 님을 그리는 솔직한 심정을 은연중에 나타낸 것으로 신라향가의 중의적인 표현기법을 빌려 쓴 수준 높은 표현이다. 또한 '이러쳐 저러쳐'가 '이렇지요 저렇지요'로서 평소의 다정했던 대화임을 밝힌 것도 성과중의 하나라고 하겠다. 평소의 다

정했던 대화를 떠올리며 죽어서도 함께 할 것을 다짐하는 애절한 노래임을 밝혔다. 한편 〈이상곡〉의 '음사적 성격'도 고찰하였으며 이는 〈이상곡〉의 문학적 외연을 넓혀 주는 역할을 하겠지만 이로 인하여 작품의 원래의 뜻이 조금이라도 훼손되어서는 안 될 것이다. 〈이상곡〉은 누가 뭐래도 청상의 여인이 죽은 남편을 꿈에서조차 그리는 애절한 노래로서 "얼마지 않아 사라질 육신의 쾌락을 경계하고 결코 '딴 눈'을 팔지 않겠다."는, 그리고 불교의 가르침을 따라 내세에 대한 기약을 믿고 살아가겠다는 결심을 읊은 것이다.

불교의 깊은 사색이 내재되어 있는 이 노래는, 청상과부의 남편을 향한 애절한 그리움을 읊은 것으로 '이슬방울처럼 맑고 투명하며 얼음조각처럼 차고 시린' 시상을 담고 있어 만인의 심금을 울리는 지고지순의 서정시이다.

9. 중의적 표현의 백미 – 〈정과정곡(鄭瓜亭曲)〉

鄭瓜亭曲

내 님믈 그리ᅀᅡ와 우니다니
山 졉동새 난 이슷ᄒᆞ요이다。
아니시며 거츠르신 ᄃᆞᆯ 아으
殘月曉星이 아ᄅᆞ시리이다。
넉시라도 님은 ᄒᆞᆫᄃᆡ 녀져라 아으
벼기더시니 뉘러시니잇가。
過도 허믈도 千萬 업소이다。
ᄆᆞᆯ힛마러신뎌 ᄉᆞᆯ읏브뎌 아으
니미 나를 ᄒᆞ마 니ᄌᆞ시니잇가。
아소 님하、 도람 드르샤 괴오쇼셔

1. 머리말

'정과정'은 정서가 동래에 귀양살이하면서 거처하던 곳으로 '정가네 참외 원두막'이라는 뜻이다. 귀양을 떠날 때 왕이 '不久當召還(불구당소환; 머지 않아 다시 부름)'의 약속이 있었으나 오랜 세월이 지나도 소식이 없자 임금을 그리워하며 지어 부른 노래가 〈정과정곡〉이며 〈정과정〉이라고도 한다. 충신연주지사의 대표격으로 고려조뿐만 아니라 조선조에서도 궁중예악으로 널리 쓰였다.

작자 정서는 고려 인종 때 출사하여 의종을 거쳐 명종 때까지의 정치적인 격동기를 겪으며 살았던 인물이다. 인종 때에는 초기에 이자겸의 난으로 왕권이 휘둘렸다가 서경천도추진과 묘청의 난에 극심한 혼란을 겪었고 의종 때는 무신의 난이 일어나 명종 때까지 정국의 혼란은 거듭되었다.

정서는 당대의 명문가 동래정씨 출신으로 인종 때 음사로 출사한 후 내시랑중이 되었다. 인종의 왕비인 공예태후의 여동생이 바로 그의 아내이니 인종과는 동서간이 된다. 글과 그림이 뛰어나 인종의 신임을 받았다. 그러나 그는 왕위승계에 관련된 대령후 사건[103]에 연루되어 의종 5년 동래로 귀양을 갔다. 그 뒤 몇 차례의 사면이 있었음에도 왕의 약속에도 불구하고 풀려나지 못 했다. 무신의 난에 의하여 의종이 밀려나고, 명종이 즉위한 후 대사령에 의하여 20년 만에 귀양살이에서 풀려났고 다시 등용되었다. 그간 귀양살이에서 〈정과정곡〉을 지어 연군의 정을 읊었

---

103) 의종은 인종의 맏아들로 인종 21년 태자에 책봉되었고 3년 후에 즉위하였다. 그는 놀이와 잔치를 좋아하여 공예태후는 둘째아들 대령후로 태자를 삼으려고 한 적이 있으며, 이것이 앙금으로 남아 즉위 후 반란을 모의했다는 죄목으로 유배를 보낸 사건. 대령후와 친하게 지냈던 정서도 탄핵을 받아 동래로 귀양갔음.

는데 곡이 매우 슬펐다고 한다.

〈정과정곡〉은 난해어를 많이 포함하고 있어 여요 중에서는 해석이 가장 어렵고, 고교 교과서에 소개되어 잘 알려진 고시가이지만 아직 일부 어구해석이 미해결로 남아 있는 상태이다. 본고에서는 〈정과정곡〉이 신라 향가 중 10구체 사뇌가 형식을 따르고 있음을 유념하여 난해어를 중심으로 새로운 해석을 시도하였으며 특히 난해어의 중의적인 표현을 밝혀내는데 역점을 두었다. 난해어 '벼기더시니', '말힛 마러신뎌', '도람 드르샤' 등이 모두 중의적 해석이 가능함을 보이고자 하며 또한 사뇌가의 일반적 형식이 2구가 1연을 형성하므로 이 형식에 입각한 최종 해석을 제시하고자 한다.

〈원문과 기존 해석〉

작자: 정서(鄭敍) [출처: 『악학궤범』]

(원문)	(기존의 해석)
내 님믈 그리ᄉ와 우니다니	내가 임을 그리워하여 울며 지내니
山(산) 졉동새 난 이슷ᄒ요이다.	산 소쩍새와 나는 비슷합니다.
아니시며 거츠르신 둘 아으	아니며 거짓인 줄을 아으
殘月曉星이 아ᄅ시리이다.	잔월효성이 알 것입니다.
넉시라도 님은 ᄒ딕 녀져라 아으	넋이라도 임과 한 곳에 가고 싶어라,
벼기더시니 뉘러시니잇가.	아아 어기시던 이 누구였습니까?
過도 허믈도 千萬 업소이다.	잘못도 허물도 천만에 없습니다.
물힛 마러신뎌	(그것은)뭇사람의 참언이었습니다.
솔읏브뎌 아으	슬프도다, 아—
니미 나ᄅᆯ ᄒ마 니즈시니잇가.	임께서 나를 벌써 잊으셨습니까?
아소 님하, 도람 드르샤 괴오쇼셔.	아 님이시여, 다시 듣게 하시어 사랑하소서.

2. 원문 및 기존 해석 소개

원문은 『악학궤범』에 노랫말이 실려 전하며 또한 고려사 악지에 창작 배경과 이제현의 한역시가 실려 있다. 기존 해석으로 앞에 소개한 것은 양주동의 해석을 기초로 한 것이며 마지막 3행의 해석은 최근 연구 중에서 가장 보편적인 해석을 소개했다. 〈정과정곡〉의 해석은 난해 어구를 여러 개 포함하고 있어서 어렵다고 하지만 실제로는 주제가 분명하기 때문에 어석만 해결되면 해석에 별다른 문제가 없다.

여기서는 논란이 많은 난해어구에 대해서만 근년에 발표된 대표적인 해석을 도표로 작성하였다.[104] 도표 외에 이해가 어려운 것은 '거츠르신 둘'이 '거짓인 줄'로 해석된 것인데 이는 '거츨'이 僞, 妄의 뜻이라 하여 '거짓인 줄'로 해석되었다. 후에 荒(황)이 '거츨다'는 의미를 가지고 있으므로 '허황된 줄'(양태순, 1992)로 해석되기도 한다.(최근에 발표된 논문 중에서는 난해어 관련 특기할만한 내용은 거의 없음.)

논자 어구	김택구 (1974)	신경숙 (1982)	윤영옥 (1991)	양태순 (1992)	엄국현 (1994)
벼기더시니	우기던 사람	어기던 이		우기던 사람	우기시던 이
물힛 마러신져	말끔 말고지고	참언의 말이 있는 것이여	죄다 그만 두신건 가요	헐뜯는 말이구나	마르게 하지 마시는구나
술읏브뎌	서러운지고	사라지고 싶구나	죽고 말았으면	슬프구나	사루게 하는구나
도람 드르샤	도로 들이샤	도리어 들어시어	다시 들어시어	잔사설 들어시어	노래 들어시어

---

104) 김인택, "〈정과정곡〉 노랫말 풀이에 대한 회고와 전망", '우리말 연구' 제7집, 1997, 269-307쪽.

3. 난해어구의 새로운 해석

〈정과정곡〉의 난해어구는 어원 추적이 어려워 해석이 분분하다. 여기서는 앞의 표에 소개된 어구, 즉 특히 논란이 많은 난해어구에 대해서 새로운 해석을 제시하고자 한다. 새로운 해석의 결과를 먼저 소개하면 아래와 같다. 중의적 표현에 대한 해석을 특별히 고려하였다.

벼기더시니 : 1. (관심을 두는 곳에)가까이 하지 못하게 하시던 이,
　　　　　　　 2. (님의 뜻을 거슬러)우기시던 이
몰힛 마러신져 : 1. (의심은)추호도 없었던가요
　　　　　　　　 2. (옛 약속)말끔히 그만 두신건지요
슬웃브뎌 : 죽어(사라져) 버릴걸, 죽고 싶어라
도람 드르샤 : 1. 다시 드르시어(聽)
　　　　　　　 2. 다시 드르시어(訪:방문의 뜻)

다음 각 절에서는 위 4개의 어구를 하나씩 집중분석하고 시가의 문맥과 시대상황, 그리고 작자의 처지 등을 종합적으로 고려함으로써 가장 적절한 해석을 제시하고자 한다.

3.1 〈벼기더시니〉의 해석에 관하여

'벼기더시니'는 '벼기더신+이'로 되어 있으며, '벼기더신'의 원형은 '벼기다'이며 두 가지 뜻을 갖는 것으로 알려져 있다.

벼기다 : 1. 시샘으로 헐뜯다, 이간질하다(김형규)
　　　　　마음 상하게 하다(서재극)
　　　　2. 어기다. 고집하다, 우기다 [근거: 『월인석보』-중 23:66]

여기서는 '시샘으로 헐뜯다'로 해석하는 것이 분위기상 적합하다고 생각된다. 왜냐하면 연주지사에서 "내가 쫓겨난 것은 님의 잘못된 판단 때문이 아니고 주위 여러 사람이 시샘을 하니 어쩔 수 없었다"고 생각하는 것이 자연스럽다. 시샘을 한 사람이 누구였던가 물으며 억울함이 있음을 고변하는 것으로 봐야 한다.

'우기시던' 또는 '어기시던'으로 해석하면 주체가 바로 님이 되기 때문에 비록 사소한 일이지만 님의 잘못을 들추는 것이 된다. 아무리 사소한 일일지라도 이는 연주지사에서 금기사항이므로 결코 그런 뜻으로 썼을 리는 없다. 또한 '어기시던/우기시던'이라고 보면 '넋이라도 님을 흔뒤'라는 약속을 임금이 '어겼다/우겼다'는 것인데 이것도 이상하다. '님과 함께'는 신하의 소원일 뿐 결코 임금은 이런 약속을 하지도 않겠지만 설령 했다손 치더라도 추궁을 해서는 결코 안 되며, 또한 임금이 신하를 '님'이라고 칭하는 것도 있을 수 없는 일이다. 뿐만 아니라 시가의 전후 문맥을 보아도 그렇다. '우기신/어기신 이 누구십니까'로 해석한다면 그 뒤 여운이 '바로 님이 아니십니까'가 되는데, 이것은 마지막 연의 "아소 님하 벌써 잊었습니까"와 중복 또는 상치되는 내용이다. 시가에서 이런 실수는 있을 수 없다.

한편 많은 여자들이 한 남자를 사랑해야 한다면 당연히 시샘이 따르도록 되어 있다. 그래서 고려시대 가요에는 '넋이라도 님을 흔뒤'와 '벼기더시니 뉘러시니잇가'는 같이 쓰이는 비교적 흔한 문구가 되었고 〈만전춘〉에서도 그 예를 찾아볼 수 있다.

넉시라도 님을 흔뒤 **녀닛경(景)** 너기다니
　('넋이라도 님과 함께' (소원을 비는 것을) 남의 일로 여겼더니)
벼기더시니 뉘러시니잇가 뉘러시니잇가
　('벼기더신' 이 뉘시었습니까, 뉘시었습니까)

〈만전춘〉은 궁인이 화자이다. 님이 멀어지고 난 다음에 과거를 회상하며 '벼기더신 이 누구시였습니까'라고 묻고 있다. 궁인이 임금에게 할 수 있는 말이 '벼기더시니 뉘러시니잇가'이다. 그것도 다시 관심을 끌기 위해서 하는 말이다. '옛 약속을 어기신 이 누구십니까'라는 말은 궁인 누구도 임금에게 올릴 수 있는 말이 아니다. 더군다나 '누구십니까'를 반복해서 묻는다는 것은 있을 수 없는 일이다. 혹자는 반복된 물음은 부정이라고 보고 '어긴 사람은 아무도 없었다'라고 해석하기도 한다. 그러나 궁녀나 후궁이 임금을 상대로 반어법을 구사한다는 것 역시 용납될 수 없는 일이다. 〈만전춘〉의 이러한 정황을 보더라도 '님을 흔디'와 같이 쓰인 '벼기더신'을 '어기시던' 또는 '우기시던'으로 해석하고 그 주체를 임금으로 보는 것은 대단히 부자연스러운 것이다.

여기서는 '벼기다'의 뜻을 다음 예를 통하여 '벼기다'가 사동사임을 밝히고자 한다.

> 어미 마조 가 손 자바 니르혀아 '盟誓롤 벼기니이다'
> 내 말옷 거츨린댄 닐웨롤 몯 디나아 阿鼻地獄애 뼈러디리라
>
> 어미가 마주 가 손을 잡아 일으켜 '맹세를 우깁니다'/'맹세로서 벼깁니다'.
> 나의 말곧 허망한 것이라면 이레를 지나지 못하여 아비지옥에 떨어질 것이다.
> [출처] 『월인천강지곡』 - 其 五百七 -

위 용례는 '벼기다'라는 행위 전후의 상황이 관련 설화에 소상히 밝혀져 있으므로 아래에 소개한다.

〈목련이 아비지옥에 있는 어미를 구함〉 - [역주 『월인석보』 제23]

옛날 왕사성에 한 장자가 있어 큰 부자였는데 아들이 있어 이름이 나복이라. 아비 죽어 무덤에 3년을 살고 오니 창고가 다 비어 있었다. 익리

라는 종을 시켜 남은 돈을 가져오게 하니 3천관이 있거늘, 세몫으로 나누어 한 몫은 어미에게 주어 집에서 쓰게 하고, 한몫은 어미에게 주어 삼보공양하여 아비 위하여 날마다 오백승재하라 하고, 한 몫은 자기가 가져 금지국에 장사하러 가니라.

그 어미가 아들이 나가 있거늘 종들을 모아 이르되 <u>만약 중이 내 문 앞에 오거든 구르게 쳐버리고,</u> 승재에 쓸 돈으로 온갖 가축을 사서 길러서 살찌게 해서는, 양을 매어 달고 목을 찔러 더운 피를 받으며, 돼지를 동여두고 매로 치니 애닯고 슬픈 소리가 그치지 아니 하였거든 배를 타고 심장을 빼내어 귀신을 대접하며 즐겨 희희낙락하더라.

나복이 삼년을 장사하여 삼천관이 되거늘 고향으로 돌아와 자기의 집을 30리 정도 남짓 두고 성의 서쪽 버드나무 밑에 쉬더니, 익리를 먼저 보내어 어미에게 이르되 "어머님이 좋은 일을 하셨다고 할 것이면 내가 이 돈을 가져가 어머님을 공양하고, 만약 모진 업을 지으셨다고 할 것이면 내 이 돈으로 어머님을 위하여 보시하겠습니다" 하거늘,

종 익리가 집으로 오는 것을 하인 금지가 보고는 그 어미에게 달려가 이르되 "아기씨가 오십니다. 익리가 문 앞에 오기에 아기씨가 오시는 것을 압니다." 그 어미가 이르되, "네가 미리 문을 굳게 닫고 그 종을 들이지 말라" 하고, 창고의 휘장이며 깃발이며 내어다가 뒷동산에 세워 승재하던 듯이 하고야 문을 열어 익리를 들어오라 하여 이르되, "네가 아기를 따라간 후에 내가 집에 있어 날마다 오백승재하였다. 믿지 못하겠거든 뒷동산의 불당 앞에 승재하던 땅을 보라" 하거늘, 익리가 가보니 거기에 수저가 뒤섞여 떨어져 있고, 향내가 뒤범벅되어 있고, 그릇을 못다 정리한 듯하였다.

익리가 달려가 나복이더러 이르되 "어머님이 보통 사람이 아니셨습니다. 집에 계시어 날마다 오백승재하시었습니다." 나복이 이르되 "네가 어찌 아는가?" 대답하되 "집에 가보니 수저가 섞여 떨어져 있고 향내가 섞여 엉키어 있으며 스님들은 다 나가시고 그릇을 못 다 정리하였습니다." 나복이 듣고 기뻐 멀리서 어미를 향하여 머리를 조아려 일천 번 넘게 절하거늘

그때 이웃 마을의 사람들이 나복이 온다고 듣고 성 밖에 맞으러 나가 묻되 아기씨여. 앞에 부처가 없으시고 뒤에 스님이 없거늘, 누구에게 절하는가? 나복이 이르되 어머님이 집에 계시어 삼보를 공양하여 날마다 오백승재하시었다고 듣고 절하노라. 그 사람들이 이르되 "그대의 어미는 그대가 나간 후에 중만 보면 모두 매로 치고, 그대가 승재하라고 한 돈으로 가축을 사다 길러 살찌면 잡아, 여사여사한 악행으로 귀신을 대접하며 즐겨 희희낙락하였다." 나복이 그 말 듣고 몸을 땅에 부딪쳐서 넘어지니 터럭 구멍마다 피가 흐르더니 땅에 까무러쳐 오래 있거늘(이상 내용 요약)

<u>그 어미가 아들을 맞으러 나와 아들을 보니 땅에 넘어져 있거늘, 아들의 손을 잡아 이르되, 네가 내 맹서를 들어라 하고 이르되 강물이 넓고 커서 위에 흐를 물결이 있으니 사람을 이룰 이는 적고 사람을 손상되게 할 이는 많구나. 나곧 너 나간 후에 너를 위하여 날마다 오백승재를 아니 하였다면 집에 돌아가 큰 병을 얻어 이레를 못 지나서 죽어 아비대지옥에 들 것이다.</u>(이상 밑줄친 부분은 원문 번역.)

나복이 어미의 말을 믿고 집에 돌아 왔더니 어미가 곧 중한 병을 얻어 이레가 지나지 못하여 죽었다. 나복이 정성을 다하여 제를 올리고 무덤을 모아 장사지내니 산새도 흙을 물어 날랐다.

위 설화 중 밑줄친 부분이 '벼기다'의 용례와 직접 관련되어 있어 그 뜻을 보다 구체적으로 파악해 볼 수 있다.

나복(목련존자의 아명)은 어미가 오백승재를 올린 줄 알고 기뻐 천 번 절을 하였는데 지나가던 마을 사람이 일러서 '어미 일'을 알고 까무러쳐 누워 있었는데 그때 어미가 온 것이다. 다음은 앞의 예문을 풀어 쓴 것이다.

㉮ 어미가 마주 나아가 나복의 손을 잡아 일으켜
　　　어미가 나복에게 맹세를 <u>벼기었습니다.</u>
㉯ 어미가 마주 나아가 손을 잡아 일으켜
　　　<u>맹세로서 (불도를) 가까이 하지 못하게 했습니다.</u>

(＊나복: 목련존자(목갈리나, 목건련)의 이전 이름)

첫 번째 해석 ㉮는 '벼기다'를 그대로 둔 것이며, 두 번째의 ㉯는 '벼기다'를 '우기다'로 번역한 것이다. 그런데 설화의 내용으로 보면 '맹세를 우기다'라는 말은 뜻이 통하지 않는다. 문맥을 고려하여 그 대신 '맹세로서 거슬러 우기다'를 의역한 것이다.

관련 설화 중 어미가 갑자기 죽게 되는 부분의 내용을 자세히 살펴보면, 어미가 자신의 맹세를 나복에게 우겨야 할 이유가 없다. 맹세는 하는 것이며, 하면 그뿐이지 우겨야 할 이유가 없는 것이다. 어미가 '벼기다'의 행위를 한 이유는 불도를 싫어했기 때문이며 그러한 행위를 통하여 나복으로 하여금 불도를 가까이하지 못하게 하려는 의도가 있었음을 알 수 있다.[105] (그러나 그 맹세가 중하였으므로 7일이 못 되어 죽고 아비지옥에 빠진 것이다. 어미의 맹세는 달리 보면 불도가 실(實)없음을 입증하기 위한 기도(企圖)였다고 볼 수 있다.[106]) 그렇다면 '벼기다'의 뜻은 어미가 나복으로 하여금 자신의 뜻을 어기도록 하고자 함이며, 또한 나복의 뜻을 거슬러 우기는 것이 된다. 어미의 행위는 결코 자신의 맹세를 우기기 위한 것이 아님을 알 수 있다. 따라서 '맹세를 벼기다'는 '맹세로서 벼기다'로 해석해야 하며[107] 전후의 사정을 살피면 그 숨은 내용은 '맹세로서 나복으로 하여금 불도를 어기게 하려는 기도였음'을 알 수 있다.

---

105) 어미는 '중을 내친 것', '육바라밀을 못하게 한 것', '가축을 잡아 귀신을 섬기는 것' 등의 행위를 의도적으로 했으며, 이로 보아 불도를 믿지 않을 뿐만 아니라 상당한 거부감을 가지고 있었으며 남편이나 아들이 불도를 가까이하는 것을 싫어했음을 알 수 있다.

106) 목련존자(나복)는 전생에 어미를 죽이는 죄업이 있어 그 업보로 피부가 까맣게 태어났으며 어미와도 생각이 대척을 이루어 고통을 받는 운명을 타고났다고 함.

107) 조사 '-을'의 쓰임새 가운데 하나가 '-으로'의 뜻이 있다. 다음은 그 예이다.
　＊목적격조사 '을' －－－－ [표준국어대사전]

이를 '벼기다'의 기왕의 어석 '어기다, 우기다'와 연관지어 풀어 쓰면 다음과 같이 된다.

어미가 맹세로서 나복으로 하여금 불도(나복의 뜻)를 어기게 합니다.
불도를 가까이 하지 못하게 하다
(나복의 뜻을) 거슬러 우기다

이것을 다른 용례인 〈만전춘〉과 〈정과정곡〉에 적용시켜 보자.

만전춘 : <u>벼기더시니 뉘러시니잇가</u> 뉘러시니잇가.
정과정 : 넉시라도 님을 한데 녀져라 아으 <u>벼기더시니 뉘러시니잇가.</u>
(님의 뜻을) 어기게 하신 이 누구라시겠습니까.
(님의 뜻을) 거슬러 우기신 이 누구라시겠습니까.
(＊님의 뜻 : 나를 가까이 함.)

위의 두 경우 모두 '님의 뜻'을 '나를 가까이 함'으로 본다면 정황상 매우 잘 부합하는 해석이 됨을 알 수 있으며, 또한 3가지 용례 모두에 '뜻대로 하지 못하게 하다', '관심을 두고 있는 곳에 가까이하지 못하게 하다'라는 정서가 내재되어 있음도 알 수 있다. 그 정서를 이해한다면 〈만

「3」 어떤 재료나 수단이 되는 사물임을 나타내는 격 조사.
－ 휘파람을 신호로 해서 그를 불렀다.
　[휘파람으로 그를 불렀다 → 휘파람을, 그를 불렀다]
－ 이 푸른 천을 치마로 만들자.
　[푸른 천으로 치마를 만들자 → 푸른 천을, 치마를 만들자]
＊ 향가 용례 ─ ─ ─ [도솔가]
－ 直等隱心音矣命叱使以惡只　　　고단 무슨미 명 부리이오디
　'곧은 마음에/마음의 명을 부리이오데/부려지는 것이되'
위의 예에서 '명을'은 '명으로'의 뜻임. 꽃을 뿌리는 것은 올바른 마음의 명으로 시키는(부려지는) 것이니 미륵불을 모시거라, 즉 정당한 일을 시키는 것이니 이제 가서 미륵불을 모시도록 하라는 뜻임.

전춘〉에서 궁녀 출신 후궁이 왕에게 하소연하는 시구 '벼기더시니 뉘러시니잇가'에서 '뉘러시니잇가'를 반복할 수 있는 이유를 비로소 이해할 수 있게 된다.[108] 과거의 해석 '(약속)을 어기시던이', '(나와 약속을 하자고) 우기시던 이'는 모두 임금이 한 약속을 지킬 것을 추궁하는 느낌을 주므로 '연주지사'로는 금기사항이 된다는 지적을 피할 수 없었다. 그러나 임금은 나에게 관심을 두고 있는데 가까이 가지 못하게 한 사람은 있을 수 있으며, 때문에 나에게서 멀어졌다면 그것은 임금의 잘못도 아니고 또한 그렇게 한 사람을 탓할 수도 없는 일이다. 모두 왕을 위한 일이기 때문이다. 그러나 후궁은 벼기던 사람으로 인해 고통을 받고 있으며 그가 누구인지 그리고 무슨 말로 왕을 설득시켰는지가 궁금할 수 있으며, 군이 캐묻겠다는 것이 아니고 그만큼 궁금증이 크다는 것을 '뉘러시니잇가'를 반복함으로써 표현한 것이라고 볼 수 있다. 또한 이 반복 표현은, 님으로부터 한때 총애를 받은 적이 있는 작자(궁녀 출신 후궁)가 '벼기더신 이'가 한두 사람이 아니었을 것이라는 자신의 짐작을 암시적으로 표현한 것으로도 볼 수 있다. 이러한 해석은 '충신연주지사'인 〈정과정곡〉에도 그대로 적용될 수 있다. 이상에서 '벼기다'의 뜻을 용례를 통하여 추정해본 것이며 정리하면 다음과 같다.

  벼기다 : 1. (관심을 둔 것, 좋아하는 것을) 가까이하지 못하게 하다.
       2. (자신의 뜻을) 어기게 하다
       3. (자신의 뜻을) 거슬러 우기다.

 '벼기다'의 정확한 뜻은 그 어원을 밝히기 전에는 단정할 수 없는 일이

---

108) '뉘러시니잇가'의 뜻 또한 종래의 해석 '누구시었습니까'가 아니고 '누구시라겠습니까'라는 '독백성 질문'임을 알 수 있다. 군이 캐묻는 말이 아니고 혼자 하는 말이니까 여러 번 반복할 수 있는 것이다. 여기서의 '-잇가'는 '-이겠는가' 정도의 '추측'의 뜻을 갖는 '가정법 의문' 종결어미이다.

다.[109] 하지만 그 정확한 뜻이 밝혀진다고 해도 이에서 크게 벗어나지 않을 것으로 본다.

3.2 〈몰힛 마러신져〉의 해석

'몰힛'은 '몰+히+ㅅ'로 이루어져 있다. '몰힛'은 위치나 형태로 보아 부사라고 생각된다. '히'는 부사형 어미, 'ㅅ'은 강세조사이다. 김택구는 '묽다'의 어간을 따와 만들어진 부사 '묽+히+ㅅ(강세조사)'으로 보아 '깨끗하게도', '말끔'으로 해석했다. 다만 문제가 되는 것은 '묽'에서 'ㄱ'이 탈락한 예를 쉽게 찾아볼 수 없다는 것이다. 하지만 이것은 조선조 초·중엽에는 소리나는 대로 표기하는 것이 대원칙이었다는 것을 상기하면 쉽게 이해될 수 있다. '묽+히'는 '말끔히'의 고어에 해당하며 당시 발음에 혼선이 빚어졌던 것으로 보인다. 즉 '몰히'와 '몰키'가 동시에 쓰였는데 둘 다 발음이 부자연스러운 문제점을 안고 있었다. '몰히'가 더 많이 쓰였지만 '몰키'를 쓰는 사람도 많아 혼돈을 피하기 위해 대안을 찾게 되었고. 결과적으로 '맑+끔+히'라는 뜻으로 중간에 '끔'을 추가하여 '묽+끔+히' 즉 '말끔히'가 이들을 대치하게 된 것으로 보인다. 고어 '몰힛'은 말의 변천이 특이한 경로를 따라 '말끔히'로 대체되었고 이것이 어원을 추적할 수 없는 난해어로 남아 있게 된 배경으로 보인다.

또한 서재극은 '몰힛'을 '말끔'으로 해석했다. 그 근거로는 경남방언 '말가' '말키'를 들며 옛날 한 때 '몰깃', '몰킷', '몰기' 등의 allomorph가 공존했을 것으로 추정한 바 있으며 이것은 전술한 바의 필자의 주장과 그 맥을 같이 한다. '말끔', '말끔히'는 의역하면 '전혀'로 해석할 수 있다. 윤영

---

109) 현재까지는 어원을 밝힐 만한 실마리조차 찾지 못한 것으로 보인다. '배기다'를 '벼기다'의 변형으로 보는 등의 견해가 있으나 언어적 관계가 밀접하지 못하여 '단순추정'의 느낌이 있음.

옥은 '죄다'로 해석했으며 이와 비슷한 견해라고 볼 수 있다.

한편 '몰힛'을 '몰(言)+히+ㅅ(강세조사)'으로 보는 견해도 있다. 그 뜻은 '말도 안 된다'에서 '말'을 강조한 '말도' 정도로 볼 수도 있다. 그러나 말(言)은 고어에서 '말'이지 '몰'이 아님을 지적해 두고자 한다. 또한 '몰힛'을 '무릇'의 고어로 보고 '믈힛→ 믈읫→무릇'으로 변천되어 왔다는 주장도 있다.

다음은 '마러신져'를 분석해 보자. 이는 '말(다) + 신져(의문형)'로 이루어진 말이며, '말다'의 말뜻은 1) 말다(勿 give up) 2) 말다(卷 roll) 등 두 가지로 해석할 수 있다.

1) 말다(勿) + 신져(의문형) => 마러신져 : 마러시는지요. 포기하신 건지요
   * '-ㄴ져'의 'ㄴ'은 과거를 나타내는 어미가 아니라 의문형을 나타내는 의미임.
   * '마신져'를 쓰지 않은 이유: 마시다(喝, drink)의 '마신져'와 혼돈을 야기하기 때문인 듯
2) 말다(卷 roll) + 신져 => 마러신져 : 말아 넣어신건지요, 접으신 건지요, 싸잡아 넣어신건지요, 포기하신건지요

※ '마러신져'를 '마르신져'로 정정하여 '마르셨는지요(干, dry)'로, 그리고 '마리신져'로 정정하여 '말(言)이신져'로 해석하는 것은 수긍하기 곤란함.

'마러신져'는 일반적으로 1)의 뜻으로 해석하며 필자도 그에 동의한다. 그러나 여기서 언급하고자 하는 것은 2)의 뜻으로의 해석도 가능하다는 점이다. '말다(卷)'가 '접어넣다, 그만두다'의 뜻으로는 잘 쓰이지 않지만, 다른 관점에서 볼 수도 있다. 즉 작자가 '깨끗이 접었는지요' 정도

의 중의적인 표현을 시도한 것으로 볼 수도 있다는 것이다. 이것을 '도람 드르샤'의 중의적인 표현과 연관지우면 후술하는 바와 같이 한층 더 의미가 돋보이게 된다. 또한 박지홍(1961)은 '말아 넣어시던구나'로 해석한 바 있음을 지적해 둔다.

이상으로부터 '몰힛 마러신져'를 해석한다면 '말끔히 마러신건지요' 즉 '깨끗이 접었는지요' 정도로 해석할 수 있다. 그런데 무엇을 접었다는 말인가? 목적어는 생략되어 있다. '아니시며 거츠르신 둘'에서와 마찬가지로 의도적이다. 그래서 여러 가지를 추측하게 함으로써 표현의 함축성을 극대화하고 있다. 그 목적어는 전후 문맥으로 보아 '과나 허물'에 대한 '의심'이다. '많은 사람들의 참언으로 물러났으니 의심이 없을 수 있겠느냐'이다. 다음으로는 '不久當召還'으로 미루어 떠오르는 것이 '옛 약속'이다. 그 외에도 있을 수 있겠지만 여기서는 이 두 가지만 고려해도 시가 이해에 어려움이 없다고 본다. 먼저 '의심'으로 보면 '(참소에도 불구하고) 의심은 깨끗이 말으신건지요(안 하신건지요)'로 해석할 수 있고 의역하면 '의심은 추호도 없으셨던가요?'가 된다. 또한 '약속'으로 보면 '옛 약속을 깨끗이 접으신건지요'로 해석할 수 있다. 이것은 다음 행 'ᄒ마니ᄌ시니잇가'와 중복으로 볼 수도 있고 연결로 볼 수도 있다. 직접적인 표현이라면 중복으로 좋지 않기 때문에 주된 해석은 될 수 없다. 그러나 숨은 중의적인 표현으로 보면 멋진 연결이 된다. 결론적으로 이 행의 해석은 '(의심은) 추호도 없으셨는지요', '추호도 없으셨기를'이 주가 되며 '(옛 약속) 말끔히 접으셨는지요'는 부차적인 해석으로 봐야 한다는 견해를 피력하는 바이다.

3.3 〈솔읏브뎌〉 대한 해석

'솔읏브뎌'에 대한 해석은 크게 엇갈린다. 1980년대 이전에는 양주동의 해석을 따라 '슬픈지고'로 보는 견해가 대세를 이루었으나 근년에 와서는 '죽고 싶어라'로 보는 견해가 대세를 이루고 있다. '슬픈지고', '슬프도다'로 해석하는 연구자들은 '솔읏브뎌'를 '솔읏븐뎌'의 오기라고 주장하는데 이것은 초창기에 범한 오류라고 생각된다.

'솔읏브뎌'는 '솔(솔다)+ㅅ브뎌'로 이루어져 있으며, 어간 '솔'의 뜻을 '사르다, 사라지다'로 보고 '사라져버릴 걸, 죽어버릴 걸'으로 해석하고 있다. 이 견해는 김형규[110]가 처음 제시하였고 그와 비슷한 주장을 한 연구자는 남광우, 신경숙, 윤영옥이 있다. 정황상 꼭 맞는 해석이고 보니 최근에는 이 해석을 따르는 사람이 많다. 그러나 왜 이런 해석이 나오는지 언뜻 이해가 가지 않는다. 문헌을 뒤져봐도 이에 대한 명쾌한 설명을 찾아볼 수 없다. '솔다'가 '사르다(燒)'를 뜻한다는 근거는 상당히 많이 찾아볼 수 있다.[네이버 국어사전 '솔다' 참조] 그러나 '사라지다'의 뜻으로 쓰인다는 것은 이해가 어렵다. 다만 '사라(燒) 버렸으면'으로 보고 의역하여 '(죽어) 없어졌으면' 정도로 해석할 일말의 가능성이 남아 있을 뿐이다. 정황상으로는 가장 적절한 해석이지만 그 근거가 대단히 미약하다.

'솔읏브뎌'는 '솔+ㅅ브+뎌'로 분해할 수 있는데 어간 '솔'의 뜻을 파악하기가 여간 어렵지 않다. 일반적으로 '솔다(燒)'의 뜻으로 볼 수 있지만 전술한 바와 같이 '사르다'의 뜻만으로는 '죽고 싶어라', '사라지고 싶어라'라는 해석이 나올 수가 없다. 그런데 그 수수께끼를 푼 학자가 바로 김형규다. 그는 銷[솔 소]라는 한자의 훈이 '솔'이라는 점에 착안하여 옛날에는 '솔'이라는 말이 한자 '銷'을 대표하는 말이므로 '銷'의 뜻 즉 '사라지다', '없

---

110) 김형규, 『고가주석』, 1957.

어지다'라고 해석할 수 있다고 주장하며 '솔웃브뎌'를 '사라지고 싶어라', '죽어 없어지고 싶어라'로 해석했다. 그는 '솔'과 '銷'와의 관계에 주목했고 두 글자를 동격으로 볼 수 있다는 견해를 피력했다. 이 견해 역시 처음 접하면 이해가 어렵다. 하지만 깊이 파고 들면 탁월한 식견임에 감탄을 금할 수 없게 된다. 銷의 뜻을 한자자전에서 찾아보면 '1. 녹이다 2. 녹다 3. 사라지다 4. 사라지게하다'라는 뜻을 가지고 있음을 알 수 있다. '솔'이 의미하는 바가 '銷'이라면 곧 바로 '죽어 없어지다'로 연결될 수 있다.

'솔웃브뎌' 해석에서의 핵심은 '솔'과 '銷'의 연관성을 파악하는 것이다. 옛날 이두 표기를 모르고서는 이러한 발상자체가 어렵다. 김형규는 향가 등 고시가 연구를 통하여 이두 표기에 많은 지식을 쌓았고 그러한 바탕 위에서 '솔'과 '銷'의 연관성을 유추해 낸 것으로 보인다. 그에 의하여 '솔'과 '銷'는 연관관계가 밝혀진 것은 큰 다행이다. 아직 직접적 증거는 찾지 못했지만 정황적 증거는 충분하다고 본다.[111]

'-ㅅ브뎌'에 관해서는 경상도 방언에 '햇브라(햇뿌라 : 해 버려라), 햇브지(햇뿌지 : 해 버리지)' 등의 형태로 경상도 방언으로 남아 있다. 어미 '-뎌'가 '-하고 지고' 또는 '-하고뎌' 의 준말로 소망을 나타내므로, '-ㅅ브뎌'의 뜻은 '-해 버리고뎌', '-해 버릴 걸'로 볼 수 있다. 윤영옥 (1991)이 이에 가까운 해석을 제시했다. 결론적으로 '솔웃브뎌'는 '(차라리) 죽어 버렸으면', '죽어 없어져 버릴 걸'로 해석하는 것이 옳다고 본다.

---

111) 조선 초기에 수서령(세조, 예종, 성종)으로 고서를 수거하여 불태운 기록이 있다. 불온서적을 간직하면 처벌받았고 신고하면 포상이 따랐다. 향찰기록은 해석이 어려워 내용을 알 수 없었고 간직하기 두려워하여 대부분 이때 소각된 것으로 보인다. 통일신라 말에 향가집 『삼대목』이 편찬되었으나 이 역시 전하지 않는다.

3.4 '도람 드르샤'에 관한 해석

이 어구에 대한 해석은 크게 이견이 있는 것은 아니다. 그러나 여기서
는 '드르샤'의 해석을 두 가지로 할 수 있음을 보이고 중의적인 표현이라
는 점을 논하고자 한다. 다음은 '도람 드르샤'에 관한 해석이다.

도람 : '돌다'에서 파생된 부사 '돌아오듯, 도로, 다시, 돌이켜' 의 뜻
드르샤 : 1) 들으시어(聽) 2) 들르시어(訪) 등 두 가지로 해석할 수 있다.

1) '듣다(聽)+샤 ⇒ 드르샤 : 들으시어

2) '들다(入, 訪)'의 변형 들+샤 ⇒ 드샤(ㄹ탈락), 드르샤, 드러샤
(들어샤)

* 고어에서는 '드르샤', '드러샤'를 혼용한 듯

(경상도에서는 '르' 와 '러'의 발음을 구분하지 못함.)

예) 드러사 자리 보니 (여요 처용가)『악학궤범』

※ 경상도 방언에는 '방에 들어오다'를 '방에 드르다'로 말하는 경우
가 있음.

이상을 종합하면 '도람 드르샤'는 두 가지 해석이 가능하다.

1) 돌이켜 들으시어(聽)

2) 다시 들르시어(訪), 다시 찾아 주시어

어쩌면 작자는 이 점을 알고 있었고 중의적으로 해석되길 바랐을지도
모른다. 고려시가 중에는 중의적인 표현을 시도한 경우를 꽤나 많이 찾
을 수 있고, '도람 드르샤'를 중의적인 표현이라고 보아도 크게 이상할 것
은 없다. 특히 여요가 기록된 것은 조선 초엽 악관들에 의한 것이고 당시
악관들은 중의적 표현의 묘미를 높이 평가했던 것으로 보인다. 대표적
예가 〈정읍사〉에서 '저재녀러신고요' 앞에 '全' 하나를 더 갖다 놓음으로

써 '全저재'가 '전주시장'으로 해석되기도 하고 '온(높은) 저 재'로 해석될 수도 있도록 한 것이다. 〈정과정곡〉을 기록하는 악관들 역시 중의적인 표현을 살리려고 '드러샤(訪)'가 아닌 '드르샤'를 썼던 것 아닐까 추측해 본다. 정서는 '솔'과 마찬가지로 '드르샤'를 이두 표기로 정확하게 표현했고 후대에 악관들 또한 그의 뜻을 정확히 파악해서 기록한 결과로 보인다. 비록 추측에 근거한 결론이지만 옛 문인들의 문학적 자질을 가늠해 볼 수 있는 좋은 사례가 될 수 있지 않을까 생각한다.

4. 중의적인 표현에 중점을 둔 새로운 해석

앞에서는 〈정과정곡〉의 난해한 어휘해석을 논하였고 중의적인 해석이 가능함을 보였다. 이제 그를 바탕으로 새로운 해석을 제시함으로써 이 글을 맺고자 한다. 〈정과정곡〉은 향가를 계승한 것으로 10구체 사뇌가 형식을 그대로 유지하고 있으며 2개의 구가 하나의 연을 형성하고 있다. 이러한 형태론은 앞뒤 내용의 상관관계 파악에 도움이 될 수 있으므로 여기서는 5개의 연으로 나누어 해석하였으며, 중의적인 해석은 같이 병기하였다.

원문	새로운 해석
(1) 내 님믈 그리ᄉᆞ와 우니다니 山(산) 졉동새 난 이슷ᄒᆞ요이다.	내 님을 그리워하여 울며 지내니 산 접동새와 난 비슷합니다.
(2) 아니시며 거츠르신 둘 아으 殘月曉星이 아ᄅᆞ시리이다. _{잔월효성}	(참소한 말들이)아니시며 허황된 줄 아- 殘月曉星이 아실 것입니다.
(3) 넉시라도 님은 ᄒᆞᆫ디 녀져라 아으 벼기더시니 뉘러시니잇가.	넋이라도 님과 한데 가고지고 아- 가까이 하지 못하게 하신 이 누구라시 겠습니까 (님의 뜻을 거슬러)우기시던 이 또 누구라 시겠습니까

(4) 過과도 허믈도 千萬천만 업소이다.　　과도 허믈도 천만 없소이다. (하지만)
　　몰힛 마러신뎌 슬읏브뎌 아으　　(저에 대한 의심은) 조금도 안 하셨던지요,
　　　　　　　　　　　　　　　　　숨은 뜻── (옛약속은) 말끔히 접으신건지요,
　　　　　　　　　　　　　　　　　(차라리) 죽어 버리고 싶은지고, 아─

(5) 니미 나롤 ᄒ마 니즈시니잇가.　　님이 나를 벌써 잊으시었습니까
　　아소 님하 도람 드르샤 괴오쇼셔　아! 님이시여,
　　　　　　　　　　　　　　　　　(옛일) 돌이켜 (이 노래) 들으시고,
　　　　　　　　　　　　　　　　　다시 찾아 들리시어 사랑하시오소서

　위의 해석에서 구태여 형태론을 들고 나온 것은 제4연 때문이다. '몰
힛 마러신뎌'의 해석에서 생략된 목적어가 무엇인지, '의심'과 '옛 약속'
이라면 주된 것이 어느 것이냐가 논란거리가 될 수 있다. 이에 대한 답을
주는 것이 바로 형태론이다. 생략된 말에 대한 답은 바로 같은 연에서 찾
을 수 있다는 것이다. 전술한 바의 '의심'이 주가 되고 '약속'은 부차적이
라는 주장을 뒷받침하는 또 다른 근거가 바로 이 형태론이다. 같은 연에
서 찾은 답이 있다면 그것이 주가 되는 것임에 틀림없다는 것이다. 이러
한 관점에서 제4연을 한 번 더 살펴보자.

　작자는 먼저 자신의 결백을 고변하고 죽고 싶다는 읍소로 연을 마무리
했다. 여기에 '마러신져'의 목적으로 '옛 약속'과 '의심'을 넣어보자. '옛 약
속'을 접었다고 해서 죽고 싶다고 한다면 그건 격이 좀 떨어지는 충성이
다. 그러나 혹시라도 의심받는 일이 있다면 그것이 괴로워 죽고 싶다고
하는 것은 자신의 결백을 한층 돋보이게 하는 말이 된다. 연주지사라면
당연히 '의심'이 주가 되어야 하지 않겠는가. 그러나 작자는 '옛 약속을
접었는지'로 볼 수 있는 여지를 남겨 중의적인 표현을 구사했다. 말하자
면 은연중에 실속까지 챙긴 표현이니 감탄이 절로 나온다.

　글자 한 자를 아끼는 압축된 표현이 요구되는 시가에서는 모든 표현이
중의적인 의미를 갖는다고 볼 수 있다. 중의적인 의미가 깊을수록 많은
사람들에게 회자되는 명시귀가 된다. 〈정과정곡〉은 연주지사로는 최고
의 평가를 받아왔다. 그러나 그 뜻이 높은 것 이상으로 문학적인 수준도

높다. 〈정과정곡〉은 중의적 표현의 백미라고 할 수 있다. 제3연 이후 모든 연에 중의적 표현이 들어 있으며 의미 또한 상당히 깊다. '벼기더시니 뉘러시니잇가' 역시 중의적으로 해석할 수 있으며, '멀어지게 하신 이'는 궁의 여인들 또는 왕의 측근 가신에 대한 말이고 '님의 뜻을 거슬러 우기시던 이'는 조정의 신하들에 대한 말이 된다. 일석이조의 효과를 얻을 수 있으니 얼마나 절묘한 표현인가. 제4연과 제5연에서의 중의적 표현은 전술한 바 있으며 짧은 문구에 함축성이 큰 중의적인 표현이 들어 있어 문학적으로도 높이 평가될 만하다.

5. 맺음말

〈정과정곡〉은 난해어를 많이 포함하고 있어 고려가요 중에서는 해석이 가장 어렵고, 고교 교과서에 소개되어 잘 알려진 고시가이지만 아직 일부 어구해석이 미해결로 남아 있는 작품이다. 본고에서는 〈정과정곡〉이 신라 향가 중 10구체 사뇌가 형식을 따르고 있음을 유의하여 난해어를 중심으로 새로운 해석을 시도하였다. 특히 난해어의 중의적인 표현에 중점을 두었으며 '벼기더시니', '말힛 마러신져', '도람 드르샤' 등이 모두 중의적 해석이 가능함을 보였다. 또한 '벼기다'가 사역동사임을 밝힌 것도 큰 의미를 갖는다.

〈정과정곡〉은 충신연주지사로는 최고의 평가를 받아 왔지만 그에 못지않게 문학적인 수준도 높다. 제3연 이후 모든 연에 중의적 표현이 들어 있으며 의미 또한 상당히 깊다. '벼기더시니' 역시 중의적 해석이 가능함을 보였으며, 왕궁의 여인들에 대한 말과 조정 신하들에 대한 말이 되는 일석이조의 절묘한 표현임을 보였다. 제4연과 제5연에서의 중의적 해석은 '연주지사'로서 작자의 감정표현을 훨씬 고조시키는 효과를 거둘 수 있다. '몰힛 마러신뎌'와 '도람 드르샤'의 중의적인 해석은, 앞으로 보다 철저한 검증을 받아야겠지만, 신라 향가에서의 중의적인 표현기법이 전수되었음을 보여주며 짧은 문구에 함축성이 큰 중의의 표현이 들어 있어 문학적으로도 높이 평가될 만하다. 〈정과정곡〉은 고려 속요 중 중의적 표현의 백미라고 할 것이다.

10. 마지막 향가, 〈도이장가(悼二將歌)〉

1. 서 언

〈도이장가〉는 현전하는 마지막 향가로서 고려 예종이 신숭겸과 김락, 두 장군의 충절을 기리며 지은 것으로, 그 지은 배경과 향가 전문이 전해 오고 있어 문학사적으로나 역사적으로나 대단히 중요한 위치를 점하고 있는 작품이다. 뿐만 아니라 공산전투[112]는 서라벌을 기습하여 포석정에서 연회를 열고 있는 경애왕을 죽이고 돌아가는 견훤을, 왕건이 팔공산 자락에서 맞아 싸웠던 후삼국시대의 최대 전투로서 가장 극적인 결말로 이어지는 사건이다. 이를 배경으로 하고 있는 〈悼二將歌〉는 우리나라 역사가 존재하는 한 두고두고 많은 사람의 관심을 끌게 될 것이다.

작자인 고려 예종은 서경에서 열리는 팔관회에 참석하여 가상희(假像戲)를 보았는데 관복을 입은 두 허수아비가 말을 타고 뜨락을 거닐기에 누구인가 물었더니 태조 왕건 때부터 내려오는 풍속으로, 공산성 전투에서 태조를 대신해 목숨을 바친 두 장군의 충절을 기리기 위해 가상을 모신 것이라고 했다. 예종은 가상희 관련 고사에 관한 설명을 듣고 크게 감명을 받아 두 장수의 후손을 찾아 벼슬을 내리고 한시 한 편과 노래 2장을 지어 하사했다고 한다. 고려가요로서는 드물게 작자와 지어진 연도와 배경, 그리고 시가의 주제까지 알고 있는 작품이다. 그러나 시가의 표기가 향찰로 되어 있어 아직도 해석이 어색하고 납득이 가지 않는 부분이 많이 남아 있다. 〈도이장가〉의 해석과 관련된 연구는 많지 않을 뿐만 아니라 대부분 연구가 지어진 배경과 문학사적인 의의 규명에 초점

---

112) 공산전투 : 팔공산 자락에서 왕건과 견훤이 격돌한 전투. 자세한 내용은 이 글 마지막에 부록으로 실었음.

을 맞추고 있어 시가 해독이나 해석에 실질적으로 기여한 논문은 손꼽을 수 있을 정도로 적다.

본고에서는 〈도이장가〉의 현재까지의 해석을 소개하고 기존해석의 문제점을 살펴본 후에 새로운 해독/해석을 제시하고자 한다. 이를 위해서 본 향가를 지을 당시 작자가 처해 있는 환경이나 가상희 관련 역사적 기록 등을 조사하여 작자가 표현하고자 했던 의도와 노래의 목적을 살펴봄으로써 그에 부합하는 해독/해석을 찾고자 노력하였다. 이 시가는 현전하는 마지막 향가이므로 과거 신라 향가에서 즐겨 쓰던 표현기법이 그대로 사용되었을 것으로 본다. 향가 해독의 원칙[113]으로는 몇 가지 알려진 것이 있으나 예외적 용례가 너무나 많다는 점을 지적해 두고자 한다. 본고에서는 '해독의 원칙'보다는 앞뒤 문맥이 통할 수 있는 해독을 찾고자 노력하였으며, 설령 '음차'로 읽히더라도 한자 자체의 뜻이 반영된 표현이 있음을 보였다. 새로운 해석에서의 주된 내용은 '敎職麻'를 '가라지마/가르치며'로, 그리고 '刺及彼可'를 '자ㅂ피아/자ㅂ핀(刺당한)'으로 해독/해석한 것으로 난해어구 해석에서 의미 있는 기여가 될 수 있을 것으로 본다.

본고에서는 자구 해독/해석에서 문법적인 논쟁이나 학자간의 이견을 논하는 학술적 내용은 가급적 제외하였으며 시가의 이해와 감상을 중심으로 글을 전개함으로서 독자들에게 쉽게 다가갈 수 있도록 하였다.

2. 〈도이장가〉의 원문과 창작 배경

〈도이장가〉는 고려 예종이 서경에서 열리는 팔관회에 참석하여 가상희(假像戲)를 보고서는 공산성 전투에서 태조를 대신해 목숨을 바친 신숭겸과 김락 두 장수의 충절에 크게 감명을 받아 두 장수의 후손을 찾아

---

113) 김완진의 향가 해독 원칙 : 훈주음종, 일자일음의 원칙

벼슬을 내리고 한시 한 편과 노래 2장을 지어 하사했다고 한다. 이 한시와 노래는 같은 목적으로 쓰인 것으로 밀접한 관계가 있다.

원문은 신숭겸의 행적을 기록한 「평산신씨장절공유사(平山申氏壯節公遺事)」에 실려 전하며 그 제작 동기에 관한 소상한 기록도 함께 전하고 있다. 창작경위에 관해서는 그밖에도 『고려사』, 『명신행적』, 『대동운부군옥』 등에 간략한 기록이 실려 있다. 여기서는 향가 원문을 양주동 해독과 함께 소개하고 또한 한시 〈悼二將詩〉를 필자의 번역과 함께 싣는다.

〈도이장가(悼二將歌)〉

(양주동 해독)

主乙 完乎 白乎	니믈 오올오 솔본
心聞 際天乙 及昆	ᄆᆞᅀᆞᆷ 곳하늘 밋곤
魂是 去賜矣中	넉시 가샤ᄃᆡ
三烏賜教 職麻 又欲	사ᄆᆞ샨 벼슬마 쏘ᄒᆞ져
望彌 阿里剌	ᄇᆞ라며 아리라
及彼可 二功臣良	그ᄋᆡ 두 공신여
久乃 直隱	오라나 고돈
跡烏隱 現乎賜丁	자최는 나토샨뎌.

悼二將詩

見二功臣像	두 功臣의 假像을 보니
汍濫有所思	눈물이 넘치도록 생각하는 바 있도다
公山踪寂寞	公山의 자취는 아득하지만
平壤事留遺	平壤事는 아직도 남아전하네
忠義明千古	忠義가 千古에 밝게 하나니
死生惟一時	죽고 삶은 한 때임에랴
爲君蹈白刃	님을 위해 흰 칼날을 밟았으니
從此保王基	이를 좇아 왕업기틀이 보전되었네

위의 향가와 한시의 내용으로 보아 창작 배경은 예종이 서경을 방문하여 신하들과 같이 가상희(假像戲)를 보고 나서 두 공신의 장렬한 희생을 기리며 읊은 것이다. 예종은 서경을 중시하여 매년 신하를 대동하고 다녀왔는데 큰 행사인 팔관회도 참관하였다. 한번은 팔관회 참관 도중 뜨락에 시 있는 두 허수아비를 보고 이상하게 여겨 물었다. 이에 행사를 주관하는 유사가 가상희의 유래를 설명해 올렸다.

「태조 왕건이 서경 팔관회에 참석하여 여러 공신에게 연회를 베풀었다. 그 자리에 신숭겸 김억 두 장수가 없음을 몹시 애석해하며 풀섶으로 허상을 지어 오게 하여 같이 자리하게 하였고, 태조가 술을 따라 주자 술잔의 술이 마시는 것처럼 말라 없어지고 술을 받은 두 장수가 생시처럼 기뻐서 춤을 췄으며, 그 이후로 팔관회에서는 두 장수의 허상을 모시게 되었습니다.」

본 향가는 위 배경설화와 직접 연결되며 두 장수의 충절에 대한 작자 자신의 감회와 염원을 노래로 읊은 것이다. 한시를 먼저 짓고 나중에 이 노래말을 지었다 하니 한시를 의역했다 할 정도로 비슷한 내용이 된다. 전술한 바와 같이 작자인 예종이 노래 2장을 지어 하사했다고 하니, 〈도이장가〉는 2개의 장으로 이루어져 있다는 것이며 이것은 본 향가의 해석에 중요한 단서가 될 수도 있다.

3. 지금까지의 해독/해석

지금까지의 해석으로는 양주동, 지헌영, 정열모, 김완진, 유창균, 황선엽의 해독과 해석을 찾아볼 수 있으나 해독/해석이 엇갈리는 부분이 많고 '(刺)及被可'는 아직도 미상으로 남아 있다. 여기서는 대표적인 해석

3가지만 소개한다. 향가해석의 두 거봉이라 할 수 있는 양주동과 김완진과 비교적 최근의 유창균의 해독/해석을 소개한다.

양주동

主乙 完乎 白乎	니믈 오울오슬볼	임을 온전히 하시는
心聞 際天乙 及昆	므슨믄 곷하늘 밋곤	마음은 하늘가에 미치곤
魂是 去賜矣中	넉시 가샤듸	넋이 가시되
三烏賜敎 職麻 又欲	사모샨 벼슬마 쏘 흐져	삼으신 벼슬만큼 또 하고져
望彌 阿里刺	부라며 아리라	바라며 아리라
及彼可 二功臣良	그쁴 두 功臣여	그 때 두 功臣이여
久乃 直隱	오라나 고돈	오래 되었으나 곧은
跡烏隱 現乎賜丁	자최는 나토샨뎌	자취는 나타나는 구나

김완진

主乎 完乎 白乎	니믈 오울오슬본	님을 온전케 하온
心聞 際天乙 及昆	므슨믄 곷하늘 밋곤	마음은 하늘 끝까지 미치니
魂是 去賜矣	넉시 가샤듸	넋이 가셨으되
中三烏賜 敎	몸 셰오신 말씀	몸 세우고 하신 말씀,
職麻又 欲望彌	셕 맛도려 활자바리	직분 맡으려 활 잡는
阿里刺	가시와뎌	이 마음 새로워지기를
及彼可 二功臣良	됴타 두 功臣아	좋다. 두 공신이여.
久乃 直隱 跡烏隱	오래옷 고돈 자최는	오래오래 곧은 자최는
現乎賜丁	나토신뎌	나타내신저

유창균

主乙 完乎 白乎	니믈 오울오슬본	님을 온전하게 하오신
心聞 際天乙 及昆	므슨믄 곷 하늘 미츠곤	마음은 하늘 끝까지 미치거니
魂是 去賜矣	넉시 가샤듸	영혼은 가시었으되
中三烏賜 敎職麻	므솜 삼오샤 내리신 벼슬 말씀	마음에 (깊이) 새기시어 내려주신 벼슬의 綸音
又欲 望彌 阿里刺	쏘 흐고져 부람 아니라	또 하려므나 하는 바람(希望)을 알 것이로다

及彼可二功臣良　　다뭇 뎌곳 두볼 功臣아이　더불어 저곳에 있는 두 功臣의
久乃直隱跡烏　　　곧 나든 자초　　　곧 나타난 그 功績
隱現乎賜丁　　　　그스기 나토샬뎌　그윽이 나타나게 하신 것이로다

위의 해석에서 보면 가장 문제가 되는 부분은 4, 5행에 해당하는 구절로서

　　(中)三烏賜敎職麻又欲望彌阿里刺

가 된다. 이 부분은 학자에 따라 '中'을 4행의 앞에 붙이기도 하며(김완
진, 유창균), 또한 끊어 읽는 것에도 차이를 보이고 있다.

　　　三烏賜敎 職麻　사므샨 벼슬마/삼으신 벼슬만큼　　　（양주동）
　　　中 三烏賜 敎 職麻 <u>모슴 삼오샤</u> 내리신 벼슬말씀　　（유창균）
　　　　　　　　（마음에 새기어）
　　　中 三烏賜 敎　몸 셰오신 말씀/몸 세우고 하신 말씀　（김완진）

또한 해독이 어려운 곳도 이 부분이며 특히 '敎職麻'를 어떻게 해독하
느냐에 따라 그 뜻이 크게 엇갈림을 볼 수 있다. 창작 배경에 '후손을 불
러 벼슬을 내렸다'라는 말이 있어, 현재까지의 연구자들은 모두 '職'자에
큰 비중을 두었기 때문에 올바른 해석이 나오지 못한 것으로 생각된다.
그러나 새로운 해독에서는 '가라치먀'의 향찰 표기로 '職'자는 음차로 해
독됨을 보였다. 또한 '(刺)及彼可二功臣良'에서 '刺'를 전행으로 끊어 읽
어 그 뜻을 올바로 파악하지 못 했다는 점도 지적할 수 있다. 해독원칙
상 '刺'를 음차로 본다면 당연히 전 행의 마지막 단어의 어미나 조사 역할
을 했을 것으로 보았기 때문이다. 그러나 '刺'는 음차로 읽히되 원래의 한
자의 뜻을 전하고 있는 것으로 보아야만 의미 있는 해독이 이루어질 수
있으며, 이것은 또한 한시 '踏白刀'에 대응되는 표현임을 인지한다면 작
자의 의도가 '자ㅂ피아/잡핀(잡힌)'로 읽지만 뜻은 '刺당한'으로 해석되
기를 바랐음을 바로 이해할 수 있다.

4. 새로운 해독과 해석

〈해독 및 어석〉

主乙 完乎白乎 心聞 : [님을 오올오 솔오[비음] ᄆᅀᆞᆷ믄] 님을 온전하심
　　을 비는 마음은, 즉 두 장군이 칼에 찔려 죽기 전 하늘을 우러러 '님
　　이 온전하시기를' 하고 비는 마음은

　　主乙 : [님을], 간접목적어로 '님에게'의 뜻이나 고어에서는 '이/에게' 대신
　　　　'-을'로 표기하는 경우가 많았음.

　　完乎白乎[114] : [오올오 숣오[비음]] 온전하심을 비는,

　　心聞 : [ᄆᅀᆞᆷ믄] 마음은

　　際天乙 及昆 :

　　　　1. [저 하ᄂᆞᆯ을 밋곤] 저 하늘을 미치고는…

　　　　2. [ᄀᆞᆺ 하ᄂᆞᆯ을 밋곤] 갓하늘을 미치고는…

　　　＊향가에서 즐겨 사용되는 중의적인 표현이라고 생각됨,

　　際天 :(중의적 표현) 1. ᄀᆞᆺ 하ᄂᆞᆯ/갓하늘　2. 저 하늘

　　-乙 : [을], 여기서는 목적격 조사 '을'로 해독했음.

　　　＊종래에는 말음표기 'ㄹ'로 보아 왔으나 재고의 여지가 있음.

　　　('及'은 '-에게 미치다'의 뜻이 있으며, 'ᄀᆞᆺ하ᄂᆞᆯ이 밋곤'가 일반적 표기이나
　　　고어에서는 '이/에게' 대신 '을'을 사용하는 경우가 있음. 본가의 '主乙'의
　　　'-乙' 역시 같은 용도로 사용된 것이므로 '을'로 해독하는 것이 타당함.)

魂是去賜矣 : [넉시 가샤ᄃᆡ] 넋이 가시되(가시었으되).

　　魂是 : [넋이] (魂[넋] : 훈독　是[이] : 주격조사(훈독))

　　去賜矣 : [가샤ᄃᆡ] 가샤되, '가시었으되'의 뜻. (과거시제가 누락되는 경우

---

114) 乎 : 훈독 시 '오[비음]' 또는 '온' 두 가지로 읽히며 '숣온'으로 해독할 수도 있
　　다. 그러나 비음 '오'는 '온'처럼 들리기도 하기 때문에 일관성을 유지하기 위해
　　[숣오[비음]]를 택했으며, 이는 고어에 더 가까운 해독이 됨.

가 많았는데, 이는 '시제표기가 없는 중국어 영향'으로 생각됨.)

賜[샤] : 주체존대 선어말어미, 조선 초에 많이 쓰였음.

矣 : [의] 또는 [딕].   [의]는 음독이며, [딕]는 훈독임.

中三烏賜 敎職厂 : [가온딕 셰오샤 ㄱ르職(지)먀]

    가운데 (상을) 세우시어 가라치며

中 : 가온딕(훈독) (조선 초 두시언해 등에서 다수의 용례가 발견됨.)

三烏賜 : [셰오샤]세우시어,

  三[셰, 서이] : '三'의 고훈은 '셰, 셋'이며 '서다(起, 立)'의 뜻.[115]

  烏[오] : 사동 선어말어미. 賜[샤]: 전과 동.

敎職厂[ㄱ르職먀] :(직분을)가르치며, '직분을 가르친다'는 뜻으로 일부러
  '敎職'이라는 한자를 사용했음. '職'은 '직' 또는 '지'로 읽힐 수 있음.(두
  장수는 목숨을 바쳐 주군을 호위하는 직분을 다 했음. 이에 가상을 세
  워 이들을 기림으로써 후세에 '직분을 가르쳤다'는 뜻.)

ㄱ르치다 : '골다(硏,磨)+치다(養,育)'로 이루어진 말로 고려 중엽에도 사
  용되었던 것으로 보임. 'ㄱ르치먀'의 향찰표기는 '敎治厂', '敎致厂' 등
  이 있지만 의도적으로 발음이 비슷한 '職'을 썼음.

* '敎'의 훈 : ㄱ르칠(훈몽자회), 흐야금(語錄解),

  중세이두 훈독 : '히시('이르신'의 뜻)', '히시('하게 하신'의 뜻)'

  (참조: 양주동, 『고가연구』 박문서관, 1960, 213-4쪽)

又欲望彌阿里: [우욕 바람 아리] 또 하고자 하는 바람 알겠노라.

又欲: [우욕] 또 하고자 하는 욕망

望彌: [바람] 바람   (彌: 'ㅁ'의 말음표기)

- 태조 왕건이 풀로 맺은 두 장수의 허상에 술을 권하자 술이 이내 말라

---

115) 막대 '셋'이면 '삼발이' 형태로 세울 수 있음. 따라서 '三'의 훈은 '세, 셋, 서이
  (경상도방언)'이고, 중세고훈은 '셰, 셋(중세)'이며 '서다'의 뜻이 있음.

없어지고 허상이 춤을 추었다는 사실을 환기시키며 두 장수의 변함없는 충절을 기리는 표현임.

刺及彼可二功臣良 : [자피아 두 공신아] 잡힌(刺彼인) 두 공신아

> 刺及彼可: [자ㅂ피아[비음]] 1. '잡힌'의 뜻(발음도 '잡히ㄴ'에 가까움)
> 2. '찌르ㅂ피아/찌릅힌'으로도 해독이 가능함.
> * 추모시에 '찌릅힌'(칼에 맞은)이라는 표현을 쓰기가 곤란하여 말은 [잡힌]으로 표현했지만 결코 '잡힌' 것은 아니라는 의미로 보임.

* 刺及彼可二功臣良[자피아 두 공신아]: 여기서는 '잡핀 두 공신아'로 해독했다. 그러나 그 뜻은 결코 '잡혀간'이 아니라 '칼에 찔려 죽은'이라는 의미의 숨은 뜻을 刺자로써 표현했다. 여기서 '刺'를 쓴 이유는 '싸우다 칼을 맞고 죽었다'는 의미를 전달하기 위하여 일부러 골라 쓴 것으로 보인다. 왜냐하면 두 장수는 결코 잡힌 적이 없기 때문이다. 신숭겸은 싸우다 죽었고 김락은 싸움이 끝난 후 한참 뒤에 죽은 채로 발견되었다.

久乃直隱跡烏隱 : [오래내 고든 자초은] 오래도록 곧은 자취는

> 久乃 : [오래내] 오래도록('오래'는 鮮初에도 많이 쓰였음[116])
> 乃[내]: 강조사
> 現乎賜丁: [나토샤져] 나타나도록 하시오소서.
> > 現乎[나토] : '나토다'의 어간, 나토다 ; 나타내다, 나타나도록 하다
> > ─丁[져] : '-하고져'의 준말. 소원, 희망을 타나내는 종결어미

---

116) '오래'의 용례 [출처] 구급간이방언해 卷之三권 1489
  ─ 口瘡久不合 입 허러 오래 암그디 아니커든
  ─ 調風化石灰 오래 사근 석회/오래 삭은 석회
  ─ 거르락 안즈락 호몰 오래 호야

새로운 해독/해석

해 독	직 해
님을 오올오 숣오[비음] ᄆᆞᅀᆞᆷ	님을 온전하심 비는 마음은
ᄀᆞᆽ/져 하ᄂᆞᆯ을 밋곤	갓/져 하늘을 미치고는
넉시 가샤이	넋이 가심에
가온ᄃᆡ 세오샤 ᄀᆞᄅᆞ職먀	(상을) 가운데 세우시어 (직분을)
	가르치며
又欲 ᄇᆞ람 아리	又欲 바람[118]을 알겠노라
자ㅂ피아[117] 두 공신아	잡피아(刺당한) 두 공신이여
오래내 고든 자초은	오래도록 곧은 자취는
나토오샤뎌	나타나게 하시오소서.
	(가상희의 오랜 전승을 바람)

위의 직해를 정리하여 다듬으면 아래와 같다.

님을 온전하심 비는 마음은

갓 하늘을 미치곤

넋이 가시었으되

허상을 가운데 세우시어 직분을 가르치며

又欲의 바람을 알겠노라.

잡피아(刺당한) 두 공신이여

오래도록 곧은 자취는

나타나게 하시오소서

---

117) 刺及彼可 : 자(刺)+ㅂ+피+아 → '刺를 당한' 또는 '찌릅힌'의 뜻 , ('可'[가[유성음]]는 비음이 있어 'ㄴ' 대용으로 쓰였음.) '칼날에 찔리어 죽은' 즉 '壯絶의'의 뜻, 신숭겸의 시호가 壯節공임.

118) 又欲의 바람: 탐하여 '또 하고자' 하는 바람, 즉 두 공신이 살아 있다면 '또 그렇게 할 것'이라는 말.

위의 해석에서 전반부 4행은 태조 왕건이 서경 팔관회에서 두 장수의 충절을 기린 고사를 읊은 것이다. 전4행에 대하여 해설을 붙인다면, 두 장수는 분명 죽기 전에 님이 온전히 살아 돌아가시길 빌었을 것이고 그 기원이 저 하늘에 미치고는, '님은 살아 돌아오셔서 새로운 나라를 세웠고' 라는 의미가 생략되어 있음을 한시 '從此保王基'로부터 유추할 수 있다. 고려건국 후 태조 왕건이 서경 팔관회에서 개국공신들과 연회를 벌였는데 그 자리에 두 장수가 없음을 몹시 애석해하며 허상을 지어 <u>가운데 세우고</u> 술을 따라 주며 <u>그들의 충절을 기리니</u> 허상이 살아 있는 사람처럼 술을 받아 마시고 춤을 추었다는 고사가 전하며, 이것을 노래로 읊은 것이 '넋이 가심에(가시었으되), (상을) 가운데 세우시고 (신하들에게) 직분을 가르치며'가 된다.

후반부 4행은 예종이 그 이야기를 팔관회를 관장하는 유사로부터 전해 듣고 크게 감동하여 자신이 느낀 바를 읊은 것으로서 "또 하고져 하는 바람을 알겠노라, 자피아(刺당한) 두 공신이여! 오래도록 곧은 자취(충절의 자취)를 팔관회 가상극을 통하여 나타내도록 하시옵소서."라는 뜻을 담고 있다. 이것은 예종이 신숭겸 후손을 불러 벼슬을 내리며 한시 한 편과 단가 2장을 지어 하사했다는 말과 일치한다. 그 말에 비추어 보면, 단가 2장의 첫 장은 서경 팔관회의 가상희 유래에 관한 고사를 노래로 읊은 것으로서 전4행에 해당하고, 둘째 장은 예종이 그 고사에 관한 이야기를 듣고 자신의 감회를 읊은 것으로 후4행에 해당하는 것으로 볼 수 있다.

5. 결 언

〈도이장가〉는 현전하는 마지막 향가로서 고려 예종이 신숭겸과 김락,

두 장군의 충절을 기리며 지은 것으로, 서경 팔관회에 참석하여 가상희 (假像戲)를 본 후 크게 감명을 받아 한시 한 편과 노래 2장을 지어 후손에 게 하사하고 벼슬을 내렸다. 〈도이장가〉는 노래 2장에 해당하는 것이다.

　제시된 새로운 해석에서의 핵심내용은 '敎職㕝'를 'ㄱ르직마/(직분을) 가르치며'로, 그리고 '刺及彼可'를 '자ㅂ피아/잡핀(刺당한)'으로 해독/해 석한 것으로 난해어구 해석에서 의미 있는 기여가 될 수 있을 것으로 본 다. 이러한 자구해석을 바탕으로 시가 전체의 통석을 제시하였으며 예 종이 지었다는 노래 2장은 본 시가의 첫4행과 후4행을 의미함을 밝혔다. 또한 제1장에 해당하는 첫4행은 태조 왕건이 서경팔관회의 공신들과 연 회에서 신숭겸, 김락 두 장수의 충절을 기림으로 시작된 가상희의 유래 를 노래로 읊은 것임을, 또한 제2장에 해당하는 후4행은 그 내용이 예종 이 가상희를 보고 자신의 느낌을 읊은 것임을 밝혔으며 이는 한시의 내 용과도 밀접한 관계를 가짐을 보였다. 시가 전체가 무리 없이 이해될 수 있는 새로운 해독/해석을 제시하였다는 점에서 상당한 의미를 부여할 수 있다고 본다.

[부록] 공산전투

후삼국 시대에 왕건과 견훤이 겨룬 전투로서 경애왕을 죽이고 돌아가는 견훤을 팔공산 자락에서 맞아 싸운 전투이다. 왕건이 참패를 당했으나 오히려 이를 계기로 신라의 민심을 얻어 삼국통일의 기반을 닦았다.

왕건과 견훤과의 첫 대결은 승패를 가릴 수 없는 조물성 전투이고, 공산전투는 두 번째 격돌이다. 그즈음 견훤은 웅진으로 진출을 꾀했고, 고려와 신라는 연합하여 웅진, 문경 부근에서 후백제군을 괴롭혔다. 동시에 고려의 김락 장군이 남해로 우회하여 진주방면에 상륙, 견훤이 점령하고 있던 대야성을 탈환하고 추허조를 사로 잡았다.

927년 9월, 견훤은 자신의 정예군(2만)을 이끌고 신라 근암성(문경)을 공략해 점령했다. 그러나 주력부대를 은밀히 빼돌려 고울부(영천)를 급습하여 함락시키고 수도 금성으로 진격했다. 급습을 당한 신라 경애왕은 구원을 요청했고, 왕건은 1만의 군사를 보냈다. 그러나 고려 원군이 도착하기 전에 후백제군이 먼저 금성을 점령하였고, 포석정에서 경애왕을 사로잡아 자결시키고 경순왕을 새 왕으로 세웠다. 이에 왕건은 5천의 기병을 직접 이끌고 출전했다. 선발대와 합류한 왕건은 잠시 지체하다가 대야성에서 올라온 김락의 군사(1만)가 합류한 뒤에야 2만5천 병력으로 견훤을 향해 진격했다.

전투는 공산동수라는 곳에서 벌어졌는데 지금의 팔공산 자락 공산동 일대이다. 이곳 지리에 익숙지 못한 고려군은 후백제군의 매복 작전에 걸려들어 대패했다. 왕산, 태조지, 살내, 파군재 등에 얽힌 민간설화에 의하면, 공산 일대에서 후백제군과 고려군이 서로 속고 속이는 매복전략 등으로 수차례 교전을 벌였던 것으로 보인다. 작전에 실패한 고려군은 결국 지묘사 골짜기로 몰렸고, 포위된 왕건은 목숨이 위태했으나 장수 신숭겸이 기신의 일화를 들며[119] 왕건의 복장을 대신 입고 탈출로를 뚫으려 싸우다 장렬하게 전사했다. 그 사이를 틈타 왕건은 백제 병사의 옷을 입고 죽을 고비를 수차례 겪으며 겨우 도망쳐 나왔다. 이 전투에서 김락 형제, 전이갑 형제 등 장수 8명이 전사하고 고려군은 전멸에 가까운 패배를 당했다. 공산은 고려의 8장수가 전사했다하여 이때부터 팔공산으로 불리게 되었다. (공신으로 봉해진 장수는 6명임.)

---

119) 항우의 군대가 유방이 있는 형양성을 포위하였는데 식량 고갈로 성이 함락될 위기에 처했다. 기신은 자신이 유방으로 위장하여 항우에게 거짓 항복했다. 밤중에 형양성 동문으로 2천명의 여자들을 무장시켜 내보냈는데 초나라 군대는 이를 공격했다. 이때 기신은 유방의 수레를 타고 나가 "성 안의 양식이 바닥나서 이제 항복한다!"라고 외치자 초군은 만세를 불렀다. 감시가 허술한 이 틈을 이용하여 유방은 수십 기와 함께 서문을 탈출하여 성고로 도망쳤다. 속아서 화가 난 항우는 그를 화형에 처했는데 타죽으면서도 끝까지 항우에게 욕을 퍼부었다.[출처: 나무위키]

평 설

1. 충렬왕의 〈쌍화점〉

여요 〈쌍화점〉은 노래인 동시에 악극대본으로 알려져 있다. 충렬왕이 애호했으며 모든 연희에서 쌍화점이 최고의 절정을 이루었던 것으로 보인다. 〈청산별곡〉, 〈만전춘〉, 〈서경별곡〉, 〈동동〉 등 주옥같은 여요들 중에서도 쌍화점을 특히 좋아했던 이유는 무엇일까? 단지 악극으로 연희될 수 있었기 때문일까? 왕은 좌우에 일러 자신을 당현종에 견주곤 했다. "작은 나라 왕이지만 유연(遊宴)[1]에 있어서 당 명황만큼 못할 것이 무엇인가"라고.[2] 이는 대단한 자부심이다. 무엇이 왕에게 이러한 자부심을 안겨 주었을까? 아마도 쌍화점이다. 〈청산별곡〉, 〈만전춘〉이 빼어난 작품이지만 그 정도로서 '명황'에 견줄 바는 아닐 것이다. 쌍화점이 아니고는 이러한 물음에 답할 수 있는 작품이 없다고 본다. 쌍화점에는 악극으로 연희되었을 때 만인이 찬탄을 금치 못할 그 무엇이 숨겨져 있는 것은 아닐까?

평론이란 작품 속에 숨겨진 美(미)를 찾아서 드러내 보이는 것으로 제2의 창작이라고도 한다. 이는 클로즈업 사진 찍기와 같아, 작품은 변치 않으나 비추어 보는 방법에 따라 나타나는 모습을 달리한다. 간혹은 작품과는 동떨어진 그림자를 비추어 보고 새로운 美를 발견할 수도 있는 것이다. 〈쌍화점〉이라는 작품을 비추어 봄에 그 美를 어찌 '이것'이라 말할 수 있으리오만, 본고는 어느 한 시각으로 바라보았을 때 비치는 모습을 분명히 그려내고자 하였으며 그로부터 찾은 美로서 앞에 제기된 물음에 답하고자 한다.[3]

---

1) 여기서 '遊宴'은 단순한 놀이잔치가 아닌 '唱·舞·戱의 예술'을 뜻한다.
2) 고려사절요 21권 충렬왕 22년 – 아래 친 부분
   夏五月 夜宴于香閣 王見 壁上唐玄宗夜宴圖 謂左右曰 寡人雖君小國 基於遊宴 安可不及明皇 自是 夜以繼日 (이하 생략)
3) 본고는 문예지 월간 「純粹文學」 제329호(2021.4)에 실린 글이다.

제1장을 보자. 고전가요임에도 그냥 술술 읽혀진다.

(쌍화점 제1장)

솽화뎜雙花店에 솽화雙花 사라 가고신딘

휘휘回回 아비 내 손모글 주여이다

이 말슴미 이 뎜店밧긔 나명들명

다로러거디러 죠고맛감 삿기광대 네 마리라 호리라

더러둥셩 다리러디러 다리러디러 다로러거디러 다로러

긔 자리예 나도 자라 가리라

위 위 다로러 거디러 다로러

긔 잔 딕 フ티 덦거츠니 업다

고어 중에는 '덦거츠니'정도만 이해하면 나머지는 쉽게 해석된다. 이
노래가 그렇게도 유명한 곡이었다니, 무엇 때문에 여요 중에서는 제일
이라는 평이 붙은 것인지? 그리고 악극대본이라는 말은 또 무슨 말인지?
그 답은 시가 본문 중에서 찾아야 한다. 직접적인 표현은 못 찾더라도 텍
스트에 은유된 내용을 찾아내거나 아니면 짧은 암시라도 찾아야 할 것
인 즉, 여음구조차도 소홀히 해서는 안 될 것이다.

이 노래에 감추어진 속뜻을 찾아보기 위해서 '쌍화점에서 벌어진 상
황'을 먼저 간략히 설명하도록 한다.[4)]

『쌍화점'은 아랍인이 유리구슬을 가져다 파는 보석상이다. 주인은 보석
으로 여자를 유혹하고 있다. '여자'는 손목을 잡히고 유리구슬이 달린 '머
리꽂이'를 선물로 받았고, 또한 자랑하고 싶어 머리에 꽂고 동네를 한 바

---

4) 쌍화점에서 벌어진 상황은 시가 감상 후에 얻어지는 '결론'에 해당하지만 여기
서는 이해를 돕기 위해 그 '결론'을 미리 설명하는 것이 된다.

쥐 돌았다. 소문이 온 동네에 퍼져 모이는 여자들마다 수군대지만 아무도 직접 물어보지는 않는다. 그냥 끼리끼리 흉을 보고 있는데, 물어볼 필요도 없다는 것이다. 물어보나마나 무슨 핑계든 '둘러댈 것'이라는 것이다.」

이러한 배경을 염두에 두고 위의 노래에 대하여 구절별로 시적 감상을 펼쳐 보도록 한다.

솽화뎜雙花店에 솽화雙花 사라 가고신딘
휘휘回回 아비 내 손모글 주여이다

> 雙花店에 雙花 사러 갔었는데 회회아비가 내 손목을 잡더이다.
> 갈대 같은 여자 마음, 바람 부는 대로 쏠리는 것을 나무랄 수야
>   없겠지만
> 생면부지 회회아비에게 어찌 그리 했단 말이더냐.
> 되놈보다 더 징그러운 휘휘아비 놈이거늘
> 무엇이 그리 탐이 나서 손목을 내어 주었더란 말이냐.
> 새끼광대 꾐에 빠져 손목만 잡혔을 뿐, 괜한 오해 마시기를.
> 어허, 시치미 떼는 것 좀 보시게나, 그런다고 넘어갈까.
> 그대 손목 잡힌 것을 누가 알겠느냐만
> 유리구슬 박힌 '쌍화' 꼽고 나돌아다녀 놓고는.
> 반짝반짝 빛나는 게, 그게 그리 흔한 겐가.
> 여느 사람들은 구경도 못 하는걸.
> 그런 걸 얻었으니 자랑하고 싶어 못 견딘 거지.
> 그게 다 그렇고 그런 거지.

이 말슴미 이 뎜店밧긔 나명들명
(여음) 다로러거디러 죠고맛감 삿기 광대 네 마리라 호리라

> 이 말씀이 이 점 밖으로 나면서 들면서,[5]

동네방네 소문이 쫙 다 퍼졌건만

오호라! 아예 그냥 내 모르는 일이라고 발뺌할 것인가?

한번 만나, 두번 만나, 한두 번 만나 그리될까

누구도 봤다 하고 누구도 봤다 하고

뻔질나게 나들었으니,

거참 쌍화점 나들기를 쌍화점(만두가게) 나들 듯 했다는구먼.

오호라! 쌍화점이 쌍화점이라.

그 만두가게 뻔질나게도 드나들었네.

그러니까 다 그런 걸 줬겠지.

다로러 거디러[6] (다로라 그(러)지러) 다들 그러지러, 다들 그러고 말고

다들 그러고 있는데, 그런데도 아니라고?

죠고맛감[7] (조그마한) 새끼광대가 지어낸 말이라 할 것인가,

  그 참! 그럴거야. 분명 그럴 것이리라.

온갖 심부름 다 시켜 먹고는

어찌 그리 뻔뻔스럽게도 새끼광대 핑계나 댈까.

그래도 분명, 물어보나 마나 분명, 분명 그럴 것이리라.

새끼 광대가 지어낸 말이라고 그럴 것이야.

(후렴1) 더러둥셩 다리러디러 다리러디러 다로러거디러 다로러
         (더러둥셩 '다리라'지라 '다리라'지라 '다로라'그러지라 다로라)

긔 자리예 나도 자라 가리라
(여기저기서 웅성둥셩 더러 떠드는 소리 웅성둥셩)[8]

---

5) 민암 『소악부』의 〈삼장〉과는 작품이 다르므로 똑같이 해석할 필요는 없다.

6) 거디러 : 그러디러 (그러지러) → 거디러 ('그러'→'거'로 축약된 것)

7) 죠고맛감 : 조고마한 → 조고마한(干) → 죠고맛간 →죠고맛감 : 몽골어 흉내를
   낸 것.

8) '더러둥셩'을 의성어와 의태어 양쪽을 겸한 것으로 보고 풀어 쓴 것임.

‘다’이라 (하)지라. ‘다’이라 지라. 다들 그(러)지라 다들

이 여자도 저 여자도 다들 그(러)지라, 다들

혼자 생각에는 다들 그러지라,

“그 자리에 나도 자러 가고 싶어라.”

(후렴2) 위 위 다로러 거디러 다로러

괴 잔 딕 ᄀ티 덦거츠니[9] 업다

위 위 다로러 거디러 다로러 (위 위 다들 그러지라 다들)

워! 워! 그런데 이게 어쩐 일인가

남들이 보는 곳에서는 다들, 다들 그러지라 다들

속마음 감추고 다들 그러지라.

　“그 잔 곳처럼 지저분한 것이 없다네”

거 참! 여자들이란,

어찌 그리 겉 다르고 속 다른지!

부러워할 땐 언제고, 저렇게 표리부동이라.

터져 나오는 웃음, 폭소라도 안겨 줄까.

그러나 어쩔 것인가, 본시 여자란 속성이 그런 것을!

동서고금의 여자들을 통틀어, ‘아니’라고 할 사람 있겠는가?

이건 차라리 솔직한 말인 즉

공연히 속마음 감추고 위선 떠는 여자 보다야 낫지만,

그래도… 그래도…

여자들의 이중적 반응행태에

터져 나오는 웃음을 감출 길 없구려!

---

9) ‘덦거츠니’는 ‘덦거츠니’와 같은 말이며, ‘덦거츠니(荒)’로 이루어져 있다. 접두어
　‘덦-’은 ‘접-’ 또는 ‘겹-’의 의미를 가지며, ‘덦거츠니’는 ‘매우 거칠다. 매우 난잡
　하다’는 뜻을 갖는다.

이 여자를 보고 손가락질하고 있는 당신네 여인들이여! 우습다면 실컷 웃으시라. 그러나 돌이켜 생각해 보면 당신도 과연 그렇게 손가락질할 자격이 있는가? 깊은 속내를 따져 보면 다 똑같은 여자들일 뿐이라며 손가락질을 되돌려 주고 있다.

노래의 주제는 '보석에 약한 여자의 심리와 타락한 군상들'이지만 또한 그 근저에는 '그렇게 사는 것을 욕하지 말라'라는 역설적인 의미도 포함되어 있다. 대몽항전 이후 혼란스러운 사회상과 부유층의 타락은 분명 비난거리가 될 일이지만, 그러나 세태가 그러니만큼 누가 누구를 욕하겠는가. 두리뭉실하게 한 세상 사는 것도 한 가지 방법이니라. 시시비비 너무 가리지 말고 즐길 일이 있으면 즐기고 몽고의 것이라도 좋으면 받아들일 것이지 굳이 배척할 필요가 없잖은가. 이러한 생각이 마지막 연의 '술 파는 집'에 와서는 멋진 풍자를 이루고 있다.[10] 즉 몽고 앞잡이 천한 사람들이 '소주빚는 기술'을 전수받아 술집을 열어 큰돈을 벌었고, 부자가 되어 저렇게 즐기고 있는 것도 그렇게 손가락질만 할 일이 아니잖은가?

> 당신이 저 사람들을 손가락질한다면
> 그 손가락질은 여자들의 손가락질과 꼭 같이
> 당신에게 되돌아갈 것이리라.
> 아니 그게 무슨 말씀? 내가 어떻다고 그런 말씀을?
> 지금껏 비웃은 휘휘아비, 삼장사 사주(社主), 우무렛용이나 술집주인을

---

10) 〈청산별곡〉의 종연의 '배부른 독에 설진강수를 비조라'는 소주증류장치를 묘사한 것이며 〈쌍화점〉 마지막 연의 '술집'도 몽고앞잡이가 소주제조 기술을 전수받아 술집을 열었고 소주가 잘 팔려 큰돈을 벌었음을 암시하고 있다. [참조] 졸고, "〈쌍화점〉 새로운 해석", 월간 ≪신문예≫ 제94권, 2018, 218–234쪽

당신도 속마음으로는 부러워하고 있지 않은가?

어찌 아니라고 할 것인가.

속으로는 부러워하면서 겉으로는 비웃고 있으니

앞의 여자들과 무엇이 다른가?

여자들의 이중적 행태를 보고 비웃은 당신,

여자들보다 더 나은 게 뭐가 있는가?

　여기에 이르면 누구나 예리한 흉기에 가슴을 찔린 듯 뜨끔함을 느낄 것이다. 나도 웃을 자격이 없는 것을… 너무 많이 웃었구나!

　허참! 그렇다고 나오는 웃음을 어찌 참을 수 있으리요, 시절이 하 수상 하니 별의별것들이 다 나오는 것을…. 그러나 따지고 보면 그들을 부러워하는 내 속마음도 숨길 수 없으니, 이리 살아도 한 세상 저리 살아도 한 세상, 남 욕하지 말고 두리 뭉실 그저 웃으며 살아 보는 것도 좋지 않겠는가. 몽고라면 진저리 칠만도 하지만 그들한테도 좋은 점이 있잖은가?

　〈쌍화점〉은 노래인 동시에 4개의 악장으로 이루어진 악극대본이다. 어찌 악극대본이 될 수 있는가. 제1장에서 보았듯이 〈쌍화점〉의 요체는 '여자와 보석'이다. '보석 좋아하는 심리'를 이용하여 여자를 유혹하는 것이 주된 스토리가 된다. 그 소문을 듣고 반응하는 일반 여자들의 이중적 심리를 노래로 풍자하고 있다. 악극이 될 수 있는 것은 보석으로 여자를 유혹하는 장면이 들어가기 때문이다. 보석으로 여자를 유혹하는 것은 여러 가지로 대본을 꾸밀 수 있다. 특정한 방향을 설정하기보다는 대본이 없는 것이 더 낫다. 이유는 그 때마다 다른 스토리를 보여 줄 수 있어 여러 번 보아도 싫증나지 않고 또한 관중들로부터 새로운 기대감을 불러일으킬 수 있기 때문이다.

　〈쌍화점〉은 4개의 장에서 보석의 종류를 달리하기 때문에 보다 다채로운 이야기거리를 흥미롭게 끌어갈 수 있다. 제2장은 절의 건축공사를 책임지고 있는 社主(사주)[11]는 불상이나 불탑에 봉안할 보석을 많이 준비하고 있는데 그가 타락하여 그 보석으로 여자를 유혹하는 것이다. 그때의 보석은 옥이나 마노 등이 주가 되었을 것이다. 제3장의 '우무렛 용'[12]도 여자를 유혹하는데 그가 주는 보석은 물(바다)에서 나는 것으로 진주, 산호일 것이다. 물을 길으러 온 여자를 용궁을 구경시켜 준다고 속여서 꾀어내는 장면이 있었을 것으로 본다.[13] 마지막 연은 '술파는 집'이다. 그들은 무식한 사람들로서 그러한 특성 상 금을 중시했으며 '금꽂이 쌍화'로 여자를 유혹하는 장면이 들어 있을 것이다. 그런데 노래가사에는 애써 보석을 감추었다. 이유는 보석이 드러나면 여자가 몸을 팔았다는 느낌을 주기 때문이다. 여자들은 결코 몸을 팔 의도는 없었는데 우연히 유혹에 걸려들었다는 이야기가 된다. 이 역시 세심한 구성이다. 이상과 같이 보석으로 여자를 유혹하는 이야기를 다양하게 펼칠 수 있으니 〈쌍화점〉은 노랫말이면서도 훌륭한 악극대본이 될 수 있는 것이다.

　여기서 노래 제목의 '쌍화'가 무엇을 뜻하는지 살펴보자. 제목은 4개의 노래를 하나로 꿰어내는 역할을 할 것이기 때문이다. '쌍화'는 문증이 되지 않는 말이다. '쌍화'라는 말은 일반명사로 쓰이지는 않았던 것 같

---

11) 社主 : 이는 절의 주지 寺主와는 다르다. 절을 지을 때 모금하고 자금을 관리하며 절 공사를 책임지는 사람이다. 社主가 타락하여 여자를 탐하고 있다.

12) '우무렛 용'은 '큰물'이 아닌 '작은 물'의 용이기 때문에 왕을 상징하는 것은 아니며 아마 왕족들이나 지방호족들을 상징하는 말이라 생각됨.

13) 연회에서 '물을 끌어와 조화를 부렸다'는 말이 이를 뒷받침한다. 큰 상을 내린 것으로 보아 핵심적인 연출을 성공적으로 끌어내었음이 분명하며 그것은 용궁 가는 장면일 것이다. ─『고려사절요』충렬왕 21년조 4월 : [設賞花宴于香閣 閣後 別開帳殿, 大張女樂, 中郎將文萬壽 引水爲戲 翦靑蠟絹作芭草, 王喜, 賜白金三斤]

다. 쌍화는 '솽화'로 표기되었지만 한자 雙花로 병기되어 있으니 분명 그와 관련이 있다고 봐야 한다. 이에 당시의 여자들 장신구 중에서 '쌍화'로 불릴만한 물건이 있는지 찾아보았다. 꽃이 2개 달리면 쌍화가 될 수 있으며, 또한 귀한 보석은 눈에 잘 띄는 곳에 달 것이므로 머리꽂이가 가장 적합하다. 머리꽂이 장식에는 보석이 들어갈 자리가 많다. 꽃 중심이나 달랑이 치장에 보석이 들어갈 수 있다. 유리구슬, 옥, 마노, 진주, 산호를 넣기에 꼭 알맞고 사람들 눈에 가장 잘 띄는 치장이 된다. 또한 '꽂이' 부분은 금을 쓰기에 꼭 알맞다. 그러고 보면, 머리꽂이 '쌍화'는 〈쌍화점〉 4개 장의 노래를 하나로 꿰어 주고 있지 않은가, 그것도 매우 자연스럽게!

여기서 〈쌍화점〉이라는 노래 제목의 의미를 考究(고구)해 보자. 이는 실재했던 상점이 아니고 작자가 지어낸 매우 풍자적으로 지어낸 이름이다. 회회아비들이 끌고 다니는 이동극장식 판매장이 '쌍화점'인가 했더니, 아니 이 무슨 조화인가, 삼장사가 또 '쌍화점'이라니… 그 '쌍화점'을 상화점(만두가게)으로 알고 드나들다니 뻔질나게도 나들었네. 그 참! 아니, 어디 그뿐인가, 우물가에도 '쌍화점'이 있지를 않나, 술파는 집도 알고 보니 '쌍화점'이었구나. '쌍화점'이 많기도 하네, 라는 풍자가 이름 속에 감추어져 있다. 이러한 관점에서 보면 〈쌍화점〉이라는 노래 제목이 정말 멋진 이름임을 알 수 있다.

마지막 장은 '술파는 집'이다. 왜 이것을 마지막에다 놓았을까? 마지막 장은 통상 시가 전체에 대한 맺음말로 보다 깊은 뜻을 전달한다. 그러나 얼핏 보면 이건 앞장들보다 격이 크게 떨어지는 느낌이 든다. 공연히 마지막 장을 억지로 추가한 듯한 느낌마저 주고 있다. 왜 이것을 마지막에다 배치했을까? 달리 무슨 숨겨진 의도가 있는 것은 아닌지.

몽고앞잡이들이 소주 내리는 기술을 전수받아 술집을 열고는 큰돈을

벌었다. 소주가 맛이 좋아 잘 팔렸기 때문이다. 그들은 천민계급으로 손
가락질을 받았지만 부자가 되어 술을 사러온 여염집 아낙들을 보석(금
붙이)으로 유혹하고 있다. 그들은 금을 중시했으며 예쁜 여자를 보면 납
치하다시피 하여 '금꽃이 쌍화'로 유혹하곤 했고 그것이 극중에 포함되
어 있었을 것이다. 아래는 마지막 장에 내포된 함의를 간략히 쓴 것이다.

> 증류장치 '배부른' 독에서 내려 받은 소주를 보라. 얼마나 맛이
> 좋은가. 그 기술로 술집을 열어 큰돈을 벌기도 하지 않은가. 몽고
> 앞잡이라고 무턱대고 욕할 필요는 없지. 따지고 보면 나도 내심
> 부러워하고 있는 것을…. 이제 아픈 과거는 모두 잊고 몽고도 포
> 용하면서 새 삶을 찾아 나서야 하지 않겠는가.

이것은 전란 후 극도로 궁핍한 생활을 겪고 있는 민생들에게 충렬왕이
보내고자 하는 메시지이다. 왕은 이러한 노래를 통하여 민생을 순화시
키는 '예술통치'의 理想이상을 마음에 품었던 것으로 생각된다.[14] 그런 면
에서 본다면 마지막 장이 가장 핵심적 내용이 된다. 앞 3개 장의 노래는
제4장의 노래를 전하기 위한 도입부 역할을 한 것이다. 그러나 그 뜻을
직접 드러내지 않고 은연중에 전달되도록 하였다. 이 역시 대단히 수준
높은 표현기법이다.

〈쌍화점〉은 궁중예악 중에서도 최고의 인기를 끌었다고 한다. 그만큼 연
희 횟수도 많았다. 수녕전(왕비 즉 몽고공주의 처소)에 딸린 향각에서 연
희했다는 기록으로 보아 충렬왕은 이를 몽고공주와 함께 보며 즐겼던 것
으로 보인다. 여러 번 보면 이해의 정도도 높아져서 사람들은 배꼽을 잡고
웃었을 것이며, 또한 절묘한 풍자를 찬탄해 마지않았을 것이다. 충렬왕은
우리의 연극 수준이 오히려 몽고보다 높음을 은근히 과시했을 것이다.[15]

---

14) 이강한, 「충렬왕대의 시대상황과 음악정책」 한국사학보 55호, 2014.5 119-133쪽

충렬왕은 전통속요를 대단히 좋아했으며 죽기 3일 전에도 연희를 베풀고 이를 연행했다고 한다.[16] 그러나 이는 단순히 가무를 즐긴 것이 아니다. 자신의 예술적 업적을 마지막으로 되돌아보는 의미가 있으며 또한 문학적 치유를 시도한 것으로 보인다. 후세 사람들은 왕을 비난하며 이를 나라가 망한 원인으로 꼽았으니 억울한 누명을 덮어쓴 것이다. 역사 뒤에 숨겨져 있는 진실을 밝혀내는 것도 우리 후세들에게 주어진 임무가 아닐까.

충렬왕은 결코 무능하거나 방탕한 군주가 아니었다. 몽고의 간섭으로 나랏일을 뜻대로 펼칠 수 없음에 달리 탈출구를 찾은 것이 문학예술이며 세종에 버금가는, 아니 질적으로 따진다면 오히려 능가하는 업적을 남겼다. 주옥같은 고려가요 하나하나의 예술성은 원나라보다 앞섰으며 당시 세계최고라고 해도 결코 과언이 아니다. 〈가시리〉, 〈청산별곡〉, 〈동동〉, 〈서경별곡〉, 〈만전춘〉과 더불어 〈쌍화점〉을 연희하면 충렬왕은 몸져 누워 있다가도 벌떡 일어났다.[17] 당시 작품들에 대한 왕의 애착이 얼마나 컸는지 짐작할만하지 않은가. 왕은 평소에도 가끔 말했다. "작은 나라 왕이지만 음악예술에 있어서야 당 현종보다 못할 이유가 어디 있는가?" 이는 문학예술에서의 그의 자부심을 나타낸 것으로 이미 원나라를

---

15) 중국의 경극은 북경 부근에서 발달된 점으로 미루어 보아 몽고의 연극 '하노'에 그 밑뿌리를 둔 것으로 생각됨. 몽고인들은 연극을 매우 좋아했으며 당시 대도의 연극이 세계 최고였음. 충렬왕은 연극으로 세계 최고에 도전한 것이며 〈쌍화점〉으로 목적을 이루었다고 생각한 듯함.

16) 충렬왕을 비난할 때 흔히 쓰는 표현이다. 그러나 역사서 어디에도 관련기록을 찾아볼 수 없다. 허위 비난으로 보이지만 실제 그러한 일이 있었을 수도 있다. 충렬왕은 최충헌의 외척 현손이다. 왕의 외조모의 친정 조부가 최충헌이며 그는 죽기 전날 잔치를 벌였다. [『고려사절요』고종 6년 9월] 그 이야기를 어렸을 적에 들었을 것이며 꼭 같은 인생마감을 한 것으로 볼 수 있다.

17) 이는 필자의 상상이다. 죽기 1년 전 충렬왕이 연회를 두어 차례 베푼 적이 있고 앓기도 했다는 기록이 있음.[고려사절요 권23. 충렬왕5]

넘어섰다는 그의 생각을 간접적으로 표현한 것 아닐까. 역사기록의 이면을 들여다보면 그는 사사로운 쾌락을 좇아 향연을 즐겼던 것이 아니다. 예악통치를 실현하겠다는 理想(이상)이 있었으며 문학예술에 있어서는 세계최고를 이루었음을 스스로 확신하며 그에 대한 대단한 자부심과 애착을 가진 군주였음을 여러 곳에서 확인할 수가 있다. 왕은 특히 〈쌍화점〉의 보이지 않는 연출자요 실질적인 총감독이었다.

왕은 연희를 제외하고는 달리 깊이 빠진 곳이 없는 건전한 삶을 영위했으며 그에 따라 72세의 수를 누렸다. 시무비가 있으나 몽고공주의 시샘 때문에 문제가 불거진 것일 뿐 왕이 깊이 빠진 것은 아니라고 본다. 왕은 몽고의 간섭 하에서도 많은 치적을 남겼으며, 구차히 오래 연명하는 대신 굵고 짧은 인생을 살고자 했다. 왕은 일생 동안 문학예술을 위해 전념했으며 왕의 인품은 죽기 3일전에 벌인 마지막 연희를 통하여 느껴볼 수 있다. 그 순간을 상상의 힘을 빌려 재구성해 본다.

「여름이 깊어지자 왕의 병 또한 깊어졌다. 옛 추억을 돌아볼 겸 교외로 나아가 산수가 좋은 곳에 장전을 차리고 생사를 건 모험을 시작한다. 평소에 아껴왔던 남장별대를 불러와 연희를 시작한 것이다.

〈청산별곡〉, 〈서경별곡〉, 〈만전춘〉이 차례로 울려 퍼지자 왕의 얼굴에는 기쁜 빛이 떠올랐다. 옛날 기억이 새롭다. 그곳은 과거에도 가끔씩 나와 연희를 베풀던, 가장 추억이 많은 곳이다. 〈동동〉이 연주되자 주위의 있던 모든 사람이 일어서서 춤을 추기 시작했다. 측근 가신들도 의자에 기대어 있는 왕의 주위로 몰려와 춤을 춘다. 그윽이 바라보는 왕도 어깨가 들썩거렸다. 그의 눈에는 눈물이 글썽했다. 이어 〈쌍화점〉이 울려 퍼지자 왕은 아픈 몸을 일으키고자 했다. 김원상을 손짓하여 부르니 달려와 부축하여 일으켰다. 왕은 그와 손을 잡고 춤을 추었다. 왕이 총애하는 가신이다. 역사가들은 그를 간신이라 평했지만 그는 왕의 마음을 가장 잘 아는, 그리하여 가장 믿고 의지하는 측근 가신이었다. 김원상의 부축에 힘입어 춤을 추었으나 춤동작은 어색함이 없이 자연스럽다. 흥겨운 장단에 흥취가 올라 한없이 즐거운 표정이 얼굴에 나타났다. 왕은 〈쌍화점〉을 가장 좋아했다. 장인인 쿠빌라이에게도 자랑하여 그도 특별히 청해 들었을 정도이다. 〈쌍화점〉은 왕의 자존심 그 자체였다. 장인의 나라 원(元)을 누르고 세계를 제패했다고 생각했기 때문이다. 〈쌍화점〉만 들으면 기분이 날아갈 듯 좋다. 곡이 끝나갈 무렵엔 왕은 거의 혼자서 춤을 출 수 있는 정도가 되었다. 신하들은 기뻐했다. 어쩌면 1년 전과 마찬가지로 기력을 회복할 것 같은 희망이 보였기 때문이다. 〈쌍화점〉이 끝나자 왕은 피곤한 몸을 쉬었다. 몇 개의 곡이 더 연주되며 신하들은 연회를 계속했다. 왕은 의자에 기대앉아 그 모습을 물끄러미 바라본다. 수많은 추억들을 회상하면서… 마지막에는 좋은 술을 내어와 마시며 모두들 왕의 쾌유를 빌었다. 왕은 피곤함을 감추고 끝까지 연회를 지켜봤다. 후궁 숙창원비의 보살핌을 받던 왕은 그날 밤 병세가 급격히 악화되어 3일 만에 숨을 거둔다.」

왕은 구차하게 연명하기보다 짧고 굵은 삶을 택했다. 다툼이 잦았던 아들 충선이지만 그에 대한 대권이양 절차를 마무리했고 또한 아들에 대한 혈육의 정을 글로 남겼다.[고려사절요] 치유가 되지 않을 경우를 미리 대비해 두었던 것으로 보인다. 이만하면 왕의 인품을 알 만하지 않은가. 오호라! 왕이 죽은 지 100년도 못 되어 나라가 망하니 후세 사람들은 '죽기 3일전까지 향락에 빠졌던 왕'으로 비난했다. 왕이 지하에서 이를 안다면 무어라 할까, 허무한 인간사에 억울함이 무슨 대수이겠느냐고…. 사람도 사라지고 나라도 없어졌건만 〈쌍화점〉은 살아 있다. 지금도 살아 있다. 아니 언젠가는 살아날 것이다. 〈쌍화점〉 연주를 지하에서 듣는다면 왕의 혼령은 지금도 벌떡 일어나서 춤을 출 것이다. 그러나 지금은 왕을 찾아갈 수 없다. 허리 잘린 나라, 가지를 못 한다. 왜 내 나라 내 땅을 가고 오지 못 하는가. 왕은 이미 알고 있었을까, 외세의 등쌀이 얼마나 거친 것인지를!

2. 궁인의 노래 〈만전춘(滿殿春)〉

1. 서언

여요는 수준 높은 작품들이 많다. 〈청산별곡〉, 〈쌍화점〉을 제일로 여기지만 〈가시리〉, 〈동동〉도 둘째라 치면 서럽다 할 것이다. 그 말고도 또 빼어난 작품이 있으니 바로 〈滿殿春〉이다. 궁궐에 봄이 가득하니 태평성대라는 뜻이며 임금의 치세를 찬양하는 제목의 노래이다. 그러나 평범한 제목과는 달리 첫 연에서부터 처절한 사랑 노래로 시작된다.

> "얼음 위에 댓닙 자리 보아 님과 나와 얼어 죽을망정,
>
> 정둔 오늘밤 더디 새오시라 더디 새오시라."

얼마나 어려운 사랑이면 '얼음 위의 댓닢 자리'만큼 차가운 곳이고, 얼마나 뜨거운 사랑이면 '얼어 죽을망정 헤어지기 싫은' 그런 사랑일까. 보는 이를 아연케 할 정도로 직설적 표현이지만 너무나도 절실한 사랑 앞에 마음이 숙연해지고 만다. 대체 누가 이런 노래를 이렇게 대담하게 읊었을까. 그 절절한 사연은 과연 무엇일까.

〈만전춘〉은 6개의 연으로 이루어진 작품으로, 단순한 남녀상열의 노래에서부터 왕실의 복을 비는 송도의 노래 등등, 구구한 해석과 해설이 덧붙여져 있다.[18] 〈만전춘〉이라는 제목하에 엮어진 작품으로 궁중여인

---

18) 이정선의 논문의 내용을 옮겨 싣는다.
  이 노래에 대한 연구는 제목의 의미에서부터 형식과 내용에 이르기까지 다양한 각도로 이루어지고 있다. 형식적인 면에서 통일된 단일한 작품으로 보는 견해(박병채, 성현경)와 매연의 개별 가사를 모아 편집된 것으로 보는 견해(박노준, 최정여)로 구분된다. 내용 면에서는 이 노래가 '남녀상열지사'라고 지목되었던 점(성종실록 19년)에 주목하여 대부분 남녀 간의 애정 문제를 중심으로 논의하고 있다.

의 한이 서린 절창이라 할만한 작품임에도 아직도 단순한 남녀 간의 사랑 노래를 합쳐 놓은 것으로 비춰지고 있는 현실이 안타깝다.

　노래 제목으로 보아 배경은 궁전이 틀림없다 할 것이다. 그렇다면 사랑의 상대는 임금일 수밖에 없다. 궁전에서 임금이 아닌 다른 남자와의 사랑 노래란 있을 수 없기 때문이다. 임금을 상대로 이렇게 처절한 사랑 노래를 부르다니… '얼음 위에 댓닢 자리'는 말도 안 되는 것이지 않은가. 그러나 상징적인 표현임을 감안한다면, 궁중에서도 분명 그런 사랑이 일어날 수 있다. 궁녀와 임금과의 사랑이다. 궁녀로서 임금을 맞는 자리이니 아무리 잘 차려도 차갑고 초라할 것이며, 날이 새면 그뿐 아무런 기약이 없으니 한순간 한순간이 목숨보다 소중하다 할 것이다. 그러나 궁을 가득 채운 꽃들의 〈만전춘〉인데 어찌 그 사랑이 내게만 머물 것인가. 하여 애달픈 사랑 노래가 이어지고 있다. 경경고침상에 옛 추억에 빠져들어 한때 왕의 총애를 입었음을 돌이켜 보고, 더 나아가 먼 옛날 아련한 추억을 더듬어 궁녀로 입궁하던 때를 떠올려 본다. "'만전춘'이 이런 것이로구나! 만전춘이니까 이럴 수밖에. 역시 만전춘이로구나!" 이는 작중 화자의 처연한 '궁중의 사랑노래'이다.

　본고에서는 〈滿殿春〉은 '궁녀 출신 후궁의 사랑 노래'라는 전제하에 감상하고자 하며, 작중 화자의 모델은 실존 인물이 아니며 대신 충렬왕의 시무비와 기녀 적선래를 합쳐서 만들어낸 가상의 '문학적 캐릭터'로 볼 수 있다는 견해를 제시하고자 한다. 궁녀로 바쳐진 시무비는 충렬왕과 살얼음 위를 걷는 사랑을 나누었으며 결국 목숨을 잃었고, 적선래는 전무후무할 정도의 최고의 기예를 갖춘 기녀로서는 우왕 대에까지 이름을 떨쳤다. 두 여인은 모두 왕을 지근에서 모셨으며 둘을 합치면 본 시

또한, 왕실과 국가질서에 관한 노래, 궁전 풍경을 노래한 것, 왕실의 복을 기원하는 頌禱의 노래 등 다양한 견해가 있다.[일부 편집(필자)]

가에 꼭 맞는 모델이 될 수 있다. (본고는 월간 ≪純粹文學≫ 통권342호 (2022.5)에 실린 글이다.)

2. 출전과 원문 소개

〈만전춘〉은 『악장가사』에 '滿殿春別詞(별사)'라는 제목으로, 그리고 조선 후기에 간행된 『악학편고』에는 '滿殿春五章'이라는 제목으로 가사 전문이 전해 온다. 별사가 붙은 것은 조선조 세종실록에 윤회가 개찬한 '봉황음' 가사의 〈만전춘〉[19]이 실려 있어 그와 구별하기 위한 것이다. 고려가요를 논할 때는 〈만전춘〉으로 부르는 것이 옳다고 본다.

만전춘(滿殿春)   [출전] 『악장가사』

(一) 어름우희 댓닙자리 보아 님과나와 어러주글 만뎡
   어름우희 댓닙자리 보아 님과나와 어러주글 만뎡
   情정 둔 오낤범[20] 더듸 새오시라 더듸 새오시라

(二) 耿耿경경 孤枕上고침상애 어느 즈미 오리오
   西窓셔창을 여러ᄒᆞ니 桃花도화ㅣ 發발ᄒᆞ두다
   桃花도화ᄂᆞᆫ 시름업서 笑春風쇼츈풍ᄒᆞᄂᆞ다 笑春風ᄒᆞᄂᆞ다

---

19) 윤회의 '봉황음(鳳凰吟) 만전춘'은 '여요 만전춘'의 곡과 제목은 그대로 두고 가사만 봉황음의 가사로 바꾸어 쓴 것임. 내용은 상투적인 왕실예찬의 한문시가에 토가 달린 것으로 후에 별로 쓰이지도 않았음.

20) '밤'을 의도적으로 '범'으로 표기한 것. 『악장가사』 원문에 분명히 '범'으로 표기되어 있음. 보통 밤은 '밤'이지만 정둔 오늘 밤은 밤이 아니고 '범'이라는 의미가 있는 듯.

(三) 넉시라도 님을 혼듸 녀닛景경 너기다니
　　넉시라도 님을 혼듸 녀닛景경 너기다니
　　벼기더시니 뉘러시니잇가 뉘러시니잇가

(四) 올하 올하 아련 비올하
　　여흘란 어듸 두고 소해 자라 온다
　　소콧 얼면 여흘도 됴ᄒ니 여흘도 됴ᄒ니

(五) 南山남산애 자리보아 玉山옥산을 벼여 누어
　　錦繡山금수산 니블안해 麝香사향각시를 아나 누어
　　南山남산애 자리보아 玉山옥산을 벼여 누어
　　錦繡山금수산 니블안해 麝香사향각시를 아나 누어
　　藥약든 가슴을 맛초ᄋᆞ사이다 맛초ᄋᆞ사이다

(六) 아소 님하 遠代平生원대평생애 여힐ᄉᆞᆯ 모ᄅᆞᆸ새

3. 각 연의 해석/해설과 감상

(一) 얼음위에 댓닙자리 보아 님과나와 얼어죽을 망정
　　얼음위에 댓닙자리 보아 님과나와 얼어죽을 망정
　　정둔 오늘밤 더디 새오시라 더디 새오시라

　얼마나 어려운 사랑이면 '얼음 위의 댓닢자리'만큼 차가운 곳이고, 얼마나 뜨거운 사랑이면 '얼어 죽을망정 헤어지기 싫은' 그런 사랑일까. 반복표현이 느낌을 배가시키고 있다. '더디 새오시라'의 반복은 애간장이 녹아내리는 절실함을 담고 있다. 아찔한 정도의 외설이지만 너무나도 절실한 사랑 앞에 마음이 숙연해지고 만다. 대체 누가 이런 노래를 이렇

게 대담하게 읊었을까. 그 절절한 사연은 과연 무엇일까.

제목 '滿殿春'은 '전각을 가득 채운 봄(젊은 여인)'이라는 뜻이다. 그로 보아 노래의 배경은 궁전이 틀림없다. 그렇다면 사랑의 상대는 임금일 수밖에 없다. 궁전에서 임금이 아닌 다른 남자와의 사랑 노래란 있을 수 없기 때문이다. 임금을 상대로 이렇게 처절한 사랑 노래를 부르다니… '얼음 위에 댓닢 자리'는 말도 안 되는 소리가 아닌가.[21] 그러나 이는 상징적인 표현이다. 궁중에서도 그런 사랑이 일어날 수 있으며, 그것은 바로 궁녀와 임금과의 사랑이다. 금지된 사랑도 아니고 부끄러워할 일도 아니지만 그러한 일이 분명 일어날 수 있는 것이다.

궁녀는 임금 한번 모시는 것이 평생소원이다. 그 순간 신분상승을 이루어 복락의 문이 열리는 것이다. 그러나 궁에는 수많은 여인들이 있다. 그들 중에서 임금의 눈에 들어 잠자리를 모신다는 것은 낮은 신분의 궁녀들에겐 그야말로 '하늘의 별 따기'인 것이다. 하지만 분명 그러한 궁녀가 있다. 성은을 입은 다음엔 웃저고리를 뒤집어서 머리에 쓰고 나온다. '귀한 몸이 되얏음'을 알리는 것으로 함부로 대하지 말라는 의미가 있다. 실낱같은 희망이지만 젊음이 가기 전엔 언제나 그런 꿈을 품고 사는 것이 궁녀이다. 기회를 엿보지만 그게 어디 쉬운 일인가. 어렵게 잡은 기회도 허사가 되고 만다. 하는 양이 나이 많은 상궁의 눈에 띄기라도 하면 호되게 경을 치기 일쑤다. 어려운 기회를 날려 버린 아쉬움을 달랠 겨를도 없다. 혹시라도 되잖은 감상에 빠져들까 봐[22] 일부러 벼락같은 닦달을 퍼붓는 것이다. 궁녀 생활이 그렇다 보니 임금을 모신다는 것이 얼마나 어려운 일이고 얼마나 가슴 설레는 일인지 가히 짐작이 갈 만하지 않은가.

---

21) 이를 궁에서 일어날 수 없는 일로 보고 생겨난 설이 "만전춘은 내용과는 상관없는 제목, 또는 滿殿春의 '殿'이 후미라는 뜻이 있음을 밝혀내고 '사랑의 마지막'을 노래한 것" 등의 연구 논문이 발표된 바 있음.

22) 여린 감성에 상사병에 걸리기라도 하면 시름시름 앓다가 죽기도 한다.

첫 연은 임금을 맞은 궁녀의 노래이다. 이 노래는 어쩌면 궁녀들 사이에 불려졌던 노래일지도 모른다. 누가 지은 지도 모르고 궁녀들 사이에 떠도는 노래였는데 이를 채집하여 다듬은 노래일 가능성이 크다. 궁녀로서 임금을 맞는 어려움을 '얼음 위에 댓닙자리 보아'로 표현했다. 차갑기 이루 말할 수 없는 궁궐에서 용케도 마련한, 호화롭지 못해 초라한, 임금을 모신 잠자리를 묘사하는데 이보다 더 좋은 시구는 결코 없을 것이다. 궁녀의 애처로운 한이 배경에 깔려 있는, 애타는 염원으로 지극정성을 다 했지만 초라할 수밖에 없는, 또한 살얼음을 딛는 듯 조심스러운 자리라는 느낌을 고스란히 전하고 있지 않은가.

첫 연이 궁녀가 임금을 맞이한 노래임을 인정한다면 "얼어 죽을망정 정둔 이 밤 더디 새오시라"는 쉽게 이해가 간다. 궁녀의 심정이야 죽어도 헤어지기 싫지만 떠나는 임금을 붙들 수도 없는 처지이고 보면, 순간순간이 천금보다 귀하고 목숨보다 소중함은 당연한 이치일 것이다. 따라서 첫연은 궁녀의 심정을 읊은 노래임에 한층 더 심증이 굳어진다. 그러면 다음 연부터는 자연히 이 궁녀에 대한 노래로 볼 수 있다.

(二) 쓸쓸하고 외로운 잠자리(耿耿孤枕上)에 어느 잠이 오리오
　　서창을 열어 보니 도화(복숭아꽃)가 피는구나
　　도화는 시름없어 봄바람에 웃는구나 봄바람에 웃는구나

제2연의 '경경고침상'은 이미 예견된 것이다. '滿殿春'이라는 말 그대로, 하고 많은 궁인이 있는데 '님의 정'이 오래 머물 것으로는 언감생심 꿈도 꾸지 않았을 것이다. 때문에 '정둔 오늘 밤'이 그렇게 소중했던 것이리라. 하지만, 꽃 피는 봄이 되니 처량한 마음 금할 길 없어 밝은 달이 서쪽으로 기울 때까지 잠을 못 이루다가, 문득 달빛 비치는 서창을 열어 보니 도화꽃은 내 심정도 모르고 봄바람에 웃음을 짓고 있다. 그러나 달리

생각해 보면, 과연 '만전춘'이지 않은가. 님의 태평성대를 기원해야겠지만 다른 한편으로 자꾸만 깊은 감회에 빠져들게 마련이다. 과거를 거슬러 거슬러 지나온 궁중생활에 대한 회상에 젖어 든다.

    (三) 넉시라도 님을 흔디 녀닛景경[23] 너기다니
        넋이라도 님을 한데 녀닛 景경 녀기더니
        벼기더시니 뉘러시니잇가 뉘러시니잇가

    제3연은 님에 대한 회상이다. "넋이라도 임을 흔디"는 "넋이라도 님을 따라 한 곳에 가고 싶어라"라는 소원을 비는 당시의 상투적 어구이다. 〈동동〉에도 〈정과정곡〉에도 나온다. "녀닛경 너기다니"는 '여느 사람의 일(景), 즉 남의 일로 여겼더니'라는 말이다. 첫 행은 "넋이라도 임을 한데"라고 비는 일은 남의 일이지 자신과는 상관없는 일로 생각했었다는 말이며, 한때는 임금의 총애를 받았음을 은근히 과시하고 있는 표현이다. 궁녀 출신으로 임금의 굳건한 사랑을 얻어 남들처럼 '넋이라도 님을 따라 한곳으로 가고 싶다'는 넋두리는 할 필요가 없었다는 말이다. 궁녀 출신으로 그런 정도에까지 이르렀으니 주위로부터 부러움도, 시샘도 많이 샀을 것이다. 궁을 가득 채운 꽃들이 있는데 다른 꽃들이 가만히 있겠는가. "벼기더시니 뉘러시니잇가"는 그렇게 두터웠던 임금의 정이 멀어져갔음을 나타낸다. 그런데 여기서 '벼기더시니'라는 난해어를 만나는데 그에 대한 정확한 뜻이나 어원이 아직 밝혀지지 못했다. '벼기다'라는 말은 문증이 어려워서 두 개의 다른 용례가 발견되었을 뿐이다.[24] 이들 용

---

23) 녀닛景: 남(여느 사람)이 당하는 지경. 남의 일
    ＊녀느+ㅅ+景 → 녀늣경 → 녀닛경 ; 여느 사람의 景(경황, 지경)
24) 하나는 〈정과정곡〉에 쓰인 것으로 상황이 여기와 똑같아서 뜻을 유추하는데 별 도움이 안 된다. 다른 용례는 『월인석보』의 목련존자(목건련, 목걸리나) 편에 실려 있는 목건련의 출가설화이다.

례로부터 뜻을 유추한 것이 '어기다, 우기다'로서 과거의 해석이나 석연치 못한 면이 있다. 그 뜻을 새롭게 살펴보기 위하여 『월인석보』의 용례를 보였다.

其 五百七 – 어미 마조 가 손 자바 니르혀아 盟誓롤 벼기니이다
내 말옷 거츨린댄 닐웨롤 몯 디나아 阿鼻地獄애 뻐러디리라

(번역) 어미가 마주 가 손을 잡아 일으켜 맹세를(맹세로서) 우깁니다.
내 말곧 허망한 것이라면 이레를 지나지 못하여 아비지옥에 떨어질 것이다.

설화에 따르면 목건련은 전생에서 어미를 죽인 업보가 있어서 피부가 검게 태어났다. 금생에서도 생각이 다른 어미를 만나 서로 부딪혔다.[25] 위 예문은 어미가 마중 나가, 쓰러져 있는 목건련(나복)을 잡아 일으키며 '맹세를 벼기는' 장면을 묘사한 것이다. 이 용례로 인하여 '벼기다'의 뜻을 '우기다'로 해석하는 경향이 있다. 즉 어미가 자기의 '맹세를 우겨서' 나복이 따르도록 했다는 것이다. 얼핏 보면 그 말이 타당하며 달리 해석할 방도가 없는 것 같다. 그러나 한 번 더 생각해 보면 '맹세를'이 '벼기다'의 목적어가 아니라는 것을 알 수 있다. 조사 '–을/를'이 '–으로'의 뜻으로 쓰이는 경우가 있기 때문이다.[26] 또한, 어미의 맹세는 스스로 하는 것이지 우기거나 어기는 것이 아니기 때문이다. 즉 그 말은 '맹세로써

---

25) 어미는 '중을 내친 것', '육바밀을 못하게 한 것', '가축을 잡아 귀신을 섬기는 것' 등의 행위를 의도적으로 했으며, 이로 보아 불도를 믿지 않을 뿐만 아니라 상당한 거부감을 가지고 있었으며 남편이나 아들이 불도를 가까이하는 것을 싫어했음을 알 수 있다. 어미가 '맹서를 벼긴 것'도 나복으로 하여금 불도를 가까이하지 못하게 하려는 의도가 있었던 것이다. 그러나 그 맹세가 중하였으므로 7일이 못 되어 죽고 아비지옥에 빠진 것이다. 어미의 맹세는 달리 보면 불도를 허물어 버리기 위한 기도(企圖)였다.

26) [용례] 어떤 재료나 수단이 되는 사물임을 나타내는 격 조사.
  * 휘파람을 신호로 해서 그를 불렀다.
  * 이 푸른 천을 치마로 만들자.　　　(출처: 표준국어대사전)

벼기었다'는 말임을 알 수 있고 그 뜻은 "어미가 맹세로서 (불도에) 가까이 가지 못하게 하였다."이다. 어미는 불도에 뜻을 두고 있는 아들을 말리기 위해 '거짓 맹세'로서 시험하고 있는 것이다. "내 말이 거짓이라면 아비지옥에 떨어지리라." 그 맹세가 중하여 이레가 못 되어 어미가 죽었다.

여기(만전춘)에서도 '벼기다'의 뜻은 '(님의 뜻을 거슬러) 가까이 가지 못하게 하다'이다. 즉 "님이 내게 오고 싶어도 가까이 가지 못하게 하신 이가 뉘러시니잇가"이니 결코 님을 원망할 마음은 없는 것이다. 그리하여 궁녀 출신 후궁임에도 불구하고 '뉘러시니잇가'를 반복할 수 있었던 것이다. 각설하고, 작중 화자의 회고는 제4연으로 계속된다.

(四) 올하 올하 아련 비올하
　　오리야 오리야 아련 비오리야

여흘란 어듸 두고 소해 자라 온다
　　여울은 어디 두고 소에 자러 오느냐

소콧 얼면 여흘도 됴ᄒᆞ니 여흘도 됴ᄒᆞ니
　　소 곧 얼면 여울도 좋으니 여울도 좋으니

＊올하: 오리야　＊비오리: 색깔 고운 숫오리
＊아련 :(중의적 표현) 1) 아렴풋한, 아련한　2) 어리고 불쌍한

옛날을 생각하면 다시금 감회가 새롭다. 지금은 귀하신 몸이 되었지만 궁녀로 들어올 당시를 생각하면 처량하기 그지없었던 기억이 아련한 옛 추억으로 남아 있다. 곱게 차려입는다고는 했지만 궁에 들어오고 보니 초라하기만 했고 얼어버릴 것만 같은 궁중 분위기에 앞날이 아득하게만 느껴졌을 것이다. '오리야, 오리야 아련 비오리야'는 그때의 그 심정을 읊은 것이다. '비오리'는 중의적인 표현이다. 비단오리라는 뜻으로 '곱게 차려 입은 오리', 그리고 '비 맞아 처량한 오리'라는 두 가지 이미지를 전달하며, 이는 화자 자신의 입궁 시 모습을 회상한 것이다.

다른 한편으로 이 시구는 '만전춘'을 읊은 것이다. 화자의 눈길이 현실의 '궁녀'에 머문 것이다. '아련'이라는 시어는 '여리고 불쌍한'이라는 또다른 뜻이 있으며 '소에 자러 오는 오리'는 '갓 입궁한 궁녀들'을 은유한다. 누가 원해서 궁녀로 들어오겠는가. 여울은 어디 두고 소에 자러 오는가? 궁녀가 자꾸만 들어오니 '만전춘'이라 하겠지만 그러면 그럴수록 궁녀에게는 더 추운 곳이 된다. '만전춘'의 쌍곡선이다. '소콘 얼면'은 단순한 가정이 아니다. "'소'라는 곳이 금방 얼 정도로 추운 곳이라는데…"를 줄여서 표현한 것이다. '만전춘'이라는 곳이 궁녀에게는 그렇게 추운 곳이다. 그런데 과거에는 달리 해석하는 경우가 많았다. '비오리'가 고운 색깔을 가진 숫오리를 일컫고, 또한 이 여울 저 여울을 지나 소에 자러 오는 오리라고 해서 본 연을 바람둥이 남자의 행태를 읊은 것이라고 해석한 경우도 꽤나 많았다. '만전춘'의 궁녀들이 바깥세상을 그려 본 것이라고도 할 수도 있지만 그것은 부차적인 해석이다. 주된 표현 의도는 작중화자의 과거 회상이며, 또한 현실적으로 만전춘의 '여리고 가련한' 궁녀들에게 측은한 눈길을 보낸 것으로 보아야 할 것이다. 작중 화자는 가깝게는 왕의 총애를 받던 시절을 거쳐 입궁 당시의 먼 과거의 추억을 더듬다가는 궁전의 '애처로운 궁녀'에 생각이 미치자 현실로 돌아왔다. 도화가 만발한 '만전춘' 가운데 '경경고침상'으로 되돌아온 것이다.

(제5연)

南山남산애 자리보아 玉山옥산을 벼여 누어
錦繡山금수산 니블안해 麝香사향각시를 아나 누어
남산에 자리보아 옥산을 베고 누워
금수산 이불 안에 사향각시를 안아 누워
藥약든 가슴을 맛초옵사이다 맛초옵사이다

달콤한 과거 회상에 잠겼다가 생각이 현실로 돌아오니 내 몸은 '만전춘' 한가운데 있다. "남산에 자리 보아 옥산을 베고 누워"는 "따뜻한 아랫목에 자리를 보아서 옥베개를 베고 누웠다"를 은유적으로 읊은 것이다. 호사스런 잠자리지만 어찌하겠는가, '耿耿 孤枕上'을 면할 수 없는 것을. 금수산이 수놓인 비단이불을 덮고 있지만 외로운 잠자리인지라, 사향각시라도 안고 누워 있으면 혹시라도 님이 찾아오실까? 허참! 그러고 보니 이게 바로 '만전춘'이로구나! 사향각시도 나랑 같이 임을 기다리네. 이 정도는 되어야 만전춘이지, 역시 만전춘이로구나! 달이 서창으로 기울어 새벽녘인데 이 시각에 님이 오실 리는 없지만 그래도 꿈에라도 한 번 들려주셨으면… 님의 가슴이 약든 가슴이니 한 번이라도 맞추기만 하면 이 쓰린 가슴이 금방 나을 것 같은데… "약든 가슴 맞초옵사이다, 맞초옵사이다" 궁인의 간절한 소망은 끊일 줄 모른다. 사향은 남자를 끄는 힘이 있다고 믿었던 같다. 사향각시는 사향을 넣은 주머니를 인형모양으로 예쁘게 장식한 것이다. 사향각시를 안고 있으면 혹시라도 님이 찾아줄까 일말의 기대를 걸어 보지만 부질없는 생각이다. 새벽이 가까워 오는데 오실 리가 없다. 그러나 꿈에라도 찾아주신다면… 약든 가슴을 한 번 맞추기만 하면 쓰린 가슴이 금방 나을 것 같은데… 아! 그러나 어찌하랴, 만전춘이 이런 곳임을. 역시 만전춘이로구나! 궁인의 간절한 바람은 끝이 없지만, 그것은 생각에 그칠 뿐이다. 모든 것을 체념한 지도 이미 오래 되었으니, 이젠 한갓된 애정을 초월하여 초연한 마음가짐이다. 오직 하나 바람이 있다면 '만전춘'의 태평성대가 지속되기를 빌 뿐이다.

(제6연)
아소 님하 원대평생(遠代平生)애 여힐 술 모르옵새
(해석) 맙소서, 님이시여! 길고 긴 한 평생에 잊을 줄 모르옵,이로세

(어석) 원대평생 : 길고 긴 한 평생   여희다 : 잃다.

   여힐 술 모르옵새 : '잃을/잊을 줄 모르옵(니다)' 이로세

* '-새'는 '-이로세'를 줄려서 표현한 것이며 한탄조 종결어미

마지막 연은 님에 대한 탄원이다. 이를 풀어 쓰면 "아! 님이시여, 긴 긴 한평생을, 님이 오시던 안 오시던 끝도 없이 이렇게 학수고대 하고 있나이다. 곱게 차린 비오리가 자꾸만 들어오는 이곳 '만전춘'이기에 님이 다시 찾을 리 없을 줄도 알지만, 긴긴 한평생, 이 소원을 잊을 줄 모르옵니다."가 될 것이다. 즉 "그러한 생각을 놓을 줄 모릅니다. 소용없는 줄 알면서도 잡고 있습니다."라는 의미이다. 표면적으로는 님을 기다리는 표현이나 속뜻은 기다림을 넘어선 탈속의 상태가 되어 있다. 이는 나이 먹은 후궁이 임금을 잊지 못하는 심정, 소용없는 일인 줄 알면서도 기대를 버리지 못하는 안타까운 심정을 넋두리 삼아 읊은 노래이다. 그 애절하고 처연한 느낌을 이보다 더 잘 표현할 수 있을까. 그야말로 궁중문학의 백미요 만인의 심금을 울리는 절창이라 아니할 수 없다.

〈작자에 대하여〉

본 시가의 작중 화자는 궁녀 출신의 후궁이라는 데는 이의가 없을 것이다. 그렇다면 작자도 후궁일까? 그럴 가능성이 없는 것은 아니지만 선뜻 대답하기 어렵다. 역사를 통틀어 시문에 능했던 후궁을 찾아보기 어렵기 때문이다. 특히 고려시대에는 이름난 후궁이 거의 없다. 조선시대에는 후궁을 여럿 둘 수 있었지만 고려시대에는 달랐다. 예외도 있지만 귀비와 혜비 두 명을 두는 것이 관례화되어 있었던 것이다. 하여 유명했던 의종의 무비[27]나 충렬왕의 시무비[28]도 알고 보면 '無比'라는 이름으로

_____

27) 남경(현 서울)의 천민 출신으로 무신의 난 직전 의종의 총애를 받아 정사를 어지럽혔음.

28) 정읍출신으로 한미한 가문 출신이나 미색이 뛰어나 궁녀로 바쳐졌으며 충렬왕의 총애를 받았으나 元공주의 시샘으로 외로움을 겪었다. 충렬왕이 사냥을

불렀었다. '비할데 없이 아름다운 미인'이라는 뜻이다. 고려시대에는 왕의 총애를 얻어도 후궁(妃)에 봉해지지 못했고 이름은 그냥 '宮人'으로 불렀다. 궁인들 중에는 천한 신분 출신으로 왕의 총애를 받은 사람을 꽤나 많이 찾아볼 수 있다.[29] 그러나 제2연의 한시체나 제3연에서 보이는 경기체가의 문구 '녀닛 景'이라는 표현을 구사할 만한 궁인은 찾아볼 수 없다. 즉 궁인의 작품일 가능성은 거의 없다는 말이다. 그렇다면 누가 지었을까? 작중 화자가 반드시 작가가 되는 것은 아니다. 그 궁인과 가까운 사람이 평소 보고 느낀 바에 감명을 받아 시로 읊을 수도 있기 때문이다. 작품의 수준으로 봐서는 한시에도 조예가 깊은, 시가에 뛰어난 자질을 갖춘 사람이 지은 것으로 추정할 수 있다.[30] 이 노래는 작자를 추정하기도 어렵지만 작중 화자가 되는 후궁의 모델도 찾기 어렵다. 주위 사람들에게 감동을 줄만한 이야기가 전해 오는 궁인이 별로 없기 때문이다. 柴시무비가 이에 근접한 궁인이라 생각되지만 일찍 죽었다. 적선래가 김원상이 지어준 〈태평곡[31]〉을 불러 기녀신분으로 충렬왕의 총애를 받았

나가면 며칠씩 함께 머물렀다고 한다. 의종의 무비와 구별하기 위하여 柴(시)無比라고 부른다. 元공주가 죽자 원에서 귀국한 태자(충선왕)에게 보복을 받아 죽임을 당했다.

29) 권순형, "고려시대 궁인(宮人)의 직제(職制)와 생활", 《이화사학연구》 제21집, 2010, 107−135쪽

30) 이 노래 역시 대부분의 여요와 마찬가지로 민간에 떠돌던 노래를 채집하여 궁중예악으로 재편한 것으로 볼 수 있으며, 시가 중 일부는 개사나 창작의 소산일 수 있다. 아마 충렬왕대의 측근 행신들인 오잠 김원상 등이 그들이라고 볼 수 있다. 그들이라면 문학적 소양이 깊어 이런 노래를 충분히 엮어낼 수 있으리라 생각되나 이는 필자의 추정일 뿐이다.

31) 작품은 전하지 않고 『고려사』 열전 권125 김원상조에 노래에 관련된 일화가 기록되어 있다. 그에 따르면 작자가 적선래(謫仙來)라는 기생에게 이 노래를 가르친 뒤 왕 앞에서 부르게 하니, 왕이 듣고 그 지은이의 재주를 칭찬하여 통례문지후(通禮門祗候)라는 벼슬을 주었다고 한다.

　[출처: 한국민족문화대백과사전:−태평곡(太平曲)]

다. 시무비는 미모가 으뜸인 반면 적선래는 기예로서 단연 최고였던 것 같다. 왕이 죽은 후에도 교방에 남아 후진을 양성했는데 소매향과 연쌍비를 배출했으며, 그 둘은 우왕의 총애를 입어 옹주 작위까지 받았다. 그러나 어느 누구도 〈만전춘〉의 모델과는 거리가 멀다. 문학작품에는 가끔 '가상의 모델'을 설정해 놓고 작품을 내는 경우가 있다. 신라향가 〈찬기파랑가〉 역시 기파랑은 실존 인물이 아니다. 〈원왕생가〉의 광덕과 엄장 역시 실존인물이 아니고 가상의 인물이라고 한다. 서구문학사에서도 '석상과의 만찬'으로 유명한 '돈 후앙'[32]이 있다. 우리 옛 선조들은 서구보다 먼저 문학적 캐릭터를 설정해 놓고 노래를 지어 불렀던 것이다. 필자의 추측으로는 〈만전춘〉의 모델은 시무비와 적선래를 합쳐서 만들어낸 캐릭터가 아닐까 한다. 궁녀로 들어왔지만 절세 미모와 빼어난 기예로서 한때 왕의 총애를 입었으나, 나이 먹어 뒷전으로 밀려난 후궁의 노래로 보면 앞뒤 정황이 꼭 맞아떨어지지 않는가. 온갖 사치를 향유하지만 독수공방의 외로움을 어찌할 수 없는 '궁인의 숙명'을 '만전춘'이라는 제하에 노래로 엮어낸 것이다.

5. 결 언

본고에서는 〈滿殿春〉을 '궁녀 출신 후궁의 사랑 노래'로 풀이하였고 작중 화자의 모델은 충렬왕의 시무비와 기녀 적선래를 합쳐서 만들어낸 가상의 '문학 캐릭터'로 보았다. 또한, 작자는 동시대를 살며 가까이서 지켜

---

32) 멋쟁이 한량으로 목숨을 걸고 여자에게 접근하지만 뒷 책임은 '내 몰라라' 하는 원초적 본능의 가상인물이다. 러시아의 시인 푸쉬킨이 '돈 후앙'적 삶을 살았다고 한다. 수많은 귀족 부인을 섭렵하고 툭하면 결투 신청을 보냈으며 결투로서 생을 마감했다. 현역 대위가 신청해 온 마지막 결투는 피할 수도 있었지만, 당당히 응한 것으로 보인다.

보았던 당시 최고 수준의 문사일 것으로 추정하고 작품을 감상하였다.

첫 연은 어느 궁녀, 아마 시무비가 충렬왕을 모신 첫날밤의 감회를 읊은 것으로 볼 수도 있다. 서슬 퍼런 元공주의 미움을 사면 목숨이 달아날지도 모르니 그야말로 '얼음 위에 댓닢자리 보아'가 아닌가. 다행히 왕의 총애를 얻었으나 '경경고침상'을 면할 수 없다. 봄은 왔는데 임은 오지 않으니 '소춘풍하는 도화'가 부럽기만 하다. 여기서 '桃花'는 중의적인 뜻을 가진다. 도화가 '봄바람을 비웃'는 것은 바깥세상을 떠올린 것이기도 하다. 바깥 여울도 좋건마는 곧 얼어붙을 것만 같은 '추운 소'에 들어왔으니 회한이 서릴 만도 하지 않은가. 지금도 가엾은 비오리는 자꾸만 들어오고 있으니 아련한 옛 추억이 떠오르는구나! 이게 바로 '만전춘'이로구나. 만전춘이니 나이 먹은 후궁은 당연히 뒤로 밀려나는 것인데 '님 생각' 해봐야 무슨 소용인가. '따뜻한 잠자리에 옥베개를 베고 자는 것만도 다행으로 생각해야 할 것인 즉, 생각나는 김에 한껏 사치를 부려 값비싼 사향을 피워 꿈에라도 님을 불러 볼거나. 이어 종연에서는 체념 어린 절규가 이어진다.

맙소서, 님이시여! 긴 한평생 (이 생각) 잊을 줄 모르옵,이로세.

궁인의 노래로서는 그야말로 절창이다. 첫 연부터 마지막 연까지 느끼는 사랑의 감정을 조금의 과장도 없이 솔직하게 읊은 노래이면서도 이보다 더 아름다울 수 없는 노래이다. 그러므로 여요의 문학적 가치는 더 높다 할 것이다. 별로 연관성이 없는 것 같은 민간의 노래를 모아 〈만전춘〉이라는 제하에 엮어낸 작품으로서, 어느 하나도 뺄 수 없고 달리 더할 필요도 없는 그야말로 완벽한 구성을 이루고 있다. 이에 동서고금을 막론하고 궁중문학으로서는 단연 으뜸이라 할 것이다. 여요의 문학적 수준이 세계에서 으뜸이라는 것은 세계 최초의 금속활자가 말없이 증언해 주고 있다.

3. 〈가시리〉 평설[33]

가 시 리

작자 미상

가시리 가시리잇고 나는
ᄇ리고 가시리잇고 나는
위 증즐가 大平盛代

날러는 엇디 살라 ᄒ고
ᄇ리고 가시리잇고 나는
위 증즐가 大平盛代

잡ᄉ와 두어리 마ᄂᆞᆫ
선ᄒ면 아니올셰라
위 증즐가 大平盛代

셜온님 보내ᄋᆞ노니 나는
가시ᄂᆞᆫ듯 도셔 오쇼셔 나는
위 증즐가 大平盛代

〈악장가사 판본〉

〈가시리〉는 순수한 우리말로 쓰여 있다. 사라진 고어나 난해어도 없어 별다른 해석이 필요 없고 그냥 보면 뜻이 통한다. 다만 '선ᄒ면'이라는 한 마디에 눈길이 멈추도록 되어 있다. 과거에는 '서운하면'으로 해석했다.

---

33) 본고는 월간 純粹文學 통권342호(2022.5)에 실린 글이다.

그러나 이에는 발음이 비슷할 뿐 '서운ᄒ면'을 '선ᄒ면'으로 표현해야 할 이유가 없다. 또한 이별가를 부를 정도의 사랑이라면 그 깊이가 보통과는 다를 것일진대 "서운하다고 안 온다는 것"은 '이유' 중에서는 너무 가벼운 이유가 된다. 사랑의 깊이가 그 정도라면 '이별가'를 부를 이유조차 없다는 말이다. 이에 과거의 해석에서 벗어나 시어에서 풍기는 어감으로 새로운 접근을 시도하는 것이 바람직하다고 본다. 고어라 할지라도 우리말이니까 분명 어감이 느껴진다. 누구나 언뜻 느끼는 어감은 두 가지로 '선'을 짧게 끊어 읽을 때와 '선'을 길게 읽을 때 오는 어감이 있다. '(찬바람 일듯) 선뜻하면'과 '(눈에) 선하면'이 그것이다. 다음에 이어 오는 '아니올세라'와 연결 짓는다면 '선뜻하면'으로 보아야 할 것이지만 확신이 서지 않는다. 이유는 '선뜻하면'으로도 의미는 통하지만 그래도 무언가 미진한 느낌을 지울 수가 없기 때문이다. '아니올세라'의 이유로 어찌 '선뜻하면'이 가당하단 말인가. 무언가 또 다른 의미가 숨겨져 있는 것은 아닐는지… 그렇지 않고서는 이 표현은 전체적인 시어 수준에 크게 미달한다는 느낌을 지울 수 없다. '선ᄒ면'을 달리 해석할 수 있다면 어쩌면 가장 핵심적인 시어가 될 수도 있다. 4개의 연으로 이루어진 노래에서 3번째 연의 '중심 시어'가 되니까 굳이 한시의 '기승전결'을 따지지 않더라도 가장 중요한 의미를 담고 있는 연이 되며 그 연의 핵심시어이기 때문이다.

여기서 '선ᄒ면 아니올세라'의 뜻을 살펴보자. 두 말이 엮여 있는 어구이므로 동시에 그 뜻을 살펴야 한다.

선ᄒ면 : 1. 선뜻한 느낌이 들면, 찬바람 스치듯 하면
              ('선선ᄒ다 → 선ᄒ다'의 어감을 빌려 온 듯.)
      2. (눈에 보이듯)선하면.

아니올세라 : 아니+오+ㄹ세라,

   * '–ㄹ세라'는 '의심, 의문, 추측'의 뜻을 가진 종결어미.

  1. 아니 올 것인지라

  2. (반어법) '아니 올 것인가' 즉 '오지 않겠는가'의 의미

위에서 보면 두 어휘가 다 두 가지로 해석될 수 있다. '아니올세라'를 평서법 표현으로 보면 '선뜻한 느낌이 들면 아니올세라'로 해석할 수 있다. 아니 오는 이유로는 좀 가볍기는 하지만은 그래도 내가 하는 행동이 평소와는 달리 '선뜻한 느낌'을 준다면 님으로 하여금 마음이 멀어지게 할 수도 있다. 이는 님을 보내는 마당에 마음이 쓰이는 부분임에 틀림없다 할 것이다. 또 다른 한편으로는 '아니올세라'가 반어법적 표현으로 쓰였다면 '눈에 보이는 듯 선하면 아니 오고 어쩌겠는가'라는 뜻으로 볼 수도 있다.[34] 이 말은 님을 보내는 불안한 마음을 달래는 자위의 의미도 있고, 또한 '둘이 서로 그렇게 좋아했는데 내가 선하게 떠오르면 아니 오고는 견뎌낼 수가 없으리라'라는 자신감을 은연중에 보인 것으로 볼 수도 있다. 이를 바탕으로 전 시가에 대한 감상을 시도해 보자.

가시리 가시리잇고
버리고 가시리잇고

날러는 엇디 살라 하고
버리고 가시리잇고

잡사와 두어리 마는
선하면 아니올세라

---

34) 반어법적 해석은 강헌규에 의하여 제안되었다. 아래 논문 참조.
강헌규, 「〈가시리〉의 신석을 위한 어문학적 고찰」, 『국어국문학』 62·63, 1973, 29~30쪽

설온 님 보내옵노니

가시는 듯 도셔 오쇼셔

이 노래는 순수한 우리말로 쉽게 쓴 짧은 노래임에도 이별의 쓰라린 정한을 너무나도 잘 표현하고 있다. 조금도 과장되거나 가식적인 미사여구 하나 없이 있는 그대로의 심정을 솔직하게 읊은 노래임에도, 아니 오히려 북받치는 서러움을 내면에 감추고 절제하며 읊은 노래임에도, 피 맺힌 한을 토로하는 어떠한 시구보다도 더 애틋하고 절실한 이별의 한이 배어 나오고 있다.

첫 연에서는 '가시리'를 반복하고 있으니 이로 미루어 갑작스러운 이별이 아니라, 이미 예기하고 있던 이별이며 어찌 피할 도리가 없는 이별임을 알 수 있다. '가야한다, 가야한다'고 하던 님이 정작 떠나려 함에 "가시려, 가시려고요, 정말로 가시려고 하는 겁니까? '설마, 설마' 했는데 정말로 버리고 가시는 겁니까." 이 첫 구절은 이별을 앞둔 한 여인의 절규 바로 그것이다. 그 절규를, 하나도 보태지도 않고 또한 꾸밈도 없이, 그냥 그대로 읊은 것이다.

둘째 연은 "이렇게 떠나시면 나는 어떻게 살라는 말입니까"로서 이 말 뒤에는 "님 없이는 못 산다는 것을 님이 더 잘 알고 있지 않습니까."가 숨겨져 있다. 그러나 이 말은 떠나는 님을 앞에 두고도 뱉어낼 수 있는 말이 아니다. 다만 혼자서 되뇌이는 독백일 뿐이다. "그럼에도 정녕, 나를 버리고 떠나야 한단 말입니까." 그러나 비탄에 젖어 있는 화자는 알고 있다. 어떻든 가지 않고는 안 되는 사연을. 그러기에 이 여인은 가는 님을 막아서지를 못하고 터져 나올 것 같은 울음을 속으로 감추고 있는 것이다.

'잡스와 두어리'로 시작되는 제3연은 중의적인 표현으로 두 가지 해석이 가능하다. 첫 번째는 잡아두고 싶고 못 가시게 막아서고 싶다. 하지만 그러한 내 행동이 평소와는 달라 선뜻한 느낌을 준다면, 평소의 헌신적이고 세심하게 님을 위하던 모습과는 달리, 이기적이고 그악스럽게 느껴져서 '저런 모습이 있었던가?' 하고 찬바람 스치듯 선뜻한 느낌이 들면 영영 안 올 수도 있지 않은가. 평소 쌓아온 좋은 이미지를 깨고 싶지 않기에, 막아서고 싶어도 그러지 못하는 심정을 읊은 것이다. 한편 두 번째 해석으로는 막아서봤자 가지 않고 안 되는 님이기에, 막아서지 못하고 대신 가시는 님이 돌아오지 않고 안 될 것이라는 자위적인 내용을 반어법으로 나타낸 것으로 보는 것이다. 즉 님과 나와의 사랑이 죽고 못 사는 관계임을 님이 더 잘 아실 텐데, 굳이 붙잡지 않아도 내 모습이 눈에 선하다면 아니 오시고 어쩌겠는가, 님도 나와 마찬가지로 내 없이는 못 살 것일진대, 하루에도 몇 번씩 내 모습이 눈에 선하게 떠오른다면 아니 오고 어쩌겠는가, 하는 화자의 심정을 읊은 것이다. 두 사람 사이에 깊은 사랑이 있는데 어찌 돌아오지 않겠는가라는 스스로의 위안을 나타낸 것임과 동시에, 우리의 사랑이 얼마나 깊은데 아니 오고 어쩔 것인가라는 자신감을 슬쩍 비친 것이라고도 볼 수 있다. 그렇지만 보내는 마음은 한없이 서럽다. 이렇게 이별가를 불러야 할 정도이니 쉽게 돌아올 수 있는 길도 아니다. 다소간 시일이 걸리는 일임도 알고 있다.

그리하여 님을 보내기가 더욱 서럽다. 보내기 서러운 님을 막아서지 못하고 고이 보내 드리옵노니 부디 가시는 듯 속히 돌아오시옵소서! 가사 속에 녹아 있는 이별의 상황이 눈에 어렴풋이 떠오르지 않는가.

'너 없이 못 산다'는 뜨겁게 사랑하는 님이, 가지 않으면 안 되는 먼 길을 떠나야 한다. 님이 입버릇처럼 '가야 하는데 가야 하는데' 해왔지만, '설마 떠나시려고' 하며 하루하루 지내왔지만… 그러나 이제 더는 미룰 수 없어 님이 막 떠나려 하고 있다. 님이 없으면 하루도 못 살 것 같은데 이를 어쩌하나, 그러나 가지 않으면 안 되는 님의 사정을 너무나 잘 알기에 막아서지를 못한다. 님을 보내기가 한없이 서럽지만 속마음을 감추

고 님을 보내며, 가시는 님이 하루 속히 돌아오시기를 손 모아 빌고 있
다. 빌고 비는 그 속마음은 타들어 가지만 그래도 믿는 구석이 있다. 내
가 님 없이 못 산다는 것을 님이 더 잘 알고 있고, 님도 또한 나 없이는 죽
고 못 산다는 것을 내가 알고 있지 않은가. 하루에도 몇 번씩 내 모습이
선하면 어찌 아니 올 수 있겠는가. '선하면 아니 올세라' 이 한 마디가 두
연인의 절절한 사랑을 어렴풋이 느끼게 해 준다. '님 없이는 하루도 못
산다'는 것을 서로 잘 알고 있으니 그 사랑이 얼마나 깊은 것인가를. 그
러나 은유로 감추어진 그 사랑은 '님 없이는 못 산다'는 여느 시구보다 훨
씬 더 깊고 뜨거운 사랑임을 우리는 안다. 문학이란 직접 표현보다 은유
가 훨씬 더 깊고 심오한 뜻을 품을 수 있음을, 그리하여 그 사랑이 너무
나 진실된 것이기에 님을 보내면서도 한 가닥 마음의 여유를 가질 수 있
다. 내 모습이 선하다면 어찌 아니 올 수 있겠느냐. 그 사랑이 얼마나 깊
으면 이러한 믿음을 불러올 수 있겠는가. 〈가시리〉의 사랑은 떠난 님을
다시 불러올 수 있는 사랑이다. 이보다 더 깊은 사랑이 있겠는가.

그 사랑하는 님이 막 떠나려 하고 있다. 여인은 막아서지 못한다. 오
히려 서러움을 감추고 고이 보내드리고자 한다. 님 없이는 죽고 못 사는
나, 그리고 나 없이는 죽고 못 사는 님이기에, 그런 내 모습이 선하면 아
니 오고 어쩔 것인가. 이 한 생각으로 위안을 삼지만 그러나 속마음은 타
들어 간다. 보내는 마음, 떠나는 마음 뒤엉클어져 차마 무슨 말을 할지
모른다. 언제 돌아올지 모르는 기약 없는 이별이기에 울며 발버둥치고
싶지만 그 심정을 깊숙이 감추고 다만 쓸쓸한 웃음으로 이별을 고한다.
드디어 님은 떠나고 멀리 보이지 않을 때까지 뒷모습을 지키다가 두 손
모아 하루 속히 돌아오시기만 빌 뿐이다. "서러운 님 보내옵노니 가시
는 듯 돌아오소서." 애간장이 녹아내리는 심정을 이 한마디로 표현했다.
비록 주저앉아 울지는 않지만 님을 보내는 상실감은 이보다 더 클 수가

없다. 님을 보내기가 죽음보다 참기 어려운 것임을 애써 표현하지 않아도 알 수 있다. '선하면 아니 올세라' 이 한 마디에 다 녹아 있기 때문이다. 또한 그 말 한마디로 위안을 삼고자 하지만 일말의 불안감을 떨칠 수 없고, 멀어져가는 님을 보면 애간장이 녹아내릴 수밖에, 겉으로야 고이 보내 드리지만, 어찌 속마음까지 고요할 수가 있겠는가. 고이 보내는 태도는 역설적으로 울부짖는 마음이라고 볼 수 있다. 어느 한 곳이 터질 것만 같은 억지할 수 없는 설움이 내재되어 있는 것이다. 터질 것 같은 봇물을 가까스로 참아내고 있다. 그리고는 안간힘을 다하여 마지막 소원을 읊조리고 있다.

> 셜온 님 보내옵노니
> 가시ᄂᆞᆫᄃᆞᆺ 도셔 오쇼셔

이별가를 마무리함에 이 보다 더 격조가 높은 결사가 있을 수 있으리오. '셜온 님'에 포함된 함의가 너무나 깊다. 너무나 사랑하기에 보내기 '서러운 님'이고, 님이 떠나는 이유가 내 잘못이 아니어서 보내기 '서러운 님'이다. 또한 님도 어쩔 수 없이 떠나야 하는 길이기에, 떠나는 님의 마음 역시 나와 같이 찢어질 것이기에, 보내기가 더욱 '서러운 님'이다. 그러한 님을 보내는 마당에 '가시는 듯 돌아오소서!' 이 말 외에는 더 이상할 말이 무엇이 있겠는가. 이로써 끝을 맺으니 그야말로 이별의 노래 중에서는 최고의 '절창'이라 할 것이다.

고려가요 어석

해석 요약

머리말

여기서는 앞에서 에세이 형태로 다룬 여요 중에 주제 상 또는 분량이 너무 많아 충분히 다루지 못한 여요가 있음에 그에 대한 이해를 돕기 위해 간략한 어석과 해설을 붙이고 시가의 주제를 논하는 장을 마련하였다. 앞서 여요 에세이 편에서는 여요를 선정하여 새로운 시각으로 보았을 때 비치는 새로운 모습에 집중하여 논설하였으므로 약간의 편중이 없을 수 없었고 약간의 보완의 필요성도 느껴졌다. 여기서는 앞에서 다룬 여요 중에서 몇 작품을 선정하여 여요의 해석을 중심으로 요약 정리하여 실었다.

여요에는 대단히 수준 높은 노래가 많다. 〈가시리〉, 〈청산별곡〉 등등은 순수 우리말 가사로서 쉽게 쓰여 진 시가임에도 이별의 정한이나 화자의 심경을 매우 절실하게 매우 고차원적을 그려내고 있다. 거기에 멋진 운율까지 더해져서 맑고 순순한 언어로 빚어내는 예술의 극치에 이르렀다고 할 수 있다. 짧고 간결한 어석과 해설을 통해서나마 그 멋을 느껴볼 수 있도록 하고자 힘썼다.

간혹은 내용상 일부가 에세이 편과 약간의 차이를 보일 수도 있을 것이나 그럴 경우는 본 '해석편'이 더 정확한 것이 된다. 에세이 편은 이미 게재된 글을 바탕으로 편집하였기에 가능한 한 원문의 취지를 살릴 수 있도록 했으며, 반면에 본 요약편은 최근의 연구를 바로 반영시킨 것으로 최종 수정된 내용이다.

1. 〈가시리〉

가시리

가시리 가시리잇고 나는
보리고 가시리잇고 나는
위증즐가 大平盛代

날러는 엇디 살라호고
보리고 가시리잇고 나는
위증즐가 大平盛代

잡스와 두어리마는는
선호면 아니올셰라
위증즐가 大平盛代

셜온 님 보내 옵 노니 나는
가시는 듯 도셔 오쇼셔 나는
위증즐가 大平盛代

(개요)

　『악장가사』에 실려 전하며, 고려시대 작품이라는 문헌기록은 없지만 그 古雅고아·純樸순박한 상념, 情調정조 및 歌風가풍이 조선시대의 것과는 크게 다른 바 있음으로 이를 麗謠려요로 판단함에 주저치 않는다. 이별을 노래한 짧은 가사로서 그 절절한 시상이나 짜인 가형이 이러한 종류의 소악 중에서 류가 없는 절조이다. [양주동『여요전주』362쪽]

　또한 『시용향악보(時用郷樂譜)』에는 〈귀호곡(歸乎曲)〉이라는 이름으로 1장에 대한 가사와 악보가 실려 있다. 또한 이형상(李衡祥)의 『악학편고(樂學便考)』에 〈嘉時理(가시리)〉라는 제목으로 가사가 실려 있다.

(어석)

나는 : 조흥구

부리고 : 버리고

가시리잇고 : 가시려는 겁니까?

  * 가시리잇고 : 가시리(가시는 것)잇고(입니까)

위 증즐가 大平盛代대평성대 : 여음구

  위 : 감탄의 탄성

  증즐가 : 악기 소리의 의성음

  대평성대 : 임금의 덕치를 찬양하는 삽입어구

날러는 : '날ᄅᆞᄂᆞᆫ'이 옳은 표기이나 음운의 변화를 꾀한 표현.

  양주동(1954, 363쪽)은 '가창적 표현'이라 함.

잡스와 : 잡+ᄉᆞᆸ(겸양_선어말어미)+아 → 잡스와, '잡아서'의 겸양적 표현

두어리 : 두리 → 두어리, '어'는 운을 맞추기 위해 첨가된 것.

마ᄂᆞᄂᆞᆫ : 마는 → 마ᄂᆞ난, 운을 맞추기 위한 것

잡스와 두어리 마ᄂᆞᄂᆞᆫ : '잡아두리마는, 잡아둘 것이지만'의 겸양적 표현

선ᄒᆞ면 : 1. 선뜻한 느낌이 들면, 찬바람 스치듯 하면

  2. (눈에 보이듯)선하면

아니올세라 : 아니+오+ㄹ세라, 1. 아니 올 것인지라

  2. (반어법) '아니 올 것인가' 즉 '오지 않겠는가'의 의미

  * '-ㄹ세라'는 '의심, 의문, 추측'의 뜻을 가진 종결어미.

셜온 : 셟+은 → 셜ᄫᆞᆫ → 셜온, 설운, 서러운

셜온 님 : (보내기) 서러운 님

도셔 : 돌(廻)+셔 → 도셔(ㄹ탈락), 돌아서

(새로운 해석) - 여음구 제외

(원문)	(해석)
가시리 가시리잇고	가시리 가시리잇고
부리고 가시리잇고	(가시는 것, 가시는 것입니까)
	바리고 가시는 겁니까
날러는 엇디 살라 ᄒ고	날라는 어찌 살라 하고
부리고 가시리잇고	버리고 가시는 것입니까
잡ᄉᆞ와 두어리 마ᄂᆞᆫ	잡사와 두고 싶지마는
선ᄒ면 아니올셰라	1. 선뜻한 느낌이 들면 아니 올 것인지라
	2. (눈에)선하면 아니 오시고 어쩌겠습니까.
셜온 님 보내옵노니	(보내기) 서러운 님 보내옵노니
가시ᄂᆞᆫᄃᆞᆺ 도셔 오쇼셔	가시는 듯 돌아서 오시오소서

(해설) 이 노래가사는 순수한 우리말로 쉽게 쓴 짧은 노래로서 이별의 서러움을 솔직하고 꾸밈없이 그려내었음에도 그 절조가 별리의 정한을 그보다 더 잘 표현할 수 없을 정도의 최고의 경지에 이르고 있다.

님이 정작 떠나려 함에 "가시려고, 가시려고, 정말로 가시려는 겁니까? '설마, 설마' 했는데 정말로 버리고 가시는 겁니까." 이 첫 구절은 한 여인의 절규를 그대로 옮겨 놓은 것이다.

둘째 연은 "이렇게 떠나시면 나는 어떻게 살라는 말입니까. 님 없이는 못 산다는 것을 님이 더 잘 알고 있지 않습니까, 그럼에도 정녕 버리고 떠나야 한단 말입니까." 울며 발버둥치고 싶지만 가시는 님을 편히 보내 드리기 위해 애써 슬픔을 감추고 의연한 모습으로 보내 드리며 혼자서 뱉어내는, 하늘이 무너지는 탄식이다.[1]

---

1) 이 말은 님에게 직접 할 수도 있다. 그러나 그렇지 않고 탄식이라고 보는 이유는 이 말은 님을 붙잡는 말이기 때문이다. 님에게 직접 하면 바로 원사가 되며 가시는 님의 옷자락이라도 부여잡아야만 하는 정황으로 치닫기 십상이다. 혼자서 하는 탄식이라야만 다음 행으로의 연결이 자연스럽기 때문이다.

（제3연）

　잡스와 두어리 마ᄂᆞ는

　선ᄒᆞ면 아니올셰라

　이는 중의적인 표현으로 두 가지 해석이 가능하다.

　첫 번째는 잡아두고 싶고 못 가시게 막아서고 싶다. 하지만 그러한 내 행동이 평소와는 달라 선뜻한 느낌을 준다면, 평소의 헌신적이고 세심하게 님을 위하던 모습과는 달리, 이기적이고 그악스럽게 느껴져서 저런 모습이 있었던가, 하고 찬바람 스치듯 선뜻한 느낌이 들면 영영 안 올 수도 있지 않은가. 평소 쌓아온 좋은 이미지를 깨고 싶지 않기에, 막아서고 싶어도 그러지 못하는 심정을 읊었다고 볼 수 있다.

　두 번째 해석으로는 막아서봤자 가지 않고 안 되는 님이기에, 막아서지 못하고 대신 가시는 님이 돌아오지 않고 안 될 것이라는 자위적인 내용을 반어법으로 나타낸 것으로 보는 것이다. 즉 님과 나와의 사랑이 죽고 못 사는 관계임을 님이 더 잘 아실 텐데, 굳이 붙잡지 않아도 못 살 것 같은 내 모습이 눈에 선하다면 아니 오시고 어쩌겠는가, 님도 나와 마찬가지로 내 없이는 못 살 것일진대, 하루에도 몇 번씩 내 모습이 선하게 떠오른다면 아니 오고 어쩌겠는가, 하는 화자의 심정을 읊은 것으로 보는 것이다. 둘 사이의 깊은 사랑이 있는데 어찌 돌아오지 않겠는가, 라는 스스로의 위안을 나타낸 것임과 동시에 우리의 사랑이 얼마나 깊은데 아니 오고 어쩔 것인가라는 자신감을 슬쩍 비친 것이라고도 볼 수 있다.

（제4연）

　셜온 님 보내ᄋᆞᆸ노니

　가시ᄂᆞᆫ듯 도셔 오쇼셔

　그리하여 보내기가 더욱 서럽다. 보내기 서러운 님을 막아서지 못하고 고이 보내 드리옵노니 부디 가시는 듯 속히 돌아오시옵소서! 이별의 사정이 가사 속에 녹아 있어 그 상황이 눈에 어렴풋이 떠오른다.

님을 보내기가 한없이 서럽지만 속마음을 감추고 님을 보내며, 가시는 님이 속히 돌아오시기를 손 모아 빌고 있다. 빌고 비는 그 속마음은 타들어 가지만 그래도 믿는 구석이 있다. 하루에도 몇 번씩 내 모습이 선하면 어찌 아니 올 수 있겠는가. '선하면 아니 올세라' 이 한 마디가 두 연인의 절절한 사랑을 어렴풋이 느끼게 해 준다. 선하면 오지 않을 수 없을 것이라는 자신감을 읊은 것이기도 하다. 사랑이 얼마나 깊으면 이러한 믿음을 불러올 수 있겠는가. 〈가시리〉의 사랑은 떠난 님을 다시 불러올 수 있는 사랑이다. 이보다 더 깊은 사랑이 있겠는가. (〈가시리〉의 문학적 감상은 '〈가시리〉 평설' 참조)

2. 〈청산별곡 (靑山別曲)〉

살어리 살어리랏다 청산애 살어리랏다
멀위랑 드래랑 먹고 청산애 살어리랏다
   얄리 얄리 얄랑셩 얄라리 얄라

우러라 우러라 새여 자고 니러 우러라 새여
널라와 시름 한 나도 자고 니러 우니노라
   얄리 얄리 얄라셩 얄라리 얄라

가던 새 가던 새 본다 믈아래 가던 새 본다
잉무든 장글란 가지고 믈아래 가던 새 본다
   얄리 얄리 얄라셩 얄라리 얄라

이링공 뎌링공 ᄒᆞ야 나즈란 디내와손뎌
오리도 가리도 업슨 바므란 ᄯᅩ 엇디 호리라
   얄리 얄리 얄라셩 얄라리 얄라

어듸라 더디던 돌코 누리라 마치던 돌코
믜리도 괴리도 업시 마자셔 우니노라
   얄리 얄리 얄라셩 얄라리 얄라

살어리 살어리랏다 바ᄅᆞ래 살어리랏다
ᄂᆞᄆᆞ자기 구조개랑 먹고 바ᄅᆞ래 살어리랏다
   얄리 얄리 얄라셩 얄라리 얄라

가다가 가다가 드로라 에졍지 가다가 드로라
사ᄉᆞ미 짒대에 올아셔 ᄒᆡ금을 혀거를 드로라
   얄리 얄리 얄라셩 얄라리 얄라

가다니 빅브른 도긔 셜진 강수를 비조라
조롱곳 누로기 미와 잡ᄉᆞ와니 내 엇디 ᄒᆞ리잇고
   얄리 얄리 얄라셩 얄라리 얄라

(제1연)

　　살어리 살어리랏다 靑山청산애 살어리랏다

　　멀위랑 ᄃᆞ래랑 먹고 靑山청산애 살어리랏다

　　　얄리 얄리 얄랑셩 얄라리 얄라

살어리랏다 : 살고 싶어라. 살 것이로다.

　　　　　이루어지기 어려운 가상적 소원을 나타냄.

살어리 : '살다'의 체언형, '살 것'의 뜻

　　　ㅡ리 : 체언형 어미. 예) 얼라리 꼴라리 : 얼난 것 꼴난 것

살어리 살어리랏다 : 살 것이, 살 것이로다

청산靑山(중의적 표현) : 1) 도인, 수도자들의 이상향.

　　　　2) 살기 어려운 공간, 최후의 도피처

얄리 얄리 : '얄'하리, '얄'하리

　ㅡ 얄리: 얄+(하)리, 얄 : 은 '얄궂다, 얄을 부렸다 등의 현대어에도

　　　　쓰이는 말임.

얄랑셩 : 얄+랑+(이)셩　'얄'하다고 할 것인가

　ㅡ 랑 : '할랑가 말랑가'의 '랑'

　ㅡ 셩 : (이)셩: '이셔'의 농조(戲話体)의 의문종결어미

　ㅡ "'얄'하다고 해야 할지말지 모르겠네용" 정도의 어감임.

(해석)

살어리 살어리랏다 청산에 살어리랏다(살고 싶어라)

머루랑 다래랑 먹고 청산에 살어리랏다

얄리 얄리 얄랑셩 얄라리 얄라

(해설)

'人間到處 有靑山(인간도처 유청산)'에서의 '청산'은 분명 이상향이다.

구도자들이나 도인들은 속세를 뒤로하고 청산을 찾아 들었다. 그러나 세속인들에게 청산은 살기 어려운 공간이다. 어린아이들은 교육이 어려워 금수 같은 생활을 할 수밖에 없고 때로는 맹수에 잡아먹히는 등 극도로 살기 힘든 공간이지만, 그래도 최후의 도피처로는 청산을 떠올렸다. 화자는 구도자나 도인일 수도 있고 세속인일 수도 있다. 세속인이라면 청산으로라도 도피하고 심정을 읊었으니 그의 생활이 얼마나 힘들었을까. "청산에라도 가서 살았으면 여기보다야 낫지 않을까"하는 독백이다. 특히 화자가 여자일 경우는 매우 특수한 상황이 된다. 사랑하는 님과 함께 아무도 모르는 곳으로 숨어 살고 싶다는 말이다.

여기서의 '청산'은 위의 모든 경우를 다 포함하는 함의가 깊은 시어이다. 그리하여 후렴 '얄리 얄리 얄랑성'이 붙었다. "같은 청산인데 정말 '얄'이 많은 곳이로구나"의 뜻을 갖는 후렴구이며 '얄'은 '얄궂다, '얄'을 부렸다 등 현대어에서도 쓰이는 말이다.

(제2연)

　우러라 우러라 새여 자고 니러 우러라 새여

　널라와 시름 한 나도 자고 니러 우니노라

널라와 : 너처럼, 너와 더불어. 과거에는 '너보다'로 해석했으나 '-라와'
　　가 과거에는 '-보다' 뿐만 아니라 '와 같이', '-와 더불어' 등의 뜻으로
　　쓰이기도 했으며 여기서는 '너와 같이/더불어'가 문맥상 더 적합함[2]

니러 : 일어, 일어나

우니노라 : 울고 있노라. 울면서 지내노라,

　울다+니다(行) → 우니다

---

2) 졸고, "여요 〈청산별곡〉 어석 소고 -'널라와'에 대하여", 국어국문학 제191호,
　2020,6, 229-245쪽.

(해석)

　울어라 울어라 새여 자고 일어나 울어라 새여

　너처럼 시름 많은 나도 자고 일어나 울고 있노라

(해설)

　새는 우는 것이 일상이다. 잘 때 말고는 항상 울고 있다. 화자의 슬픈 심정을 새에게 비유해서 읊은 시구임. 너무나 서럽고 슬픈 일이 많아서 눈만 뜨면 울고 지내는 내가 바로 너와 같구나. 새처럼 날아서 청산으로 도피하고 싶은 화자가 새를 보니까, 항상 울고 있는 새가 나와 꼭 같다는 것이다. 화자는 결코 나와 새를 비교하여 '너보다 시름 많은 나'로 표현하려는 의도는 없으며 그냥 '너처럼' 언제나 울고 있으니 '내 처지가 가련하기 그지없구나'이다.

　제2연도 중의적인 해석이 가능하다. 새를 일반 백성을 상징하는 것으로 볼 수 있기 때문이다. "새야 새야 파랑새야 녹두남게 앉지마라"의 새와 마찬가지이다. 화자는 고승쯤으로 도인이 될 수 있다.[3] 산속에 사는 고승이 전란을 겪고 있는 백성을 보니 안타깝기 짝이 없다. 중생을 제도하지 못한 죄책감으로 '나도 너와 함께 울고 있노라'이다. 후렴 "얄리얄리 얄라셩"은 "'얄'하리 '얄'하리 얄하다,이셩(이겠지용)?"의 뜻이다. 이렇게 볼 수도 있고 저렇게 볼 수도 있으니 말이란 '정말 얄궂은 것이로구나'라는 말이다.

(제3연)

　가던 새 가던 새 본다 믈아래 가던 새 본다

　잉무든 장글란 가지고 믈아래 가던 새 본다

---

3) 최기호(2002)는 〈영남간고상 24운〉을 지은 원감국사가 작자라는 주장을 펴고 있다. 그 또한 배제할 수 없지만 '작자 문제'는 차치하고라도 원감국사 같은 고승을 작중 화자로 볼 여지는 충분히 있다.

본다 : 보는가, 과거형으로 '보았느냐'로 해석할 수도 있으나 여기서는
　　현재형으로 보는 것이 더 적절하다고 생각됨.

믈아래 : 물아래

가던 새 : (날아)가는 새(鳥), '가던'은 현재형이며 '가던 길 멈추고'에서
　　의 '가던'과 같은 의미임.

잉무든 : 잇ㄱ+무든, 이끼 묻은, 녹슨

＊ 청동그릇에는 푸른 녹이 슬기 때문에 '이끼 낀'과 '녹슨'은 같은 의미
　　를 갖게 되었음. 또한 옛날 사람들은 이끼와 녹은 본질적으로 같은
　　것이나 서는 곳이 돌이냐 쇠붙이냐에 따라 달리 나타나는 것으로 생
　　각했음.[4]

장글란 : 장ㄱ/ 잠ㄱ을란. '잠ㄱ'는 도구, 연장, 쟁기를 의미함.

믈 아래 가던 새 : 물아래 가던 새, 물에 비친 새
　　'물 아래 가던 새'는 '거꾸로 나는 새'를 의미하며 물에 비친 세상도
　　거꾸로 보이므로 거꾸로 된 세상을 거꾸로 나는 새라는 의미를 가
　　지고 있으며 화자 자신이 그러한 환경에 처해 있음을 암시한다.

(해석)

　　가던 새가 가던 새를 보느냐, 물아래 가던 새를 보느냐
　　녹슨(이끼 낀) 연장(도구)를 가지고 물아래 가던 새를 보는가

(해설)

　　청산을 생각하니 새처럼 날아가고 싶은데 또한 청산에 우는 새가 어찌
나와 그리 닮았는지. 그런데 이 또한 무슨 일인가 날아가는 새는 동그란
호수에 비치는 자신의 모습을 보며 날고 있지 않은가. 비친 모습이 거꾸

---

4) 李瀷, 〈星湖僿說〉의 「만물문」중 '苔(태) 참조

로 날고 있다. 또한 물 아래 비친 세상 역시 거꾸로 된 세상이다. 이게 어찌 나와 꼭 같이 닮았는지. 나를 거울로 비춰 본다면 저와 꼭 같지 아니한가. 몽고와의 전쟁이 끝난 후 거꾸로 된 세상을 살아가는 내 모습이 저 새와 똑같이 거꾸로 된 모습일지니. 그리하여 한탄조로 읊은 시구가 바로 이것이다. 저기 날아가는 저 새야, 너에게 묻노니

"가던 새가 가던 새를 보는가? 정말 물아래 가던 새를 보는가?
내가 녹슨 거울로 나를 보듯이 너도 이끼 긴 거울(호수)로 '가던 새'
너 자신을 보는가?"

제2연 역시 중의적인 해석이 가능하다. 동경을 비춰 보는 화자는 왕이 될 수 있다. 거울은 세상을 비춰주는 신비로운 물건으로 왕실의 보물 중의 하나이다.[5] 다스리는 세상을 비춰 보니 모두 거꾸로 된 형상이다. 화자는 충렬왕 자신일 수도 있고 고위층 고려 관리일 수도 있다. 내 자신의 모습을 비춰보니 거꾸로 된 모습이고 또한 비친 세상 역시 거꾸로 된 모습이다. 이를 한탄조로 읊은 것이며 고도의 정치적 풍자이다.

또 다른 해석으로는 거울을 비춰 보는 화자는 여성으로서, 울면서 지내는 제2연의 화자와 동일인이다. 이는 1, 2, 3연 화자를 동일 여성으로 보는 것이다. 거울에 비친 자신의 모습이 '물 아래 가는 새'처럼 거꾸로인 것이다. '거꾸로'라는 말은 아마 불륜과 연관된 것으로 짐작해 볼 수 있다.

---

5) 일본왕실의 '삼종신기' 중 하나가 청동거울이며 고대건국신화에 거울이 등장한다. 우리나라 고대신화에서 거울을 찾을 수는 없지만 金尺이나 萬波息笛 등을 神權을 상징하는 보물로 등장시키고 있다. 본가를 고려 왕실의 제의에 쓰인 노래, 즉 여몽합작왕실의 번성을 기원하는 노래라고 본다면 銅鏡을 등장시키는 것은 매우 자연스럽다. 한편으로는 충렬왕의 속마음은 그러한 합작이 빨리 끝나기를 바랐을 수도 있다. 이 또한 '얄리 얄리'라고 할 수 있다.(청사별곡에 관한 기록이 없어 왕실 제의에 쓰였는지는 알 수 없다. 그러나 필자는 쓰였을 것으로 보고 있음.)

（제4연）

　이링공 더링공 ᄒᆞ야 나즈란 디내와손뎌

　오리도 가리도 업슨 바므란 ᄯᅩ 엇디 호리라

이링공 더링공 : 이리인가 저리인가. '－공－당 문답형'으로 '이리인공
　　저리인공'이 줄어서 '이린공 저린공'으로 되었다가 'ㄱ'의 역행동화
　　로 '이링공 저링공'이 되었음.
　－ 과거에는 '이러쿵 저러쿵'으로 해석했으나 그런 뜻이라면 '이러공
　　저러공' 또는 '이러쿵 저러쿵'으로 표현해야 하며 '이링공 저링공'이
　　될 이유가 없음.
나즈란 : 낮으란　　　　　＊바므란 : 밤으란
호리라 : 호(명사형)＋(이)리라, 할 것인가
　－ '호'는 'ᄒᆞ다'의 체언형 활용으로 '할 것'의 의미 (신라향가에서는
　　'爲乎[ᄒᆞ오]'로 표기된 것이나 후에 줄어 '호'가 된 것으로 보임.)
　－ 체언형에는 '홈/훔', '호' 두 가지가 있으며 '홈/훔'은 '함(현재형)',
　　그리고 '호'는 '할 것(의도)'의 의미가 있음.

（해석）

　이리인가 저리인가 하여 낮이라는 것을 지내왔건만

　올이도 갈이도 없는 밤은 또 어찌할 것인가.

（해설）

　'이리인가 저리인가' 하며 즉 갈등하며 낮이라는 것을 지내왔는
데 올이도 갈이도 없는 밤은 또 어찌할 것인가. 이는 분명 여성 화
자이다. 남자라면 올이도 갈이도 없다고 한탄만 하고 있지는 않을
것이기 때문이다. 하나 여자는 다르다. 찾아 나설 수도 없고 기약도
없는데 마냥 기다리고 있자니 처량하기 그지없다 할 것이다. 그러

나 본 연은 그 이상의 의미를 가지고 있다고 생각된다. '이링공 저링공 하야' 때문에 그렇다. 이는 갈등하는 화자 자신의 심경을 읊은 것이다. 갈등하는 내용은 분명 절박한 무엇이 있을 것이다. 본연의 표면적 내용은 전란 후의 발길이 끊긴 상황을 읊은 것이지만 그것으로 그치지 않는다는 암시가 본구에 숨어 있는 것이다. 화자가 처한 상황에서 절박한 심경으로 갈등하는 내용은 전 연의 '물 아래 가는 새'가 암시하고 있다. 거꾸로 된 세상을 살아가는 자신의 모습을, 평소에는 모르고 지냈는데, 거울에 비친 것을 보니 거꾸로 된 형상이라는 것이다. 거꾸로 된 세상에 거꾸로 된 모습을 보고 '이리인가 저리인가' 즉 어떻게 해야 할지 갈피를 잡지 못하고 있음을 읊은 것이다. '거꾸로 된 자신의 모습'이 문제다. 바로 일으켜 세워야 할 텐데 이러지도 저러지도 못한다는 말이다. 거꾸로 된 세상을 사는 자신과 관련된 일이다. 무슨 일이기에 그리도 절박한 것인가. 이는 나중에 밝혀질 것이다.

그런데 이 연 또한 정치적인 풍자시로 중의적인 해석이 가능하다. 전연의 대몽항전 이후 몽고앞잡이들이 설치는 거꾸로 된 세상이니 삶의 의욕도 없고 이러쿵 저러쿵하여 되는 대로 낮이란 지내왔지만, 또는 조정관리의 말을 따를까 몽고관리를 따를까 갈등하며 지내왔건만 올이도 같이도 없는 적막한 밤은 또 어찌할 것인가, 하고 한탄과 더불어 답답한 심경을 토로하고 있는 것으로 볼 수도 있다. 그리하여 '얄리얄리'의 후렴이 반복될 조건을 갖추고 있는 것이다.

(제5연)
어듸라 더디던 돌코 누리라 마치던 돌코
믜리도 괴리도 업시 마자셔 우니노라

돌코 : 돌ㅎ고 돌인고?

믜리도 : 믜ㄹ+이+도 미워할 이도

괴리도 : 괴ㄹ+이+도   사랑할 이도

(해석)

어디라 던지던 돌인고 누구를 마치려던 돌인고

미워할 이도 사랑할 이도 없이 맞아서 울고 있노라.

(해설)

이 연은 민간에 떠도는 '석전놀이' 노래가사를 채집한 것으로 보인다. 누구를 맞히려던 것도 아니고 어디에다 던지려던 것도 아니니, 돌에 맞았다 한들 누구를 탓하고 원망하겠는가. 운수가 사나워 당한 일이니 '빨리 잊어버리는 것이 좋으니라'라는 교훈적인 내용이다. 그러나 이 노래가 〈청산별곡〉에 삽입되었으니 그 내용 외에도 또 다른 숨은 뜻이 있을 수 있다. 여기서 돌에 맞는다는 것은 전쟁으로 재앙을 입었음을 의미한다. 즉 남편을 잃고 자식을 잃은 것을 비유하며 또한 전쟁이 끝난 후에도 딸을 원나라 공녀로 바쳐야 했던 아픔을 비유하고 하고 있다.

본연 또한 중의적인 해석이 가능하다. 첫 번째 해석은 전쟁으로 인하여 너무나 쓰라린 아픔을 겪었으니 결코 잊을 수 없다는 뜻과, 두 번째로는 투석전의 교훈을 되새긴다면 고의로 한 것이 아니니 누구를 원망하겠느냐. 아무리 큰 아픔이라도 이제 모두 잊고 '새로운 삶을 개척해야 하지 않겠느냐' 하는 뜻으로 해석하는 것이다. 이 역시 '얄리얄리'의 후렴이 나올 수 있는 조건을 갖추었다.

(제6연)

살어리 살어리랏다 바르래 살어리랏다

ㄴ 무자기 구조개랑 먹고 바르래 살어리랏다

바르래 : 바다에 '바드애'가 활음조 현상으로 '바르래'가 되었음.

　– 처격조사는 통상 '익'이나 '애'가 쓰인 것은 '바다'를 강조하는 의
미가 있음.

ᄂᆞ믹자기 : '남아도는 바다나물'을 총칭하는 의미로 사용된 시어.

　– 'ᄂᆞ믹'는 '남아도는', '자기'는 바다나물의 의미를 가고 있음.

　– 과거에는 '나문재'로 해석했으나 발음만 비슷할 뿐 직접적 연관
성은 없는 말임. 멀리 바다로 떠나 살고 싶다면서 떠올릴 수 있
는 바다나물로서는 너무나 생소한 해초임. 최소한 '파래 미역'
보다는 나은 표현이라야 하는데 '나문재'는 전체적 시어 수준에
크게 못 미치는 것으로 잘못된 해석임을 반증하고 있음.

구조개 : 굴조개, 굴과 조개

(해석)

　살어리 살어리랏다, 바다에 살어리랏다.

　남아도는 바다나물, 굴·조개랑 먹고 바다에 살어리랏다.

(해설)

　이 연은 또 다시 '바다에 가 살고 싶어라'를 읊었다. 바다 역시 녹녹한
삶의 공간이 아니다. 먹거리가 다소 풍부한 바닷가이지만 언제 큰 파도
가 닥칠지 모르며 바다생활에는 곳곳에 위험이 도사리고 있다. 큰 해일
이 밀려오면 온 가족이 바다로 휩쓸려 들어간다. 이러한 일을 한번 경험
하고 나면 내륙 깊숙이 옮겨 간다. 그런데 그 두려운 바다로 도피하고 싶
은 심정을 읊은 것이다.

　그런데 첫 연에서 청산으로 도피하고 싶은 심정을 읊었으면 그만이지
여기서 왜 또다시 바다로 도피하고 싶은 심정을 읊었을까? 그냥 도피의
심정을 읊은 것이라면 첫 연과 중복이어서 수준 높은 작품에는 금기사

항이다. 그런 면에서 본다면 본연의 '도피 심정'은 첫 연과는 확연히 다른 무엇이 있다고 봐야 할 것이다. 그것이 무엇일까. 이는 다음 연에서 밝혀진다. 그러나 결론을 미리 말하자면, 첫 연의 도피의 심정은 절망적인 도피의 심정이지만 여기서는 그와는 반대인 희망적인 도피의 심정이라는 것이다.

바다는 가장 낮은 곳이다. '바닥'이라는 의미로 '바당'이라고도 한다. 또한, 모든 것을 받아 주는 것이 '바다'이다. 그리하여 본연 또한 중의적인 해석이 가능하다. '바다'는 상징적인 표현으로 모든 것을 받아 주는 곳이니 제일 낮은 자세로 살아간다면 못 살 것도 없는 세상이라는 말이다. 몽고인과 그 앞잡이들의 횡포가 심하지만, 그 역시 참고 견딜만한 것이 아니겠는가, 라는 숨은 뜻이 있다.

본연 역시 사랑하는 님과 도피하고픈 뜨거운 삶의 의욕과, 몽고 치하에서는 숨죽이며 살아야 한다는 체념적인 생각이 동시에 표현된 노래이니, 이 또한 극한적 대비로서 '얄리얄리'라는 후렴이 나올 조건을 갖추었다.

(제7연)

가다가 가다가 드로라 에정지 가다가 드로라
사스미 짒대에 올아서 奚琴을 혀거를 드로라

에정지 : 1. '졍지에'의 도치

　　　　2. 예종지, 아종지(백아와 종자기) 등 '知音(지음)' 관련됨

1. '졍지'는 부엌을 의미하며 '에정지'는 부엌에 딸린 보조공간으로 상하기 쉬운 음식물 특히 술을 저장하는 공간. 부엌 부근 가장 서늘한 곳에 위치했을 것으로 생각됨. 솥이 걸리지 않아 '애정지'로 부르기 곤란하여, 대신 '정지에 딸린 공간'에서 첫 세 글자 '정지에'를 따와 도치시켜 '에정지'로 불렀던 것으로 생각됨. 과거에는 '갈림길'로 해석되기도 했음.

2. 제7연은 '드로라'의 연으로 '知音'과 관련된 말임을 어렴풋이 느끼게 하려는 의도가 있음. 예종지는 해금의 명인.

가다가 가다가(중의적 표현) : 1. 여기저기 다니다가,

2. '가끔 한번씩'이라는 의미도 있음

사스미 : 1. 鹿頭鼠目(녹두서목), 사슴머리에 쥐 눈을 한 자

2. 사슴이. '사슴'은 지체 높은 여인을 상징함.

짒대 : 짐을 올리는 대(탁자같이 생긴 것). 과거에는 배의 '짒대' 즉 '돛대'를 달리 부른 말로 해석되었음.[6] 여기서의 **'짒대'**는 중의적 표현으로 '짒대(荷臺)'와 '돛대, 솟대' 모두를 의미한다.

奚琴(히금) : 해금(奚琴), 두 줄 현악기. 악력 조정으로 연주함. 미분음 등 온갖 소리를 낼 수 있다고 함. '깽깽이'라고도 불렸음.

혀거를 : 켜거늘   **혀다** : 켜다, '당기다'의 의미.

(해석)

　가다가 가다가 들었노라, '에정지' 가다가 들었노라

　사슴이 짒대에 올라가서 '깽깽이 켜는 소리를 내거늘' 들었노라

(해석 1) 본 연은 '드로라'의 연이다. '듣는다'에서 최고라면 당연히 '지음'이 될 것이다. '에정지'라는 말은 백아와 종자기를 연상케 하는 말이며, 또한 해금의 명수 예종지를 연상케 한다. 공주를 따라온 '鹿頭鼠目'의 몽고인들이 어쭙잖은 정사를 펼치고 있음을 풍자적으로 읊은 것이다. 즉 표면적으로는 짒대(돛대, 솟대)에 올라가 해금을 켠다는 말도 안 되는 소리로 요란하게 '지음'의 소리를 내는 듯하지만, 내막은 그렇지 않다는 것이다.

---

6) 짒대 : 배는 부력 중심을 눌러 주어야만 안정을 취할 수 있으며 또한 그 자리가 돛대를 세우는 자리임. 따라서 '돛대', '짒대'는 동의어처럼 사용되었다.

(해석 2) 이 연은 轉(전)에 해당하는 연으로 화자가 바뀐다. 이전까지는 여성 화자였으나 이제 남성 화자로 바뀐다. 이 남성 화자가 여기저기 다니다가 또는 가끔 한 번씩 '에정지' 부근을 지나다가 무슨 소리를 들었다는 것이다. 예사소리가 아닐 것이다. 그 소리는 바로 '사슴' 즉 지체 높은 여인이 짐대에 올라가서 '해금 켜는 소리'이며 그 소리를 들었다는 것이다. 또한, 그 소리가 정말 의미심장하더라는 의미가 내재되어 있다. 해금 켜는 소리는 '깽깽이 소리'를 상징적으로 표현한 것이다. 지체 높은 여인이 술과 음식이 있는 후미진 공간 '에정지'에서 짐대에 올라가서 '깽깽이 소리'를 내는 것을 들었는데 그 소리가 기가 막히더라는 것이다. 여기서 '깽깽이 소리'는 섹스 환희음을 비유한다. 어느 지체 높은 여인이 밤의 고독을 이기지 못하여 '에정지'에서 정사를 벌이며 내는 소리를 들었노라는 것이다.

여기서 그 여인을 한 번 더 생각해 보자. 그 여인은 1-6연의 여인이며 앞에서 미루어 왔던 의문에 대한 답을 비로소 깨달을 수 있다. 청산으로 도피하고 싶은 심정을 읊은 여인, 밤이나 낮이나 울면서 지내는 여인, 그 연인이 거꾸로 된 세상에 거꾸로 된 자신의 모습을 보고는 탄식을 한 것이나, 낮을 갈등하며 지내 와서는 밤을 어찌할 줄 몰라 하는 이유, '돌을 맞았지만' 다 잊고 새로운 삶을 개척해야 할 이유, 그리고 바다로 도피하고 싶은 심정이 '희망적인' 이유를. 또한 '가다가 가다가 드로라'는 중의적인 표현으로 달리 해석하면 '가끔 한 번씩, 어쩌다 한 번씩 들었노라'가 되는데 가끔 들은 이유와 그 소리가 기가 막힌 이유도 바로 이해가 된다. 과연 여요의 백미 〈청산별곡〉의 '轉'구다운 표현이 아닌가. 이 한 구절은 별로 상관이 없어 보이던 앞의 6개 연을 하나로 꿰어내는 역할을 하고 있다. 시어의 상징성, 시적 구성과 표현력이 이 정도였다니 놀랄만한 일이 아닌가.

그러나 이상의 상징적 해석이 과연 옳다고 할 수 있을까. 이러한 의문을 예측한 듯 그 답을 종연에서 재확인시켜 주고 있다.

(제8연)
가다니 빗브른 도긔 설진 강수를 비조라
조롱곳 누로기 미와⁷⁾ 잡스와니 내 엇디 흐리잇고

가다니 : 갔더니, '가다니'는 '가'에 강세(방점)가 있는 말로서 '갔더니'
에 해당함.

도긔: '독+의(처격조사)', 독에

설진: 설진, '설다'의 피동태 '설지다'의 변용

설다 : 1. 낯이 설다, '익숙지 못한, 못 보던'의 의미

2. 부족하다, (간격이)성글다, 낫브다(나쁘다)

* '설다'의 원뜻은 '부족하다'는 뜻이 있으며 또한 같은 의미를 갖는
말 '낫브다/나쁘다'와 뜻이 상통하는 말임.

* 본 시가에서는 '낫브다' 대신 '설다'라는 말을 사용하여 만들어낸
시적 조어가 '설진'이라고 볼 수 있다. 즉, '설진'은 '낯설다'와 '낫
브다'의 두 가지 의미를 모두 가진 말로 해석해야 함. '낫브다'는
음식에 쓰일 경우 "(양이 적은 듯) 매우 맛있는"의 뜻으로 쓰인다.
(예: 밥 한 그릇을 나쁜 듯이 먹었다.)

* '설진'의 뜻(중의) : 1. 낯설게 된 ↔ 서먹서먹하게 다가온

2. 낫브게 된: 양이 적게 된, (양이 적은 듯)맛있게 된

강수를 : 강술+을, 강술 : 된술, 독한 술을 의미

설진 강술 : 1. 낯설게 다가온 독한 술(소주),

---

7) 『악장가사』 원문에는 '미와'로 되어 있으나 양주동선생은 '미와'의 오자로 보았
고 현재 통설이 되어 있다.

2. 양이 줄어 독한 술(소주) 3. 매우 맛있는 술(소주)

*몽고인들이 일본원정을 위하여 증류장치를 대거 설치하여 소주를 생산하였고 이후 '소주' 제조기술이 민간에 이전되어 전해 오게 되었음.

조롱곳 : '조롱꽃'으로 두 가지 의미를 가지고 있음,

1. 조롱박꽃을 줄인 말, 박꽃처럼 화려하진 않지만 청순한 이미지를 가지고 있음. 박꽃의 꽃말이 '기다림'이니, 가다리다 시들어 갈 가련한 꽃이라는 의미도 있음.

2. 조롱(嘲弄)꽃: 한자의 뜻대로 '조롱하며 가지고 노는 꽃', 즉 기생을 의미함.

누로기 : 중의적인 두 가지 해석이 가능하다.

1. '누룩+이(주격조사)', 술 빚는데 들어가는 '누룩이'의 뜻

2. '누룩+이(사람)', 누러 붙은 사람. 술집에 누러붙은 사람은 오래된 기생, 즉 '늙은 주모'를 말함. '술집 마담' 정도로서 호객행위를 했음.

조롱곳 누룩+이 : '조롱꽃' 그 자체가 표현 의도나 그냥 두면 외설스런 내용이 너무 쉽게 드러나기 때문에 '누룩'이라는 포장을 씌움으로써 그 뜻을 감추었다. 내용을 쉽게 알 수 없으니 신비스러운 느낌을 준다. 끝내 내용을 알아차린 사람은 빙그레 미소를 지을 뿐 누구도 천박한 표현이라는 느낌을 받지 않는다.

조롱꽃 누로기 : 조롱꽃과 누로기(늙은 주모)가, 즉 박꽃 같이 앳된 기생과 늙은 주모가 (매우 나를 붙잡으니)

미와 : 매워서, 맵게도('매우'의 뜻)

미와 좁스와니 : 매우 잡삽거니, 받들 듯 모셔 극진히 붙잡거니,매우 공손히 붙잡거늘

* 좁스와니 : 좁+숩(주체겸양)+아니/어니 → 좁스와니

* 미와 : 맵게도, 매우. 원본에는 '미와'로 되어 있음.

미와(악학편고): '몹시'의 뜻. '밉다'의 활용형. 어의상 '미울 정도로'이나 '못 쓸 정도로'와 같은 의미로 쓰였으며 '몹시[8]'의 뜻. 추측컨대 당시에는 '미와/매우'와 동의어 정도로 쓰였던 것으로 보임.

미와 줍스와니 : 몹시도 (나를 받들 듯) 붙잡으니

(해석)

(어딘가를) 갔더니 배부른 독에 '낯설게 다가온 독한 술', ' 양이 적은 듯 매우 맛있는 술', 즉 '소주'를 빚어놓고 있구나.
　조롱박꽃처럼 앳된 조롱꽃(기생)과 늙은 주모가(나를)맵게도(매우) 잡사오니(받들 듯 붙잡으니) 내 어찌하겠는가.

(해설) 이 연은 앞의 7개 연의 노래를 마무리 짓는 결사에 해당한다. '배부른 독에 좋은 술을 빚어 놓았기에 술 한잔 했노라' 정도의 내용으로는 부족한 느낌이 있다. '당대 최고 시가'의 결사다운 '무엇'이 있지 않을까?

(해석 1) 본 연은 술에 관한 연이다. 술은 슬픔을 달래거나 괴로운 세상사를 잊고자 할 때 마신다. 좋은 술을 배부른 독에 빚어 놓았는데 마셔야 하지 않겠는가. 그러나 술은 가산을 탕진하고 패가망신에 이르는 지름길이다. 하여 모두들 멀리했고 특별한 경우에만 마셨다. 술 마시는 데는 무슨 이유든 이유가 있어야 했다. 그러한 관점에서 보면 본연은 굉장한 과장을 담고 있다. 누룩 냄새만 맡아도 술 생각이 나서 어쩔 줄 모른다는 것이다. 누룩 냄새를 핑계로 한잔 했다는 말이며 이는 "억지 핑계로 한잔했다"는 말을 은유적으로 표현한 것이다. 술은 필자는 소주로 보고 있다. 소주를 마신다는 것은 몽고와의 타협을 의미하며 전후 민생들에게 그렇게 살아 달라는

---

8) '몹시'는 고어 '쓰다(用)'에서 파생된 말이며 '못 쓰이'가 '몹시'로 되었음.

바람이 숨겨져 있는 것으로 볼 수 있다.

(해석 2) '배부른 독'은 단순한 술 단지가 아니다. 몽고에서 들여온 소주증류장치를 의미하며 둥글고 큰 독이 사람들의 관심을 끌었다.[9] 대몽항전 후이므로 몽고의 것은 거부감이 크겠지만 몽고를 무조건 배척할 것은 아닐 것이니라. 여기 소주를 보라, 얼마나 좋은 술인가! 몽고 것이지만 먹고 즐길 만하지 않은가. 두 번째 구절은 이에서 한층 더 나아가고 있다. 조롱꽃(앳된 기생)과 누로기(늙은 주모)가 나를 받들 듯이 하면서 매우 붙잡으니 낸들 어찌하리오. 전쟁으로 남자들이 많이 죽고 젊은 여자들 중에는 유곽으로 흘러든 경우도 많았던 것으로 보인다. 비록 화려하진 않지만 박꽃처럼 앳된 기생과 늙은 주모가 나를 간절히도 붙잡으니 어찌 뿌리칠 수 있겠는가. 제7연에서 '해금 켜는 소리'를 듣고는 심란한 마음을 풀기 위해 찾은 곳이 바로 이런 곳이다. 두 연 사이의 연관성을 생각하면 해금 켜는 듯한 '깽깽이 소리'의 의미를 여기서 재확인시켜 주고 있지 않은가. 그러나 그 외설스러운 내용이 감쪽같이 숨겨져 있어 얼른 보아서는 알아채지 못 하도록 되어 있으니 남녀노소가 함께 노래 불러도 전혀 어색함이 없다. 그러나 내용을 아는 사람은 빙그레 웃음만 지을 뿐 외설적인 내용을 굳이 지적하려 들지 않는다. 이것이 충

---

9) 몽고가 들여온 소주는 농도가 높아 맛이 좋고 오래 보관할 수 있어서 고급주로 취급되었고 고려사회에 보급되면서 큰 인기를 누렸었다. 당시 몽고 앞잡이들이 소주증류기술을 전수받아 소주사업을 벌여 큰돈을 모았고 그것이 세상 사람들의 관심을 끌었다. 이는 〈쌍화점〉의 마지막 연 '술풀 집'에서도 확인된다.(에세이편-I.4 참조) 그러나 충렬왕대에 소주가 도입된 것은 분명하나 널리 퍼졌다는 기록은 찾아볼 수 없다. 어쩌면 두 시가의 마지막 연에서 '소주'를 노래한 것은 소주가 널리 퍼지길 바랐던 충렬왕의 바람이 노래로 옮겨진 것이라고 볼 수도 있다. 그 바람은 곧 실현되어 소주의 전파속도는 세계에서 유래를 찾아볼 수 없이 빨랐다. 노래의 '힘'이다. 현재 한국의 대표 '술'로 자리 잡았다.

렬왕과 가신들의 표현 의도와 꼭 맞아떨어지는 것이지 않은가. 몽고의 술이지만 '소주'도 좋으면 먹고 즐기면 될 것이고, 술집의 기생들도 맘에 들면 품으면 될 것이지, 무엇을 따지고 갈등하면서 살 이유가 없지 않은가.[10] 어수선한 세상에 혹독한 시련과 아픔을 겪었지만, 누구 탓도 아니니 모두 잊고, 다만 현재 상황에 맞추어 새 삶을 개척해야 하지 않겠는가. 이것이 마지막 결구의 주제이다.

〈종연의 결사로서의 의의〉

종연의 마지막 구절은 제7연의 '해금켜는 소리'의 상징성을 재확인시켜 주며, 또한 제4연에서 '이링공 저링공'하며 갈등하는 이유를, 그리고 제3연에서 '거꾸로 된 세상에 거꾸로 된 자신의 모습'의 의미를 재확인시켜 주고 있다. 이 모두가 지체 높은 여인의 '불륜의 사랑'과 연관되어 있으며 '물아래 가는 새'로 표현된 자신의 거꾸로 된 모습이 의미하는 바를 어렴풋이 짐작할 수 있게 해 준다. 아마도 사랑놀이의 상대는 하인이었을 것이라는 추측이 가능하며 또한 체위가 '여성상위'라는 암시도 있다고 볼 수 있다. 그러나 이 모든 것은 상상의 영역이며 그게 바로 문학이다.[11] 제6연에서 '바르래 살으리랏다'를 다시 읊은 것도 첫 연의 도피심정과는 확연히 다른 '희망적인 도피심정'을 읊은 것임이 여기에 이르러서야 더욱 분명해짐을 알 수 있다.

---

10) 이에는 몽고 화폐 '보초(寶鈔)'의 유통을 장려하기 위한 충렬왕의 바람이 담겨 있다. 술집의 번성은 화폐유통을 촉진한다. 앞서 숙종 때에도 지방에까지 술집을 열어 화폐유통을 시도했으나 실패한 바 있다.[고려사절요]
11) 문학적 표현은 고증의 영역이 아니다. 상상의 내용이 시가 텍스트와 상당한 정도의 연관성이 인정된다면 고증을 이유로 배제해서는 안 될 것이다.

(주제 파악과 전체적인 해설)

〈청산별곡〉의 주제는 전후 몽고지배에 대한 예리한 정치적 풍자가 들어 있고 또한 전쟁으로 빚어진 결과이니 아픈 과거는 모두 잊고 새삶을 찾아 나서야 한다는 삶의 개척 방향을 은연중 제시하고 있다. 이 또한 중의적인 해석이 가능하며 시어에 숨겨진 함의가 대단히 깊다. 그 중 대표적인 아이러니를 들면 "한 여인의 말 못 할 사랑"을 노래로 읊은 것이다. 외설적인 내용을 매끈하게 포장함으로써 남녀노소 누구나 즐겨 부를 수 있게 한 표현기교가 찬탄을 자아낼 만하다. 예로부터 음사의 노래는 '다산과 풍요'를 기원하는 의미를 가지며, 한 나라의 사직을 모시는 제의에 쓰여 왔다. 충렬왕은 '몽고−고려의 연합 새로운 왕실'을 창건했다고 보고 새 왕실의 번영을 기원하는 노래로 고려속악 '여요'를 채용했던 것으로 보인다. 한 나라의 '다산과 풍요'를 기원하는 노래로서는 단연 최고 수준이라 할 것이다. 중국의 고시가(시경 등)에도 수많은 노래가 전해 오지만 이만큼 다채로운 짜임새를 갖춘 노래가 있다는 말을 들어보지 못했다. 사랑놀이의 단편적인 은유 정도의 표현은 많이 찾아볼 수 있으나[12] 이를 일관되게 여러 번에 걸쳐 묘사하는 구성을 가진 시가는 찾기 어렵다. 더군다나 전란을 겪은 후에 민생을 다독이려는 목적을 가진 노래로는 그야말로 절창이라 아니할 수 없다.

이에 그 구성을 다시금 살펴보자. 제1, 2연에서의 청산으로 도피하고 싶을 정도로 울면서 지내는 절망적인 삶의 상태에서도 제3연의 거꾸로 된 세상에 거꾸로 된 사랑이 싹이 터서 제4연에서 '이리갈까 저리갈까'의 갈등을 거치는 모습, 그리고 제5연에서 전쟁으로 겪은 참담한 아픔을 정

---

12) 덩더쿵 방아타령, 물을 안고 도는 물레방아, 성기를 상징하는 '산, 강, 바다, 기둥' 등등 단편적인 상징적 묘사를 포함하고 있는 시가는 많이 있으나 '음사' 관련 내용을 일관되게 여러 번에 걸쳐 묘사하는 구성을 가진 시가는 찾기 어려움.

리하고 새 삶을 개척하려는 의지를 엿보이며 제6연에서는 바야흐로 '희망적인 도피의 심정'을 읊고 있다. 제1연의 절망적인 도피의 심정이 제6연에서는 '희망적'으로 바뀌어 있는 것이다. 여기까지 알 듯 모를 듯 이어지는 화자의 비밀을 제7연에서는 '해금을 켜는 소리'라는 상징적 표현으로 비밀의 일단을 드러내고 있으며, 이를 종연인 제8연에서는 '조롱꽃 누로기'라는 상징어로서 한 번 더 확인시켜 주고 있다. 그러나 상징적 표현이 절묘하여 외설적인 내용이 전혀 밖으로 드러나지 않도록 하였으며 깊은 성찰을 통해서만 어렴풋이 짐작할 수 있도록 하였다. '음사'를 상징적으로 묘사할 때 쓰는 최고의 표현기법이 아니겠는가.

결론적으로 본 시가는 그 구성이나 상징적 표현이 상상을 뛰어넘는 수준이며 찬탄을 금할 수 없게 한다. 그러한 문학적 자질을 물려받은 우리 민족임을 〈청산별곡〉을 통하여 세계에 알려야 한다. 그것이 문학 분야에서 우리의 국제적 위상을 높이는 가장 효과적 방법임에는 누구도 이의가 없을 것이다. 〈청산별곡〉의 英譯영역을 별첨에 실었다.

3. 〈雙쌍花화店점〉

쓍화뎜雙花店에 쓍화雙花 사라 가고신둰
휘휘回回 아비 내 손모글 주여이다
이 말ᄉᆞ미 이 뎜店밧긔 나명들명
　　다로러거디러 죠고맛감
삿기 광대 네 마리라 호리라
　　더러둥셩 다리러디러 다리러디러 다로러거디러 다로러
긔 자리예 나도 자라 가리라
　　위 위 다로러 거디러 다로러
긔 잔 ᄃᆡ ᄀᆞ티 덦거츠니 업다

삼장ᄉᆞ애 블 혀라 가고신둰
그 뎔 샤쥬(社主)ㅣ 내 손모글 주여이다.
이 말ᄉᆞ미 이 뎔밧긔 나명들명
죠고맛간 삿기 샹좌ㅣ 네 마리라 호리라
긔 자리예 나도 자라 가리라
긔 잔 ᄃᆡ ᄀᆞ티 덦거츠니 업다

드레 우므레 므를 길라 가고신둰
우뭇 룡龍이 내 손모글 주여이다
이 말ᄉᆞ미 이 우믈밧긔 나명들명
죠고맛간 드레바가 네 마리라 호리라

술풀 지븨 수를 사라 가고신둰
그 짓 아비 내 손모글 주여이다
이 말ᄉᆞ미 이 집밧긔 나명들명
죠고맛간 싀구비가 네 마리라 호리라

〈쌍화점〉은 악극으로서 고려궁중에서 단연 최고의 인기를 누렸다. 충렬왕이 특별한 애착을 가진 작품으로써 향각에서 자주 연희되었고 물을 끌어와 조화를 부렸다는 기록도 남아 있어 이를 뒷받침한다.[13] 그러나 조선조에서는 음란성을 문제 삼아 금지곡이 되었고 악극의 내용이 후세에 제대로 전해지지 못했다. 근래에 많은 연구가 이루어졌으나 아직도 고려 궁중에서 최고의 명성을 얻은 이유를 속 시원히 밝혀내지 못하고 있다. 〈쌍화점〉은 어찌 그 짧은 노랫말이 연극대본이 될 수 있는지 또한 궁금증을 자아내고 있으며 이를 새로운 시각에서 풀어 보고자 한다.

새로운 해석

〈쌍화점〉이 4개의 악장으로 되어 있지만 같은 구조가 반복되고 있어서 첫 번째 장만 철저히 분석하면 다른 장의 해석은 저절로 된다. 첫 장을 살펴보자. [출처]―『악장가사』

제1행 숑화뎜雙花店에 숑화雙花 사라 가고신딘
제2행 휘휘回回 아비 내 손모글 주여이다
제3행 이 말슴미 이 뎜店밧긔 나명들명
제4행 (여음)다로러거디러 죠고맛감 삿기 광대 네 마리라 호리라
(후렴1) 더러둥셩 다리러디러 다리러디러 다로러거디러 다로러
제5행   긔 자리예 나도 자라 가리라
(후렴2) 위 위 다로러 거디러 다로러
제6행   긔 잔 듸 ᄀ티 덦거츠니 업다
(행 번호와 여음, 후렴의 명칭은 편의상 필자가 붙인 것임.)

---

13) 정갑준, "〈쌍화점〉의 공연 및 공연공간에 대하여", 한국극예술학회, 한국극예술 연구 제26권, 2007.10, 18-28쪽.

<u>어석</u>

솽화雙花 : 1. 한자의 원뜻대로 쌍화(雙花)로 보면 장식물 쌍화가 됨.

　　2. 발음 '솽화'는 '相花'를 읽은 것으로 만두를 의미함.

　　* 중의적인 표현으로 두 가지 뜻을 다 포함하고 있음.

나명들명 : 나면서 들면서

　　* 과거에는 '나며들면'으로 해석했으나 이는 잘못이다. '나명들명'
　　은 형태로 보아 '나며들며' 또는 '나면들면'처럼 같은 어미를 가져
　　야 하기 때문이다. '나면서'를 '나명'으로 여운이 있는 발음을 사용
　　하였으며 '나면서 들면서' 하여 이미 소문이 다 퍼졌다는 말임.

삿기 광대 : 새끼 광대

덦거츠니 : 매우 지저분한 것

　　* '덦거츠니'는 '덦거츠니'와 동의어로서 'ㅂ'이 유성음 'ㄱ' 앞에서
　　'ㅁ'으로 바뀐 사례이다. 발음 습관상 생겨난 말이며 두 말은 혼용
　　되었다. '덦-'은 접두사로서 '접-'에 해당하며 '배로' 또는 '매우'
　　의 뜻이 있음. '거츨다'는 '荒'의 뜻임.

(어석에 대한 부연설명)

　'솽화점'은 양주동이 '雙花'를 '솽화'로 읽은 것과 만두를 '상화(霜花)'
라 하는 것을 연관지어 '만두가게'로 해석했다. 현재 통설로 수용되고 있
지만 오래 전부터 "새끼광대와 전혀 어울리지 않는다. 어찌 만두가게에
광대가 있고 또 새끼광대가 있겠는가"라는 지적이 있었다. 최근에 '쌍화
점'이 아랍상인이 경영하는 보석가게라는 주장[14]이 제시된 바 있다. 그러
나 '쌍화 사러 갔다'는데 쌍화가 무엇을 지칭하는지 밝혀내지 못했다.[15]

---

14) 박덕유, 〈쌍화점(雙花店)〉의 운률(韻律) 및 통사구조(統辭構造) 연구, 한국어
　　문교육연구회, 2001, 어문연구, 29권 2호, 21-42쪽

15) 성호경, 그의 논문(한국시가연구학회, 2016년)을 통하여 朴德裕의 주장과 함께

필자는 '쌍화점'이 극단을 거느리는 이동식 보석상이라는 것과 쌍화는 '쌍으로 된 꽃모양의 머리꽂이'를 지칭함을 밝힌 바 있다.[16] '쌍화점'은 이동식 보석상으로 여자들의 장신구 등 사치품을 함께 팔았던 것으로 생각된다. '雙花'를 '쌍화'로 읽은 것은 '휘휘아비'에 대응되는 어구로서 청중의 관심을 끌기 위해 일부러 흘려 읽은 것이다. 한자를 병기한 것은 흘려 읽은 어구에 대한 뜻을 분명히 하려는 것이다. 또한 '쌍화'는 발음으로 보면 '만두'를 의미하는 말이니 '쌍화점'은 '만두가게'를 의미하는 중의적인 표현으로 볼 수 있다. 화자인 그 여인이 '雙花店' 드나들기를 '만두가게'처럼 자주 드나들었다는 비유가 내포된 것으로 보인다.[17]

'나명들명'의 해석에는 섬세한 부분이 있는데 '그 말이 점 밖으로 나면서 들면서'로 해석해야 하며 이럭저럭 소문이 다 났다는 말이 된다. '나명들명'과 '네 말이라 하리라' 사이에 '다로러거디러 죠고맛감'이라는 여음구가 들어가 있는 것이 이를 확인시켜 준다. 후렴구가 들어가 있다는 것은 그 사이에 시간 간격이 있음을 의미하는 것이다. 즉 '나면서 들면서' 시간이 지나 소문이 다 퍼졌다는 이야기가 된다.

새로운 해석

제1행 쌍화점(보석상)에 쌍화(보석)을 사러 갔었는데
제2행 회회아비가 내 손목을 쥐었습니다.

李玠奭의 주장(2010년) '쌍화뎜'은 수입한 부녀자용 裝身具나 사치품들을 팔았던 가게' 또는 수입품 가게를 가리키는 것일 수도 있다'를 소개하였고 근거자료가 부족함을 지적하였음.

16) 본서 I-4. 악극대본으로서의 〈쌍화점〉 참조

17) 악관들이 후학들에게 이를 설명할 때 반쯤만 설명하여 '만두가게'라 한 것이 민간에도 그대로 흘러나와 퇴계집에도 '만두가게'로 기록되어 전해온 이유가 아닌가 생각된다. (나머지 반은 악극을 보면 바로 알 수 있었으므로 설명할 필요가 없었음.)

제3행 이 말이 이 점 밖으로 나면서 들면서….

제4행 조그마한 새끼광대, 네가 지어낸 말이라 할 것이리라!

제5행 그 자리에 나도 자러 가리라

제6행 그 잔 데 같이 난잡한 것이 없다.

(여음, 후렴은 생략하였음.)

(해설) 위의 해석은 문구상 해석이며 약간 외설적인 면이 있지만 평이한 내용이다. 당시 최고의 인기 악극으로서의 진면목은 행간의 숨은 뜻을 파악했을 때 비로소 그 모습을 드러낸다. '쌍화점'이 보석상이며 연극과 더불어 불려진 노래라는 점을 염두에 두고 숨은 뜻을 찾아보자.

　행간의 숨은 뜻을 찾기 위해서는 주변 상황을 면밀히 살펴야 한다. 화자A는 쌍화 즉 머리 장식물을 사려고 쌍화점(보석상)을 갔다. 그런데 생면부지의 회회아비가 손목을 잡았다. 이게 그냥 이루어질 수 있는 일인가? 그런데 새끼광대는 왜 등장시켰을까? 분명 주인 심부름을 했을 것이다. 예쁜 여자고객을 골라 주인에게로 안내한다. 몇 차례 찾아온 여자를 결국 깊숙이 자리한 주인방으로 인도하여 눈이 휘둥그레질 유리구슬 장식의 쌍화를 보여 준다. 그리고 넌지시 손목을 잡으며 쌍화 하나를 쥐어 준다. '이 말이 나명들명'의 제3행을 노래 부르면, 소문이 쫙 퍼졌다는 암시로 제4행의 여음 '다로러 거디러 죠고맛감'이 합창과 함께 연주되며, '네 말이라 호리라'를 노래할 때 합창수들은 모두 화자A를 손가락질한다. 실제로 소문이 난 이유는 쌍화를 머리에 꽂고 동네를 나다니며 자랑했기 때문이다. 자랑하고 싶어 견딜 수가 없어 그래 놓고는, 이제 와서는 말도 안 되는 핑계를 둘러대고 있다는 것이다. 즉 화자A가 소문에 대한 핑계를 댄다는 것이 '새끼 광대가 지어낸 말인데 뭘,

나랑은 상관없는 일이라오'가 된다. 이 또한 얼마나 재미있는 표현인가. 청중들은 이 구절은 듣고는 폭소를 터뜨렸을 것이다. "새끼 광대에게 온갖 심부름 다 시켜 놓고서는 이렇게 뻔뻔스런 핑계를 대다니. 나, 참!" 이러한 반응을 유도한 것이다. 그러나 어쩌겠는가, 믿건 말건 우선 발뺌을 하는 수밖에. 이러한 여자의 심리를 솔직하게 그리고 재미있게 표현한 것이다.

〈무대장치〉

그런데 연극은 무대장치도 한몫을 한다. 당시 최고의 보석상이 무대에선 보인다면 더욱 청중을 매료시킬 것이다. 왕의 직접적인 지원을 받고 있으니 최고의 시설을 갖추었을 것이다. 여러 명의 광대가 출연하고 새끼 광대가 익살맞은 표정으로 관객을 안내하고 있다. 무대 양 옆에는 보석이 박힌 장신구를 진열해 놓았는데 손님들이 구경을 하면서 값을 흥정하기도 한다. 이런 분위기에서 예쁜 여자가 눈에 띄면 주인이 눈독을 들이다가 새끼 광대를 보내어 작업을 걸었을 것이다. 당시에 이 정도 장치만 해도 인기를 끌만하지 않은가. 곡예 서커스만으로도 관중을 사로잡을 만했을 것이다. 그러나 이것만으로는 〈쌍화점〉의 진수를 맛보았다고 할 수 없다. 더 심오한 해학적 풍자가 남아 있다.

〈해학적 풍자〉

제5행은 소문을 들은 여자들의 첫 반응이다. 호기심을 보이며 '뭐 그런데가 다 있네. 나도 자러 가고 싶어' 라고 부러워해 놓고는 다른 사람을 만나 이야기할 때는 전혀 아니다. 시치미 뚝 떼고 '그렇게 지저분한 짓을 하고 다녀'라는 반응을 보인다는 해학적 풍자가 제6행이다. 보석에 유혹되기 쉬운 여자들의 심리와, 상황에 따라 쉽게 변하는 이중적 행동방식을 이 짧은 두 행으로 간결하게 표현했다. 또한 여자의 이중심리를 해학적으로 풍자함으로써 관중들로 하여금 폭소를 자아내게 했다. 뿐만 아니라 제5, 6행의 합창수들은 화자A를 손가락질한 사람들이다. 그런데 당신들은 과연 손가락질할 자격이 있는지 되묻고 있다. 이 또한 극적인 반전이다. 이 얼마나 멋진 표현인가.

(주제)

〈쌍화점〉의 주제는 '쌍화'라는 구슬 보배와 여자이다. 예나 지금이나 여자들은 보석을 좋아한다. 그래서 여자와 보석이 얽힌 이야기가 수없이 많다. 여자 유혹에는 보석이 단연 최고다. 거상을 거느린 회회아비가 먼 타국에 와서 예쁜 여자를 탐하고 있다. 새끼광대를 시켜 다리를 놓고 보석으로 유혹한다. 이 소문이 퍼져서 주변 사람들이 다 알게 되었는데, 그러한 상황에서 당사자와 주변 사람들의 반응을 재미있게 해학적으로 그려냈다. 다소 퇴폐적인 감이 없지 않지만 가사 내용은 크게 외설적이지 않다. 단지 내 손목을 잡았다는 정도이니 상당히 절제된 표현을 사용했다. 감창 소리(섹스 교성)를 상징하는 〈청산별곡〉의 '해금 켜는 소리'보다는 훨씬 정도가 약하다.[18] 마지막 두 행의 표현은 꽤나 외설적이다. 그러나 보석을 보고 느끼는 여자들의 심리를 이보다 더 잘 표현할 수 있을까? 또한, 여자의 이중적 심리를 솔직하게 극적으로 표현함으로써 폭소를 자아내게 했다. 이중적 여성심리를 극적으로 표현하는 방식은 여러 가지가 있겠지만 이 짧은 두 행의 표현은 그야말로 필수적이다. 쉬운 말에 간결하면서도 이보다 더 좋은 표현이 없을 정도이다.

나머지 악장에 대한 해석 및 해설

나머지 3개의 악장에서는 보석이 바뀌고 주는 사람과 장소만 달라질

---

18) 졸고, "청산별곡, 궁중예악으로서 노랫말이 금지된 이유는?", 월간 ≪신문예≫ Vol. 88 2017 3/4월호, 163-172쪽

뿐 내용은 거의 같다. 삼장사 사주, 우물용, 술집 주인 각각이 주는 보석만 다르다. 이에 대해선 후렴과 여음을 뺀 가사와 해석만 싣는다. 또한, 꼭 같이 반복되는 5행, 6행도 생략했다.

(원 문)	(해 석)
(제2장)	
삼장ᄉ¹⁹⁾애 블 혀라 가고신ᄃᆡ	삼장사에 불을 켜러 갔었는데
그 뎔 샤쥬(社主)ㅣ 내 손모글 주여이다.	절 사주가 내 손목을 쥐었습니다.
이 말ᄉᆞ미 이 뎔밧긔 나명들명	이 말씀이 이 절밖에 나면서 들면서…
조고맛간 삿기 샹좌ㅣ 네 마리라 호리라	조그만 새끼상좌가 지어낸 말이라 할 것인가.(분명 지어낸 말이라 할 것이리라.)
(제3장)	
드레 우므레 므를 길라 가고신ᄃᆡ	두레 우물에 물을 길라 갔었는데
우뭀 룡이 내 손모글 주여이다	우물룡이 내 손목을 쥐었습니다.
이 말ᄉᆞ미 이 우믈밧씌 나명들명	이 말씀이 이 우물밖에 나면서 들면서
조고맛간 드레바가 네 마리라 호리라	조그만 두레박아, 네 말이라 할 것²⁰⁾이라

 *드레우믈: 두레우물, 두레박이 달린 깊은 우물

(제4장)	
술폴 지븨 수를 사라 가고신ᄃᆡ	술파는 집에 술을 사라 갔었는데
그 짓 아비 내 손모글 주여이다	그 집 아비 내 손목을 쥐었습니다.
이 말ᄉᆞ미 이 집밧씌 나명들명	이 말씀이 이 집 밖에 나면서 들면서
죠고맛간 싀구비가²¹⁾ 네 마리라 호리라	조그만 쇠굽박아, 네 말이라 할 것이라.

_____

19) 삼장사 : 실제 존재했던 절이 아니며 가상의 절임. 절의 부패를 풍자하는데 실명을 쓰면 충돌이 일어날 수 있는데 이를 피하기 위한 것이다.

20) *'드레박'을 불러 놓고는, 네가 지어낸 말이라 할 것이로다. (당치도 않은 핑계를 댈 것이라는 말임.)

21) 싀구비가 : (두 가지 해석이 가능하다.) 1. '싀구비+박아'를 축약하여 읽되 흘려 읽은 것임. '싀굽박아'로 되지 않은 것은 아무리 봐도 '박'은 아니기 때문에 '빅아' 라고 부른 것으로 볼 수 있다.(박은 많은 양의 물을 퍼는 것이기 때문.) '싀구비'

(해설)

제 2장에서는 사주(社主)[22]라는 말로 미루어 삼장사 절은 다 지은 절이 아니고 건축 중에 있다. 절을 건축할 때는 탑에 불경과 같이 봉안할 보석으로 옥, 마노 등을 준비하는데 사주가 그 보석으로 여자를 탐한다는 사회풍자가 있다. 제3장에서 우물용을 왕이라고 해석하는 것은 잘못이다. 바다용이 아니고 우물용이다. 작은 용이니 왕은 아니고, 단순히 물에서 나는 보석을 많이 가진 자를 비유한 것으로 왕족이나 귀족, 지방호족이 될 수 있을 것이다. 그들 역시 타락하여 진주, 산호 등 물에서 나는 보석으로 여자를 유혹하고 있다. 향각에 물을 끌어와 조화를 부렸다는 기록이 있으니 무대장치는 여자에게 용궁을 가는 것처럼 속여서 우물용에게 데려가는 방법을 썼을 것이다.

제4장에서는 돈 많은 술집 주인인데 그 역시 예쁜 여자만 보면 뚜쟁이로 다리를 놓아 온갖 수작을 다 벌인다. 당시 증류주(소주) 만드는 비법이 몽고를 통하여 전해졌으며 일본원정을 위하여 대규모 증류장치를 안동 마산 제주에 설치하고 운영했는데, 후에 몽고 앞잡이들이 비법을 전수받아 소주사업을 벌여 막대한 부를 누렸다. 그들은 무뢰한이 많았는데 역시 여자를 탐하여 말을 잘 안 들으면 강제로 납치해서 데리고 가지

역시 '쇠구비'을 흘려 읽은 것이며 '싀구빅아'는 '쇠구비-박 같은 것아'의 뜻으로 쓰였다고 볼 수 있음. 싀구비: 쇠구비, 쇠로 된 국자 모양의 술 푸는 도구.

2. 싀구비+가(주격조사) → '싀구비'는 '싀굽+이'로 이루어진 말이며 '쇠구비'의 뜻. '가'는 호격 대신 주격을 쓴 것으로 볼 수 있으며 앞 장에서의 '새끼 광대', '새끼 상좌ㅣ'에 대응 되는 표현이다. 주격조사 '가'는 '내가, 네가' 등의 형태로 옛날부터 구어체로 쓰여 왔던 것으로 보이며 함경도 방언에 '이가' 등으로 남아 있다.

22) 社主 : 절이 지어지기 전에 뜻을 모아 모금을 하는데 이때 결사(結社)단체가 만들어지고 그 단체의 대표를 社主라고 했다. 절이 완공되고 나면 직책을 내놓아야 한다. 절의 주인 寺主는 특별히 개인이 세운 절이 아니면 없다. 급이 낮은 절의 사주라는 주장이 있는데 이는 잘못이다. 社主라는 말이 쓰인 것은 그 절이 완공되지 않았고 공사가 진행 중이란 뜻이다.

만, 보석(아마 금꽂이 쌍화)을 보고는 여자의 표정이 달라지는 장면이 들어 있었을 것으로 생각된다. 이 역시 타락한 사회상을 풍자한 것이다. 장기간 몽고전란을 겪으며 사회 곳곳이 타락했지만 "이제 와서 누구를 탓하겠는가, 주어진 여건에 맞추어 열심히 살면 될 것"이라는 의미도 내포되어 있다. 어쩌면 이것이 충렬왕이 의도했던 바 아닐까.

(창작 목적)

이 연극은 충렬왕을 위해서 만들어졌다고 한다. 충렬왕은 결코 나약하거나 무능한 왕은 아니었다. 오히려 원의 간섭으로 정치에 흥미를 잃고 주악에 빠져들었던 것은 아닐까. 어쩌면 그의 능력을 달리 분출시킨 것이 예술분야이고 악극이었으며, 남장별대를 세계 최고의 극단으로 육성시켜서 원나라 극단을 눌러 보고 싶은 욕망도 작용했을 것으로 생각된다. 〈쌍화점〉은 악극으로서 단연 최고의 인기를 끌었다. 현란한 무대장치에 보석으로 여자를 유혹하는 흥미로운 스토리를 바탕으로 하여 타락한 사회상과 여자의 '이중적 심리'를 예리하게 풍자함으로써 관객을 매료시킨 작품이니 그 수준은 분명 세계 최고였을 것이다.

충렬왕은 자신을 당 현종에 견줄 만큼 대단한 자부심을 가지고 있었다. 이유는 아마도 〈쌍화점〉이 있기 때문이며, 그로써 당시 세계 최고였던 元(원)의 악극을 능가했다고 생각했기 때문일 것이다. 매번 연극 때마다 스토리를 바꿀 수 있을 만큼 큰 폭의 포용성을 갖는, 그래서 보고 또 보아도 지루하지 않은 연극이 되도록 하였으니 세상에 이보다 더 훌륭한 악극대본이 있을 수 있겠는가.

4. 고려시대 여자의 일생 〈動동動동〉
− 전반부 해석 −

動 動

德으란 곰비예 받줍고 福으란 림비예 받줍고
德이여 福이라 호늘 나ᅀ라 오소이다.
　　　아으　動動 다리

正月ㅅ 나릿므른 아으 어져 녹져 ᄒᆞᄂᆞᆫ듸,
누릿 가온듸 나곤 몸하 ᄒᆞ올로 녈셔.
　　　아으　動動 다리

二月ㅅ 보로매 아으 노피 현 燈ㅅ블 다호라.
萬人 비취실 즈싀샷다.
　　　아으　動動 다리

三月 나며 開ᄒᆞᆫ 아으 滿春 ᄃᆞᆯ욋고지여.
ᄂᆞᆷ이 브롤 즈슬 디녀 나샷다.　(이하 후렴 생략)

四月 아니 니저 아으 오실셔 곳고리새여.
므슴다 錄事니ᄆᆞᆫ 녯 나를 닛고신뎌.

五月 五日애, 아으 수릿날 아ᄎᆞᆷ 藥(약)은
즈믄 힐 長存(장존)ᄒᆞ샬 藥(약)이라 받줍노이다.

六月ㅅ 보로매 아으 별해 ᄇᆞ룐 빗 다호라
도라보실 니믈 적곰 좃노이다.

(개요) - 고려시대판 여자의 일생 〈動動〉

〈動動〉은 『악학궤범』, 『대악후보』 등에 실려 전하며 원문이 잘 보존되어 전하고 있으며, 고구려가요로서 집단가무를 할 때 부르는 노래가사로 짐작되며 여자의 일생을 1년 열두 달에 비유하여 월령체로 읊은 것이다. 그 내용이 여인들의 전성기는 매우 짧아 금방 지나가고 뒤따라오는 인고의 세월이 길다는 여인의 삶의 고달픔을 노래가사로 깨우쳐 주는 것으로 민간에서 널리 불려졌으며 후에는 궁중예악으로 크게 인기를 끌었다. 가사는 쉬우면서도 수준 높은 표현기법으로 여자로서의 인생 애환과, 이를 헤쳐가기 위한 삶의 지혜를 노래한 것으로 고려판 '여자의 일생'이라고 할 수 있다.

서연

德(덕)으란 곰비예 받줍고 福(복)으란 림비예 받줍고
  德이여 福이라 호늘 나ᅀᅩ라 [23] 오소이다.
    아으 動動 다리

(어석)
* 곰배님배 : 시도 때도 없이 자꾸만
* 나ᅀᅩ라 : '낟다'의 변용으로 '낫으로 걸어 올리려, 건지러'의 의미,
* 나ᅀᅩ라 : 낟(다)+ᅀᅩ라 → 나(거성)ᅀᅩ라 (ㄷ 탈락)

---

23) 최근 '나ᅀᅩ라'를 '나ᅀᅳ라'로 표기하는 경향이 있는데 원전의 표기를 존중하는 것이 옳다고 본다. 〈동동〉 가사는 오직 『악학궤범』에만 전하며 성종조와 광해 군조에 출간된 두 판본 사이에는 'ᅀ의 표기'에 상당한 차이가 있다(임란을 거치며 ᅀ이 사라짐). 그러나 '나ᅀᅩ라'의 표기는 양본에서 모두 같다. 즉 성종조에는 ᅀ이 널리 쓰였음에도 '나ᅀᅳ라'라고 표기하지 않은 것은 그만한 이유가 있다고 보아야 할 것이다.

- 낟다: (낫으로) 걸어 올리다. 명사형 '낟/낫'이 남아 있음.
- '낫'의 고어가 '낟'이다. 이는 '낟다'와 연관된 말로 보인다.

※ '나ᅌᆞ라'로 표기한 것은 '낟다'의 활용형임을 뜻하며 12월령의 '나ᅀᆞᆯ 반'의 '나ᅀᆞᆯ'과는 다른 말이라는 것이다.

〈 '낟다'에 대하여 〉

'낟다'는 '(낫으로)걸어 올리다, 거두어들이다'의 뜻을 가지고 있으며 그 말의 흔적이 '낫', '낟가리/낫가리' 등으로 남아 있다. 또한 '낫'의 고어 가 '낟'이다. 이는 '낟다'에서 파생된 명사임을 뜻한다.

'낟다'는 사라진 옛말이며 그 흔적이 농사도구 '낫/낟'으로 남아 있다. '낟다'의 뜻을 '낟/낫'으로부터 유추해 보면 '거두어 베다', '걸어 당겨 베 다'의 의미로 보이며 '수확하다'의 의미를 내포한 것으로 보인다. 이는 '낟가리/낫가리'라는 말에서 확인할 수 있다. 또한 '낟다'는 '걸어 올리다' 의 의미도 있는데 여기서는 '조심스럽게 걸어 올리다'는 의미로 쓰인 것 같다. 이유는 '낟/낫'은 날카롭기 때문에 거칠게 걸어채면 잘려나가서 목 적을 이룰 수 없다. 그러나 조심스럽게 걸어 올리면 잘리지 않고 걸어 올 릴 수 있다. 물에 떠내려가는 물건을 건져 올릴 때 낫으로 건져 올리는 경우가 있는데 그때의 조심스러운 행동이 복을 건져 올리는 조심스런 행동과 상통하는 점이 많아 여기서 '나ᅌᆞ라'라는 표현을 쓰게 된 것으로 보인다. '낟다'의 '-ᅌᆞ라'형 활용은 '나ᅌᆞ라'가 되니 원문 표기가 이를 재 확인시켜 준다. 비슷한 말로 '나ᅀᆞ라(奉,獻)', '나ᅀᆞ라(進)'가 있지만 이와 다른 말이라는 것이다.

(해석 1)
덕으란 곰배에 받잡고 복으란 님배에 받잡고(공손히 받고)
　(덕이나 복을 곰배님배 받잡고(受) 하는 것이니)
복이니 덕이니 하는 것을 낫으러(건지러) 오소이다.

* 첫 행은 '복이니 덕이니 하는 것을 곰배님배 받잡고 하는 것이니'라는 말을 해학적으로 두 번에 나누어 표현한 것이다. 곰배, 님배는 나누어지면 특별한 의미가 없는 말이다.

(해설) 〈동동〉가무를 시작함에 있어 참가자들이 임금의 덕을 입고 부처님의 복을 받을 수 있는 행사임을 알림으로써 사람들의 참여를 독려하는 가사임.

(해석 2)－－ 아태문학에 소개된 해석[24)

덕으란 북배에 받잡고(공손히 받고)

복으란 남배에 받잡고(들 하는 것이니)

덕이니 복이라 하는 것을 낫으러(건지러, 낚으러) 오소이다

　* 북배 : 북쪽으로 올리는 절, 임금님, 조상님께 드리는 절

　* 남배 : 남쪽으로 올리는 절, 부처님께 드리는 절

하지만 아직 동동무에서 절(拜)을 올렸다는 기록을 찾지 못했으므로 (해석 2)는 일단 보류하고자 한다. 그러나 가능성이 전혀 없는 것은 아니다. 동동무에서 술잔보다는 절을 올렸을 가능성이 더 높기 때문이다. 어쩌면 (해석 1)과 (해석 2)의 뜻이 동시에 아우르는 중의적 표현으로 쓰였을 가능성도 있다. [본서 에세이편 참조]

---

24) 졸고, "고려시대 여자의 일생 〈동동〉의 새로운 해석", ≪아태문학≫ 제2호 2017년 여름, 350-362쪽.

정월령

正月ㅅ 나릿므른 아으 어져 녹져 ᄒᆞᆫ논ᄃᆡ,
　정월의 냇물은 아아, 얼려 녹으려 하는데
누릿 가온ᄃᆡ 나곤 몸하 ᄒᆞ올로 녈셔.
　누리 가운데 나고서도 몸이여! 홀로 지낼세라

　　나릿므른 : 냇물은　나릿: 나리(내)+ㅅ
　　ᄒᆞ올로 녈셔 : 홀로 지낼세라　　(녀다 : 지내다)

(주제) 여자의 정월은 10~15세의 소녀기에 설레는 마음.
(해설) 이 시기에는 이성에 눈을 뜨기 시작하는 때로서 비록 짝이 없
　　이 지내지만 다가올 미래에 대한 기대와 걱정으로 마음 설레며 보
　　내는 시기이니라. 여자의 몸으로 태어나서는 홀로 지내는구나. 소
　　녀기의 설레는 마음을 '어져 녹져 하는데'로 표현하였는데 소녀기
　　에 느끼는 정감을 사실적으로 묘사한 것으로 이보다 더 좋은 표현
　　이 없을 정도의 명구임.
　　기존해설에서는 '어져 녹져 하는데'를 음사의 의미로 보고 홀로 살
　　아가는 고독을 읊은 것으로 해석하였으나 이는 여자의 일생에서
　　정월을 노래한 것임을 몰랐기 때문임.

2월령

二月ㅅ 보로매 아으 노피 현 燈ㅅ블 다호라.
　2월 보름(연등일)에 아, 높이 켠 등불답구나.
萬人 비취실 즈ᅀᅵ샷다.
　만인(온 백성)을 비추실 모습이시로다.

다호라 : 답도다, 답구나

즈싀샷다 : 모습이시로다 (즛:모습, 얼굴)

(주제) 여자의 2월은 15~20세에 해당하며 님을 찾아 그리며 사는 시
기인데, 분수에 맞는 상대를 연모하도록 해야 하느니라.

(해설) 2월 연등일에[25] 등을 높이 다는데, 2월의 여자들이 마찬가지니
라. 연모하는 상대가 자꾸만 높아지기 쉬워서 자칫 만인을 비칠 상대
까지 올라갈 수 있느니라. 너무 높은 상대를 연모하면 연등일에 높이
켠 등불 같아서 바라보는 사람이 많아 이루기 어려운 것이니라.

3월령

三月 나며 開훈 아으 滿春 돌욋고지여.
　3월 나면서 (활짝) 핀 아, 滿春 즉 봄의 절정의 진달래꽃이여
닛미 브롤 즈슬 디녀 나샷다.
　남이 부러워할 모습을 지니어 나셨구나.

닛미 브롤 : 남이 부러워할

　(닛미 : 놈+이→ 느미 → 닛미(모음역행동화))

돌욋고지여 : 돌욋곶 + 이여　돌욋곶 : 진달래꽃

(주제) 여자의 3월은 여자의 전성기이며 남의 부러움을 사는 시기이
니라.

(해설) 20~25세의 시기로 전성기이며 봄의 절정기에 핀 진달래처럼
아름다운 모습이 남의 부러움을 사는 시기이니라. 그러나 화무십

---

25) 연등회는 신라시대부터 시작되었고 정월 보름에 해 왔었는데 고려 현종 이후
에 2월 보름에 하는 것으로 나타난다.[두산백과 참조]

일홍, 봄에 활짝 핀 꽃처럼 쉽게 진다는 것도 명심해야 하느니라.
옛날 하녀나 기생 이름에 삼월이가 많은 것도 이 때문이다.

(종래 해석에 대한 비판) 종래에는 3월이 여자의 전성기를 의미하는 줄 모르고 그냥 '남이 부러워할 모습을 지녔다'로 해석하여 무덤덤한 시구로 인식되게 했음. 또한 양주동이 滿春을 晩春의 오기라고 해석한 것이 현재도 통설로 되어 있으나 이는 분명 잘못임. 진달래는 비교적 이른 봄에 피는 꽃이며 늦봄에 피는 꽃이 아님. 봄은 新春 滿春 晩春으로 나눌 수 있으며 각각 음력 2, 3, 4월에 해당한다. 즉 滿春은 음력 3월로서 봄의 절정기에 해당하며 진달래꽃 피는 시기와 일치함. (음력 정월을 신춘이라고도 하지만 그렇다고 2월이 滿春이 되는 것이 아니고 여전히 新春이다.)

4월령

四月 아니 니저 아으 오실셔 곳고리새여.
　4월 아니 잊고 아아 오셨네, 꾀꼬리새여.
므슴다 錄事니믄 녯 나룰 닛고신뎌.
　무슨 일로 녹사님은 옛 나를 잊고 계신가

　　錄事 : 고려시대 아래에서 3번째 되는 말단 벼슬, (현재 면사무소 주
　　　　 임 정도)

(주제) 여자의 4월은 벌써 전성기가 지나 남자들의 관심에서 살짝 멀어져 가는 시기이니라.

(해설) 25~30세의 시기로 전성기를 살짝 벗어나 남자들이 녹사 벼슬만해도 젊은 여자 찾아가는 것이니라. 옛 님이 찾지 않는 것도 자연스러운 이치이니 서운해 하지 말라. 錄事(녹사)는 이 시기의 여자

들 남편이 보통 많이 하는 벼슬임.

5월령

五月 五日애, 아으 수릿날 아춤 藥(약)은
  5월 5일에 아아 수리(단오)날 아침 약은

즈믄 힐 長存(장존)ᄒ샬 藥(약)이라 받잡노이다.
  천년을 길이 존재할 약이기에 받잡나이다.

---

  * 즈믄 힐 : 천해를, 천년을   * 수릿날 : 단오날
  * 즈믄 힐 長存ᄒ샬 藥 : 천년을 길이 존재할 약, 즉 천년이
       지나도 계속 쓰일 만큼 '좋은 약'이라는 뜻
  * 받잡노이다 : 받잡나이다(受), 공손히 받아 챙기다.

(주제) 5월의 여인은 남자의 사랑을 얻는 시기가 지났으니, 5월 단오날에
    약쑥을 챙기듯이, 가족들 건강을 챙기는 것이 본분인 줄 알라.
(해설) 30~35세의 시기로 남자들의 관심에서 멀리 떠나 있는 시기인
    줄 알라. 5월의 명절이 약쑥[26] 챙기는 단오이듯이 이 시기의 여자들
    은 가족들의 건강이나 잘 챙겨야 하느니라. 한물 건너갔으니 남자
    의 애정을 얻으려고 매달리지 말라는 교훈적인 내용임. '아침 약'은
    단오날 아침에 캐어온 약이라는 말이다. '약을 받잡는 것'은 자연이
    주는 것을 받는 것이며 약쑥 등을 캐어 말려서 갈무리하는 것을 말

---

26) 단오날 중에서도 오시(午時:오전 11시~오후 1시)가 가장 양기가 왕성한 시각
   으로 생각하여 전통사회의 농가에서는 약쑥, 익모초, 찔레꽃 등을 따서 말려 두
   기도 한다. 말려둔 약쑥은 농가에서 홰를 만들어 일을 할 때에 불을 붙여놓고
   담뱃불로도 사용하기도 한다. 또 오시에 뜯은 약쑥을 한 다발로 묶어서 대문 옆
   에 세워두는 일이 있는데, 이는 재액을 물리친다고 믿기 때문이다. [출처]: 韓民
   族문화대백과―단오

한다. 또한, '천년을 길이 존재할'의 의미는 '천년을 길이 약으로 쓰일 것'이라는 의미로 '매우 좋은 약'이라는 뜻이다. '천년을 장존ᄒ 샬'이 '천년을 길이 존재할'이라는 의미로 그 주체가 '약'임을 밝힌 것은 해석상 중요한 진전이다.

6월령

六月ㅅ 보로매 아으 별해 부룐 빗 다호라.
　6월 보름(유두)에 아아 벼랑에 버려진 빗답구나.
도라보실 니믈 젹곰 좃니노이다.
　돌아보실 임을 적이나 좇아가곤 합니다.

---

　* 별해 : 별(벼랑)+해(처격조사), 벼랑에
　* 부룐 : 부리+온(관형격어미), 버려진　　부리다 : 버리다
　* 젹곰 : 적이나, 적이도, 적지만 무시못할 정도로

(주제) 6월의 여자는 벼랑에 버려진 빗처럼 아무도 가져다 쓰는 이가 없느니라. 어쩌다 한번 돌아볼 님을 꽤나 열심히/(꽤나 많은 사람이) 좇아가곤 하지만 다 부질없는 일이 되고 마는 것이니라.

(해설) 35~40세가 되는 시기로 이 시기의 여자는 벼랑에 버려진 빗처럼 아직 쓸만하지만 남이 쓰지 못하도록 벼랑에 버려진 신세가 되느니라. (이 시기의 여자를 '벼랑에 버려진 빗'에 비유한 것은 정말 절묘한 비유이다. 이보다 더 좋은 비유는 없을 것이다.) 그런데 왜 '빗'에다 비유를 했겠는가. 유두절에는 동류수에 머리를 감는 풍습이 있다. 또한 돌아올 때는 빗을 벼랑에 버렸던 것으로 보인다. 그 빗이 자기의 신세와 꼭 같다는 것이다. '돌아보실 님'은 님이 가다가 돌아본다는 말인데 성적으로 능력이 다 끝나감을 은유한다.

그런 님을 적이나(꽤나 열심히, 꽤나 많은 여자들이) 좋아가곤 하지만 다 부질없는 일이니라. 이 시기가 되면 남편은 구실을 못하는 반면에 여자는 버려진 빗처럼 아직 쓸만 하지만 쓰는 사람이 없는 것이니라. 더군다나 남조차 쓰지 못하도록 벼랑에 버려 놨으니 애처로운 지고. 적잖은 여인들이 꽤나 열심히 님을 좋아가 보지만 노력만 헛되는 경우가 많으니라. 남녀관계를 상당히 구체적으로 표현하고 있는 점이 흥미롭다.

7월령

七月ㅅ 보로매 아으 百種 排ᄒᆞ야 두고,
　7월 보름(백중)에 아아 갖가지 제물을 차려놓고

니믈 ᄒᆞᆫ 듸 녀가져 願을 비ᅀᆞᆸ노이다.
　임을 (좋아) 한 곳에 지내고자 소원을 비옵나이다.

---

　　* 百種 : 백 가지 제물 즉 온갖 제물을 일컬음.
　　* ᄒᆞᆫ 듸 : 한 곳에, '같은 곳'에 의미

(주제) 7월 백중에는 온갖 제물을 차려 놓고 소원을 비는 것이 세시 풍속이듯 여자의 7월도 이와 같아서 갖가지 제물을 차려놓고 님과 함께 하기를 비는 시기이니라.

(해설) 여자의 7월은 40~45세의 시기로서 이미 나이가 많아 병들어 죽는 남편이 많으니 제물을 차려두고 '남편이 함께 지낼 수 있기만' 또는 '죽어서라도 한곳에 가고 싶은' 원을 비는 시기이니라. 이는 마치 7월 백중에 절에 가서 제물을 차려놓고 원을 비는 것과 꼭 같은 것이니라. 1년 12달이 돌아가듯이 누구에게나 닥치는 일이니 비통해하지 말고 성심으로 소원을 빌어야 할 것이로다.

여자의 일생에서 여자가 7월에 겪는 일이 세시 풍속의 7월 백중에 겪는 일과 똑같으니 이를 보면 어찌 운명이라 아니 할 수 있겠는가. 먼 옛날 조상들이 백중이라는 절기를 만든 것도 다 이를 일깨워 주기 위한 것이었음을 깨달을지어다.

(11월령에, 죽을 때 보면 많이 빌어도 혼자서 저승길 가는 것은 마찬가지니, 없어서 못 차리고 못 빈다고 서러워할 것도 없다는 것이 당시 사람들의 생활철학이었음.)

8월령

八月ㅅ 보로몬 아으 嘉俳나리마론,
　8월 보름(한가위)은 아아 한가윗날이건마는

니믈 뫼셔 녀곤 오늘낤 嘉俳삿다.
　임을 모시고 지낸다면 오늘날의 가배(기쁨)이도다.

＊嘉俳 : 기뻐즐김　(嘉 : 아름다울, 기뻐할 가, 俳 : 어정거릴 배)

＊嘉俳나리마론 : '嘉俳날'이마론, 가배날이건마는

＊嘉俳날 : 한가위, 즐거운 날

(주제) 여자의 8월은 대부분 남편을 여의게 되는 시기이니 남편만 살아 있다면 그것이 큰 기쁨이니라. 8월 한가위를 嘉가俳배날이라고 한 것도 이와 같은 연유이니라.

(해설) 여자의 8월은 45~50세가 되는 시기로 이때가 되면 대부분의 여자들은 남편을 여의게 되는 시기이니라. 남편이 살아 있는 것만으로도 큰 기쁨인 줄 알아야 하느니라. 8월 한가위를 '가배날'이라고 한 것도 이와 같은 연유이니라. 또한 이 나이의 여인들은 남편이 살아 있는 것만으로도 큰 기쁨으로 생각해야 한다는 가사 이면에

는 '남편 구실을 기대해서는 안 된다'는 숨은 뜻이 있음.

9월령

九月九日애 아으 藥이라 먹논 黃花
　9월9일에 아아 약으로 먹는 황국화

고지 안해 드니, 새셔 가만ᄒ얘라.
　꽃이 (집)안에 드니 세삼 가만(조용)하구나.

---

* 새셔: 새이셔 → 새셔, '새롭게, 세삼'의 뜻

　[참조] '새셔가만ᄒ얘라'의 기존해석

　양주동 : 새셔(歲序)가 만(晚)하예라, 한해가 저물었구나.

　　(9월에 '해가 저물었다'는 표현은 다소 부적절한 느낌임.)

　남광우 : 새셔(茅屋, 초가집)이 조용하구나

　서재극 : 새로셔 감감하구나, 사례 들려서 캄캄하구나

(주제) 여자의 9월(50~55세)은 술항아리 안에 담긴 국화꽃 같아서
　　적막한 시기가 되느니라. 9월 국화가 9월의 여자와 같으니, 적막한
　　신세가 되었음을 서러워 말고 담담히 받아들일 준비를 하라는 뜻
　　이 담겨 있다.

(해설) '여자의 9월'은 매우 황량한 계절이다. 대부분 남편도 떠나고 홀
　　로 외롭게 살아가는 시기인데, 이때의 여자를 '약으로 먹는 황국화'
　　에 비유하였다. 꽃은 꽃이지만, '보는 꽃'(화려한 꽃)이 아니고 약으
　　로 먹는 꽃이다. 아름답다고 쳐다보는 사람 아무도 없고 그 외로운
　　처지가 국화주(약술) 병 속에 든 국화꽃과 같다. 그래서 '꽃이 안에
　　드니'로 표현하였고, '새셔 가만ᄒ얘라'는 '새삼 조용하구나(적막
　　하구나)' 즉 '이전에도 적막했지만 9월은 새롭게 적막하구나'라는

뜻이다. 문제의 단어 '새셔'는 '새롭게도, 새로이, 새삼'으로 해석했
으며 9월의 여인은 늙어 '적막함'이 과거와 달리 한층 더 심화되었
음을 의미한다. 그래도 노년의 적막함을 비관적으로 표현하지 않
고 '가만ㅎ애라'로 표현하는 기교가 돋보인다. 아마 많은 여자가 이
나이가 되면 기력이 약해져 바깥출입을 못해 집안에 박혀 있게 되
고 오가는 이도 없어 적막한 삶을 살게 되느니라. (그래도 이때까
지는 약으로 우려 쓸 만큼의 가치는 남아 있다.)

한편 이 연은 외설적인 표현으로 해석할 수도 있다. 자세한 내용은
에세이편을 참고하기 바란다.

10월령

十月애 아으 져미연 ᄇᆞ롯다호라.
  시월에 아아 짓밟힌 보리수(나뭇가지) 같구나.
것거 ᄇᆞ리신 後에 디니실 ᄒᆞᆫ 부니 업스샷다.
  꺾어 버리신 후에 지니실 한 분이 없으시도다.

* 져미연 : 저며 놓은, 짓밟힌   ᄇᆞ르 : 보리수
* ᄇᆞ롯다호라 : 보리수 같구나

(해설) 가사의 해석은 종래의 해석과 다름없다. 다만 '10월의 여자란'
    이라는 전제조건을 붙여서 해석해야만 비로소 가사 뒤에 숨은 뜻
    을 밝혀낼 수 있다.

    10월령은 '10월의 여자'에 관한 노래로 55~60세의 늙은 여자들이
    그 나이에 겪는 삶의 애환을 읊은 노래로서 여자로서의 가치가 다
    하여 결국 '열매 따먹고 버려진 보리수 가지'와 같은 '꺾여 버려진'

신세가 되느니라. 이 또한 운명이니 야속하다 생각지 말라는 의미가 담긴 교훈적인 내용의 가사이다.

한편 '꺾어버린 후에 지니실 한 분이 없으시도다'라는 표현은 상당히 해학적인 표현이다. 그 해학성을 이해하려면 월령가사해석에서 '그 달의 여자는'이라는 말 대신에 '그 달의 여자의 그것은'이라는 말이 생략되었다고 보면 된다.(에세이편 참조.) '10월 달의 여자'는 빈부귀천에 따라 대접받는 정도가 크게 차이가 날 수 있다. 그러나 '10월의 여자의 그것은' 누구의 것이나 꼭 같이 열매 따먹고 버려진 보리수 가지와 같이 가지고자 하는 사람이 한 사람도 없다는 말이다. '그것'이 똑같이 버림받는 신세가 되는 것이니 잘 났으나 못 났으나 마찬가지이고 남편 또한 살아 있으나 마나 마찬가지라는 것이다. 이는 꽤나 외설적인 내용을 숨긴 것으로 은연 중 웃음을 자아내게 하는 해학적인 표현이다.

11월령

十一月ㅅ 봉당자리예 아으 汗衫 두퍼 누워
  11월엔 봉당(묘)자리에 아아 홑적삼(수의)을 덮고 누워,

슬홀ㅅ라온뎌 고우닐 스싀옴 녈셔.
  서럽다고 할 것인져, 고운님을 혼자서 가는구나.
  ('님을 한듸' 빌더니만 죽을 때는 별 소용이 없다는 말.)

* 봉당자리 : 봉당(鳳堂)자리 즉 명당자리, 묘터를 의미함
  기존해석에서는 봉당을 붕당의 오기로 보고 '안방과 건넌방 사이의 토방' 해석하였음.
* 한삼 : 여름 홑적삼, (수의를 의미)
* 슬홀ㅅ라온뎌 : 서럽다고 할 것인져

* 고우닐 스싀옴 녈셔 : 고운 님을 (두고) 제각기(혼자서) 가노니, 즉 사랑하는 님을 좇아 한 곳에 가기를 빌고 빌었건만 먼 저승길을 혼자서 가는구나,

* 스싀옴 : 스싀(스스로)+옴(강세조사 '곰'의 ㄱ탈락), 제각각, 따로 따로, 외롭게도 혼자서 예) 외오곰, 멀리곰, 적곰

(주제) 여자의 계절 11월은 죽음의 계절−인생종착역, 인생무상을 읊음.

(해설) 인생의 종착역 11월(60세 이상). 죽어서 무덤에 누워 있으니, 한 때 '님을 한대' 빌기도 했지만, 죽을 때 보니 누구나 똑같이 먼 저승길은 혼자서 가는구나. 빈부귀천에 상관없이 죽을 때는 똑같이 혼자서 저승길을 가는 것이니라.

과거에는 동지(冬至)가 새로운 해의 시작이 된다는 생각을 많이 했다. 동지 팥죽을 먹으면 사실상 '한 살 더 먹은 것'이라는 것이다. 이는 지난해의 마지막은 사실상 동짓달이며 섣달은 새해의 시작을 준비하는 단계, 즉 아이가 잉태하듯 새해가 서는 달로 생각했다. 이러한 민간 습속이 〈동동〉의 월령가사에 반영된 것으로 11월을 '여자의 일생'의 종착역으로 본 것이다. 여인의 일생을 두고 보면 사람마다 파란만장한 삶을 살았겠지만 마지막 종착역에서 보면 빈부귀천에 상관없이 모든 것 다 버리고 혼자서 가는 것이니, 잘 났다고 우쭐대지 말고 못 났다고 크게 슬퍼할 일도 아닌 것이 '여자의 일생'임을 일깨워 주는 철학적 내용임.

12월령 – 새로운 생을 점지받는 시기

十二月ㅅ 분디남ㄱ로 갓곤, 아으 나술 盤잇 져 다호라.
  12월, 분지나무로 깎은 아– 차려올릴 소반 위의 져 같구나.
니믜 알픠 드러 얼이노니 소니 가재다 므릇읍노이다.
  임의 앞에 들어 놓았더니, 손님이 가져다가 물었나이다.

---

* 나술 : '나ᄉ다' 변용, '나ᄉ다'는 '나다'의 사동형으로 '내세우다,내밀
  다'의 뜻.
* 나술 盤 : 내어올릴 쟁반, 차려 올리는 쟁반
* 알픠 : 앞에
* 얼이노니 : 1) 올리노니, 올려놓았더니 2) 어울리노니
* 소니 : 1. 손(客,손님)이 2. 손(手)+이
* 분디남ㄱ로 갓곤 : 좋은 나무를 가려 쏠쏠하게 예쁘게 깎은
  – '분디낡'은 산초나무로 곁가지 없이 쭉 뻗어 자라 '져' 만들기 좋다.
* 나술 盤잇 져 : 곧 선택을 당할 운명에 있음을 암시함.

(주제) 여자의 일생은 운에 좌우되어 뜻대로 되지 않는 인생이니라.
(해설) 여자의 일생은 운에 좌우되어 뜻대로 되지 않는 인생이니 그런 줄
  알라. 내세도 또한 마찬가지니 큰 기대를 갖지 말아야 할 것이니라. 동
  지가 지나면 새해가 준비되듯이 '여자의 12월'은 여자의 내생이 준비
  되는 시기로 본 것이다. 그리하여 이생에 대한 총결산이 이루어지고
  내생을 점지 받게 되는데, 그 총결산은 '운에 좌우되어 대로 되지 않았
  던 인생'이 될 것이며 잘 했든 못 했든 여자로서 겪은 일이니 큰 책임
  도 없고 큰 보상도 없을 것이니라. 내생에서도 마찬가지일 것이니 큰
  기대를 갖지 말라는 교훈적 의미를 담고 있는 가사이다.
    한편 옛날 사람들은 내세가 바로 현세라고 생각하기도 했다. 새

로 태어난 '섣달의 여자'는 아동기의 여아를 의미하며 그들은 당장 여자구실은 할 수 없고 '새로운 여자'를 준비하는 기간이니 그야말로 '섣달의 여자'가 아니겠는가. 하여 섣달의 여자가 정월의 여자로 자연스럽게 이어지도록 하였다.[27] 이 또한 절묘한 구성이다. 옛날 사람들이 마지막 달을 '섣달'이라 이른 것도 우연의 일치가 아니라 우주만물의 생동하는 이치가 서로 상통하기 때문이니 위에 〈동동〉 가사에서 일러준 바와 같이 여자의 삶을 살아감에 하늘의 섭리에 따라 순종하며 살아가는 지혜를 깨닫도록 해야 할 것이니라.

〈총평〉

〈動動〉은 고려시대 여인의 '여자의 일생'이다. 여자의 일생을 12달로 나누어 그 달에 해당하는 여자의 나이에서 겪는 인생 특징을 읊은 가무용 노래이다. 그러나 과거에는 〈동동〉이 남녀 간의 사랑을 주제로 읊은 노래로 보아 '여자의 일생'과 관련된 인생철학이나 교훈적 내용을 파악하지 못 했고 결과적으로 월령체 가사 속에 녹아 있는 문학적 표현의 진수를 이해하는 데는 크게 미치지 못했다.

〈동동〉의 노랫말은 남녀 애정이나, 버림받은 사랑, 이별의 슬픔을 읊은 것이 아니라 여자의 일생을 읊은 시가로서 많은 인생철학과 교훈적 내용을 포함하고 있다. 여자의 일생에서 시기 별로 느끼는 정감과 여인들이 처한 상황을 솔직하고 꾸밈없이 간결하게 표현하고 있음에도 불구하고 실로 폭넓은 해석이 가능한 함축적 의미를 내포하고 있음을 볼 때 선인들의 문학적 수준이 어느 정도였는지 짐작할 만하다 하겠다. 특히 여자의 일생에 대한 애환을 그리면서도 은근한 웃음을 자아내게 하는 해학성을 가미한 것은 찬탄을 금치 못할만한 수준이다.

---

27) 이에는 내세가 바로 현세라는 당대인들의 생각이 반영되어 있다.

5. 〈정과정곡(鄭瓜亭曲)〉

鄭敍(정서)

내 님믈 그리ᅀᅡ와 우니다니
山 졉동새 난 이슷ᄒᆞ요이다.

아니시며 거츠르신 ᄃᆞᆯ 아으
殘月曉星이 아르시리이다.

넉시라도 님은 ᄒᆞᆫᄃᆡ 녀져라 아으
벼기더시니 뉘러시니잇가.

過도 허믈도 千萬 업소이다.
ᄆᆞᆯ힛마러신뎌 ᄉᆞᆯ읏브뎌 아으

니미 나ᄅᆞᆯ ᄒᆞ마 니즈시니잇가.
아소 님하, 도람 드르샤 괴오쇼셔
[출처: 『악학궤범』]

鄭敍(정서) – 고려 인종 때 출사하여 의종을 거쳐 명종 때까지의 정
　　치적인 격동기를 겪으며 살았다. 인종 때에는 이자겸의 난, 묘청의
　　난에 극심한 혼란을 겪었고 의종 때는 무신의 난이 일어나 명종 때
　　까지 정국의 혼란은 거듭되었다.
　　당대의 명문가 동래정씨 출신으로 인종의 왕비인 공예태후의 여동
　　생의 부군이며 인종과는 동서간이 된다. 글과 그림이 뛰어나 인종

의 신임을 받았다. 그러나 왕위승계에 관련된 대령후 사건에 연루되어 의종 5년 동래로 귀양을 갔다. 〈정과정곡〉을 지어 연군의 정을 읊었는데 곡이 매우 슬펐다고 한다.

(종래의 해석)

최근 연구 중에서 가장 보편적인 해석을 소개한다. 〈정과정곡〉은 난해 어구를 여러 개 포함하고 있어서 어렵다. 반면 주제가 분명하기 때문에 어석만 해결되면 해석은 별 차이가 없다.

작자: 정서(鄭敍) [출처:『악학궤범』]

원 문	풀 이
내 님믈 그리ᅀᆞ와 우니다니 山(산) 졉동새 난 이슷ᄒᆞ요이다.	내가 임을 그리워하여 울며 지내니 산 소쩍새와 나는 비슷합니다.
아니시며 거츠르신 둘 아으 殘月曉星이 아르시리이다.	아니며 거짓인 줄을 아으 잔월효성이 알 것입니다.
넉시라도 님은 ᄒᆞᆫ듸 녀져라 아으 벼기더시니 뉘러시니잇가.	넋이라도 임과 같은 곳에 가고 싶어라, 아아 어기시던 이 누구였습니까?
過도 허믈도 千萬 업소이다. 물힛마러신뎌 ᄉᆞᆯ읏브뎌 아으	잘못도 허물도 천만에 없습니다. (그것은) 뭇사람의 참언이었습니다. 슬프도다, 아—
니미 나ᄅᆞᆯ ᄒᆞ마 니즈시니잇가. 아소 님하, 도람 드르샤 　괴오쇼셔.	임께서 나를 벌써 잊으셨습니까? 아 님이시여, 다시 듣게 하시어 　사랑하소서.

여기서는 논란이 많은 난해 어구에 대해서만 근년에 발표된 대표적인 해석을 도표로 작성하였다.[28]

논자 / 어구	김택구 (1974)	신경숙 (1982)	윤영옥 (1991)	양태순 (1992)	엄국현 (1994)
벼기더시니	우기던 사람	어기던 이		우기던 사람	우기시던 이
몯힛 마러신져	말끔 말고지고	참언의 말이 있는 것이여	죄다 그만 두신건 가요	헐뜯는 말이구나	마르게 하지 마시는구나
솔읏브뎌	서러운 지고	사라지고 싶구나	죽고 말았으면	슬프구나	사루게 하는구나
도람 드러샤	도로 들이샤	도리어 들어시어	다시 들어시어	잔사설 들어시어	노래 들어시어

난해어구 해석

〈정과정곡〉의 난해 어구는 어원 추적이 어려워 해석이 분분하다. 여기서는 앞의 표에 소개된 어구, 특히 논란이 많은 난해 어구에 대해서 새로운 해석을 제시하고자 한다. 새로운 해석의 결과를 먼저 소개하면 아래와 같다. 중의적 표현에 대한 해석을 특별히 고려하였다.

　　벼기더시니 :　1. (시샘으로)가까이 하지 못하게 하시던 이,

　　　　　　　　　2. (님의 뜻을 거슬러)우기시던 이

　　몯힛마러신져 :1. (의심은)추호도 없었던가요

　　　　　　　　　2. (옛 약속)말끔히 그만 두신건지요

　　솔읏브뎌 : 죽어(사라져) 버릴걸, 죽고 싶어라

　　도람 드르샤 :　1. 다시 드르시어(聽)

　　　　　　　　　2. 다시 드르시어(訪:방문의 뜻)

　다음 각 절에서는 위 4개의 어구를 하나씩 집중분석하고 시가의 문맥과 시대상황, 그리고 작자의 처지 등을 종합적으로 고려함으로써 가장 적절한 해석을 제시하고자 한다.

---

28) 김인택, "〈정과정곡〉 노랫말 풀이에 대한 회고와 전망", 우리말 연구 제7집 269-307쪽.

1. 〈벼기더시니〉의 어석에 관하여

'벼기더시니'는 '벼기더신+이'로 되어 있으며, '벼기더신'의 원형은 '벼기다'이며 두 가지 뜻을 갖는 것으로 알려져 있다.

벼기다 : 1. 시샘으로 헐뜯다, 이간질하다, 마음 상하게 하다
2. 어기다, 고집하다, 우기다

여기서는 '시샘으로 헐뜯다'로 해석하는 것이 분위기상 적합하다고 생각된다. 왜냐하면 연주지사에서 "내가 쫓겨난 것은 님의 잘못된 판단 때문이 아니고 주위 여러 사람이 시샘을 하니 어쩔 수 없었다"고 생각하는 것이 자연스럽다. 시샘을 한 사람이 누구였던가 묻는 것은 억울함이 있음에 대한 고변의 우회적 표현이다. 그러나 두 번째 뜻으로 해석을 살펴보자.

– '우기시던'으로 해석하면 주체가 바로 님이 되기 때문에 비록 사소한 일이지만 님의 잘못을 들추는 것이 된다. 아무리 사소한 일일지라도 이는 연주지사에서 금기사항이다.
– '어기시던'이라고 보는 것도 이상하다. '님과 함께'는 신하의 소원일 뿐 임금의 약속은 아니다. 임금이 신하를 '님'이라고 칭하는 것도 있을 수 없는 일이다.

한편 많은 여자들이 한 남자를 사랑해야 한다면 당연히 시샘이 따르도록 되어 있다. 그래서 고려시대 가요에는 '넋이라도 님을 흔디'와 '벼기드시니 뉘러시니잇가'는 같이 쓰이는 문구가 되었고 〈만전춘〉에서도 그 예를 찾아볼 수 있다. 〈만전춘〉은 궁녀출신 후궁이 썼다. 님이 멀어지고 난 다음에 과거를 회상하며 '벼기더신 이 누구시였습니까'라고 묻고 있다. 이러한 정황을 보더라도 '님을 흔디'와 같이 쓰인 '벼기더신'을 '어기시던' 또는 '우기시던'으로 해석하고 그 주체를 임금으로 보는 것은 대단히

부자연스러운 것이다.

'벼기더신 이'는 정황상 '시샘하고 헐뜯던 이'에 가까운 의미를 갖는다. '벼기다'의 원래의 뜻은 '시샘하고 헐뜯다' 보다는 품위 있는 말로서 '시샘하여 (온갖 말로) 사이가 벌어지게 하다, 멀어지게 하다' 정도로 볼 수 있다.

여기서 특기할 것은 '벼기다'가 사동사라는 점이다. 종전의 해석 '어기다'는 분명 잘못된 해석이지만 사동사 '(−로 하여금) 어기게 하다'로 보면 주어는 님이 아니고 주위의 사람들이 되니 뜻이 통한다. 다음 예를 보자.

> 어미 마조 가 손 자바 니르혀아 '盟誓롤 벼기니이다'
> 내 말옷 거츨린댄 닐웨롤 몯 디나아 阿鼻地獄애 뻐러디리라.
>
> 어미가 마주 가 손을 잡아 일으켜 '맹세를 우깁니다'/'맹세로서 벼깁니다'.
> 나의 말곧 허망한 것이라면 이레를 지나지 못하여 아비지옥에 떨어질 것이다.
> [출처] 월인천강지곡 – 其 五百七 –

위 예문과 관련 된 설화를 세밀히 분석해 보면(본서 I.9 참조), 나복(목련존자의 아명)은 어미가 오백승재를 올린 줄 알고 기뻐 천번 절을 하였는데 지나가던 마을 사람이 일러서 '어미 일'을 알고 까무러쳐 누워 있었고, 그때 어미가 온 것이다. 그 때의 상황을 고려하면 앞의 예문 중 첫 문장은 다음과 같이 풀어 쓸 수 있다.

> ㉮ 어미가 마주 나아가 나복의 손을 잡아 일으켜
> 　　　어미가 나복에게 맹세를 벼기었습니다.
> ㉯ 어미가 마주 나아가 손을 잡아 일으켜
> 　　　맹세로서 (불도를) 가까이 하지 못하게 했습니다.
> 　　　(＊나복: 목련존자(목갈라나, 목건련)의 이전 이름)

첫 번째 해석 ㉮는 '벼기다'를 그대로 둔 것이며, 두 번째의 ㉯는 '벼기다'를 '우기다'로 번역한 것이다. 그런데 설화의 내용으로 보면 '맹세를 우기다'라는 말은 뜻이 통하지 않는다. 문맥을 고려하여 그 대신 '맹세로서 거슬러 우기다'를 의역한 것이다.

관련 설화 중 이 부분의 내용을 자세히 살펴보면, 어미가 자신의 맹세를 나복에게 우겨야 할 이유가 없다. 맹세는 하는 것이며, 하면 그뿐이지 우겨야 할 이유가 없는 것이다. 어미가 '벼기다'의 행위를 한 이유는 불도를 싫어했기 때문이며 그러한 행위를 통하여 나복으로 하여금 불도를 가까이하지 못하게 하려는 의도가 있었음을 알 수 있다.[29] 어미의 맹세는 달리 보면 불도가 실(實)없음을 입증하기 위한 기도(企圖)였다고 볼 수 있다.) 그렇다면 '벼기다'의 뜻은 어미가 나복으로 하여금 자신의 뜻을 어기도록 하고자 함이며 또한 나복의 뜻을 거슬러 우기는 것이 된다. 어미의 행위는 결코 자신의 맹세를 우기기 위한 것이 아님을 알 수 있다. 따라서 '맹세를 벼기다'는 '맹세로서 벼기다'로 해석해야 하며[30] 전후의

---

29) 어미는 '중을 내친 것', '육바라밀을 못하게 한 것', '가축을 잡아 귀신을 섬기는 것' 등의 행위를 의도적으로 했으며, 이로 보아 불도를 믿지 않을 뿐만 아니라 상당한 거부감을 가지고 있었으며 남편이나 아들이 불도를 가까이하는 것을 싫어했음을 알 수 있다.

30) 조사 '–을'의 쓰임새 가운데 하나가 '–으로'의 뜻이 있다. 다음은 그 예이다.
  * 목적격조사 '을' –––– [표준국어대사전]
  「3」 어떤 재료나 수단이 되는 사물임을 나타내는 격 조사.
   – 휘파람을 신호로 해서 그를 불렀다.
     [휘파람으로 그를 불렀다 → 휘파람을, 그를 불렀다]
   – 이 푸른 천을 치마로 만들자.
     [푸른 천으로 치마를 만들자 → 푸른 천을, 치마를 만들자]
  * 直等隱心音矣命叱使以惡只 고단 ᄆᅀᆞᄆᆡ 명ᄛᅇ 부리이오디 [도솔가]
        '곧은 마음에/마음의 명을 부리이오데/부려지는 것이되'
  위의 예에서 '명을'은 '명으로'의 뜻임. 꽃을 뿌리는 것은 올바른 마음의 명으로 시키는(부려지는) 것이니 미륵불을 모시거라. 즉 삿된 일이 아니고 정당한 일을 시키는 것이니, 이제 가서 미륵불을 모시도록 하라는 뜻임.

사정을 살피면 그 숨은 내용은 '맹세로서 나복으로 하여금 불도를 어기게 하려는 기도였음'을 알 수 있다. 이를 '벼기다'의 기왕의 어석 '어기다, 우기다'와 연관지어 풀어 쓰면 다음과 같이 된다.

어미가 맹세로서 나복으로 하여금 불도(나복의 뜻)를 어기게 합니다.
불도를 가까이 하지 못하게 하다.
(나복의 뜻을) 거슬러 우기다.

이것을 다른 용례인 〈만전춘〉과 〈정과정곡〉에 적용시켜 보자.

〈만전춘〉: <u>벼기더시니 뉘러시니잇가</u> 뉘러시니잇가.
〈정과정〉: 넉시라도 님을 한데 녀져라 아으 <u>벼기더시니 뉘러시니잇가</u>.
(님의 뜻을) 어기게 하신 이 누구라시겠습니까.
(님의 뜻을) 거슬러 우기신 이 누구라시겠습니까
(*님의 뜻 : 나를 가까이 함,)

위의 두 경우 모두 '님의 뜻'을 '나를 가까이 함'으로 본다면 정황상 매우 잘 부합하는 해석이 됨을 알 수 있으며, 또한 3가지 용례 모두에 '뜻대로 하지 못하게 하다', '관심을 두고 있는 곳에 가까이하지 못하게 하다'라는 정서가 내재되어 있음도 알 수 있다. 그 정서를 이해한다면 〈만전춘〉에서 궁녀 출신 후궁이 왕에게 하소연하는 시구 '벼기더시니 뉘러시니잇가'에서 '뉘러시니잇가'를 반복할 수 있는 이유를 비로소 이해할 수 있게 된다.[31] 과거의 해석 '(약속)을 어기시던 이', '(나와 약속을 하자고) 우기시던 이'는 모두 임금이 한 약속을 지킬 것을 추궁하는 느낌을 주므

---

31) '뉘러시니잇가'의 뜻 또한 종래의 해석 '누구시었습니까'가 아니고 '누구시라겠습니까'라는 '독백성 질문'임을 알 수 있다. 굳이 캐묻는 말이 아니고 혼자 하는 말이니까 여러 번 반복할 수 있는 것이다. 여기서의 '-잇가'는 '-이겠는가' 정도의 '추측'의 뜻을 갖는 '가정법 의문' 종결어미이다.

로 '연주지사'로는 금기사항이 된다는 지적을 피할 수 없었다. 그러나 임금은 나에게 관심을 두고 있는데 가까이 가지 못하게 한 사람은 있을 수 있으며, 때문에 나에게서 멀어졌다면 그것은 임금의 잘못도 아니고 또한 그렇게 한 사람을 탓할 수도 없는 일이다. 모두 왕을 위한 일이기 때문이다. '뉘러시니잇가'를 반복함으로써 한때 총애를 받은 적이 있는 화자 자신을 '벼기더신 이'가 한두 사람이 아니었을 것임을 암시적으로 표현한 것으로도 볼 수 있다. 이러한 해석은 '충신연주지사'인 〈정과정곡〉에도 그대로 적용될 수 있다. 이상에서 용례를 통하여 '벼기다'의 뜻을 추정해 본 것이며 정리하면 다음과 같다.

벼기다 : 1. (관심을 둔 것, 좋아하는 것을) 가까이하지 못하게 하다.

　　　　2. (자신의 뜻을) 어기게 하다

　　　　3. (자신의 뜻을) 거슬러 우기다.

＊ 사람에 대해서는 '(―로 하여금) 거부하게 하다, 즉 가까이 하지 못하게 하다'라는 의미로 쓰였다.

2. 〈믈힛 마러신져〉의 해석

'믈힛'은 '믈+히+ㅅ'로 이루어져 있다. '믈힛'은 위치나 형태로 보아 부사라고 생각된다. '히'는 부사형 어미, 'ㅅ'은 강세조사이다. 김택구는 '묽다'의 어간을 따와 만들어진 부사 '묽+히+ㅅ(강세조사)'으로 보아 '깨끗하게도', '말끔'으로 해석했다. '묽+히'는 '말끔히'의 고어에 해당하며 당시 발음에 혼선이 빚어졌던 것으로 보인다. 즉 '믈키'와 '믈히'가 그것이나 둘 다 발음이 부자연스러운 문제로 '말끔히'로 대체된 것으로 보인다. 고어 '믈힛' 역시 같은 이유로 사라졌으며 이것이 난해어로 남게 된 배경으로 짐작된다. '말끔' '말끔히'는 의역하면 '전혀'로 해석할 수 있다. 즉 '믈힛 마러신져'는 '말끔히 마러셨기를' 또는 '말끔히 마러신건지요'에 해당하며 '추호도 안 하셨기를' 또는 '깨끗이 접었는지요' 정도로 해석할 수 있다. 생략된 목적어를 유추해 보면 '의심'과 '옛 약속'임은 어렵잖게 알 수 있다. 이를 배경으로 '몰힛 마러신져'에 내포된 작자의 표현의도는 다음 두 가지 해석이 가능하다.

> i) (의심은) 말끔 마러셨기를(勿) (추호도 안 하셨기를)
> ii) (옛 약속) 말끔히 접으셨는지요(捲)

느낌상 i)의 뜻이 주가 되며 ii)의 뜻은 부차적으로 덧붙일 수 있는 정도로 생각된다.

3. 〈슬웃브져〉 대한 해석

'슬웃브져'에 대한 해석은 크게 엇갈린다. 80년대 이전에는 양주동의 해석을 따라 '슬픈지고'로 보는 견해가 대세를 이루었으나 근년에 와서는 '죽고 싶어라'로 보는 견해가 대세를 이루고 있다.

'슬웃브져'는 '술+ㅅ브+져'로 분해할 수 있는데 어간 '술'의 뜻을 파악하기가 어렵다. 김형규는 銷[술 소]라는 한자의 훈이 '술'이라는 점에 착안하여 옛날에는 '술'이라는 말이 한자 '銷소'을 대표하는 말이므로 '銷'의 뜻 즉 '사라지다' '없어지다'라고 해석할 수 있다고 주장하며 '슬웃브져'를 '사라지고 싶어라', '죽어 없어지고 싶어라'로 해석했다. 그는 '술'과 '銷'와의 관계에 주목했고 두 글자를 동격으로 볼 수 있다는 견해를 제시했다. 銷의 뜻이 '사라지다, 사라지게하다'를 포함하고 있으므로 '술'이 의미하는 바가 '銷'이라면 곧 바로 '죽어 없어지다'로 연결될 수 있다.

'-ㅅ브져'에 관해서는 어미 '-져'가 '-하고 지고' 또는 '-하고져' 의 준말로 소망을 나타내므로, '-ㅅ브져'의 뜻은 '-해 버리고져' '-해 버릴 걸'

로 볼 수 있다. 결론적으로 '솔웃브져'는 '(차라리) 죽어 버렸으면'. '죽어 없어져 버릴 걸' 으로 해석하는 것이 옳다고 본다.

4. '도람 드르샤'에 관한 해석

이 어구에 대한 해석은 크게 이견이 있는 것은 아니다. 그러나 여기서는 '드르샤'의 해석을 두 가지로 할 수 있음을 보이고 중의적인 표현이라는 점을 밝히고자 한다.

도람 : '돌다'에서 파생된 부사 '도로, 다시, 돌이켜' 의 뜻
드르샤 : 1) 들으시어(聽) 2) 들르시어(訪) 등 두 가지로 해석할 수
        있다.
   1) '듣다(聽)+샤' ⇒ 드르샤 : 들으시어
   2) '들다(入, 訪)'의 변용: '들+샤' ⇒ 드샤(ㄹ탈락), 드르샤,
      드러샤(들어샤)
※ 경상도 방언에는 '방에 들다(訪)'를 '방에 드르다'로 말하는 경우가
  있음. 예) '들지를 않으니' → '드르지를 않으니'

이상으로부터 '도람 드르샤'는 두 가지 해석이 가능하다.

   1) 돌이켜 들으시어(聽)
   2) 다시 들르시어(訪), 다시 찾아 주시어

5. 중의적인 표현의 새로운 해석

원문	새로운 해석
내 님믈 그리ᅀᆞ와 우니다니 山(산) 졉동새 난 이슷ᄒᆞ요이다.	내 님을 그리워하여 울며 지내니 산 접동새와 난 비슷합니다.
아니시며 거츠르신 ᄃᆞᆯ 아으 殘月曉星이 아ᄅᆞ시리이다.	(참소한 말들이)아니시며 허황된 줄 아— 殘月曉星이 아실 것입니다.
넉시라도 님은 ᄒᆞᆫ듸 녀져라 아으 벼기더시니 뉘러시니잇가.	넋이라도 님과 한데 가고지고 아— 가까이 하지 못하게 하신 이 누구라시겠습니까 (님의 뜻을 거슬러) 우기시던 이 또한 누구라시겠습니까
過도 허믈도 千萬 업소이다. ᄆᆞᆯ힛마러신뎌 ᄉᆞᆯ웃브뎌 아으	과도 허물도 천만 없소이다. (하지만) (저에 대한 의심은) 조금도 안 하셨던지요, (숨은 뜻) (옛 약속은) 말끔히 접으신건지요. (차라리) 죽어 버리고 싶은지고, 아—
니미 나ᄅᆞᆯ ᄒᆞ마 니즈시니잇가. 아소 님하, 도람 드르샤 괴오쇼셔	님이 나를 벌써 잊으셨습니까 아! 님이시여, (옛일) 돌이켜 (이 노래) 들으시고, 다시 찾아 들리시어 사랑하시오소서

(해설)

　제4연에서 '믈힛마러신뎌'의 해석에서 생략된 목적어가 무엇인지, '의심'과 '옛 약속'이라면 주된 것이 어느 것이냐가 논란거리가 될 수 있다. '의심'이 주가 되고 '약속'은 부차적이라고 볼 수 있다. 이러한 관점에서 제4연을 한 번 더 살펴보자.

　작자는 먼저 자신의 결백을 고변하고 죽고 싶다는 읍소로 연을 마무리했다. 여기에 '마러신뎌'의 목적어로 '옛 약속'과 '의심'을 넣어보자. '옛 약속'을 접었다고 해서 죽고 싶다고 한다면 그건 격이 좀 떨어지는 충성이다. 그러나 혹시라도 의심받는 일이 있다면 그것이 괴로워 죽고 싶다고 하는 것은 자신의 결백을 한층 돋보이게 하는 말이 된다. 연주지사라면 당연히 '의심'이 주가 되어야 하지 않겠는가. 그러나 작자는 '옛 약속을 접었는지'로 볼 수 있는 여지를 남겨 중의적인 표현을 구사했다. 말하자면 은연중에 실속까지 챙긴 표현이다.

〈정과정곡〉은 연주지사로는 최고의 평가를 받아 왔다. 그러나 그 뜻이 높은 것 이상으로 문학적인 수준도 높다. 〈정과정곡〉은 중의적 표현의 백미라고 할 수 있다. 제3연 이후 모든 연에 중의적 표현이 들어 있으며 의미 또한 상당히 깊다. '벼기더시니 뉘러시니잇가' 역시 중의적으로 해석할 수 있으며, '멀어지게 하신 이'는 궁의 여인들 또는 왕의 측근 가신에 대한 말이고 '님의 뜻을 거슬러 우기시던 이'는 조정의 신하들에 대한 말이 된다. 일석이조의 효과를 얻을 수 있으니 얼마나 절묘한 표현인가. '뉘러시니잇가' 역시 독백으로 화자 자신에게 묻는 말이기에 연주지사로 어긋남이 없는 것이다. 제4연과 제5연에서의 중의적 표현은 전술한 바 있으며 짧은 문구에 함축성이 큰 중의적인 표현이 들어 있어 문학적으로도 높이 평가될 만하다.

부록 I.
Koryo Folk Songs — English Translation and
Explanations(고려가요 영역(英譯)과 해설)

1. CheongsahnByulgok(청산별곡)
2. Kgasiri(가시리)

부록 II. 학술논문 초록
여요〈청산별곡〉 어석 소고
– '널라와'에 대하여,

(국어국문학 제191호, 국어국문학, 2020.6 게재)

부록 I. Koryo Folk Songs – English Translation and Explanations(고려가요 영역(英譯)과 해설)

1. CheongsahnByhulgok(청산별곡)

(제1연)　　　　 – Text/Reading

살어리 살어리랏다 청산에 살어리랏다
sareori sareoriratda cheongsahn'ea sareoriratda

머루랑 드래랑 먹고 청산에 살어리랏다
meorurang darerang meokgo cheongsahn'ea sar'eoriratda

얄리 얄리 얄랑셩 얄라리 얄라
yahli yahli yahlangsyung yahlari yahla

(the 1st stanza)– Translation

I'd live, would live, I would live in Cheongsahn

On Meoru 'n Dahre-rang, I would live in Cheongsahn,

Yahli yahli yahlangsyung yahlari yahla

— —

(notes)

　Cheongsahn: blue mountain, meaning deep mountain

　Meoru : a kind of wild grape growing in the mountain

　Dahre: fruit like small kiwi growing in the deep mountain

(제2연)

　우러라 우러라 새여 자고니러 우러라 새여
　u'reora u'reora saeyeo jagonireo u'reora saeyeo

　널라와 시름 한 나도 자고니러 우니노라
　neollawa sireum han nado jagonireo u'ninora

얄리 얄리 얄라셩 얄라리 얄라
yahli yahli yahlangsyung yahlari yahla

(the 2nd stanza) – Traslation

Cry, cry birds! Sleep'n-awaking, cry birds!

Worried in so big sorrow like you, I also cry sleep'n-awaking

Yahli Yahli Yahlasung Yahlari Yahla

- -

　notes) sleep'n-awaking : 'sleep and awake'＋ing

(제3연)

가던 새 가던 새 본다 믈아래 가던 새 본다

잉무든 장글란 가지고 믈아래 가던 새 본다

(이하 후렴 생략)

- - - - - - - - - - - - - - - - - - -

　참조) 장글란(＝잠글란) : 잚＋을란, '잚'라는 걸, '잚'는 연장, 도
　　　구를 의미하지만 여기서는 裝具장구. 즉 장신 도구를 의
　　　미하며 그 중에서도 거울을 의미함.

(the 3rd stanza) –Translation

Do passing birds see passing birds? See passing birds under water?

With a rusty adorning tool, see passing birds under water?

(Refrain omitted below this.)

- -

Notes) ＊장글란(Jahnglan) : 잚(Jahng) ＋ 을란(eulan)

＊잚(Jahng) : means '장구(裝具)'(adorning tools),
　　　　especially a mirror.

* 을란(eulan)∶ objective case maker with emphasis.
* birds under water ∶ the senary reflecting by the lake(water),
　　symbolizing 'the world' upset by the Tatar war.

(제4연)

이링공 더링공 호야 나즈란 디내와손뎌

오리도 가리도 업슨 바므란 또 엇디 호리라

(the 4th stanza)

Passed the daytime annoying on whether this or that way,

how should I spend the night time without coming or going ones.

(제5연)

어듸라 더디던 돌코 누리라 마치던 돌코

믜리도 괴리도 업시 마자셔 우니노라

(the 5th stanza)

Where thrown a stone, whom aimed at a stone (it is)

Without hating or loving ones, I am crying hit by a stone

_ _

(notes) 'hit by a stone' symbolizes 'encounter a disaster like husband's or
　　son's death' encountered during the Korea–Tatar war.

(제6연)

살어리 살어리랏다 바른래 살어리랏다

ᄂᆞ자기 구조개랑 먹고 바른래 살어리랏다

(the 6th stanza)

I'd live, would live, I would live far away seaside

Namajagi, shells-n'-oysters, I would live on far away seaside.

 cf) namajagi : general term for all kinds of seaweeds always-remaining

   on the dining table since not eaten

(제7연)

가다가 가다가 드로라 에졍지 가다가 드로라

사스미 짒대에 올아셔 히금을 혀거를 드로라

(the 7th stanza)

Passing, passing-by, I've heard passing-by, I've heard passing by a kitchenex

I have heard the deer play the Heagum getting on the luggage table

————————————————————————————————————

(notes) kitchenex: kitcken annex reserving perishable foods and wine,

   which is a cool and secret area managed by the young hostess.

   — Deer symbolizes a high-level noble woman.

   — The sound of playing Haegum symbolizes 'screaming in sex playing'.

   — Haegum : Korean traditional music instrument like the biola with one

     string. Its sound is heard like woman's week screaming in high tone

   ——————————————————————————————

(제8연)

가다니 빅브론 도긔 설진 강수를 비조라

조롱곳 누로기 민와 잡수와니 내 엇디 흐리잇고

(the 8th stanza)

As went, I've seen a convex-belly pot brew up strange strong wine, 'Soju'.

Jorongkcot nurogee holding on me so highly, what should I do. (I couldn't but follow her.)

_____

notes) Chorongkcot: has two meanings, bottle gourd flower and 'mockery' flower. The latter symbolizes a gisaeng, Korean geisha

* nuruk: malt (This is an additional word to disperse lewdness.), symbolizing something sticked and stayed long as malt survives sticked to wheat bran.
* 누로기(nurogee): 누룩(nurok;malt)+이(ee;person), old tavern hostess(old gisaeng)

"Jorongkcot nurogee holding on me so highly"

JorongKcot means 'a gisaeng who seems innocent and bright like a bottle gourd flower', and 'Nurogee' means 'tavern madam who is a long-stayed old gieseng', So both those gisaeng and madam came out to hold on me so strongly with very polite attitude.

(Explanation):

The distillation apparatus, composed of big round potteries, was brought in by the Tatar to make Soju for their soldiers to send for the Japan expedition. The expedition was failed but the distillation technique was transferred to some Koreans, traitors collaborating the Tatar.

Soju was sold out to many Koreans because it tasted good and was easy to store while the Korean traditional rice wine was uneasy to store since turning sour in warm weather. In those days, Tatar traitors earned big money by selling 'soju'.

The 1st stanza is the description of the 'soju' distillation apparatus, giving a hint that we had better to accommodate something like 'soju' even brought by Tatar. The place that the narrater went was a liquer-selling tavern with bar- hostess and giesengs, who were holding on me so highly with so polite attitudes. During the war lots of men were killed, there were a lot of un-married women, working in the liquer tavern. The 2nd stanza expresses that "the bar-hostess and a gieseng like JorongKcot holding on me so highly, what shell I do? (I couldn't but stop there.)" This stanza also sends us a hint that, forgetting all bad memories concerned with the Tatar war. we have to live enjoying under the given circumstances. This is also the subject of the whole song of 'CheongsahnByulgok〈청산별곡〉'.

2. 가시리(Kgasiri)

(TEXT)	(Interpretation)
가시리 가시리잇고 Kgasiri Kgasiri-itko	You go, You go, Must you go?
브리고 가시리잇고 Barigo Kgasiri-itko	Must you go leaving me alone?
날러는 엇디 살라ㅎ고 Nalaneun Utdi SahlaHago	How shall, you let, me live alone,
브리고 가시리잇고 Barigo Kgasiri-itko	Must you go leaving me back?
잡스와 두어리 마ㄴㄴ Jahbsawa Duori-manonon	Wanted to hold you on,
선ㅎ면 아니올셰라 Seonhamyon Ani Awlsjera	if 'Seonhamyon, you no return
셜온 님 보내옵노니 Syulon Nim Boneobnoni	Letting you leave though so sad,
가시ㄴ돗 도셔 오쇼셔 Kgasinondot Dowsjeo Aw sjoseo	Wish you return soon as if leaving now

* Seonhamyon: Korean adjective, has two meanings :

(ⅰ) feeling like touching cold wind in emotion, with pronunciation '션하면'(the 2ⁿᵈ tone in Chinese)

(ⅱ) (the figures of me) lingering before your eyes, with pronunciation '션하면'(the 3ʳᵈ tone in Chinese).

(They would sing this song twice or more with using pronunciations (ⅰ) and (ⅱ) alternatively.)

** 'you no return' can be interpreted in two ways;

(ⅰ) it would make you no return, associated with the prononciation of return($\rightarrow$) .

(ii) why would you no return? (you cannot but return.), associated with the prononciation of return($\rightarrow$).

(Explanation) This poem song is written in short and in ease with pure Korean words. It represents the sorrow of parting frankly and straight forward, however it seems supposedly impossible to find better poetic expression of the chastity of parting than in this poem.

The 1st Stanza

He said sometimes he should go, but he is ready to leave. When he is really going now, what should she say?

가시리 가시리잇고/ Go? You go? Must you go?
Kgasiri Kgasiri-Itko

ㅂ리고 가시리잇고/ Must you go leaving me alone?
Barigo Kgasiri-itko

He said that he had to leave soon but she couldn't believe it. She couldn't believe but it came to turn true at the moment. "Must you go leaving me alone?" This is just a scream of a woman confronting the parting. It is a naturalistic precise expression as if the parting scene is shown unfolded in front of us.

The 2nd Stanza

날러는 엇디 살라 ᄒ고 /How shall, you let, me live alone,
NahLahnən UotDi SahLa Hago

ᄇ리고 가시리잇고 / Must you go leaving me back?
Barigo Kgahsiri-Itko

Here she cries "How can I live if you go leaving me alone?" This means that you know so well that I cannot live without you. Nevertheless how could you leave me alone? Oh, no. why won't you want to stay with me? She cries but have already known the fact that he must go now. And thus she murmurs like in soliloquy, "Must you go leaving me alone?"

The 3rd Stanza

잡ᄉ와 두어리 마ᄂᆞᆫ / Wanted to hold you on,
JahbSawa Duori-Manonon

션ᄒ면 아니 올셰라 / if 'Seonhamyon, you no return.
SeonHahmyon Ahni AwlSjerah

The first line is a subjunctive expression saying "Though I would surely want to hold you on if you would leave." The 2nd line shows her worries and anxiety about such her deed. If such her deed would bring to him the feelings of '션하면', it would let him no return. This sentence is a double meaning poetic expression reciting delicate emotional feelings in her situation. (They would sing this song twice or more with using two different pronunciations of '션하면'.) One is that she worries that her rough deed would make him never return if her behaviors of trying to hold on may gives him the feeling of 'cold wind' of "too selfish by 'Don't care others'". The other is that she may think he cannot but return if her figures are lingering in front of her eyes, which is to console herself or to show some confidence that he shoud return by the virtue of their deep love to each other. In first, to say again, the situation would be discribed as: "She used to sacrifice herself for him and pay close attention under consideration of his situation. She would inwardly like to hold him on, she cannot. That is because such behaviors would reflected to him, which woul make him to feel '선하면/ feelings of cold wind' after thinking over how she would change somewhat selfish, quite different from her usual attitude." She worries him to feel '선하면' that would make him no return. She doesn't want to break her good image filed up in usual. So she cannot, no, does not hold him on even though she inwardly wants to. In second, the last line can be interpreted as: " She knows that he cannot but go even though she will hold him on. She doesn't hold him on in eager but let him go. Instead, she comforts herself with a confidence that he must cannot but return if '선하면' i.e. her images linger in front of his eyes. It is an expression using irony, meaning why he would no return if '선하면'. He knows how deeply she loves him and cannot live without him, and she knows that he is the same, so they cannot live apart. If '선하면', why would he no return? It is an self consolation and is also showing her self-confidence that he cannot help returning. It is coming from the deep love between them. How deep the love is, would it make the aparted lover return?

The 3rd stanza, beginning with '잡ᄉᆞ와 두어리', can be inter- preted in two ways : i) She wants to hold him on by helping to stop, however she worries that such her actions would let him get a feeling of '선하면', i.e. some feeling like cold wind passing, which is quite different from her behaviors as usual as taking care of him with deep love to sacrifice herself. That would make him feel her so rough and selfish, finally so strange never to return. ii) She knows that he must go, cannot but leave her even though she would hold him on by cutting off his way. Any way, she feels like holding him on, however she is instead going to let him leave by saying '선 하면 아니 올셰라', i.e. why would he no return if her images would linger in front of his eyes. This is an irony expression showing her self confidence that he can't help but return. They love each other so deeply to die if separated. That is why she has some self confidence he cannot but return.

However, she is so sad to send him. Since she knows that it would take somewhat long time, farewell parting comes more sad to her. Nonetheless yet she cannot fend him off leaving. She has to hold back my tears and let him go. Only she prays murmuring that

셜온 님 보내읍노니
SyulOn Nim BoneObnoni
가시ᄂᆞᆫ듯 도셔 오쇼셔
KgasinonDot Dawsjeo Aw sjoseo

Letting you leave even if so sad,

Wish you come back soon as if leaving now

There would be no better expression than this to wind up the farewell song.

부록 II. 학술논문 초록

여요 〈청산별곡〉 어석 소고 – '널라와'에 대하여–

(국어국문학회지 〈국어국문학〉 제191호(2020.6) 게재 논문임.)

문영현*

〈국문초록〉

여요의 백미라고 할 수 있는 〈청산별곡〉은 수많은 관련 논문이 발표되었음에도 일부 어구들에 대해서는 아직도 적확한 해석이 이루어진 것인지 의구심이 남는 것도 있으며 그 중 하나가 제2연의 '널라와'이다.

본 연구에서는 '널라와 시름 한'이 '너보다 시름 많은'으로 해석되는 것은 고어와 현대어의 연결고리를 찾을 수 없음을 지적하였으며 새로운 해석으로 '너처럼 시름 많은'을 제안하였다. 또한 중세어에 '–보다'라는 비교격 조사가 사용된 예를 찾아 볼 수 없음을 지적하였고 이를 중세어로 표기한다면 '–(이)라와'로 표현되었을 것이라는 가설을 세우고 용례를 들어 살펴보았으며 상당한 가능성이 있음을 보였다.

비교의 의미를 갖는 조사 '–보다'와 부사 '보다'의 어원을 고찰하여 모두 '보다(見)'의 의미를 내포하고 있음을 확인하고 그로부터 파생된 말이 될 수 있음을 보였다. 또한 이러한 연관성을 전제로 하여 '널라와 시름 한'과 '너보다 시름 많은'과의 관계를 보다 심층적으로 분석하였다. 그 결과 '너보다 시름 많은 나'를 중세어로 표현하면 '널라와 시름 한 나'가 되지만, 역으로 '널라와 시름 한 나'를 현대어로 옮길 때는 반드시 '너보다 시름 많은 나'라고 할 수 없으며 '너처럼', '너와 같이', '너와 더불어', '너와 함께'의 의미가 모두 통용될 수 있음을 밝혔다.

본 연구에서 얻은 결론은 언어적 추론에 의한 것으로서 앞으로 문증이 뒷받침될 필요가 있으나 여기서는 기본적 연구 방향을 설정하고 언어적 검증을 마쳤다는데 의의를 둘 수 있다. 무엇보다도 비교의 의미로 쓰인 '보다'의 초창기 표기를 고문헌에서 찾는 것이 급선무이며 보다 많은 사례가 발견되어 논리가 보완될 수 있기를 기대해 본다.

핵심어 청산별곡, 고려속요, 여요 어석, '널라와', ' - (이)라와', '널로와', 비교격조사 '-보다', 부사 '보다'

* 연세대 명예교수(전기전자공학부)

추천하는 말

우리 고전 읽기의 새로움과 재미

문학평론가 이 명재

(문학박사, 중앙대 명예교수)

필자는 이번 코로나 기간에 모처럼 7, 8백년 전의 고려속요 읽는 재미에 취한 채 지냈다. 일년 '집콕'하는 환경 속에 무료해진 심신을 우리 고전이 추슬러 준 덕택이다. 고교 시절에 교과서에서 대학 입시를 준비하며 의무적으로 익히던 때와는 사뭇 다른 여유를 만끽했다. 〈가시리〉〈서경별곡〉〈만전춘〉〈쌍화점〉〈청산별곡〉〈동동〉〈이상곡〉〈정과정곡〉〈도이장가〉 등. 예전에 무턱대고 읽어내던 상식을 벗어나서 새롭게 풀이하는 내용과 내 나름의 자유분방한 속요에 관한 생각이 흥미를 돋우었다. 정말 새롭게 우리 겨레의 향기로운 고전의 진수를 맛본다는 보람도 함께했다. 모두 우연치 않게 알게 된 문영현 교수와의 만남 덕분이다.

예를 들면, "살어리 살어리랏다 청산에 살어리랏다"로 시작되는 〈청산별곡〉 같은 경우이다. 그 가운데 일곱째 연을 쉽게 풀어서 "가다가 가다가 들었노라 에정지 가다가 들었노라 / 사슴이 짒대에 올라가서 해금을 켜거늘 들었노라" — 이 대목은 몽골에 맞서서 전란을 겪던 당시에, 남편의 생사도 모르는 어느 지체 높은 여인(사슴)이 하인과 짒대에 올라가서 해금소리를 내며 정사를 벌이는 상황을 은유한 표현이라는 것이다. 이전에는 사슴이 악기를 켠다고 직역하며 여러 지은이의 합작품이라는 주장을, 작가 한 사람의 작품이라고 바로잡은 문 교수의 탁월한 견해가 수긍된다. 그 여인을 연모하던 한 남자가 그 소리(감창)를 엿듣고는 찾아간 곳이 바로 앳된 기생(조롱꽃)이 있는 주루(술집)라고 풀어냄으로써, 제7연의 '해금 켜는 여인'과 제8연의 많은 남자가 죽어 여자들이 술집으로 내몰렸던 '전후 풍경'을 서로 이어주는 구성미를 보인다. 또한, 요즘 못지 않게 성 문화가 보편화된 고려시대를 살다간 당대 남녀들의 생활상을 운율과 은유로 구현한 〈청산별곡〉은 그 가사가 남녀상열적이라 하여 조선조의 궁중예악에서 배척당했다는 문교수의 견해에 필자도 동의한다.

융복합과 통섭적인 접근시대에

문영현 교수와 필자가 만난 지는 여러 해를 헤아린다. 혜화동의 한 문인 행사가 끝난 후 단체로 저녁을 들던 자리가 처음이었다. 한 시인의 소개로 명함을 받아든 나는 퍽 생소하게 느꼈다. 'Y대학 전기전자공학부 명예교수'라는 직함에 시인이란 점에서 그랬다. 더욱이 문 교수께서는 자신이 고교 적부터 고려속요 전반에 관심이 많다며 작품의 여러 구절에 대한 의견을 묻는 말에 웃으면서 응답하였다. "나는 현대문학 평론 전공이라서 이 방면에는 문외한이거든요. 설사 내가 잘 알더라도 함부로 이야기할 순 없지요." 그러나 만남이 거듭되면서, 오히려 공학계열의 전기전자과학 전공인 문 교수의 겸손한 자세와 꾸준한 여요 연구에 관한 열정이나 진지한 접근 태도를 신뢰하게 되었다. 최근에는 《국어국문학》 학회지에 「여요 〈청산별곡〉 어석 소고」를 발표하기도 했다.

그러기에 이 자리에서 이야기하는 김에 우리가 학문에 임하는 자세와 그 타당성에 관해서 부연해두고 싶다. 이미 지난 세기 말엽부터, 학문연구에는 융복합이나 통섭적인 접근이 바람직하다는 인식이 확산되어 왔다. 말하자면 이런 고려속요야 말로 고전문학 전공자의 고유한 연구영역으로 한정해 버린다면 그 개척의 자장이 굳어진 채 좁아지게 마련이다. 그러므로 인문적인 시가문학 분야에는 사회과학이나 자연과학적인 안목까지 넓게 참여시켜서 파악하고 분석하는 접근이 바람직하다. 그래야 이전에 풀어내지 못한 새로운 성과를 기대할 수 있기 때문이다.

우리 고전 풀이와 서양 이론의 만남으로

참고로 한국의 고전문학 작품 분석과 평가 등에 활용할 수 있는 서양의 현대적인 비평이론을 들어본다. 지금까지 위에서 논의한 문 교수나 선행의 고려가요 연구자들이 시행한 접근은, 제대로 된 텍스트를 선정하는 원전비평을 거쳐서 그 의미를 해석하는 작업이다. 주석에는 해묵은 양주동의 『麗謠箋注』를 비롯해서 여러 고전 시가 연구자들의 학설이 동원되기 마련이다. 또한, 널리 알려진 대로의 '당시 시대상', 즉 야사를 포함한 역사, 종교, 백성들의 생활철학은 물론 경우에 따라서는 문장심리학과 정신분석학 등도 시가 감상에 활용됨이 바람직하다. 그런 연구과정에서는 널리 알려진 대로 고전과 현대 작품에서 자기방어기제를 드러내는 현상이 나타남을 볼 수 있다. 〈가시리〉 끝 구절의 "서론 님 보내압노니/ 가시난 듯 도셔오쇼서"와 김소월의 「진달래꽃」 마무리 연의 "나보기가 역겨워 가실 때에는/ 말없이 보내드리우리다.……죽어도 아니 눈물 흘리우리다"를 고전과 현대적인 상호텍스트성으로 분석, 대비하거나 심리적인 상태로 풀이하곤 한다. 이별을 당하는 사람이 오히려 불쌍한 애인을 보내주는 형식으로 만든 자리바꿈 현상은 물론, 실제 심정과는 달리 표현하는 역설을 드러내는 본보기로 활용되기도 한다.

새삼스러운 이야기지만 우리가 이런 고전 시가 풀이에서 분명히 해둘 바는 역시 '시 해석'에서는 분명한 하나의 정답을 기대할 수 없다는 점이다. 엄정하게 정해두어야 할 일반 법률해석과 달리, 시는 다의적이고 다층적이다. 주관적인 다양성을 덕목으로 하는 고전시가문학에서는 더욱 그렇다. 그런 점에서 윌리엄 엠프슨은 문학 작품상의 상징이나 의미를 분명하게 특정하기보다는 함축적인 모호성이나 다의성을 예술적 덕목으로 꼽는다. 그런 만큼 고전 시가 전공자만 고려속요를 논할 수 있다는 고정관념은 벗어나야 마땅하다. 그만큼 열정적이고 새로운 문영현 교수의 이 분야 조사연구는 당당한 의미를 지니고 있다.

따라서 문영현의 고려속요에 대한 새로운 시각은 이 저서 여러 곳에서 신선한 눈길을 끈다. 앞에서처럼 〈청산별곡〉의 '해금 소리'를 남녀의 진한 정사 장면을 악기 소리로 파악하였고, 이러한 음사적 표현을 전통적 '지모신 신앙'과 연결지음으로써 '다산과 풍요'를 기원하는 상징적 시구임을 밝힌 것, 또한 한걸음 더 나아가, 고려시대 이규보의 시론 "씹으면 씹을수록 진진한 맛이 우러난다"를 인용하면서 여요(麗謠) 〈청산별곡〉이 문학사적으로도 '세계에 자랑할 만한 작품'이라고 주장한 것은 주목할 만하며, 현대를 사는 우리들로 하여금 여요를 되돌아보게 한다.

　〈쌍화점〉이 교과서에서 배웠던 바처럼 만두집이 아니라 여성들이 머리에 장식해서 달고 다니는 두 개의 꽃모양 악세사리를 파는 '이동극장식 가게'임을 문영현 교수가 밝힌 점도 알찬 성과이다. 〈쌍화점〉은 당시 충렬왕이 즐겨보았던 악극으로서, 상류 특권층이 보석으로 여자를 유혹하는 사회적 타락상, 그리고 그에 대한 여자들의 이중적 반응 행태를 해학적으로 풍자한 노래로 풀어내고 있다. 이는 당시 세계 최고였던 원나라 악극 '하노'를 능가하는 것으로 우리 악극의 우수성을 드러내기 위해 '원나라 공주와 측근 관리들'과 친교하며 즐겼다는 문학 이외의 접근폭도 넓음을 보여준다. 평양을 무대로 삼은 〈서경별곡〉 역시도 새로운 견해이다. 재미있다. 첫 연은 정열적이고 적극적인 유형, 둘째 연은 소극적이지만 못 잊어 하는 순정파 유형, 마지막 연은 사공의 아내처럼 쉽게 꺾이는 유형. 거기에 '럼난디'라는 난해어를 다각도로 풀어내고는 말의 주술성에 대한 당시 사람들의 믿음과 언어 습관을 문학작품을 통하여 유추해 낸 것도 특기할만하다.

　끝으로 〈滿殿春〉의 작중 화자는 '궁녀출신 후궁'이라는 견해이다. 기존 해석에서처럼 단순한 남녀상열지사가 아니라 제목처럼 '궁중에 가득 찬 봄(궁녀)' 가운데서 까마득하게 기다리는 '궁녀출신 후궁'의 외로운 처지를 읊은 것이다. "어름 우희 댓닙자리 보아 님과 나와 어러 주글망정"으로 시작하는 첫 연은 궁녀로서 임금을 맞은 '첫날밤의 심경'을 상징적으로 표현한 것이며, 총 6개 연에 이르는 내용을 나이 먹은 후궁의 체념

어린 탈속 경지의 '궁중사랑 노래'로 풀이한 것이다. 과거와는 전혀 다른 새로운 착상이 신선한 느낌을 준다.

바람직한 고전진흥을 위하여

작품 감상은, 알다시피, 작가보다는 작품을 읽는 독자가 자신의 견해를 펴는 태도가 바람직하다는 유파가 20세기 후반에 서양에서 주창된 바 있다. 시는 작자가 쓴 것이지만, 읽을 때는 독자의 것이 되어 독자 자신의 경험을 바탕으로 상상의 나래를 펼치는 '시 감상'이 전제되어야 하고 또한 바람직하다 할 것이다.

문학텍스트에 대한 연구방법론에서 이전의 형식주의에 대한 반발로 1960년대에 독일의 한스 야우스가 주창한 수용미학에 따르면 작품 해석에 다양한 풀이가 미덕이다. 1970년대에는 수용미학 이론이 미국에서 한동안 '독자중심 비평'의 큰 흐름을 이루었다. 그럼에도 우리 학계에서는 과거 기록에 준거를 두고 고려가요들을 풀이하려 애써왔다. 그러한 이유 때문일까? 아직도 고전시가 해석은 일제강점기에 연구한 양주동 박사 수준에서 벗어나지 못하고 있다는 문 교수의 지적은 타당하다. 1960년대 후반에 강세를 보여 프랑스를 거쳐서 미국에서 1980년대까지 성행했던 해체비평에서는 전통적인 작품 읽기나 해석방법을 부정하고 새로운 텍스트 읽기를 꾀한 바 있다. 이는 우리의 '여요 연구'에도 타산지석이 되며, 본 『고려가요 새로 읽기』는 그에 부합한 저술이라 할 수 있다. 우리는 고려가요 텍스트들을 수용함에 있어 먼저 살펴야 할 사항으로, 원작과 관련된 창작 의도, 시대적 배경, 창작 배경 등이 기록상으로 충실히 전해질 수 있었는지가 된다. 『악학궤범』 등의 원전 필사나 조판 등에서의 당시 상황을 고려해 본다면 이에는 많은 의문이 따르고 있으며, '기록만을 따르는 시가 해석'은 한계에 부딪힐 수밖에 없음을 우리는 안다.

현대 학문과 문학예술의 접근이나 발전성향은 앞에서 제기한 바처럼 인문-사회-자연과학적인 분야가 상호 융복합적인 '학제적 접근'이 바람직하다. 따라서 우리는 자연과학도로서 시문학 창작을 겸한 문 교수의 진지한 연구와 참여의 산물인 『고려가요 새로 읽기』 출간을 진심으로 축하한다. 아울러 그의 다양한 견해와 꾸준하고 새로운 탐구·모색은 '고려가요의 향기'에 대한 의 폭넓은 인식을 열고 있다. 삼국시대 문학을 아우른 고려가요는 우리 현대문학 발전이나 이해에도 소중한 긍지의 실체로서 거듭날 수 있다. 여러분의 관심과 애독을 권하고 싶다.

이명재
− 중앙대 명예교수, 문학박사, 문학평론가
− 전 중앙대학교 국어국문학과 교수, 문과대학장 역임.
− 1977년 동아일보 신춘문예(문학평론)로 등단,
− 한국문협 평론분과 회장, 문학평론가협회 부회장 역임.
− 저서: '전환기의 글쓰기와 상상력' 외 평론집 다수

색인